Hexenbrennen.

Der zweite Fall

LUSATIA
VERLAG
BAUTZEN

Einband von Peter Israel

*Meiner Familie
gewidmet*

1. Kapitel

«Sag einfach die Wahrheit, Pya», versuchte es Petra mit Güte. Jedoch bewirkte das bei ihrer Tochter genau das Gegenteil. «Die Wahrheit?», schrie Pya. «Die Wahrheit? Die Wahrheit ist dir doch total egal. Genau wie ich.»

«Du weißt, dass das nicht stimmt», erwiderte Petra hilflos. «Du weißt …»

«Einen Dreck weiß ich!» Tränen der Wut standen Pya in den Augen. «Ich scheiß auf dich und deinen Kerl. Und auf dieses Ding in deinem Bauch.»

«Pya!» Mühsam stemmte Petra ihren schweren Leib vom Küchenstuhl hoch. «Sag doch nicht so was.» Ihre Stimme zitterte. Sie ging einen Schritt auf ihre Tochter zu, aber Pya wich vor ihr zurück wie vor einem ekligen Insekt.

Bodo saß mit hochrotem Kopf am Tisch und kämpfte mit der Regung, seiner Stieftochter eine Ohrfeige zu geben. Dieses Mädchen trieb ihn zur Weißglut. «Jetzt reiß dich mal zusammen!», knirschte er. «Deine Mutter will nur, dass du die Sache klarstellst.»

«Lass mich bloß in Ruhe, Bodo Pohl», kreischte Pya. «Du willst doch nur deinen Arsch retten.»

«Wenn es um den guten Ruf des Hofladens geht, ist es auch dein Arsch, Pya», sagte Petra, die sich wieder fasste. «Wir sind noch neu hier. Der Laden ist unser Einkommen. Also geh zu dieser Lehrerin und sage, dass sie falsch liegt mit ihren Verdächtigungen.»

«Einen Scheiß mach ich. – Ihr könnt mich alle mal … – Ich hau ab.» Ohne ein weiteres Wort stürmte das Mädchen aus der Küche. Wenig später hörten sie, wie die Haustür krachend ins Schloss fiel. Auf dem Nachbarhof begann der Hund zu kläffen.

«Verdammt!» Bodo schnaufte. «Kriegst du die denn nicht in den Griff?»

Petra begann, den Tisch abzuräumen. «Ist halt ein schwieriges Alter», murmelte sie.

Der geballte Hass ihrer Tochter auf alles, was mit ihrer neuen Familie zu tun hatte, lag ihr wie ein Mühlstein auf der Seele. Bald würde Pyas Brüderchen auf die Welt kommen. Ob der Kleine spürte, dass er nicht von allen so willkommen geheißen wurde wie von seinen Eltern? Seit einigen Tagen schon war der Kleine extrem unruhig. Das Ziehen in ihrem Leib war stärker geworden. Senkwehen, meinte die Hebamme. Sie solle sich nun schonen, ein paar Wochen würden dem Kleinen noch guttun vor der Geburt. Dennoch war Petra voller Unruhe deswegen. Etwas hatte sich verändert. Sie konnte es nicht beschreiben, aber etwas überschattete ihr Haus, vergiftete tropfenweise ihr Leben. Es ging nicht nur um ihre widerspenstige Tochter und diese Lehrerin, die ihnen plötzlich mit völlig haltlosen Anschuldigungen zusetzte. Es war, als baue sich mit einem Mal von allen Seiten Unglück und Widerstand auf wie eine Unwetterfront, die sich an einem lichten Hochsommertag drückend schwül am Horizont auftürmt und die Ernte bedroht.

Dabei sollte alles so schön sein. Sie hatten sich in Finkendörfel ihren Traum von der eigenen Hofschlachterei mit Laden erfüllt. Nach sehr schmerzlichen Ehen hatten sie hier zu einem neuen gemeinsamen Anfang gefunden. Sie waren voller Hoffnung gewesen. Das größte Glück war jedoch, dass Petra noch einmal schwanger geworden war, trotz ihres Alters. Glück für sie und für Bodo.

Nur Pya schien es ein Ärgernis und Ursache all dieses schrecklichen Wandels, den sie gerade durchmachte.

Petra seufzte. Sie sah durch das Küchenfenster hinaus zur Hoflinde.

«Mach dich nicht fertig», brummte Bodo, dem der traurige Atemzug seiner Frau nicht entgangen war. «Sie kriegt sich schon wieder ein. Wenn der Kleine dann erst mal da ist und so niedlich vor ihr liegt, da …»

«Bodo!»

Petras Stimme schien aus einer anderen Welt zu kommen. Ihr Gesicht war bleich wie das einer Toten. Sie wankte.

Mit einem Satz sprang er auf und war bei ihr. «Was ist? Geht es los?»

Sie schüttelte den Kopf, das Gesicht verzerrt vor Grauen. Ihre Augen blickten starr.

Bodo bekam es mit der Angst zu tun. Er schüttelte sie. «He! Was hast du?»

«Da», stammelte sie, «da draußen!» Sie wies mit dem Finger zum Fenster. Bodo drehte sich um und folgte ihrem Blick gen Hoflinde. Es dauerte, bis er bemerkte, was sie meinte. Ein länglicher, halb gehäuteter Tierkadaver war gekreuzigt an den Stamm genagelt worden. Bodo spürte, wie sich seine Nackenhaare aufstellten. «Verdammt!»

«Glaubst du, Pya hat das gesehen?», fragte Petra zitternd. «Sie ist doch noch so fertig wegen Melanies Kätzchen. – O mein Gott!» Sie schlug die Hände vor ihr Gesicht und begann zu weinen. «Das sind diese Satanisten, Bodo. Der Fluch vom Bornbusch!»

«Unsinn!»

Unbeholfen tätschelte Bodo Pohl die Schulter seiner Frau. Auch ihn hatte der Schrecken an der Kehle gepackt.

«Es ist genau wie da! Wie bei diesen Katzenopfern!» Schluchzen schüttelte sie.

Bodo brach der Schweiß aus. «Du darfst nicht alles glauben, was die alten Dorfweiber erzählen», sagte er dennoch tapfer. «Nu, komm schon. Beruhige dich!» Er drängte seine Frau, sich zu setzen. Dann rannte er hinaus. Nur wenig später war er in der Küche zurück. «Ein Karnucker!», rief er schon an der Tür. Seine Frau starrte ihn ungläubig an. Bodo geriet in Eifer.

«Der alte Rammler vom Hantzsch bestimmt, diesem Halunken! Habe schon gehört, dass er ihm neulich verreckt ist. Na, dem werd ich ein paar Takte erzählen. Wollte sich bestimmt rächen, weil ich ihn bei der Viechdoktern angezählt habe wegen seiner verdammten Schwarzschlachterei. Gekochtes Fleisch hat er den Leuten andrehen wollen. Fieberfleisch! – Die Leute sollen sich halt besser an einen Profi wenden, wenn sie schon zu Hause schlachten.» Er redete noch weiter, erleichtert über die einfache Erklärung dieses grausigen Schabernacks. «Bloß gut, hast du's entdeckt. Wäre gar nicht gut, wenn die Leute das sehen. Der Laden macht gleich auf.» Er postierte seine wuchtige Gestalt vor seiner Frau und hielt ihr den Kadaver unter die Nase als Beweis für seine Worte.

Petra schien durch ihn hindurchzusehen. Sie hörte nichts von dem, was Bodo da plapperte. Ganz andere Visionen dämmerten in ihren Schrecken hinein. Instinktiv umfasste sie ihren gewölbten Leib.

Es klingelte an der Tür.

Die Eheleute sahen sich beunruhigt an. Nach dem Aufstehen ließen sie ihre Haustür stets unverschlossen. Die Nachbarn kamen nach einem Klopfen einfach herein. Fremde Besucher waren ungewöhnlich zu dieser Morgenstunde. Doch jetzt klingelte es ein weiteres Mal, eindringlich und etwas ungeduldig, wie es den Pohls schien.

«Lass nur, ich gehe», sagte Petra. Sie trocknete ihre Tränen und wuchtete sich vom Stuhl hoch. «Kümmere du dich besser um das tote Vieh.»

Als Bodo vom Container für die Fleischabfälle aus dem Kühlhaus zurückkam, fand er seine Frau in Gesellschaft von zwei formell wirkenden Damen in der Küche. Sie alle hatten ernste Gesichter. «Sie wünschen?», fragte Bodo.

«Die Frauen sind vom Jugendamt», sagte Petra. «Wegen Pya.»

«Mit Gott bin ich ne streitch, aber mit dem Pfarrer!» Hedwig Lebelt warf ihre Osterbastelei auf den Tisch des Gemeindehauses.

«Streitch?», fragte Trude. «Hat Thieme etwa den falschen Konfirmationsspruch für euren Micha rausgesucht, Palmsonntag?» Ihr Scherz misslang gründlich.

«Micha ist nicht konfirmiert worden», sagte Hedwig finster. «Thieme hat sich geweigert.»

«Geweigert? – Was soll das heißen, er hat sich geweigert?»

Die dicke Leupolden beugte sich über den Tisch. «Der Micha hat was Schlimmes gemacht», raunte sie Trude zu, ohne dass ihre Hände ruhten, die eben Heu zu einem Osternest flochten.

«Wieso: hat», giftete Hedwig Lebelt. «Es ist überhaupt nichts bewiesen!»

«Mein Heinz hat gesehen, was er gesehen hat», erwiderte die Leupolden gekränkt. «Er ist immer noch unter Schock, so schrecklich war das für ihn. Und das bei seinem schwachen Herzen. Eine Schande ist das Ganze, also wirklich!»

Die anderen Frauen in der Runde sahen nicht auf. Es war, als bilde sich um Hedwig ein luftleerer Raum. Trude erhob sich. Demonstrativ ging sie zu ihrer Freundin hinüber. «Micha und was Schlimmes? Das glaub ich nicht. Er hat sich so lieb um unsere Katzen gekümmert, während wir …»

«Genau!» Hedwig schnäuzte sich und sah dankbar zu Trude auf. «Der Junge würde so was niemals machen. Das ist alles nur eine …, eine …»

«Eine Teufelei», zischte die sonst so stille Friedegard. «Das ist es: eine Teufelei.» Sie zurrte das Schmuckband besonders fest um ihr eben fertiggestelltes Osternest.

Steins Lisl nickte dazu.

«Vielleicht ist jetzt jemand so gut und erzählt mir, was hier los ist?» Trude stemmte die Hände in die Seiten. «Kaum ist man mal ein paar Wochen nicht da, geht hier alles drunter und drüber.»

«Es passiert eben auch mal was in Finkendörfel, wenn sich die Damen von Welt in Amerika herumtreiben», höhnte die Leupolden.

Friedegard blickte auf. «Susanna, du bist ungerecht!»

«Satanische Katzenmorde!», wisperte Steins Lisl. «Das soll er gemacht haben, der Micha.» Sie sah sich um, als stünde jemand hinter ihr. «Oben im Bornbusch», fuhr sie dann atemlos fort. «Da war es. Sie haben die Katzen an die Bäume genagelt.»

«Katzen…morde?» Trude war totenbleich geworden. «Das … ist nicht möglich», murmelte sie. «Doch nicht Micha. Er versorgt doch immer unsere Kätzchen. Auch jetzt hat er …»

«Hast du auch genau geschaut, Trude?», fragte Friedegard mitleidig. «Sind noch alle da von deinen Katzen?»

Trude rang ihre knochigen Hände. Im Geiste ging sie alle Zöglinge ihres Katzenasyls durch, das sie seit vielen Jahren mit ihrer Freundin Ella Veit unterhielt.

«Nein», sagte sie dann zögernd. «Ich vermisse keines der Kätzchen. – Und überhaupt kann ich mir nicht vorstellen, dass Micha einem Tier etwas zuleide tun könnte. Es ist nicht das erste Mal, dass er die Katzenpflege übernommen hat. Außerdem würde er das seiner Mutter nie antun.»

«Genau», rief Hedwig mit neu erwachter Zuversicht. «Unsere Sonja ist schließlich hier die Viechdoktern.»

Steins Lisl zuckte mit den Achseln. «Vielleicht ja gerade deshalb.» Sie warf einen Seitenblick auf Hedwig. «Wenn der Mutter die Viecher wichtiger sind als ihr einziges Kind.»

«Du giftiges Rabenaas, du!» Hedwig sprang auf. Doch Trude legte ihre Hand auf Hedwigs Schulter, bis die sich wieder setzte. «Dem Jungen hat es nie an Liebe gemangelt», versicherte sie.

«Von euer Seite bestimmt nicht, Hedwig», beschwichtigte nun auch Friedegard. «Lisl meint doch nur, dass eure Sonja so wenig Zeit für den Jungen hat wegen ihrer Arbeit. Stimmt's

Lisl?» Herausfordernd sah sie Lisl an, die sich widerwillig wieder ihrer Bastelarbeit widmete.

«Für mich bleibt der Junge unschuldig», erklärte Trude, «bis mir jemand beweist, dass …»

«Mein Heinz hat Michas Handy im Gebüsch gefunden», unterbrach die Leupolden wichtigtuerisch. «Genau dort, wo sie die Katzen umgebracht haben. Es war grausig, sagt mein Heinz. Ganz grausig. Er ist seitdem nicht mehr er selbst.» Sie ergänzte ihre Worte mit einem wogenden Seufzer. «Damit ist der Micha überführt. – Doch er schweigt wie ein Grab.»

«Was der auch immer für Sachen anzieht!», ereiferte sich Lisl. «Alles immer nur schwarz. Überall Totenköpfe drauf und Zeichen des Bösen. Und dann diese Musik!»

«Aber so sind nun mal die jungen Leute», verteidigte Hedwig ihren Enkelsohn. «Deswegen hat unser Micha noch lange nichts mit dieser Teufelei da oben zu tun!» Da keiner antwortete, griff sie nach einem Heubüschel und begann mechanisch, ein weiteres Nest daraus zu flechten.

Langsam, wie in den Ketten eines bösen Traumes, ging Trude zu ihrem Platz zurück. Sie ließ sich auf den Stuhl sinken. «Was … was haben die gemacht mit den Katzen?», fragte sie mit staubtrockener Zunge.

Bevor ihr eine der Frauen antworten konnte, ging die Tür des Gemeindesaales auf und Ella Veit trat ein. Mit raschen Schritten kam sie an den Tisch des Frauenkreises. «Entschuldigt die Verspätung», sagte sie. «Ich hatte mit Thieme noch einige Einzelheiten wegen Ostern zu besprechen.»

Trude war beim Erscheinen ihrer Gefährtin aufgesprungen. «Ella, denk dir nur», rief sie. «Thieme hat den Micha nicht konfirmiert, weil er …»

«Ja. Ich weiß», unterbrach Ella sie mit ernster Miene. «Und ich kenne auch den Grund.»

«Du glaubst doch nicht im Ernst, dass Micha so etwas tun könnte! Katzen töten!» Auf Trudes dürrem Hals bildeten sich rote Flecken. «Du weißt, wie tierlieb der Micha ist. Er hat unsere Katzen so zuverlässig gehütet, als wir mit Julia bei Paul drüben waren. Es geht ihnen gut. Allen!»

«Es ist auch die Katze von der Kaltbachmühle, die es erwischt hat», erklärte die Leupolden und nickte dabei wie ein Buddha auf ihr Doppelkinn.

«Und die von den Schönes da oben», ergänzte Lisl. «Die Katze von ihrer Tochter. Die Kleine ist völlig fertig deswegen.»

«Von der Kaltbachmühle?», fragte Ella. Sie kam an den Tisch heran, umarmte Trude herzhaft und setzte sich dann wie selbstverständlich auf deren Platz.

«Das war vielleicht ein Schlag für die arme Annabella», tratschte Steins Lisl lustvoll weiter. «Wo sie doch erst seit ein paar Monaten wieder dort wohnt in ihrer Mühle. – Es heißt, sie sei sowieso etwas …», sie schlenkerte ihre freie Hand in Stirnhöhe, «etwas verdreht geworden da drüben.»

«Das kannst du laut sagen», dröhnte die Leupolden. «Überall hockt sie mit ihrer Staffelei in der Gegend herum und malt. – Ist wohl eine Künstlerin geworden, nachdem sie mit diesem Miskowitz in den Westen abgehauen war damals.»

«Mein Gott, wie lange ist das her?», fragte sich Ella.

«Über vierzig Jahre», rief Lisl. «Der alte Gumpe war am Gurgeln, weil sie ihm damals entwischt ist.»

«Na, aber bekommen ist's ihr halt nicht da im Westen. Hat wohl in so einer Kommune gelebt. – Künstler eben.» Die Leupolden schnaufte verächtlich.

«Ich habe da mal geschaut, *was* die malt!» Lisl wuchs bei dieser Erzählung um mindestens zehn Zentimeter. «Lauter komisches Zeug», flüsterte sie dann begierig weiter, «gar nicht, was sie sieht.»

«Vielleicht gerade, was sie sieht», versetzte Ella trocken. «Und du nicht.»

Lisl ließ sich nicht beirren. «Sie hat ihre eigene Katze gefunden», fuhr sie mit Verschwörermiene fort. «Und die andere auch. Ganz gruselig zugerichtet. Zerrissen. Und an die Bäume im Bornbusch genagelt!»

Trude ächzte.

Über ihre Schulter hinweg griff Ella nach Trudes Hand.

«Ein Ritualmord», sagte Lisl bedeutsam und ergänzte: «Satanskult.»

«Sa…» Ella erhob sich. «Da hört doch wohl alles auf! Was spinnt ihr euch hier nur für abergläubisches Zeug zusammen? Ich kann nicht fassen, dass Thieme das duldet.»

«Er selbst hat den Teufel gesehen – glaubt er», ergänzte Lisl, die unsicher wurde unter Ella Veits Blick.

«Hat Thieme euch das erzählt?», fragte Ella.

Die Frauen nickten.

«Er hat Bella und ihren Sohn besuchen wollen, gleich nachdem er von dem schrecklichen Fund gehört hatte.» Selbst Friedegards Stimme zitterte nun. «Da hat er ihn gesehen. Er huschte von der Mühle weg wie ein Schatten. Dann ist er im Wald verschwunden, in Richtung Bornbusch.»

«Und die Bella hat den Pfarrer nicht reingelassen und nur was vom Teufel geschrien», ergänzte Lisl aufgeregt. «So verrückt hat sie geschrien, dass Thieme den Notdienst gerufen hat.»

«Da haben sie den Sohn angerufen, Oliver», sagte Friedegard. «Er ist der neue Koch im Erbgericht. Er kam zum Glück noch rechtzeitig, sonst hätten die wohl die Tür aufgebrochen. Die Polizei war schon da.»

«Er will sie nicht in die Klinik bringen, der gute Oliver.» Der Leupolden glänzten die Augen vor Rührung. «Obwohl seine Mutter doch so verrückt geworden ist da drüben.»

«Oder schon eher», warf Ella mit einem Seufzer ein, «wenn man bedenkt, was Annabella in ihrer Jugend alles durchgemacht hat daheim.» Sie schüttelte den Kopf. «Ich verstehe gar nicht, warum sie sich nun wieder an dieser Schreckensstätte niederlässt.»

«Der alte Gumpe ist tot», sagte Friedegard mit einem Schulterzucken. «Die Kaltbachmühle ist ihr Erbe.»

«Thieme meint also, den Micha erkannt zu haben in dem schwarzen Mann?», bohrte Trude nach.

«Aber nein», erwiderte Friedegard. «Dafür war der viel zu groß.»

«Ein riesiger schwarzer Schatten, der da über die Wiese geflogen ist.»

«Also Lisl, wirklich», rief Ella. «Vorhin war es noch ein Mann in dunkler Kleidung, der von der Kaltbachmühle weggerannt ist. Ein verhinderter Einbrecher vielleicht, der Bella erschreckt hat. Gewiss hat sie ihn mit ihrem Schreien in die Flucht geschlagen. – Ich kann mir nicht vorstellen, dass Thieme vom Teufel gesprochen hat.»

«Er hat gesagt: ‹Wie der Leibhaftige›», erwiderte Lisl gekränkt.

«Ja: Wie!»

«Auf jeden Fall geht hier Unheimliches vor in Finkendörfel», beharrte auch Friedegard. «Erst heute Morgen hat man bei Schlachte-Pohl im Hof wieder eine tote Katze gefunden. Angenagelt an der Linde und halb gehäutet.»

«O mein Gott», murmelte Trude entsetzt.

«Also, ich habe gehört, das war ein altes Kaninchen», warf Lisl ein.

«In jedem Fall hat sich die Frau vom Pohl tüchtig erschreckt. Die ist doch schwanger. So ein Schreck tut dem Kind gar nicht gut.» Die Leupolden nickte bedeutsam zu ihren eigenen Worten. «Wenn selbst mein Heinz …»

Hedwig Lebelt richtete sich auf. «Und das war wohl auch unser Micha, was?»

«Das behauptet ja keiner, Hedwig», entgegnete Friedegard mühsam geduldig. «Die Nachbarn haben wohl auch eine dunkle Gestalt umgehen sehen im letzten Abendlicht gestern.»

Die Leupolden blickte sich verstohlen um. «Man redet von Flüchen wegen der toten Katzen. Böse Wünsche, die nun umgehen im Dorf.»

«Teufelsgesindel», flüsterte Lisl. «Seid auf der Hut!»

«Zum Kuckuck mit eurem Teufelsspuk!», rief Trude. «Hier ist eine Bande von Katzenmördern am Werk. Und ich finde die, das sage ich euch! Denen leuchte ich heim, so wahr ich hier stehe.» Sie ballte ihre knochigen Hände.

«Wenn der Micha doch nur reden würde!», meinte Friedegard mit einem betrüblichen Kopfschütteln. «Er ist wirklich sehr verstockt bisher.»

«Verstockt?»

«Es stimmt, was Friedegard sagt», beruhigte Ella ihre Freundin rasch. «Der Kirchenvorstand hat sich wirklich um Micha bemüht. Solange er nicht reden will, hat man einstimmig beschlossen, seine Konfirmation aufzuschieben, bis sich diese Sache geklärt hat.»

«Sache?», rief Trude hitzig. «Katzen sind doch keine Sachen, sondern Geschöpfe …»

«Ja, ja», unterbrach Lisl Trude. «Dennoch ist klar, dass der Micha was weiß. Und sagen tut er nichts.»

Friedegard legte ihr fertiges Osternest auf den Basteltisch. «Also ist er entweder einer von denen oder aber …»

«Oder?»

«Oder er ist behext», schloss Friedegard mit einem trotzigen Blick zu Ella.

Ella Veit unterdrückte ihre Erwiderung mit einiger Mühe. «Wir sollten schließen für heute», sagte sie stattdessen. «Sprichst du den Segen, Susanna?»

Ella und Trude nahmen die Abkürzung über den Friedhof auf dem Weg zu ihrem Umgebindehaus am Fuße des Kirchberges. Sie sprachen nicht. Trude war tief in Gedanken. Am Familiengrab der Veits hielten die beiden Frauen inne. Das Zwergweidenbäumchen, das Paul, der Mann von Ellas Enkelin Julia, auf das Grab gepflanzt hatte, trug seine blühenden Kätzchen.

Ein Jahr war es jetzt her, dass Julia nach dem Tod ihres Sohnes in die Oberlausitz zurückgekehrt war. Inzwischen arbeitete sie nicht nur als Anwältin in Finkendörfel, sondern vertrat auch ab und an ihren Vater Georg, der in Bautzen eine Kanzlei hatte. Paul war in Boston geblieben.

Doch sie liebten sich noch, Julia und Paul, da war sich Ella sicher. In den Wochen, die sie bei Paul in Boston gewesen waren, hatte sie beobachten können, wie sich zwischen den getrennten Eheleuten eine neue Vertrautheit aufbaute. Sie hatte bisher nicht gewagt, ihre Hoffnung zu äußern, die jungen Leute würden sich versöhnen und wieder zusammenleben. Doch war genau das ihr innigster Wunsch.

«Ella?», unterbrach Trude die Überlegungen ihrer Freundin, «glaubst du, Julia könnte uns hier helfen?» Ella war ebenso vernarrt in Katzen wie Trude. Es tummelte sich eine ganze Horde Katzenasylanten unter dem Regime des Perserkaters Raki in ihrem Haus. So verstand sie nur zu gut, dass Trudes Gedanken unentwegt um den Katzenmörder kreisten.

«Ich weiß nicht», gab sie zu bedenken. «Julia hat jetzt sicherlich viel zu tun, während sie Georg in der Kanzlei vertritt.»

«Du hast recht», sagte Trude enttäuscht. Sie wandte sich ab und ging den breiten Kiesweg hinunter an der Kirche vorbei. Erst am Tor des Kirchplatzes hatte Ella sie wieder eingeholt. Sie zupfte Trude am Ärmel, damit sie stehen blieb. «Ich habe es mir überlegt», sagte Ella. «Ich finde, wir sollten Julia trotzdem fragen. Sie kennt doch diesen Privatdetektiv, der ihr bei ihren Ermittlungen geholfen hat. Weißt du noch?»

Trudes Augen leuchteten auf. «Dieser dicke Kripomann? HaHa oder so ähnlich, nicht wahr?»

«Heinrich Herzog – genau der. Ich glaube, Julia war ganz zufrieden mit seiner Arbeit.»

«Was für ein wunderbarer Gedanke, Ella!» Trude war bereits unterwegs in Richtung Haus. Sie zerrte Ella an der Hand hinter sich her. «Der war bei der Mordkommission früher. Das ist unser Mann. – Weißt du, ob Julia zu Hause ist?»

«Ich denke schon», erwiderte Ella, die etwas außer Atem geriet bei dem Tempo, das Trude angeschlagen hatte. «Sie sagte doch heute Mittag, dass sie einen neuen Klienten aus dem Dorf erwartet.»

Doch im Haus fanden sie Julias Büro verwaist und einen Zettel auf dem Küchentisch, mit dem Julia ihrer Großmutter und Trude ihre spätere Heimkehr mitteilte. Sie habe ihren Klienten in Vaters Kanzlei nach Bautzen bestellt. Der Mann leide an einer Katzenhaarallergie.

Trude und Ella sahen sich bedeutungsvoll an. Julias neuer Klient war Schlachtermeister Bodo Pohl.

2. Kapitel

Julia starrte auf das blutige Stück Fleisch vor sich.

«Ist das etwa das Kaninchen, das Sie heute früh an Ihrem Apfelbaum gefunden haben?»

«Aber wo!» Bodo Pohl lachte ohne jede Spur von Fröhlichkeit. «Das war bloß ein Racheakt von diesem verdammten Hantzsch. Hat mir seinen verreckten alten Rammler da in den Hof genagelt.»

Julia horchte auf. «Rache? Weswegen?»

«Na, weil der alte Hantzsch schon wieder versucht hat, jemandem gekochtes Fleisch anzudrehen, das hab ich nun endlich mal der Sonja Lebelt gesteckt!»

«Gekochtes Fleisch?»

«Von kranken Tieren.»

Bodo Pohl schnaufte vor Empörung. «Wenn die Viecher Fieber haben, dann ist das Fleisch wie gekocht. Verdammtes Schwarzschlachten! Nie lässt er sein Schlachtvieh untersuchen. Ist ihm zu teuer. Aber so kann's ja wohl nicht gehen! Na, die wird ihm schon ein paar Takte erzählt haben.»

«Könnte dieser Hantzsch vielleicht auch hinter den Anschuldigungen gegen Sie stecken?», fragte Julia.

«Nee!», erwiderte Pohl bestimmt. «Das kommt aus ’ner ganz anderen Ecke. Diese Lehrerin, diese Gerlach-Ziege. Die steckt dahinter.» Er hielt inne und schob die Fleischertüte über den Schreibtisch zu Julia. «Das Karnucker hier», sagte er dabei, «war ganz gesund und gut im Futter. Erst heute früh geschlachtet. Soll Ihr Osterbraten sein, dacht’ ich mir so.» Er grinste über sein breites, rotes Gesicht und seine hell bewimperten Augen sahen Julia wie die eines Schuljungen an, der gespannt darauf wartet, wie Mutti nun sein selbst gebasteltes Geschenk findet.

Der Fleischgeruch bereitete Julia Übelkeit. «Danke», murmelte sie.

Pohl wirkte auf sie wie ein unbeholfenes Riesenbaby. Dennoch schienen die angeblich haltlosen Anschuldigungen gegen ihn irgendwie zu passen. Und genau dieser Widerspruch bereitete Julia Unbehagen. «Ich bin mir nicht sicher, ob ich Ihnen überhaupt helfen kann, Herr Pohl.» Julia lehnte sich in den Bürosessel zurück.

Pohl winkte ab. Ahnte er etwa, wie bitter nötig Julia jedes Einkommen hatte? Die lange Reise zu Paul nach Boston hatte große Löcher in ihre ohnehin dünne Finanzdecke gerissen. Sie war heilfroh, ihren Vater nun für die drei kommenden Wochen in seiner Bautzener Kanzlei vertreten zu können, während der mit Mutter Milla Urlaub auf der Krim machte.

«Ich weiß nicht, ob eine Anwältin die geeignete Person ist, Ihre Stieftochter zu einer Aussage zu bringen», gab Julia zu bedenken.

«Aber Pya sagt, sie redet nur mit einem Anwalt!», rief Pohl. «Sie hat’s ihrer Mutter versprochen. Ist dem Mädel doch ganz schön an die Nieren gegangen, als sie sah, wie schlecht es ihrer Mutter ging. – Das sollte ihr mal wirklich eine Lehre sein!» Er kratzte sich zufrieden am Bauch.

Julia betrachtete die kräftigen, behaarten Hände des Fleischermeisters. «Und wenn Pya mir nun etwas anvertraut, was die Anschuldigungen gegen Sie stützt?»

Pohl starrte sie an. «Aber das stimmt nicht!» prustete er. «Das sind alles Lügen! Diese Gerlach-Ziege will mich doch nur fertigmachen.»

«Haben Sie eine Ahnung, warum?»

Pohl schwitzte. Die Röte seines Gesichtes vertiefte sich. Er rutschte unruhig auf seinem Besuchersessel herum. «Weiß ich doch nich», brummte er schließlich. «Ich kenne die doch gar nicht. Die ist auch noch gar nicht lange an der Schule. Die Pya sagt selbst, dass das 'ne olle Schnalle ist.»

«Haben Sie mit Frau Gerlach das Gespräch gesucht?»

Pohl sprang auf. «Nee! Da vergesse ich mich! Das soll'n Sie ja machen. Machen Sie der klar, dass ich die wegen Verleumdung anzeige, wenn die nicht aufhört, so'n Mist über mich zu verbreiten! Die Leute reden schon. Ist gar nicht gut fürs Geschäft. Gar nicht gut.» Er redete sich in Rage. «Wir haben nämlich auch erst alles aufbauen müssen, wissen Sie? Ist gar nicht so einfach auf dem Dorf, wenn man erst dazukommt.»

«Wie lange wohnen Sie denn schon in Finkendörfel», fragte Julia, um ihn zu beruhigen. Sie bat ihn mit einer Handbewegung, wieder Platz zu nehmen. Doch Bodo Pohl ging stattdessen im Büro ihres Vaters auf und ab. Langsam legte sich seine Aufregung.

«Zwei Jahre», sagte er dann stolz. «Gleich nach unsrer Hochzeit. Da wurde der Hof gerade frei. Wir haben alles aus eigner Kraft aufgebaut. Ist schwer in Ordnung, meine Petra. Bis vor einer Woche noch hat sie hinter der Theke gestanden. Doch nun geht's ja bald los und dann ist der kleene Kerl da.» Er strahlte. «Am 30. April ist der Termin.» Schon der Gedanke an die Geburt seines Sohnes vermochte es, allen Zorn aus seinem Gesicht zu wischen.

«Also gut, Herr Pohl», sagte Julia und erhob sich ebenfalls. «Ich versuche, in Ihrem Namen Kontakt zu der Lehrerin aufzunehmen, um da zu einer gütlichen Klärung abseits aller Anzeigen zu kommen. Und wenn Pya es wirklich will, rede ich auch mit ihr.»

Bodo Pohl nickte zufrieden. «Wir sind zu Hause über Ostern und auch in den Ferien», sagte er, während sie zur Tür gingen. «Weil's doch der Petra jetzt nicht so gut geht mit ihrem dicken Bauch, ne?»

«Ich melde mich.»

Julia lauschte seinen schweren Schritten die Treppe hinab und dem Krachen der Tür, die hinter Bodo Pohl ins Schloss fiel. Dann ging sie zum Fenster und öffnete es. Die milde Süße des Frühlingsabends drang in das Kanzleizimmer. Über die Dächer der Stadt hinweg blickte Julia auf die bewaldeten Hänge des Drohmberges, der im milden Abendlicht lag wie ein friedlich schlafender Riese.

«Julia?» Vater Georg steckte den Kopf zur Tür seines Büros herein. «Geschafft?»

Als Julia nickte, trat Georg Veit in seiner vollen Größe durch die Tür und kam zu Julia ans Fenster. Er biss von einem geräucherten Würstchen ab, das er sich heimlich von seinem Lieblingsfleischer geholt hatte, da Mutter Milla bis Ostern auf vegetarischer Kost bestand und ihren zur Stattlichkeit neigenden Gatten gleich mit in ihr Fasten einbezog. Nun war sie so sehr mit ihren Reisevorbereitungen beschäftigt, dass ihr anscheinend alle Anzeichen eines sündigen Lebenswandels bei ihrem Mann entgingen. Mit einem genüsslichen Happ verschwand der letzte Wurstzipfel in Georg Veits Mund. Er wischte sich mit dem Taschentuch über die Finger und musterte seine Tochter von der Seite. «Und?»

«Eine Verleumdungsgeschichte. Ich werde wohl annehmen», sagte Julia ohne großen Enthusiasmus.

«Worum geht es?»

«Sexueller Missbrauch einer minderjährigen Schutzbefohlenen.»

Georg Veit pfiff durch die Zähne. «Starker Tobak!»

«Nach Meinung einer Lehrerin soll Bodo Pohl sich an seiner Stieftochter vergangen haben», fuhr Julia fort. «Pya

Schwarz heißt das Mädchen, vierzehn Jahre alt. Tochter aus einer früheren Ehe der Mutter. Das Mädchen wäre plötzlich wesensverändert, sichtlich abgemagert und mit seinen schulischen Leistungen ins Bodenlose abgesackt.»

«Hat die Lehrerin denn einen konkreten Hinweis?», fragte Georg.

«Davon ist nichts bekannt. Aber diese Rita Gerlach hat sich regelrecht in die Anschuldigung verbissen. Sie hat sogar das Jugendamt alarmiert. Die standen heute vor Pohls Haustür, just als die ersten Kunden in seinen Hofladen kamen. Das Gerede ist natürlich groß. Völlig klar, dass er sich dagegen wehren will. Auf dem Dorf sind solche Gerüchte tödlich.»

«Nicht nur das», gab Georg Veit zu bedenken, «der neue Staatsanwalt ist ganz wild darauf, sich zu profilieren. Ein Missbrauch minderjähriger Schutzbefohlener ist da ein gefundenes Fressen.»

«Du meinst, er könnte Stimmung machen?»

«Indirekt schon.»

Julia seufzte. «Zum Glück ist es noch nicht so weit. Es geht vielleicht auch ohne Gerichte zu klären. Das hoffe ich zumindest», fügte sie hinzu.

«Dennoch ist in einer solch heiklen Angelegenheit eine konkrete Anschuldigung seltsam», gab Georg zu bedenken. «Ob es da eine Verbindung zwischen deinem Klienten und dieser Gerlach gibt? Eine alte Fehde?»

«Angeblich nicht», sagte Julia. «Zu dumm, dass die Osterferien morgen beginnen. Ich denke, ich versuche gleich mal, diese Frau zu erreichen. Pohl jedenfalls wünscht eine außergerichtliche Einigung.» Sie setzte sich an den Computer und suchte nach Rita Gerlach, nach einem Eintrag, einer Telefonnummer, fand aber nichts. Sie rief die Internetseite der Mittelschule Eckertswalde auf. Neben dem Logo und dem Foto der Schule prangte voller Stolz die Auszeichnung als «Drogenfreie Schule» innerhalb eines Projektes des Schulfördervereins.

«Na, die machen ja ganz schön was her», sagte Georg Veit, der hinter sie getreten war und mit ihr den Bildschirm studierte. «Drogenfreie Schule, Anti-Mobbing-Kampagne, Generationenprojekt Altenbetreung – alle Achtung!»

«Ja», sagte Julia, «da hat sich allerhand getan, seitdem Paul und ich da vor über zwanzig Jahren die Schulbank gedrückt haben. Im Guten wie im Schlechten, wie mir scheint.»

Schließlich stießen sie auf Rita Gerlach, die als neues Mitglied des Lehrerkollegiums vorgestellt wurde. Sie unterrichtete Mathematik und Gesellschaftskunde, fungierte als Vertrauenslehrer und war Klassenleiterin der Klasse 8b. Auf einem Klassenfoto vom Schuljahresanfang sah Julia eine schlanke Frau in einem knielangen Kostüm mit praktischer Kurzhaarfrisur neben den Schülern stehen. Ihr Gesicht war nicht klar zu erkennen, nur dass sie eine dunkel umrandete Brille trug und das Lächeln der schmalen, strengen Lippen sehr bemüht wirkte. Aufmerksam las Julia die Liste der Klassenmitglieder durch. Sie erkannte den Namen von Michael Lebelt, den Sohn der Tierärztin von Finkendörfel. Ihre Familien waren seit Generationen miteinander befreundet. Auch Pya Schwarz war eine Schülerin der Klasse.

Georg Veit steckte das Taschentuch in die Hosentasche und ging zum Fenster, um es zu schließen. «Komm», sagte er. «Mehr bekommst du heute eh nicht heraus. Lass uns lieber oben noch einen Happen essen. Du siehst hungrig aus.»

«Mhm», machte Julia unschlüssig, während sie den Computer herunterfuhr. Sie hatte in der Tat kaum etwas gegessen heute. Ihr war einfach nicht danach gewesen. Vielleicht rührte daher ihre Missmutigkeit? «Eine Kleinigkeit vielleicht», sagte sie deshalb, während sie ihre Unterlagen von Vaters Schreibtisch zusammenklaubte.

Sie verließen die Kanzlei und gingen im Treppenhaus der Villa nach oben, wo Julias Eltern ihre Wohnung in den zwei oberen Etagen hatten. «Sag mal, wollt ihr ein frisch geschlachtetes Kaninchen haben?» Julia hielt ihrem Vater die Tüte mit dem Fleisch unter die Nase. Er lugte sehnsüchtig hinein, lehnte dann aber doch ab. «Wir fliegen doch am Sonnabend. Gib es Ella-Ma. Deine Großmutter zaubert euch bestimmt einen wundervollen Osterbraten davon.»

«Ella-Ma hat Eddie und mich zum Osteressen ins Erbgericht eingeladen», erzählte Julia, der bei diesem Gedanken plötzlich der Magen knurrte. «Katja hat sich wohl einen neuen Koch geangelt. Einer von Weltruf sozusagen. Er war schon in Wien und davor gar in Mexiko. Da sind wir natürlich alle neugierig.»

«Vor allem Trude, kann ich mir denken.»

Sie lachten.

«Sag mal, hast du vielleicht noch eines von diesen leckeren Würstchen, die du vorhin …»

«Ich und Würstchen? In der Fastenzeit? Wie kommst du denn auf so was?» Er blinzelte verschwörerisch. «Weißt du was?», flüsterte er. «Am besten, wir essen sie ganz offensichtlich vor den Augen deiner Mutter. So merkt sie es am wenigsten, weißt du? Ein alter psychologischer Trick.»

«Verstehe. Jeder sieht nur, was er erwartet zu sehen.»

«Genau! Die perfekte Tarnung.»

Tatsächlich blieben sie unentdeckt. In der Küche ihrer Eltern verspeisten Julia und ihr Vater noch jeder drei dieser fettigen Köstlichkeiten, während Mutter Milla aufgeregt durch die Räume flatterte und alles für die große Reise auf die Krim packte. Julia vermutete, dass die halbe Bibliothek mitsollte, denn Ludmilla Veit war eine begeisterte Leserin. Der Gedanke, ohne Lesefutter an einem Ort zu sein, wo sich vielleicht gerade die Gelegenheit zu einer Schmökereinheit ergab, verursachte bei ihr Panikattacken.

«Wie ist dieser Bodo Pohl so?», erkundigte sich Vater, nachdem er Julia in seinem Arbeitszimmer noch einige Anweisungen für die Kanzlei gegeben hatte. Julia berichtete ihm, was sie in der kurzen Zeit über Bodo Pohl erfahren hatte. «In seinem Fleischerladen habe ich ihn noch nie gesehen», endete sie. «Er scheint sich mehr ums Schlachten und die Produktion zu kümmern.»

«Mhm.» Vater Georg wiegte den Kopf. «Bodo Pohl», sagte er gedehnt. «Wohnt der schon lange in Finkendörfel?»

«Seit zwei Jahren etwa.»

«Irgendwie bringt dieser Name etwas zum Klingeln in meiner Erinnerung. Wenn ich nur wüsste, in welchem Zusammenhang. – Hat er Vorstrafen?»

«Nichts», erwiderte Julia. «Bisher ein völlig unbescholtener, braver Bürger.»

«Das klingt ja ganz besonders verdächtig, so wie du das sagst», meinte Vater verschmitzt.

Julia winkte ab. «Ich halte ihn zumindest für fähig dessen, was dieses Kind …»

«Moment!» Vater Georg erhob spielerisch drohend den Zeigefinger. «Keine Positionierung, bevor du dir ein Bild gemacht hast.»

«Du hast recht, Papa», sagte Julia. Sie fuhr sich mit der Hand über die Stirn.

Ihr Vater betrachtete sie mit liebevoller Besorgnis. «Du siehst so müde aus, mein Spatz», sagte er. «Noch der Jetlag?»

«Nach einer halben Woche sollte ich den überwunden haben», murmelte Julia und gähnte herzhaft. «Ich denke, ich mache wirklich Schluss für heute. Wir sehen uns noch vor Sonnabend?»

«Ja, natürlich.» Er machte eine Pause. «Ist zwischen dir und Paul alles in Ordnung?», fragte er dann.

Julia sah auf. «Ja, klar … Wenn man von der Trennung durch einen ganzen Ozean zwischen uns absieht – ja.» Sie zögerte einen Moment. «Es ist eher Paul selbst, der mir Sorgen macht. Er wirkt so bedrückt. Verschlossen. Geradezu depressiv.»

«Habt ihr darüber gesprochen?»

Julia schüttelte den Kopf. «Wir haben über vieles geredet. Darüber nicht. Ich vermute, es hat etwas mit dieser Studie zu tun. Der Druck am Institut muss enorm sein. Aber ausgerechnet darüber will Paul überhaupt nicht sprechen.»

«Verstehe.»

Sie erhoben sich. «Ich fahre jetzt zurück zu unseren beiden lieben Alten», sagte Julia. Sie gingen hinaus in den Flur. Im Badezimmer rauschte die Dusche. «Grüß Mama von mir», sagte Julia, während sie ihren Vater umarmte.

«Und du schlaf dich richtig aus, Spatz, ja?»

Sie lächelte. «Versprochen.»

«Ach – Julia?»

Julia war schon an der Tür. Sie wandte sich zu ihrem Vater um.

«Wegen Bodo Pohl: Schau doch mal in den Jugendstrafprozessen nach.» Georg Veit wedelte mit der Hand. «Ich glaube, da war etwas. Das muss noch zu Ostzeiten gewesen sein oder gerade zur Wende. Irgendetwas … mit einem Mädchen?»

Die lange Dämmerung dieses Frühlingsabends legte sich wie ein schwerer Mantel auf Julias Gemüt, als sie mit dem Wagen die Landstraße zurück nach Finkendörfel fuhr. Vaters heimliche Würstchen spürte sie jetzt steinschwer im Magen. Innere Unruhe und Gereiztheit hatten ihr schon den ganzen Tag zu schaffen gemacht. Nun gesellten sich heftig pochende Kopfschmerzen hinzu. Sie sehnte sich nach Ruhe und Abgeschiedenheit. Normalerweise zog sie in solchen Situationen ihre Laufschuhe an und machte sich auf in die Wälder und über die Wiesenpfade. Doch selbst zum Laufen fehlte ihr heute die Kraft. Wie gestern auch schon. Was war los mit ihr? Wurde sie jetzt träge, faul und übellaunig? Oder fehlte ihr ganz einfach Paul?

Julia dachte an die gemeinsamen Tage in Boston. Sie hatten sich geliebt. Nach so vielen Wochen und Monaten heftig und innig geliebt, süß und schmerzlich zugleich. Im Herzen war Stevie immer noch bei ihnen. Und doch fern, wie durch eine dicke Nebelwand von ihnen getrennt. Sie hatten darüber gesprochen, über diese abgebrochene Liebe, die nur sechs Wochen bei ihnen geblieben war. Im kommenden Sommer würde Stevie vier Jahre alt werden.

Julia stellte das Auto in der Mietgarage bei der Wohngenossenschaft ab und lief den Weg am Dorfbach entlang hinüber zum Kirchberg, an dessen Fuß das Umgebindehäuschen von Trude und Ella-Ma stand. Hier hatte sie ihr Zuhause gefunden.

Abendliche Stille hatte sich über den Ort gelegt. Der Frühlingsvogelgesang war bereits verstummt. In der Dämmerung verschwammen die Konturen der knospenden Büsche und Bäume, die einen süßen Duft verströmten. Julia atmete tief ein, als sie vor dem Gartentor stand. Plötzlich nahm sie huschende Schatten wahr. Sie wandte sich um. Niemand war zu sehen. Julia schüttelte den Kopf über ihre Sinnestäuschung.

Sie trat durch die Pforte und ging durch Ella-Mas sorgsam gehegten Garten. Seit ihrer Rückkehr aus Boston war ihre Großmutter von früh bis spät mit den Beeten beschäftigt, die bei ihrer Abreise noch dick verschneit gewesen waren. Es war ein selten langer und schneereicher Winter gewesen. Nun aber sprossen Schneeglöckchen und Christrosen neben unzähligen blauen und gelben Krokussen und ersten Osterglocken. In Bautzen war die Natur schon viel weiter in ihrem Jahreslauf. Im Pendeln zwischen Oberland und der Stadt hatte Julia das Vergnügen, den Frühling zweimal erleben zu dürfen. Eine äußerst belebende Aussicht, wie Julia fand. Also weg jetzt mit diesem unerklärlichen Missmut, ermahnte sie sich.

Auf der steinernen Stufe zur Eingangstür hatte einer der Katzenzöglinge des Hauses einen blutig zerbissenen Mäusefang als Ehrung für die Ziehmütter abgelegt. Julia zog ein Papiertaschentuch aus ihrer Tasche, um den winzigen Kadaver zu entsorgen. Sie bückte sich danach und erstarrte. Das war keine Maus. Auf dem penibel gescheuerten Granitstein lag eine blutige Pfote. Eine Katzenpfote. Julia stockte der Atem. Was für ein tragischer Unfall musste hier passiert sein. Mit besorgter Miene nahm Julia das Fellteil und klinkte auf.

Im Haus war es still.

Julia legte Tasche und die eingewickelte Katzenpfote auf der Kommode unter dem Wandspiegel ab. Ihre Jacke hängte sie an die Garderobe und schlüpfte aus ihren Schuhen. Aus der Küche vernahm sie leises Klappern. Sie griff nach dem Zellstoffpäckchen. Dann trat sie mit einem bemüht fröhlichen «Hallihallo» in die Küche.

Ella-Ma stand an der Anrichte. Sie goss Tee auf.

«Julia! Schatz! – Du bist aber spät dran. Möchtest du einen Abendtee? Du bist bestimmt völlig geschafft.» Trotz dieser eifrigen Worte spürte Julia tiefe Bedrückung in der Stimme ihrer Großmutter. Sie umarmte sie rasch. «Ist alles in Ordnung bei euch?»

Wie ertappt blickte Ella-Ma sie an. «Na … natürlich. Wieso fragst du?»

«Weil ich das hier vor unserer Haustür gefunden habe.» Sie legte die abgetrennte Katzenpfote mit dem Taschentuch auf den Küchentisch.

«O mein Gott!» Ella-Ma fasste sich ans Herz. «Nicht schon wieder!»

«Schon wieder? – Was meinst du damit?»

In wenigen Minuten war Julia durch Ella-Ma ins Bild gesetzt. Sie saßen sich gegenüber am Küchentisch.

«Katzenmorde!» Sie konnte nicht glauben, was sie da hörte. «Satanisch?»

Ella-Ma nickte. «Wie es aussieht, eine Art Ritualmord, ja. Trude ist schon bei der Polizei in Bautzen. Es hat ihr keine Ruhe gelassen. Sie glaubt nicht, dass Lebelts Micha damit zu tun hat. Und wenn du mich fragst, ich auch nicht.»

«Was macht dich so sicher?», fragte Julia, der es nur mühsam gelang, ihre Gedanken wieder zu ordnen.

«Er ist einfach nicht der Typ dazu.»

«Wie ist denn deiner Meinung nach der Typ dazu?» Julia stand auf, um sich ein Glas Wasser aus der Leitung einzulassen.

Noch bevor Ella-Ma Luft für ihre Antwort holen konnte, flog die Tür auf und Trude stürmte herein. «So eine bodenlose Frechheit!», rief sie. «Dieser Flegel! Das lasse ich mir aber nicht gefallen! Ich werde mich beschweren, so viel ist sicher.»

«Aber, mein liebes Trudchen, was ist denn passiert?»

«Mich derart abzukanzeln! Was bildet sich dieser Kerl eigentlich ein?»

«Welcher Kerl denn?»

«Na dieser …, dieser … Bulle! – Ach, was red ich: Hornochse sollte man den nennen!» Trude glühte vor Empörung.

«Was ist denn passiert?», fragten Julia und Ella-Ma wie aus einem Mund.

«Was passiert ist?», schnaufte Trude. «Gar nichts eben. Hat mich abblitzen lassen, als wäre ich nur eine alte verdrehte Schachtel. – Als könnte ich etwas dafür, dass man diesen Lümmel da Dienst tun lässt, während seine Kollegen im Osterurlaub sind. Davon hat er mir dauernd die Ohren vollgejammert und von den ganzen Einbruchserien in letzter Zeit, um die sich die Polizei schließlich kümmern müsse», wetterte Trude ungebremst. «Diese teuflischen Katzenmorde sind dem Herrn zu minderwertig. Es sei kein Kapitalverbrechen und überhaupt sei ja niemandem ein Schaden daraus entstanden. – Kannst du dir diese Unverschämtheit vorstellen, Ella?»

«Das ist ja also wirklich … in der Tat, liebe Trude», sagte Ella-Ma.

Julia reckte sich. «Tierquälerei ist ein Straftatbestand und keine Kleinigkeit. Das sollte auch der Polizei klar sein.»

«Genau!», rief Trude. «Neulich erst habe ich in unserem Land-Journal gelesen, dass aus Tierquälern ganz schnell Serienmörder werden können. Wehret den Anfängen, sage ich euch!» Sie fuchtelte mit den Armen. «Aber es muss ja immer erst ein Mensch sterben, bevor diese Herrschaften munter werden. Dann! Ja, dann hat er endlich sein Kapitalverbrechen, dieser Herr Hornochse!»

«Also wirklich Trude …», murmelte Ella-Ma ratlos.

«Zum Schluss hat er sich aber doch noch dazu bequemt, eine Anzeige wegen Tierquälerei aufzunehmen.» Verächtlich warf sie ein Formular auf den Tisch. «Viel unternehmen werden die trotzdem nicht, sage ich euch. Nicht wegen ein paar Katzen, wie er mir klargemacht hat. So ein geklauter Rasenmäher ist denen doch viel wichtiger.» Zornestränen blitzten in Trudes Augen.

«Nicht jeder ist so tierlieb wie du», sagte Julia sanft, «die Polizei wird sicher …»

«Ach! Zum Kuckuck mit der Polizei», rief Trude. Sie ließ sich auf den Stuhl neben Julia fallen. «Ich selbst werde diesen Unhold finden! Ich werde ihn jagen! Und wenn ich den zu fassen kriege, dann kann der sich auf etwas gefasst machen!» In rachedurstiger Vorfreude ballte Trude ihre Fäuste, um sie gleich darauf auf die Tischplatte zurücksinken zu lassen.

«Was … – Was ist das?» Sie hatte die Katzenpfote entdeckt.

«Julia hat das auf der Stufe gefunden, vor unserer Haustür.»

Trude blickte auf und starrte ihre Freundin an. Die Küchenuhr tickte laut und unheilvoll in der Stille. Es schien eine Ewigkeit zu dauern, bevor Trude wieder erste Worte hervorbringen konnte. «Hast du schon …, ich meine – weißt du schon, wer …?»

Ella-Ma schüttelte den Kopf. «Julia ist eben erst rein.»

Mit einem Satz war Trude auf den Beinen. Ihre Mundwinkel zuckten. Doch der erwartete Gefühlsausbruch blieb aus. «Ich sehe nach», sagte sie mit der grimmigen Entschlossenheit eines Generals.

«Ich komme mit.» Julia stand auf, doch Trude drückte sie energisch auf den Stuhl zurück.

«Bleib! Ich gehe allein.»

Sie sahen zu, wie Trude nach dem Schürhaken griff, der neben dem Beistellherd hing. Dann schlug die Tür hinter ihr zu. Ella-Ma und Julia blieben in betroffenem Schweigen zurück.

«Ich glaube, der Tee ist jetzt so weit», sagte Ella-Ma schließlich bedrückt. Sie erhob sich und goss den Kräutersud in die Tassen. «Ich frage mich, was Trude wohl finden wird», fügte sie mit einer Verzagtheit hinzu, die Julia völlig neu war an ihrer Großmutter.

«Soll ich nicht doch zu Trude gehen?», erbot sich Julia erneut. «Vielleicht kann ich helfen.»

«Nein, nein. Lass sie nur.» Ella-Ma stellte die dampfende Tasse vor Julia ab.

Der Schmerz hinter Julias Stirn war wieder erwacht. Sie stützte den Kopf auf und massierte sich mit beiden Händen ihre Schläfen, bevor sie trank. Mit jedem kleinen Schluck brachten ihr Duft und Wärme des Tees etwas Entspannung. Auch vor Julia stand die bange Frage, ob es nun auch in ihrem Haus einen dieser Katzenmorde gab.

Wer? Warum? Das Ganze erschien als so sinnloser, grausamer Akt.

Ella-Ma setzte sich ihr gegenüber. «Glaubst du, dass du uns helfen kannst, wenn sich das bewahrheitet, was wir alle befürchten?», fragte sie nach einer Weile des Schweigens.

«Ich?»

«Trude hofft so sehr darauf. – Wir wissen natürlich, dass du zurzeit viel Arbeit hast, Liebes.»

Mit einem Seufzer setzte Julia ihren Teepott ab. «Weißt du, es ist momentan wirklich … Also erst heute habe ich einen neuen Fall …»

«Du hast Bodo Pohl also als Klienten angenommen?», fragte Ella-Ma.

«Natürlich», log Julia forsch. «Er hat ein Recht auf eine Verteidigung gegen Anschuldigungen jedweder Art! Wie jeder andere auch.»

«Aber ja, mein Liebes», begütigte sie Ella-Ma. «Ich finde das auch sehr …, sehr ehrenhaft von dir. Sehr professionell.»

«Aber?» Julia war hellwach und angespitzt. Erwartungsvoll sah sie ihre Großmutter an.

Bevor Ella-Ma antworten konnte, öffnete sich die Küchentür. Trude stand auf der Schwelle. Sie hielt einen getigerten Tierkadaver in ihrer linken Hand. Der Schürhaken hing schlaff in ihrer rechten. Sie trat in die Küche mit so steifen Schritten, als stünde sie unter einem Bann. Julia und Ella-Ma waren bei ihrem Erscheinen aufgesprungen.

«Es ist der Kleine. Eines von den verwaisten Herbstkätzchen, die uns der Bestatter neulich brachte. Er hatte noch nicht einmal einen Namen.» Tränen liefen über ihr Gesicht, das Julia nun wie das einer Greisin erschien.

Mit zwei Schritten war Ella-Ma bei ihrer Freundin und nahm sie wortlos in den Arm. Julia trat hinzu. Der Katze waren alle vier Pfoten und der Schwanz abgetrennt worden. Das Maul stand halb offen. Getrockneter Speichel klebte um die Nase herum im Fell. Doch es spiegelte sich nichts von Schmerz und Qual im Antlitz des toten Tieres wider. Es war so still und friedlich, als wäre das Leben unerwartet rasch aus dem kleinen Körper geflohen. Wären da nicht diese Verstümmlungen am Kadaver des Tigerkaters. Was für ein unfassbares Verbrechen an dieser harmlosen, verspielten Kreatur.

«Wo hast du ihn gefunden?», fragte Julia. Hilflos streichelte sie Trudes Arm, während die an der Schulter ihrer Freundin weinte. «An der Pumpe», schluchzte Trude. «Angenagelt! – Wie … wie an einem Kreuz.»

Ella-Ma erbleichte und sah Julia an. «Was sagst du da, Trude?»

«An die Pumpe genagelt», wiederholte Trude tonlos. «Gekreuzigt.»

Julia spürte, wie ein kalter Schrecken nach ihrer Kehle griff. «Gibt es jemanden im Dorf, der euch Böses will?»

Die beiden Frauen lösten sich langsam aus ihrer Umarmung. Trude wischte sich die Tränen ab. «Nein», sagte sie dann mit belegter Stimme, doch fest in der Überzeugung.

Auch Ella-Ma schüttelte den Kopf. «Nicht, dass ich wüsste», sagte sie. «Warum auch?»

«Könnte euer Katzenhüter, dieser Michael, sich vielleicht von euch verraten fühlen? Ungerecht behandelt?»

«Jetzt fängst du auch noch an, auf dem Jungen herumzuhacken!»

«Den Micha kennen wir als sehr tierlieb», bestätigte Ella-Ma. «Du weißt doch, dass er Sonjas Sohn ist. Sonja Lebelt, unsere Tierärztin. Sie ist mit deiner Schwester Barbara in die Klasse gegangen.»

«Ja. Natürlich kenne ich Sonja», seufzte Julia und rieb sich die Schläfen. «Welchen Verdacht habt ihr dann?»

Die beiden Gefragten zuckten die Schultern. «Im Dorf glauben sie, eine satanische Sekte treibe ihr Unwesen hier bei uns in Finkendörfel», sagte Ella-Ma.

Trude prustete. «Satan? – Blödsinn! Verbrecher sind das. Perverse. Katzenmörder, nicht mehr und nicht weniger!»

«Wenn es tatsächlich mehrere sind, ist mindestens einer von denen von hier», stellte Julia fest. «Jemand, der sich auskennt und keine Sorge hat, wenn er gesehen wird hier bei euch.»

Sie sah, wie beide zusammenzuckten und betroffene Blicke tauschten. Trude sah auf den Kadaver hinunter, den sie immer noch in der Hand hielt. «Einer von hier?», murmelte sie dann. «Wer sollte …? Und warum ausgerechnet jetzt?»

«Ja, das ist die Frage, nicht wahr?» Julia wurde bei ihren Worten klar, dass sie bereits inmitten der Ermittlungen zu den Katzenmorden von Finkendörfel steckte. Es war wie ein Sog. Widerstand zwecklos. Dazu lagen ihr die Betroffenen viel zu sehr am Herzen. «Den Jungen schließt ihr beide aus», fuhr Julia also fort. «Wer käme noch für eine solche Tat infrage? Wem traut ihr so etwas zu?» Sie deutete auf die Katze.

«Bei Pohls hing ein gehäutetes Kaninchen an der Hoflinde», erzählte Ella-Ma. «Vielleicht hat das was miteinander zu tun?»

Julia schüttelte den Kopf. «Das Kaninchen soll an Altersschwäche gestorben sein. Pohl selbst misst dem wenig Bedeutung bei. Er hält es für einen makaberen Scherz.»

«Das war ein Racheakt vom Hantzsch Rupert!», rief Trude. «Diesem Halunken traue ich jede Teufelei zu. Der stellt Fallen auf! Das ist verboten.»

Ella-Ma war nicht überzeugt. «Doch Hantzsch ist deswegen kein Katzenmörder.»

«Wieso denn nicht», ereiferte sich Trude. «Wenn Rupert was über den Durst getrunken hat, ist der zu allem imstande.»

Julia legte ihr begütigend die Hand auf die Schulter.

«Es soll aufgeklärt werden, mein liebes Trudchen: Ich verspreche es dir.»

«Du hilfst uns?»

In diesem Moment schob Julia endgültig ihre kleinlichen Bedenken beiseite. «Ja», sagte sie. «Ich kenne da einen guten Detektiv, den ich sowieso wegen einer Angelegenheit zurate ziehen möchte. Vielleicht kann er uns auch hierbei helfen.»

Trude sah Ella-Ma dankbar an. Dann legte sie den Schürhaken beiseite und reichte Julia die Hand. «Dann ist es beschlossen!» Den Katzenkadaver hielt Trude dabei wie beschwörend erhoben.

«Was soll nun mit dem Katerchen geschehen?», fragte Ella-Ma.

Julia betrachtete nachdenklich die tote Katze. «Ich denke, davon sollte die Polizei Kenntnis haben», sagte sie langsam. «Das hat doch etwas von einer Drohung. Am besten bringe ich das Tier zur Dienststelle nach Bautzen. Gib mir doch gleich mal die Anzeige, Trude!»

«So weit kommt es noch!» Trude versteckte demonstrativ die Katze hinter ihrem Rücken. «Ich fahre! Ich werde Katerchen diesem Flegel auf seinen sauber geleckten Schreibtisch werfen. Da kann er sich gleich selbst ein Bild machen von seiner – ‹Sachbeschädigung›!»

«An die Pumpe genagelt?», wiederholte Paul ungläubig.

«Ja.» Julia schaute in Pauls müdes Gesicht auf dem Bildschirm ihres Computers. Einen Moment hob sie die Augen, um in die Kamera zu spähen, damit sich ihre Blicke einmal träfen, doch Paul blickte nicht auf. «Im Dorf fangen sie an, ihre Katzen einzusperren. Es geht um wie eine Seuche», erzählte sie weiter, ohne sich ihre Enttäuschung anmerken zu lassen.

«Was geht um?»

«Die Angst.» Julia lehnte sich zurück in ihr Kopfkissen. «Heute kam eine Freundin von Ella-Ma zu ihr. Du kennst sie, es ist die Frau vom Leupold.»

«Heinz Leupold!», knurrte Paul. «Wie könnte ich den vergessen. Wenn einer alle Klischees eines Blockwarts erfüllt, dann der. – Was hat der uns nachgestellt früher!»

«Jetzt fühlt er sich, als würde ihm nachgestellt», sagte Julia. «Er war es, der die toten Katzen im Bornbusch fand.»

«Ist er nicht Jäger?»

«Ja, das ist er», bestätigte Julia. «Immer auf der Pirsch. Dieser Fund jedoch hat ihn so erschüttert, dass seine Frau jetzt Angst um ihn hat.»

«Inwiefern?»

«Sie erzählte Ella-Ma, dass ihr Heinz nur noch mit Gewehr herumlaufe und es selbst mit ins Bett nehme. Er rede lauter dummes Zeug, sagte sie, und fühle sich verfolgt. Er glaubt wohl, er sei verflucht.»

«Verflucht?» Jetzt sah Paul auf. «Das ist ja ein Ding. – Aber einen Hang zum Fanatischen hatte der Leupold schon immer.»

«Jetzt jedenfalls verbreitet er selbst Furcht und Schrecken, zumindest bei seiner Frau.»

«Er sollte sich in eine Therapie begeben», schlug Paul vor.

Julia seufzte. «Den will ich sehen, der ihn dahin bringt.»

«Undenkbar, in der Tat», bestätigte Paul mit einem unfrohen Lachen.

Sie schwiegen eine Weile.

«Wie tragen es unsere beiden lieben Alten?», fragte Paul dann.

«Ella-Ma ist sehr still», sagte Julia, «doch Trude will in den Krieg ziehen und den Katzenmörder jagen.»

«Recht hat sie!» Für einen Moment blitzte der vertraute Paul längst vergangener Tage auf in dem abgekämpften, übernächtigten Mann, der da in Boston an seinem Schreibtisch saß und mit seiner Frau über das Internet sprach. «Du hilfst ihnen doch, nicht wahr?»

«So gut ich kann», versicherte Julia. «Du weißt natürlich, dass ich Papa in der Kanzlei vertrete nach Ostern.»

«Ach ja, die Reise auf die Krim.»

Sie redeten eine Weile über Julias Eltern und ihren jüngeren Bruder Eddie, der sich auf drei Wochen sturmfreie Bude in Bautzen freute. Das brachte etwas Leichtigkeit in Julias Herz.

«Und wie geht es bei dir?» Julia hielt den Atem an, während sie auf seine Reaktion wartete.

Wie immer bei dieser Frage verschloss sich Pauls Gesicht. «Geht so», sagte er. «Der Druck ist groß. Der Auftraggeber will Ergebnisse sehen, damit sie in die Produktion gehen können.»

«Seid ihr denn schon so weit?»

«Ich kann nichts darüber sagen.»

Es schien Julia, als läge nicht nur ein halber Kontinent und ein Ozean zwischen ihnen, sondern ein ganzes Universum. Wann immer die Rede auf Pauls Forschungsarbeit am pharmazeutischen Institut in Bosten kam, verdüsterte er sich und wurde zu einem Fremden. Für einen Moment wallte in Julia die alte Kränkung auf, wegen Pauls Affäre mit seiner Kollegin Alicia, die ihre Ehe damals an den Rand des Abgrunds getrieben hatte. Julia glaubte, Paul verziehen zu haben. Doch tief im Herzen saß noch ein vergifteter Stachel des Misstrauens.

«Du brauchst dir keine Sorgen zu machen», sagte Paul, als hätte er ihre Gedanken erraten. «Es ist nur der Stress. Nichts anderes.»

Julia errötete. «Wie lange willst du diesen Stress noch aushalten mit eurer Studie?», fragte sie rasch.

Paul machte eine wegwerfende Bewegung. «Es ist eine schwierige, doch wichtige Phase jetzt. Wir gehen in die klinische Erprobung des Präparates. Jetzt kommt es darauf an.» Dann presste er die Lippen zusammen, als hätte er schon zu viel verraten. «Mehr kann ich darüber wirklich nicht sagen. – Glaube mir bitte!» Jetzt sah auch er in die Kamera über seinem Bildschirm und Julia konnte ihm in die Augen sehen.

«Du fehlst mir», sagte sie leise. Sie spürte, wie sich ihre Augen mit Tränen füllten.

«Du mir auch.» Seine Augen waren wieder auf den Bildschirm gerichtet, die lichte Verbindung durchschnitten. Ein hohler Abklatsch dessen, was sein könnte.

«Pass gut auf dich auf», sagte sie.

«Mach ich», erwiderte Paul mit einem müden Lächeln. «Und du auf unsere beiden lieben Alten.» Er zögerte einen Moment. «Werdet ihr Ostern zusammen verbringen?»

«Ja», sagte Julia gedämpft, die seine Einsamkeit in Boston spürte. «Ella-Ma lädt uns Restfamilie zum Essen ins Erbgericht ein. Eddie kommt auch.»

Sie plauderte noch etwas über Eddie und seinen Sozialeinsatz bei der Caritas, was Ella-Ma und Trude mit so unbändigem Stolz erfüllte, dass sie es bei jeder sich bietenden Gelegenheit erwähnten. Doch ihre Worte vermochten nicht, die tiefe Traurigkeit aus Pauls Gesicht zu wischen.

Noch lange, nachdem sie sich verabschiedet hatten, saß Julia in ihrem Bett, den noch warmen Laptop auf ihrem Schoß und die Kopfhörer in der Hand. Sie hatte das Licht gelöscht und starrte in die Dunkelheit. Die Sehnsucht nach einer Umarmung von Paul zog sich wie ein Reif um ihre Brust, so eng, dass sie kaum Luft bekam. Tränen liefen ihr über die Wangen. Es war so hoffnungslos. Absolut hoffnungslos.

3. Kapitel

Das Donnergrollen der Böllersalven rollte in Wellen durch das morgendlich stille Tal. Erste zarte Dämmerung weckte Vogelgesang. Von den Hängen des Bornbusches und des Eckertsberges leuchteten noch schwach die Reste der Osterfeuer. Im Süden hing ein verschleierter Halbmond tief am Himmel. Wind frischte auf.

Julia fröstelte. Sie war so früh erwacht heute, dass sie kaum glaubte, überhaupt Schlaf gefunden zu haben. Eine innere Unruhe trieb sie hinaus in den Ostermorgen. Sie hatte Ella-Ma und Trude die Nachricht hinterlassen, dass sie zur Frühmette gehen würde und nicht, wie ausgemacht, gemeinsam mit ihnen in den Festgottesdienst. Julia brauchte im Moment eine Prise Einsamkeit. Sie hoffte, dadurch Klarheit zu gewinnen. Das Wummern der Karbidkannen störte sie dabei nicht. Vielleicht vermochte es dieser alte Brauch zur Austreibung von Winterdämonen sogar, ihre quälenden Gedanken zu verjagen.

Julia trat aus der schützenden Dunkelheit der alten Parkbäume auf den oberen Teil des Friedhofes. Unter ihr lag die Kirche, schweigend noch. Im Kirchenschiff brannte schon Licht. Ein junges Pärchen hastete Hand in Hand über den Kirchhof. Sicher kamen auch sie von einem der Osterfeuer. In Julias Jugend hatten sie es nicht gewagt, beim Osterschießen Feuer zu entzünden. Das alte System hatte derlei Brauchtum nicht geduldet. Regelmäßig hatte es in der Schule Belehrungen über die Gefährlichkeit der laienhaften Karbidexplosionen gegeben und waren ihnen schauerliche Geschichten über abgetrennte Gliedmaßen und verbrannte Gesichter erzählt worden, die sie in ihrem damaligen Leichtsinn natürlich nur belächelt hatten. Zum Glück war ihnen aber nie etwas geschehen, wenn sie damals am Steinbruch am Eckertsberg die Milchkannen unter den Fangnetzen scheppern ließen. Etwas Wasser auf Karbid in einem Sprenggefäß, das möglichst viel Lärm machte, und die Zündung eines Mopeds. Und dann:

Krach! Und Wumm! Der schöne Schauer des Verbotenen. Julia war jedoch nur Mitwisser und Zuschauer gewesen. Laute Geräusche hatten ihr schon als Kind immer großen Schrecken eingejagt. Meist hatte sie hinter Pauls Rücken gesessen und sich die Ohren zugehalten, wenn die Zündung erfolgte und der Boden unter ihnen erbebte von der Explosion. Aus der Ferne erschien ihr dies heute wesentlich angenehmer.

Eine nächste Salve antwortete von Eckertswalde herüber dem Osterschießen der Finkendörfeljugend, die sich oben am Bornbusch versammelt hatte. Heute waren Osterschießen und Osterfeuer halb offizielle Attraktionen zu den Feiertagen; besonders beliebt bei der Jugend, die zu Ostern auf Urlaub zu ihren Familien gekommen war. Viele hatten in der Fremde ihr Auskommen gefunden. Doch die Verbundenheit mit der Heimat blieb fest verwurzelt und schweißte sie zusammen, auch in solchen Abenteuern.

Unter diesen Gedanken ging Julia den Pfad an der Friedhofsmauer entlang hinunter zur Kirche. Die wachsende Helligkeit des Ostermorgens ließ die Sterne verblassen und die Stämme der noch kahlen Birken bleich erscheinen wie totes Gebein.

Julia saß noch nicht lange in der Kirchenbank, als ihr Magen zu revoltieren begann. Ihr war schlecht. Wie an jedem Morgen der vergangenen Tage. Sie machte sich keinerlei Illusionen mehr. Die Zeichen waren untrüglich. Ihr Körper wusste es schon lange. Nur der Verstand hatte sich bisher geweigert, der Tatsache ins Auge zu blicken: Sie war schwanger.

Übelkeit flutete auf. Schon sammelte sich gefährlich viel Speichel in ihrer Mundhöhle.

Der Jugendchor sang gerade den Ostergruß. Julia kannte das Lied. Sie versuchte, sich auf den Text zu konzentrieren, um sich abzulenken, doch die Übelkeit wurde stärker. In weiser Voraussicht hatte sich Julia in die Nähe der Kirchentür gesetzt. Buchstäblich in letzter Sekunde sprang sie auf und eilte hinaus. Sie spürte die verwunderten Blicke der Gemeinde im Nacken, als sie die Tür hinter sich schloss.

«Halleee-luuuu-jaaaaaaah!»

Julia stürzte aus der Kirche und übergab sich zwischen den riesigen Rhododendronbüschen, die den Kirchhof säumten. Ihr Innerstes schien sich nach außen stülpen zu wollen, so heftig waren die Wellen des Erbrechens. Für den Bruchteil eines Momentes blitzte der Wunsch in ihr auf, sie könne diese winzige Kaulquappe, die sich da in ihr eingenistet hatte, gleich mit ausspeien.

Endlich ließen die Stürme nach. Julias Hand fand Halt an dem Gedenkstein für die Gefallenen der letzten Kriege. Sie zitterte. Welche Schwangerschaftswoche müsste es sein? Die sechste? Siebente? Da schlug bereits das kleine Herz, wie sie von Paul wusste.

Mit welcher Spannung und froher Erwartung hatten sie bei ihrer ersten Schwangerschaft jede Entwicklungsphase ihres Kindes verfolgt, wie sehr gebangt, wie viel erhofft. Doch dann, nach wenigen glücklichen Wochen mit dem Baby, die sie so arglos genossen hatten, verloren sie alles. Sie fanden Stevie tot in seinem Kinderbettchen. Über Nacht hatte er sie wieder verlassen, so als habe es sich dieses Seelchen plötzlich anders überlegt.

Julias Herz krampfte sich zusammen bei dieser Erinnerung. Nie hörte es auf. Niemals wurde der Schmerz weniger, nur seltener in seiner Heftigkeit. Ihr Kind war tot.

Sie war nicht bereit, solches Leid noch einmal zu ertragen. Es war ihre Entscheidung, ganz allein. Niemand wusste von dem Wesen, das da ungebeten zu ihr gekommen war, nicht einmal Paul. Eine nüchterne Stimme in ihr flüsterte, dass sie sehr wohl beide dafür verantwortlich waren. Zumindest hatten sie es nicht verhindert. Sie hatten einfach nicht daran gedacht. Julia verdrängte diese mahnende Stimme.

Ohne dass es ihr so richtig bewusst geworden war, hatte sie sich auf den Weg über den Friedhof hinauf zu dem Familiengrab der Veits gemacht. Dort stand das Weidenbäumchen, das Paul als Ableger vom Grab ihres Söhnchens aus Boston mitgebracht hatte. Der Schmerz schnürte Julia die Kehle zu. Sie musste einige Male tief atmen, um sich zu befreien. Eine sinnlose Wut auf dieses Wesen stieg in ihr auf. Was würde das Kind denn hier erwarten?

Seine Eltern lebten getrennt. Keiner hatte Zeit. Es würde zwischen Katzenkindern von Urgroßmutter und Trude bemuttert und verhätschelt bald zu einer missratenen Plage heranwachsen. Das schlechte Gewissen der Eltern würde seine Selbstsucht mästen. Oder wollte es gar Ersatz sein für sein verstorbenes Brüderchen? Ein Wiederkehrer? Voller Grausen wandte sich Julia vom Grab der Veits ab.

Der Frühlingsmorgen war nun vollkommen und übermütig zwitschernd erwacht. In den Bergen wummerten noch ein paar Unentwegte.

Julia blickte vom Hang des Gräberfeldes über die weiten, sanft geschwungenen Felder und Wiesen bis hin zu der Aue, die sich am Fuße des Eckertsberges hinzog. Das Donnern des Osterschießens verstummte meist erst mit dem Läuten der Kirchglocken zum Festgottesdienst. Sonst liebte Julia diese Hochzeit der heidnischen und christlichen Bräuche an den Feiertagen. Sie gaben ihr immer ein Gefühl der Ganzheit, der Geborgenheit in einer unsichtbaren und doch machtvollen Einheit.

Heute jedoch vermochte sie in dem Donnergrollen des Osterschießens nur die Ankündigung von etwas Unheilvollem zu erkennen. Statt das Böse zu vertreiben, schienen die Böller es geradezu anzuziehen.

Eben wollte sich Julia auf den Heimweg machen, als eine ohrenbetäubende Explosion ganz in der Nähe sie zusammenschrecken ließ. Vor der Sakristei stieg eine weiße Rauchwolke auf. Julia sah, wie einige Gestalten auf den Mauerdurchbruch beim Haus des Friedhofswärtes zuliefen. Bei einem der Flüchtenden glaubte Julia die fliegenden Beine eines Mädchens zu erkennen. War das die noch unbekannte Pya? Doch Bodo Pohl hatte erwähnt, dass sie eine Jugendweihe für Pya vorbereiteten. Was sollte das Mädchen also hier bei der Kirche?

Die Kinder erreichten die Friedhofsmauer und setzten über den eingefallenen Teil hinter dem Komposthaufen hinüber, um gleich darauf im angrenzenden Park zu verschwinden. Julia hörte das knatternde Geräusch eines Mopeds, das ansprang und davonfuhr.

Was für ein übler Streich! Julia hallten die Ohren. Sie rannte zur Sakristei hinunter, wo noch die Qualmwolke schwebte. Bei ihrer Ankunft öffnete sich die Tür und Pfarrer Thieme steckte seinen kahlen, runden Schädel durch den Spalt. «Sie?» Die kleinen Augen hinter seinen Brillengläsern weiteten sich.

«Aber nein, nicht ich», rief Julia atemlos. «Doch ich habe sie fliehen sehen. Es waren drei oder auch vier. Ich glaube, es war ein Mädchen dabei.»

«Ein Mädchen!» Thieme hatte inzwischen seine Kugelgestalt vollends aus der Pforte geschoben. «Ein Mädchen», wiederholte er mit resigniertem Murmeln. «Was sind das nur für Zeiten! Osterschießen während des Gottesdienstes, das hat es noch nie gegeben.»

«Das hat auch nichts mit Tradition zu tun, Herr Pfarrer», sagte Julia. «Das – ist ein Anschlag!» Sie schob mit dem Fuß die große Gurkendose beiseite, die durch die Explosion an die Sakristeitür geschleudert worden war. Sie hatte eine tiefe Einkerbung in dem alten, gezimmerten Holz hinterlassen. Daneben lag eine ganze Kette von zerbeulten Dosen. «Das nenne ich Sachbeschädigung und Ruhestörung.» In Julia erwachte professionelle Entrüstung. «Wenn Sie es wünschen, erstatte ich Anzeige im Namen der Kirchgemeinde. Gegen unbekannt.»

«Unbekannt?», rief Thieme. «Ich glaube, jeder weiß, wer hier dahintersteckt.»

«Ist alles in Ordnung, Theobald?», fragte eine Stimme hinter der halb geöffneten Tür. Ein blasses, spitzes Gesicht erschien und blickte zunächst vorsichtig nach allen Seiten, bevor ein Mann im Sonntagsanzug heraustrat, der ihm um den Leib schlotterte, so als habe er innerhalb kürzester Zeit stark an Gewicht verloren.

«Jaja», sagte Pfarrer Thieme und wedelte ungeduldig mit der Hand. «Unsere Julia hier will sich gleich darum kümmern, dass die Polizei von dieser Schandtat erfährt. Und hoffentlich auch die Spitzbuben überführt!»

«Guten Tag, Herr Leupold», grüßte Julia, die den Mann nun erkannte. Er betrachtete sie mit einer Mischung aus Misstrauen und Angst. Sein Adamsapfel zuckte vor Aufregung, während Julia und der Pfarrer sich über die Trümmer der Blechdosenbatterie beugten. «Sieht nach Profiarbeit aus», urteilte der Pfarrer widerwillig anerkennend. «Seht nur mal, wie raffiniert die die Zünder miteinander verkoppelt haben.» Er beugte sich interessiert weiter hinab.

«Nichts anfassen», kommandierte Heinz Leupold. Mit aschfahlem Gesicht studierte auch er die Trümmer des Anschlages. «Der Teufel selbst», murmelte er, «dann ist es also wirklich wahr.»

«Was ist wahr, Heinz?», fragte der Pfarrer.

«Es ist ein Fluch!», sagte Leupold finster. «Ein Fluch liegt über Finkendörfel.»

Pfarrer Thieme richtete sich auf und rückte seine Brille zurecht. «Ich muss doch wohl sehr bitten, mein lieber Heinz. Was sind denn das für Parolen am Ostermorgen! – Das …», er deutete auf die Blechdosen, «das ist ein wirklich böser Streich. Nicht mehr und nicht weniger. – Und er wird gesühnt werden.»

Aus dem Inneren der Kirche begann die Orgel zu dröhnen.

«Was denn?», rief Leupold mit einem Schauder. «Die werden doch nicht einfach weitermachen?»

«Natürlich machen wir weiter», brummte Thieme. Energisch schob er den widerstrebenden Heinz Leupold in die Sakristei zurück. Dann wandte er sich an Julia und seine Miene nahm wesentlich freundlichere Züge an. «Wenn Sie also so gut sind, meine Liebe, und sich unserer Sache annehmen?»

«Das mache ich», erwiderte Julia. «Ich finde es gut, dass Sie den Gottesdienst nicht abbrechen deswegen.»

Der Pfarrer reckte sich. «So weit kommt es noch!» Sein Doppelkinn wackelte kriegerisch. «Heut ist der Tag, an dem Satan überwunden ist!»

4. Kapitel

«Die Leute reden von nichts anderem», rief Trude über ihre Schulter hinweg. Im Sturmschritt lief sie Ella-Ma und Julia voran in Richtung Gasthof.

«Ich kann es nicht fassen.» Ella-Ma schnaufte in der Eile, die ihre Freundin vorlegte. «Erst diese Katzenmorde und nun gar ein Attentat auf unsere Kirche! Was kommt wohl als nächstes?»

«Da dürfen wir uns fragen, ob wenigstens das die Herrn Ordnungshüter aus ihrer Schreibtischseelenruhe reißt.» Trude schlenkerte die große Schnallenhandtasche, die sie nur an hohen Festtagen mit sich führte. «Ich hoffe, du hast denen ordentlich Dampf gemacht, Julia.» Sie schritt so weit aus, wie es ihr die Rockweite ihres Frühlingskostüms erlaubte. Für Julia gehörte der spektakulär geblümte Auftritt von Gertrude Hölzel seit Jahren zu Ostern wie Glockengeläut, Osterschießen und Feiertagsschmaus im Erbgericht. Dorthin strebte Trude nun. Sie hatte Hunger. Ihre Begleiterinnen wussten, dass es in diesem Zustand unmöglich war, sie zu bremsen. Also hechelten sie der langen Gertrude so rasch nach, wie es ihnen möglich war, ohne dass es den anderen Osterspaziergängern wie ein Wettrennen erschienen wäre.

Als der gut besuchte Biergarten des Erbgerichtes in Sicht kam, beschleunigte Trude noch einmal ihre Schritte. Das war der Augenblick, in dem die kleine Ella-Ma aufgab und nach dem Arm ihrer Enkelin griff. «Und du meinst, es waren drei?», japste sie.

«Vielleicht auch vier», sagte Julia. «Ich würde sagen, es war mindestens ein Mädchen dabei.»

«Und Micha?»

«Unwahrscheinlich», antwortete Julia. «Ich habe Sonja angerufen. Sie sagt, ihr Sohn sei über Ostern bei seinem Vater und dessen Familie in Cunewalde. Mit Bestimmtheit kann ich das jedoch nicht ausschließen. Ich kenne den Jungen nicht näher.»

Ella-Ma schnaufte durch. «Das wird sich vielleicht ändern, wenn du weiter wegen der Katzenmorde ermittelst. Trude will, dass du mit Micha redest.»

«Gut.» Enthusiastischer vermochte Julia ihre Antwort nicht zu formulieren, worauf hatte sie sich da bloß eingelassen? Sie wusste kaum, wie sie all ihre Termine unter einen Hut bekommen sollte. Da stand eine Gerichtsverhandlung an, in der sie ihren Vater vertrat. Eine weitere musste sie vorbereiten. Und der Fall Bodo Pohl konnte auch nicht ruhen. Wegen der Ferien musste sie den Kontakt mit der streitbaren Rita Gerlach in die nächste Woche vertagen. Ein Besuch bei Pya und ihrer Mutter war vereinbart. An den anderen üblichen Bürokram wollte sie gar nicht denken. Doch versprochen war versprochen. Immerhin hatte sie einen ersten Termin mit HaHa, wenn der auch eher zurückhaltend geklungen hatte.

«Ich will sehen, wie sich das einrichten lässt», sagte Julia also brav.

Ihre Großmutter nickte zufrieden.

Der stattliche Bau des Erbgerichtes erhob sich vor ihnen. Auf dem übervollen Parkplatz davor glänzten die Autodächer in der warmen Frühlingssonne. Nach dem langen Winter war nahezu ohne Übergang ein Frühsommer ausgebrochen.

«Wieso warst du eigentlich draußen auf dem Friedhof, als es passierte», fragte Ella-Ma plötzlich, «wo doch noch die Andacht …»

«Wir sollten uns jetzt wirklich beeilen, Oma. Trude ist schon drüben.»

«Eine Katastrophe!», rief Trude ihnen entgegen. «Wir kommen zu spät! Kein Platz mehr frei.» Die Enttäuschung darüber ließ ihre Augen glasig werden. «Wir hätten doch einen Tisch bestellen sollen, Ella!»

«Ja, aber wer denkt denn an so etwas», verteidigte die sich schwach und noch etwas atemlos. «Im Erbgericht gab es bisher immer Platz für alle.»

«Das liegt am neuen Koch. Dieser Oliver Miskowitz soll richtig gut sein. Weltklasse für Finkendörfel.» In Trudes Stimme begann sich schon wieder Begeisterung zu schleichen. «Ah, da kommt ja schon jemand.»

«Hallo Jörg!», rief Julia, als sie ihren Jugendfreund erkannte, der gerade leere Gläser auf einem runden Tablett balancierte. Seine Frau Katja Mosig war seit einem Jahr die Wirtin des Erbgerichtes. Auch sie war eine Freundin aus früherer Zeit. «Na? Opferst du deinen Urlaub Katjas Gastgewerbe?» Sie lächelte ihn an. Die Antwort kam wesentlich gedämpfter, als sie erwartet hatte. «Bin raus aus der Leiharbeit», murmelte Jörg. «Da steh ich jetzt halt hier hinterm Tresen.»

«Das tut mir leid», erwiderte Julia, betroffen über sein unglückliches Gesicht. «Katja ist heute aber bestimmt froh, dass sie dich zur Unterstützung hat.»

Ihre Worte führten dazu, dass sich Jörgs Gesicht noch mehr verfinsterte. «Sie ist in der Küche», sagte er.

«Aber ich denke, ihr habt diesen neuen Koch?», mischte sich Trude ein.

«Mhm, haben wir», brummte Jörg. Er führte sie zu einem der kleinen, nicht eingedeckten Gartentische unter der Hoflinde als Warteposition, bis etwas frei würde.

«Wir brauchen einen Tisch für vier Personen, Jörg», verkündete Ella-Ma. «Eddie kommt dann auch gleich von seinem Dienst.»

Julias jüngerer Bruder Edgar sollte zwischen seinem Morgen- und seinem Nachmittagseinsatz bei der Caritas bei ihnen auftauchen und gemeinsam mit ihnen das Ostermahl einnehmen. Eddie war mit nie gekanntem Ernst und wahrem Feuereifer bei seiner Arbeit im Pflegedienst, ganz im Gegensatz zu der selbstverständlichen Sorglosigkeit seiner 19 Jahre, mit der er sonst das Leben zu nehmen wusste. Julia erfüllte diese Wandlung mit Stolz, auch wenn sie dies nie öffentlich verkünden würde. Es war schon etwas Besonderes, wenn der kleine Bruder so langsam erwachsen wurde.

«Tisch für vier Personen», notierte Jörg, «aber es kann gut eine Stunde dauern. Tut mir leid. Ihr seht ja, was heute hier los ist. Und da können wir noch froh sein, dass das Wetter mitspielt.»

Ein Brausen von Gesprächen und Tellerklappern lag über dem sonnendurchfluteten Hof des Erbgerichtes, Gelächter und Blasmusik einer Kapelle weiter hinten. Zwischen den Tischen zwängten sich Mädchen in langen, dunkelgrünen Leinenschürzen mit ihren vollbeladenen Tabletts hindurch. Köstlicher Duft nach Gebratenem und Buttergemüse durchzog den Wirtshausgarten. Julia knurrte der Magen. Die Übelkeit der Morgenstunde war vergessen.

«Vielleicht können wir wenigstens schon etwas trinken?», fragte Trude und quetschte sich hinter das kleine Tischchen auf die Holzbank, die um die Linde gezimmert war. Von dort aus hatte sie den besten Überblick.

«Vanessa wird sich gleich um euch kümmern», sagte Jörg.

«Vanessa?»

«Unsere Nichte», rief Jörg, der sich zum Gehen anschickte. «Die hilft hier aus in den nächsten Wochen.» Er war schon auf seinem Weg durch die dicht gestellten Tische in Richtung Gaststube.

«Unser unfreiwilliger Herr Gastwirt sieht aber reichlich genervt aus», bemerkte Julia. «Ob das wohl auch an dem neuen Koch liegt?»

«Eher an den vielen Gästen», seufzte Ella-Ma. Sie setzte sich neben Julia auf einen der Gartenstühle. Mit einiger Besorgnis betrachtete sie ihre hungrige Freundin Trude. Doch die war bereits ganz vergnügt dabei, die Gästemischung zu analysieren.

«Vanessa», wiederholte Ella-Ma für sich. «Ich frage mich, ob es seine Nichte ist oder die von Katja.»

«Von Katjas mittlerer Schwester, glaube ich», verkündete Trude wie nebenbei. Mit gerecktem Hals verfolgte sie jede Bewegung an den Tischen, wo sie auch nur ein bekanntes Gesicht entdeckte. «Viele Osterbesucher, wie mir scheint. Da kennt man ja kaum einen.»

«Dann ist sie also die Cousine von Michael», überlegte Ella-Ma laut. «Ich frage mich, wie sie sich wohl mit unserem Micha versteht.»

Julia merkte auf. «Du meinst, ob sie Einfluss auf den Jungen hat?»

Auch Trude unterbrach ihre Visitation. «Wäre gut, wenn der Junge redet», flüsterte sie und beugte sich mit Verschwörermiene über den Tisch. «Seine Familie hat mächtig Scherereien wegen dieser Verleumdung. Lebelts Alfons hat gestern eine üble Schmiererei an der Hauswand wegmachen müssen.» Trude machte eine Pause. «‹Katzenmörder› – hat da jemand hingeschmiert. – Das ist gar nicht gut für Sonjas Tierarztpraxis. Die armen Lebelts! Der arme Micha! Was muss der Junge jetzt durchstehen.»

Sie wartete auf ein Echo ihres Bedauerns von den anderen. Als das nicht kam, fuhr sie eifrig fort: «Weißt du, Julia, der Micha ist ein … ein gar nicht so schlechter Bursche.» Sie fixierte Julia so beschwörend, dass diese sich ein Schmunzeln verkneifen musste. «Du solltest ihn mal kennenlernen. Vielleicht bekommst du die Wahrheit aus ihm heraus.»

«Wir werden sehen, Trudchen, was sich machen lässt.» Julia war bereits im Geiste dabei, ihren Terminkalender freizuschaufeln, um diesen angeblich so prachtvollen und völlig missverstandenen Burschen Michael Lebelt kennenzulernen, dem man im Dorf die Schuld oder zumindest die Mitwisserschaft an den Katzenmorden gab. Trude wollte eben zu einer Antwort ansetzen, als ein Schatten auf sie fiel.

«Hey! Ich bin Vanessa», sagte der Schatten lässig mit dunkler Mädchenstimme. «Onkel Jörg sagt, ihr wollt schon mal was zu trinken bestellen?» Sie reichte ihnen die Speisekarten, die Trude begierig an sich nahm. Ella-Mas überraschtes Mienenspiel beim Erscheinen des Mädchens ließ auch Julia sich umwenden, um sich Katjas Nichte genauer zu betrachten. Vanessa war von großer, üppiger Gestalt. Schon lange hatte Julia keine solch selbstverständlich zur Schau getragene Sinnlichkeit gesehen. Ein Mieder hob den Ansatz ihres weißen Mädchenbusens in den Ausschnitt eines mittelalterlich anmutenden Kleides. Auf den linken Brustansatz war eine geflügelte Schlange tätowiert. Genau darauf war Ella-Mas entgeisterter Blick geheftet, bevor er langsam an dem Mädchen auf und ab wanderte. Die typische grüne Leinenschürze des Erbgerichtes trug Vanessa als Schärpe drapiert. Sie hatte einen Schreibblock vor sich in den Bauch gestemmt und blickte die Gästerunde erwartungsvoll an. Julia bemerkte Runenzeichen auf den Ringen ihrer Hände. Die Fingernägel waren dunkelviolett lackiert. Schmucksteine darauf glitzerten im Sonnenlicht. Wie nebenbei steckte sich Vanessa eine Locke zurück unter das Tuch, das in Gesellschaft mit Bändern und Spangen dazu angelegt war, ihre geradezu wilde Haarpracht zu bändigen, die Vanessa rabenschwarz gefärbt hatte. In ihrem Puppengesicht wirkten die dunkel geschminkten vollen Lippen wie ein Blutfleck. Die Nase des Mädchens war etwas zu breit, wie Julia fand, dafür hatte es große, ausdrucksvolle Augen von unergründlicher graugrüner Tiefe, die an einen Waldsee erinnerten. Gewiss vermochte es dieses Mädchen, so manchen Mann um seinen Verstand zu bringen.

In leiser Ungeduld trommelte Vanessa mit ihrem Stift auf dem Block. Das Lächeln ihrer tiefroten Lippen jedoch blieb gleichmütig freundlich und zauberte Grübchen auf ihre Wangen.

«Soso!», sagte Ella-Ma, die sich endlich gefasst hatte, «die Nichte von Katja also. Von der mittleren Lebeltschwester?»

«Von Lebelts Ruth, genau.» Die Grübchen auf den Wangen vertieften sich belustigt.

«Da bist du also die Cousine von Michael», stellte Trude fest und musterte Vanessa eindringlich dabei.

Das Lächeln erlosch augenblicklich. Ein Schatten der Vorsicht verdunkelte Vanessas Gesicht. «Das bin ich», sagte sie dann langsam. Abwartend blickte sie von einem ihrer Gäste zum anderen.

«Julia und ich wollen nämlich den wahren Katzenmörder finden», verkündete Trude. «Wir glauben natürlich nicht, dass Micha so etwas tun könnte.»

Vanessa atmete tief ein, ohne den Blick von Trude zu wenden. «Katzenmorde? – Nein, gewiss nicht. Der arme Micha», fügte sie hinzu. Dann kehrte das Lächeln in ihre Augen zurück. Mit so viel familiärer Loyalität fand das schöne Kind auf der Stelle Sympathie bei Ella-Ma und Trude, trotz ihrer außergewöhnlichen Erscheinung, die so gar nicht in das Bild der bieder frommen Familie Lebelt passen wollte.

«Also, ich nehme ein Bier vom Fass», ließ sich Trude schließlich vernehmen. Ella-Ma bestellte einen Weißwein. «Wollen wir gleich eine Flasche nehmen, Julia?», setzte sie hinzu.

«Für mich nur Wasser», sagte Julia schnell. «Vielleicht muss ich noch fahren heute.»

Zufrieden rauschte Vanessa mit der Bestellung davon.

«Also, ich weiß wirklich nicht, was die Leute an dem neuen Koch finden», sagte Trude verdrießlich, die sich wieder der

Speisekarte gewidmet hatte. «Lauter so neumodisches Zeug, das es jetzt hier gibt. Ent-re-co-te … Was soll denn das bitte sein?»

«Rindfleisch», sagte Julia, die belustigt das wechselhafte Mienenspiel ihrer Großmutter betrachtete, mit der diese Vanessa hinterherstarrte. Als Ella-Ma Julias Blick spürte, lächelte sie ertappt. «Bemerkenswert, nicht wahr?», sagte sie rasch.

Julia zwinkerte ihr zu. «In der Tat.»

«Na, dann sollen sie doch auch Rindfleisch hinschreiben», murrte Trude derweil und klappte die Speisekarte zu. «Jetzt muss ich auch noch fremdländisch lernen, nur wenn ich mal zu Ostern einen Braten in unserem Gasthof essen will. – Habt ihr denn schon was gefunden?»

«Aber Trude, wir haben doch noch nicht einmal einen Tisch.»

«Ich habe aber Hunger!»

«Seht mal, da ist Eddie», rief Ella-Ma.

Trudes Hunger war im Nu vergessen. «O ja! – Aber wer ist da bei ihm? Ist das etwa der Koch? Und wer ist da noch?»

Ella-Ma reckte sich so unauffällig wie möglich, um besser sehen zu können. «Das sind tatsächlich Annabella Miskowitz und ihr Sohn», bestätigte sie im Flüsterton.

«Da brauchen wir uns nicht zu wundern, wenn das mit unserem Osteressen dauert», bemerkte Julia trocken, «wenn unser Koch nicht hinter seinen Töpfen steht.» Doch auch sie drehte sich neugierig nach den Neuankömmlingen um.

Eddie diskutierte wie üblich mit großer Geste. Seine lange, schlaksige Gestalt überragte den kompakten Oliver Miskowitz. Dessen Mutter Annabella erschien dagegen geradezu winzig. Sie war ein kleines, gebeugtes Weibchen. Ihr ergrautes, langes Haar trug sie offen. Sie hatte Bänder hineingeflochten. Wie ein furchtsames Kind hielt sich Annabella an der Seite ihres Sohnes, der gerade eindringlich auf Eddie einredete. Julia erhob sich und ging auf die Gruppe zu.

«Schwesterherz!», begrüßte Eddie sie grinsend und so, als habe er sie hier als Letzte erwartet. Noch bevor Julia ein weiteres Wort sagen konnte, sah sie sich von Trude und Ella-Ma flankiert, die erst Eddie in Beschlag nahmen und dann mit vereinten Kräften über Oliver Miskowitz und dessen Mutter herfielen. «Meine liebe Annabella», rief Ella-Ma, «wie geht es dir?»

Annabella Miskowitz hatte taubenblaue Augen. Sie erinnerten Julia an einen weiten Herbsthimmel, an dem die Vögel ziehen. Im Moment starrten diese Augen jedoch voller Misstrauen auf alle Umstehenden. Dann blickte Annabella zu ihrem Sohn auf. Olivers Augen waren eine Spur heller als die seiner Mutter. Zu Julias Erleichterung blickten die sicher und wesentlich munterer in die Welt. «Entschuldigen Sie bitte», versuchte er das Schweigen seiner Mutter zu erklären. «Bella ist viel zu oft allein.»

«Sie brauchen sich doch nicht zu entschuldigen, Herr Miskowitz», erklärte Ella-Ma milde. «Ihre Mutter war eine meine Schülerinnen. Ich kenne ihre Geschichte.»

«Sie sind Ella Veit? Die Lehrerin aus der Dorfschule? »

«Ja.»

«Bella hat so oft von Ihnen erzählt, als wir noch in der Fremde waren …» Der abweisende Gesichtsausdruck Annabellas strafte die Worte ihres Sohnes Lügen. «Sie hat heute einen ihrer schlechteren Tage», meinte Oliver verlegen. «Deswegen musste ich auch kurz heim. Eddie hatte mich gerufen.» Er blickte in die übervolle Gästerunde. «Derweil werde ich dringend in der Küche gebraucht.»

«Keine Sorge», mischte sich Trude ein. «Wir kümmern uns um Annabella», verkündete sie nur scheinbar uneigennützig.

Oliver Miskowitz war seine Erleichterung über diesen Vorschlag anzusehen. «Du sitzt mit bei deiner Frau Veit am Tisch. Eddie ist auch dabei.» Er sprach langsam und eindringlich mit ihr.

Julia betrachtete währenddessen ihren Bruder Edgar. Der freiwillige Dienst stand ihm gut, wie sie fand. Überhaupt war er ein schmucker Bursche geworden. Ein Wunder, dass Eddie noch nicht von Mädchenschwärmen belagert wurde.

«So», unterbrach sich Oliver, «ich muss nun wirklich zurück in die Küche.» Nach einem raschen, schuldbewussten Abschied eilte er in Richtung Hauptgebäude.

Ella-Ma und Trude hakten die kleine Frau Miskowitz unter und zogen die Widerstrebende unter großem Palaver zu ihrem Tisch, während Oliver sich nun an seine Töpfe machte und Trude neue Hoffnungen auf ein zünftiges Ostermahl schöpfte. «Dein Sohn hat ja so einen guten Ruf, Bella! Ich liebe Köche. Und was für ein stattlicher junger Mann dein Oliver ist …»

Lächelnd sah Julia ihnen hinterher. «Ich glaube, diese kleine Frau ist gerade adoptiert worden von unseren beiden lieben Alten», sagte sie zu Eddie. «Nun wird sie nicht mehr so viel allein sein. Da bist du fürs Erste entlastet, Bruderherz.»

«Naja, sie bekommt auch Besuch von den Schülern, weißt du?», erwiderte Eddie ungewohnt bescheiden. «Die haben da von der Schule so ein Generationenprojekt laufen.»

«Ich habe davon gehört», sagte Julia.

«Manchmal denk ich aber, Annabella ist ganz gern allein», fuhr Eddie fort, während sie langsam zum Tisch schlenderten. «Bella malt ganz super, weißt du? Sie hatte schon ihre eigenen Ausstellungen. – Sie ist eben nur so ein bissel in ihrer eigenen Welt.»

«Wie meinst du das?», fragte Julia.

«Du solltest ihre Bilder sehen. Die sind einfach irre gut. Seit der toten Katze ist Bella aber durch den Wind. Ist ja klar.»

«Trude hat auch eine tote Katze gefunden», sagte Julia leise. «Am Gründonnerstag. Die Katze war verstümmelt.» Sie berichtete ihm kurz davon.

Eddie sah sie erschrocken an. «Du … du kümmerst dich darum?»

«Mhm», machte Julia.

«Du musst!»

«Lass uns zu den anderen gehen!» Julia war nicht bereit, tiefer auf dieses Thema einzugehen. Doch kaum saßen sie zu fünft an ihrem winzigen Tisch, als Eddie wieder darauf zurückkam. «Bella kann euch die Stelle zeigen, wo sie ihr Kätzchen gefunden hat», rief er. «Sie malt dort immer.»

Ella-Ma und Trude wechselten einen bedeutungsvollen Blick. «Das sollten wir tun», murmelte Ella-Ma dann. «Wir hätten es schon lange tun sollen. Ich weiß gar nicht, was uns bisher davon abgehalten hat?»

Trude nickte eifrig. «Da kommen wir dich besuchen, Bella», brüllte sie der kleinen Frau ins Ohr. «Wir bringen dir ein neues Kätzchen.»

«Eine gute Idee», pflichtete Eddie bei. Alle sahen Annabella erwartungsvoll an, doch die stierte vor sich hin, als berühre sie das alles nicht. Eine Weile herrschte betretenes Schweigen an ihrem Tisch, während um sie herum das Gasthofleben schwirrte. Die Kapelle setzte nach ihrer kleinen Pause zu einer Polka an.

«Ich finde dir ein feines neues Kätzchen», meinte Trude schließlich versöhnlich und tätschelte Annabellas Arm, ohne dass sie darauf eine Reaktion erhalten hätte.

«Sie hat ihre Medikamente genommen», erklärte Eddie im Ton des allwissenden Fachmanns. «Da ist sie so. – Aber dass ihr sie besuchen kommt, ist super. Komm doch gleich mit, Julia. Da siehst du mal, wo diese Kunden da gehaust haben.»

«Welche Kunden?», fragte Julia abweisend. Es passte ihr überhaupt nicht, dass Eddie hier so selbstherrlich über ihre Zeit verfügte.

«Na, die Satanisten!» Eddie sah seine Schwester an, als käme die gerade vom Mond.

Annabella gab ein schmatzendes Geräusch von sich. Ihre Augen hatten sich auf Eddie geheftet. Der wurde unsicher. «So reden sie halt im Dorf», verteidigte er sich.

«Ich wusste gar nicht, dass du dich zu einer Tratschtante entwickelt hast», spottete Julia.

«Aber, das musst du gesehen haben, Julia! Echt wie auf einem Hexenplatz.»

«Also, ich schaue mir das auf jeden Fall an, wenn ich dir die Katze bringe, Bella», verkündete Trude. Ella-Ma sah Julia forschend an. «Ich wünschte, du würdest uns begleiten, Julia», sagte sie dann. «Vielleicht erkennst du ja einen Zusammenhang zwischen den Katzenmorden und dem heutigen Attentat.»

«Attentat?» Eddie, der noch ahnungslos war, wurde nun wortreich von Trude informiert. Es blieb Julia nicht viel anderes übrig, als nur ab und an dazu zu nicken.

«… und dann sind sie abgehauen, Eddie. Zum Glück! Stell dir nur vor: Unsere Julia ist gerade mal noch so davongekommen.»

«Ach Trude!», wehrte Julia ab. «Ich war doch weit genug weg.»

Eddie sah skeptisch auf seine Schwester. «Wieso warst du eigentlich da draußen und nicht in der Kirche?»

«Ah, da kommen ja die Getränke!», sagte Julia schnell.

Vanessa stellte das Tablett schwungvoll auf das Tischchen und verteilte, was bestellt war. «Und was kann ich euch zu trinken bringen?», fragte sie mit ihrer dunklen Stimme die Neuankömmlinge. Sie bekam keine Antwort. Bella brabbelte etwas Unverständliches vor sich hin und Eddie schien es die Sprache verschlagen zu haben. Der Stuhl wackelte bedenklich, als Eddie versuchte, sich besonders lässig darauf niederzuflegeln. Seine Zunge war offensichtlich gelähmt und gehorchte trotz aller Anstrengung nicht seinem Willen. Heraus kam nur ein undefinierbarer Gurgellaut. Sein Gesichtsausdruck dabei war alles andere als intelligent. Die schöne Vanessa jedoch verstand, was ihr neuer Gast wollte. Sie lächelte: «Kiba?»

Eddie nickte begeistert.

«Kirsch-Banane», notierte das Mädchen. «Für Sie auch, Frau Miskowitz?»

Bella knurrte nur.

«Wird gemacht», erklärte Vanessa unbeeindruckt. Dann beugte sie sich nach vorn, um das Tablett wieder aufzunehmen, auf dem noch eine Vielzahl voller Gläser stand. Dabei gewährte sie allen einen tiefen Einblick in ihr Dekolleté. Eddie schluckte. Vanessa ging mit ausladenden Hüftbewegungen davon. Es war Eddie nicht klar, dass er ihr nachstarrte. Unbewusst leckte er sich die Lippen. Vermutlich würde er von nun an öfter einen Saft im Erbgericht trinken.

5. Kapitel

«Vielleicht sollten wir einen Zaun um das Katzenhaus ziehen?», überlegte Trude halblaut. Sie war allein mit einem Dutzend kunterbunt gemischter Kätzchen, die hier im umgebauten einstigen Hühnerstall ein und aus gingen, fraßen und spielten, gerade wie es ihnen beliebte. «Nicht, dass euch diese Verbrecher fangen und meucheln, so wie euren kleinen Gefährten.» Sie nahm eines der Tigerkätzchen auf, die kurz nach Weihnachten aus dem Heim einer verstorbenen Katzenfreundin zu ihnen ins Asyl gekommen waren. Der getötete Kater war einer von ihnen gewesen. Für ihn war das neue Zuhause zur tödlichen Falle geworden. Trude stiegen Tränen ohnmächtiger Wut in die Augen. Sie spürte den weichen, warmen Katzenkörper vibrierend lebendig auf ihrem Arm und schmiegte ihre Wange an das Tierchen, das behaglich schnurrte. «Wie kann ein Mensch nur zu solcher Bosheit fähig sein?», murmelte Trude. «Monster sind das! Und ihr Armen habt euren kleinen Bruder verloren durch diese Teufelei.» Trude hätte schwören können, alle Katzen, allen voran Kater Raki, hätten Anzeichen von Trauer und Ratlosigkeit gezeigt, nachdem der namenlose Neuling so grausig ermordet worden war.

Mit einem tiefen Seufzer dachte Trude an den Abend des Gründonnerstags. Es war dann doch noch später am Abend eine Streife von zwei Polizisten nach Finkendörfel geschickt worden. Nun müsse man vielleicht doch von einer Drohung ausgehen, wie sie erklärten, die sich gegen die drei Damen des Hauses richte. Sie gaben Tipps, wie sie das Haus besser sichern könnten. Doch wie man eine solche Katzenhorde hüten sollte, wussten sie nicht zu sagen. Auch sie hatten dieselbe Frage wie Julia gestellt: Hatten die drei Frauen im Haus etwa einen Feind im Dorf? Julia war Rechtsanwältin. Da gebe es immer Möglichkeiten einer Anfeindung: rachedurstige Gegner, enttäuschte Klienten.

Bei dieser Erinnerung schluckte Trude. Sollte tatsächlich Julia in Gefahr sein? Vorsichtig setzte Trude die Katze wieder auf die Kiste neben sich ab. Das Kätzchen leckte sich kurz, sprang hinunter und verschwand hinter den Heuballen, die an der Schuppenwand aufgeschichtet waren.

So viele Fragen, die Trude Nacht für Nacht umtrieben und die sie immer wieder mit Ella und Julia besprach. Trude rieb sich die brennenden Augen. Fragen, auf die es bisher keine Antwort gab.

Was nur bezweckte der Katzenmörder? Wem nutzten diese wachsende Angst im Dorf und das Misstrauen selbst unter vertrauten Nachbarn, das zum Teil bizarre Blüten trieb. Viele sperrten ihre Katzen ein. Lebelts Alfons hatte wieder eine Schmiererei vom Hoftor entfernen müssen und Hedwig hatte am Telefon eine Drohung gehört, man würde ihnen das Dach über dem Kopf anzünden, wenn sich der Katzenmörder nicht stellte. Die Polizei fuhr vermehrt Streife im Dorf, aber niemand fühlte sich dadurch sicherer.

Trude betrachtete sinnend ihre bunte Katzenschar. Ob der Mörder die Katzen nach einem bestimmten Muster aussuchte? Doch was hatte ihr kleiner namenloser Kater mit der Katze der Architektentochter und der von Annabella gemeinsam? Und was mit Leupoldens Kater, der seit heute Morgen verschwunden war. Die arme Susanna war in heller Aufregung deswegen.

Vielleicht war es gar keine so gute Idee, in diesen gefährlichen Zeiten ein Kätzchen wegzugeben?

Dieser Gedanke versetzte Trude einen Stich. Seit Tagen schon schämte sie sich wegen dieser Bedenken, die sie zögern ließen, ihr Versprechen gegenüber Annabella einzuhalten. Doch heute nun sollte es sein. Der Koch hatte seinen freien Tag. Sie hatten es am Frühstückstisch besprochen. Heute Nachmittag würden sie die Katze zu Annabella bringen.

Welches Kätzchen also würde Annabellas neue Gefährtin sein in der Kaltbachmühle?

Trude gab sich einen Ruck und rutschte von der Futterkiste, auf der sie die ganze Zeit gesessen hatte.

Sofort strich ihr eine andere Katze um die Beine; eine zierliche, dreifarbige Schönheit mit klugen, grünen Augen. «Feh!», rief Trude erfreut. Sie beugte sich zu der Katze hinab. «Na, meine liebe Feh? Bist du bereit, einer armen, verwirrten Seele eine gute Freundin zu sein?»

Feh setzte sich auf ihre Hinterpfoten. Die vorderen, rein weißen Tatzen setzte sie ganz korrekt nebeneinander. Dann hob sie ihr fein gezeichnetes Köpfchen und sah Trude an, als verstünde sie jedes Wort, das die sagte.

«Das fasse ich als Ja auf», sagte Trude erleichtert und strich Feh über den Kopf.

«Um halb vier heute Nachmittag geht es los. Also sei bitte pünktlich.» Feh schloss die Katzenaugen und begann, ihre linke Vorderpfote zu lecken. «Gut so!», lobte Trude. Sie richtete sich mit einem leisen Ächzen auf. Seit ein paar Tagen schon ziepte es ihr immer wieder im Kreuz.

Ein rasselndes Lachen ließ sie zusammenschrecken. Sie fuhr herum. In der offenen Tür des Katzenhauses lümmelte ein Mann. Feh fauchte katzenbuckelig und verschwand wie der Blitz durch die Klappe an der Hinterseite des Raumes, die direkt auf die Auenwiese führte.

Trude kniff die Augen zusammen. Sie erkannte Rupert Hantzsch in der hageren Gestalt. Nachlässig steckte ein nicht eben frisches kariertes Hemd in einer ausgebeulten Arbeitshose, deren fester Halt nur durch ein paar enorme Hosenträger auf der mageren Hüfte ihres Besitzers gewährleistet wurde. Das Hemd trug Hantzsch trotz des frischen Windes bis zur Brust offen. Seine halblangen, grauen Haare waren zu einem Pferdeschwanz zusammengebunden und um den grinsenden, zahnlosen Mund sprossen weiße Bartstoppeln. Helle Augen voller Spottlust waren auf Trude gerichtet. «Musst deinen Viechern wohl ganz schön Mut zusprechen jetzt, Trude, häh? – Vielleicht holt sie ja alle der Teufel heute Nacht.» Hantzschens hämisches Lachen ging in einen tiefen Raucherhusten über. Trude roch neben den Zigarren auch eine deftige Bierfahne. «Sieh mal einer an: Rupert Hantzsch! Was treibt dich denn so früh in der Mittagsstunde her, du alter Suffkopp?»

«Was heißt'n hier Suffkopp?» Hantzsch richtete sich in halbherziger Empörung auf. «Elf-Uhr-Zug, weiter nichts. Da ist mein halber Tag schon rum, Herzl.»

«Ich bin nicht dein Herzl», giftete Trude. «Und überhaupt frage ich mich, was du an so einem halben Tag schon groß geschafft haben willst.»

«Na, zum Beispiel habe ich den Damen gerade ihre Eierbestellung gebracht für diese Woche. Ist das vielleicht nichts?»

Trude würdigte ihn keiner Antwort. Sie begann, die Futternäpfe der Katzen einzusammeln und in ihren Korb zu stellen. Einen Moment sah ihr Hantzsch dabei schweigend zu.

«Geht euch ganz schön an die Nieren, was?», sagte er dann.

«Was geht's dich an!», erwiderte Trude unfreundlich und drehte sich wieder zu ihm herum. «Was schnüffelst du überhaupt hier herum? – Steckst vielleicht gar selbst hinter diesen Verbrechen? Und jetzt weidest du dich an den Qualen der Opfer, ja?» Ihr Blick wollte Hantzsch durchbohren. Er wich einen Schritt zurück. Seine Augen wurden groß im gespielten

Entsetzen. «Aber, aber, mein Herzl. Traust du mir das etwa zu?» «Und wie!», entgegnete Trude finster. «Nun mach, dass du wegkommst.»

Hantzsch nahm seinen glimmenden Zigarrenstummel vom Fenstersims, den er dort abgelegt hatte; hustete noch einmal sein Lachen und schickte sich an, den Hof zu verlassen. Ein Ruf vom Haus her hielt ihn jedoch auf. Ella-Ma war vor die Haustür getreten. «Herr Ha-hantzsch!», rief sie und wedelte mit ihrer Börse. «Ihr Eiergeld!»

«Ich komme.»

Trude sah, wie er einen Schwenk in Richtung Haus machte. Ella-Ma schlüpfte in ihre Gartenpantinen, die immer bereit an der Hintertür standen, und lief ihm rasch entgegen. An der Pumpe etwa trafen sie sich. Trude wandte sich wieder den Fressnäpfen zu, als sie auf einmal Ella-Mas spitzen Schrei hörte. Als sie hinsah, lag Ella-Ma auf dem Hofpflaster neben der Pumpe. Rupert Hantzsch beugte sich über sie.

«Lass sie sofort los!» Trude rannte los. «Lass sie los, sag ich!»

Hantzsch hielt tatsächlich inne. Mit aufgerissenen Augen starrte er Trude entgegen, die wie ein feuriger Racheengel über den Hof gejagt kam.

«Hau ab!» Trude holte aus, als sie bei den beiden ankam. Hantzsch duckte sich.

«Ist schon gut, Trude», rief Ella-Ma. «Ich bin …», sie japste vor Schmerz, «ich bin nur ausgerutscht.»

«Hat er dich gestoßen?»

«Aber nein.»

«Verrücktes Weibsbild», knurrte Hantzsch, noch immer verunsichert von Trudes kriegerischem Auftritt. «Willst mir unbedingt was anhängen heute.»

Doch Trudes Aufmerksamkeit war nun ganz bei ihrer Freundin.

Ella-Mas Gesicht verzerrte sich. «Trude», keuchte sie. «Ich glaub, es ist der Knöchel.»

«Soll ich den Notarzt rufen?»

«Unsinn, liebe Trude», sagte Ella-Ma nach ein paar tiefen Atemzügen. «Bitte, helft mir auf!»

Hantzsch warf noch einen fragenden Blick auf Trude, den die unerwidert ließ, und dann halfen sie der kleinen Ella Veit auf die Beine. Sie konnte nicht auftreten. «Scheint jetzt auch verhext zu sein, der Platz hier», sagte Hantzsch düster, während sie, Ella-Ma in ihrer Mitte, von der Pumpe weg rüber zum Haus humpelten.

«Verhext?», riefen die Frauen wie aus einem Munde.

«Was soll denn das jetzt wieder», erboste sich Trude erneut.

«Na, ich mein' ja nur. – Hier war's doch, wo ihr die Katze gefunden habt, ne?»

Trude warf einen langen Blick auf Hantzsch. «Das eine sage ich dir, wenn ich herausfinde, dass das einer deiner üblen Scherze war, Rupert Hantzsch, dann wirst du mich kennenlernen.»

«Blödsinn!»

Ella-Ma ächzte, als sie die Stufe zur Haustür erreichten. «Wirklich Trude, das scheint mir sehr weit hergeholt. – Vielleicht noch bis in die Küche hinein, Herr Hantzsch? Danke. Vielen Dank! – Trude, sei so gut und gib ihm noch das Eiergeld. Ja, das stimmt so. Einen Schnaps? Nein, besser nicht. Mir ist nicht danach. – Vielen Dank noch mal. Ja. Auf Wiedersehen, Herr Hantzsch. Machen Sie's gut. – Nein, es ist alles in Ordnung. Wir beide kommen klar. Auf Wiedersehen!» Als sich die Tür hinter ihm geschlossen hatte, wollte Trude zu einer längeren Rede ansetzen, doch Ella-Ma unterbrach sie schnell. «Im Kühlschrank ist noch etwas Beinwellsalbe vom Herbst, ich denke, ein Umschlag damit wäre jetzt ganz gut. Und dann rufe Dr. Köhler an. Vielleicht schaut er sich das noch an, bevor er in die Sprechstunde geht. – So ist es gut, meine liebe Trude. – Alles ist gut!»

Julia hatte fest vorgehabt, sich vor diesem Besuch zu drücken. Auf ihrem Schreibtisch stapelten sich unerledigte Dinge in Gebirgshöhe. Doch nun lag Ella-Ma mit einem verstauchten Knöchel auf dem Sofa und Trude hatte so unglücklich ausgesehen, als Julia ihr Rückzugsgefecht begann, dass Julia sich lieber auf einen langen Arbeitsabend einrichtete, als ihre beiden Alten zu enttäuschen. Anstatt über Akten zu brüten, war sie nun also mit Trude auf dem Weg zur Kaltbachmühle, um Annabella Miskowitz eine neue Katze zu bringen.

Sie trugen sie in einem geschlossenen Weidenkorb zwischen sich. Feh war ohne zu zögern in das Körbchen gegangen und hatte bisher nicht einen Mauz von sich gegeben.

Auch Trude war verdächtig schweigsam heute. Ihre Stirn lag in Falten und sie schien tief in Gedanken. Julia fragte sich, ob es Trude vielleicht doch mehr Sorge machte, Feh an diesen Ort der Morde zu geben, als sie zugeben wollte, und sie deshalb so einsilbig war.

Ein scharfer, kalter Wind ließ Julia frösteln. Sie fühlte sich erschöpft und gereizt zugleich. In der Kanzlei hatte es heute nichts als Ärger gegeben. Es war, als habe sich seit Vaters Abflug plötzlich alles gegen sie verschworen. HaHa, der einstige Hauptkommissar, den sie für ihre Recherchen einspannen wollte, hatte ihr heute Morgen kurzfristig abgesagt. Julia fand seine Entschuldigung dafür reichlich fadenscheinig: Seine Frau sei krank.

Auch das Mädchen Pya hatte sie abblitzen lassen, als Julia wie verabredet vor der Tür der Familie Pohl gestanden hatte. Das Mädchen könne im Moment nicht reden, hatte ihr ein sichtlich zerknirschter Bodo Pohl an der Haustür mitgeteilt. Man müsse eben vorsichtig vorgehen bei ihm im Moment. Die Erinnerung daran ließ helle Wut in Julia aufsteigen. Diese Göre hatte anscheinend ihre ganze Familie im Griff, denn weder ihrem Stiefvater noch der müde dreinblickenden Mutter kam die Idee, sich gegenüber der Vierzehnjährigen durchzusetzen.

«Die Stunde bezahle ich Ihnen natürlich», war alles, was Bodo Pohl ihr versichert hatte.

Wohin sie auch ging, stieß Julia derzeit auf Widerstand. Und wenn es dieser böige Wind war, der ihnen schneidend ins Gesicht blies, während sie dem gewundenen Weg hinunter in die Kaltbachaue folgten.

Die Mühle lag hinter riesigen Buchenhecken, die noch das Laub vom Vorjahr trugen. Das mächtige doppelstöckige Walmdach des Haupthauses tauchte auf, beschattet von den noch kahlen Kronen zweier Linden. Hecken säumten auch den Teil des Weges, der zum nahen Grundstück der Mühle gehörte. Unversehens öffneten sich die gelbbraunen Laubwände zu ihrer Seite und sie sahen den Eingang zur Kaltbachmühle vor sich liegen. Zwei Granitsäulen standen vor dem offenen Gartentor. Am Holzzaun lehnte ein stark bemooster Mühlstein. Die Kaltbachmühle war ein stattliches Haus. Eine weitere Hecke schützte die Fenster des Erdgeschosses vor dem eisigen Wind, der nahezu stetig durch die Kaltbachaue pfiff. Das Obergeschoss war mit grauen und weißen Schiefern in kunstvollen Rautenmustern verkleidet. Auf dem Dach, das einst die Speicher enthalten hatte, war eine moderne Kaminesse zu sehen. Eine Satellitenschüssel war daneben befestigt.

Hinter der Mühle hörten sie die Kaltbach rauschen. Der einstige Mühlgraben davor jedoch lag still. Schon seit vielen Jahren diente die Mühle nur noch als Wohnhaus.

«Gut in Schuss gebracht», bemerkte Trude anerkennend, während sie sich durch den Vorgarten der Haustür näherten, die ein hölzernes Vordach halb verbarg. «Da haben die ganz schön Geld reingesteckt, die Miskowitzens.»

Julia zog an der Klingelschnur neben dem Türstock. Ein weicher Gong ertönte und hallte hinter der alten Holztür ins Innere des Hauses. Sie lauschten ihm nach. Im Haus regte sich nichts. Auch Julias zweiter Versuch blieb ohne Erfolg. Feh im Katzenkörbchen maunzte leise.

«Du hattest doch unsere Verspätung angekündigt?»

«Ja, natürlich», sagte Trude und sah sich um. «Lass uns mal ums Haus gehen. Ich habe gehört, Annabella soll hier so was wie eine Malerwerkstatt haben.»

Sie gingen den Kiesweg am Haus entlang in Richtung der Nebengebäude. Trude konnte es sich natürlich nicht versagen, dabei intensiv durch die Fenster zu spähen. Lediglich schmale Häkelbordüren an den Innenscheiben und Blumentöpfe auf ihren Fensterbrettern versperrten ihr dabei etwas die Sicht. «Zu dumm», murmelte Trude trotzdem. «nichts zu entdecken.» Sie presste ihre große Nase an die Scheibe eines Fensters und beschattete ihre Augen.

«Guten Tag, die Damen!»

Ertappt fuhr Trude herum. Auch Julia war bei dieser unvermuteten Anrede zusammengezuckt. Sie hatte Oliver Miskowitz nicht kommen hören, trotz des Kieses unter seinen Füßen.

«Verzeihen Sie, ich wollte Sie nicht erschrecken.» Er wurde tatsächlich rot bei diesen Worten. Mit grüßend ausgestreckter Hand kam er auf sie zu. «Ich habe gerade nach Bella gesehen. Sie hat sich schon seit Stunden zum Malen zurückgezogen.»

«Wir bringen ihr Feh, das neue Kätzchen. – Wie versprochen.» Trude hob den Korb hoch.

«Wunderbar», strahlte Oliver. «Da wird sich Bella freuen. – Aber kommen Sie doch erst einmal herein. Ich habe etwas zum Kaffee vorbereitet.» Mit diesen Worten öffnete er die Haustür und komplimentierte sie durch den Hausflur in einen großen Wohnraum, von dem aus sich eine beschauliche Aussicht auf die Kaltbachaue bot. Vor der Fensterfront war eine verführerisch duftende Kaffeetafel gedeckt. Kuchen und Kekse, winzige belegte Brote und Konfekt. Kerzen brannten und gaben dem Nachmittagslicht im Raum eine heimelige Note.

Oliver Miskowitz war rührend aufgeregt um ihr Wohlergehen besorgt. Trude erging sich in Lobpreis über all die aufgetischten Köstlichkeiten, während Julia den Raum bewunderte, der so viel Gemütlichkeit ausstrahlte. Bücher, Zeitungen und Zeichnungen lagen auf den Seitentischchen. Auf Pflanztreppen und an den Fenstern standen Topfpflanzen und allerlei krautige Gewächse. Eine geöffnete Tür in ein benachbartes Zimmer gab noch mehr Einblick in die liebenswerte Unordnung seiner kreativen Bewohner.

Trude stellte den Katzenkorb auf den Boden und öffnete das Türchen. «Sie darf doch?»

«Aber natürlich», rief Oliver. «Unser Linchen durfte doch auch überall hin.» Er stockte. «Sie fehlt uns sehr. Vor allem Bella. Unglaublich, wie schnell man sein Herz an so ein Tier hängt.»

Feh steckte vorsichtig den Kopf zum Körbchen heraus, blieb aber noch darin sitzen und begnügte sich damit, etwas zu schnuppern.

«Eine Dreifarbige!», rief Oliver. «Wie unser Linchen!»

Trude seufzte mitfühlend.

«Können wir den Platz sehen, wo Ihre Mutter die toten Katzen gefunden hat?», fragte Julia.

«Aber natürlich», sagte Oliver eifrig. «Wir können dann gleich hingehen. Aber nun stärken Sie sich erst einmal. Ist Kaffee recht oder möchten Sie lieber Tee?»

Seine Gäste ließen sich nicht zweimal bitten.

«Und Annabella?», fiel es Trude zwischen zwei Bissen Bienenstich ein. «Will die denn gar nichts?»

Oliver schüttelte bedauernd den Kopf. «Wenn Bella so ganz versunken ist, störe ich sie nicht gern. Sie reagiert dann manchmal …» Er suchte das rechte Wort, fand es aber nicht. «Wir schauen dann einfach bei ihr im Atelier vorbei», sagte er stattdessen. «Ich habe ihr vorhin etwas vom Traumkraut angezündet, das beruhigt sie immer so schön.»

«Traumkraut?»

«Eine aztekische Heilpflanze, auch Bitterkraut genannt», erzählte Oliver, während er zur Pflanztreppe ging, um eine der seltsamen krautigen Pflanzen an den Tisch zu holen. «Calea ternifolia», erzählte er weiter. «Wir haben sie aus der Kommune in San Diego mitgebracht, wo wir viele Jahre gelebt haben. Ich bin da praktisch aufgewachsen.»

Oliver lächelte, als er die Pflanze betrachtete. «Hilft zur Beruhigung und beim Einschlafen.»

Trude beäugte misstrauisch die gezackten Blätter der Pflanze. «Wenn's hilft», murmelte sie zweifelnd.

Verstohlen sah Julia auf die Uhr. Oliver entging ihre Bewegung nicht. «Vielleicht sollten wir nun zu Bella gehen und dann zum Bornbusch, bevor es dunkel wird.»

Julia lächelte ihn dankbar an und erhob sich.

«Na, Feh?», sagte Trude zu der Katze, die immer noch schüchtern in ihrem Körbchen saß. «Da gehen wir mal zu deiner neuen Freundin, was?» Sie wollte gerade das Körbchen wieder verschließen, als es klopfte. Ohne das Herein des Hausherrn abzuwarten, trat mit großer Selbstverständlichkeit ein Mädchen in das Wohnzimmer. Es war von einer frühreifen Schönheit, die nur durch einen misstrauischen Zug um seine Augen verschattet wurde, mit dem es Olivers Besucher in Augenschein nahm. «Hallo», murmelte es zur Begrüßung. Oliver lächelte ihm entgegen. Er wollte soeben zu einer Vorstellung ansetzen, als neben der jungen Besucherin ein kleineres, schmal gebautes Mädchen in das Zimmer wirbelte. «Hallo Oli», zwitscherte es lebhaft. «Wir sind früh dran, weil wir dann noch … – Oh!» Es hatte Julia und Trude entdeckt. «Guten Tag», sagte es brav und gab ihnen die Hand.

«Wir wussten nicht, dass du Besuch hast», sagte das erste Mädchen mit einem Anflug von Vorwurf in der Stimme. Tatsächlich errötete Oliver Miskowitz und sah sich Verzeihung heischend nach Julia um. «Wenn ich vorstellen darf», rief er mit aufgesetzter Munterkeit: «Melanie Schöne und Irina Müller. Sie kümmern sich bei einem Schulprojekt um

Bella. – Doch eigentlich sind sie drei.» Er blickte zurück zu den Mädchen. «Wo ist denn Pya?»

«Der geht's heute nicht so gut», lautete die einstimmige Antwort.

Julia nickte. Dann stimmte es also. Glück für Pya. Es wäre sonst peinlich für sie geworden.

«Das sind Frau Eisler und ihre Tante», fuhr Oliver mit der Vorstellung fort. Weder Julia noch Trude dachten daran, die angedichtete Verwandtschaft zu korrigieren. «Sie bringen Bella eine neue Katze.»

Bei der Erwähnung der Katze zuckten die Mädchen zusammen. Das größere Mädchen, das als Melanie Schöne vorgestellt worden war, starrte Oliver an. «Du …, ihr … ihr bekommt wieder eine Katze?», stammelte es. Melanies Augen füllten sich mit Tränen. Brüsk wandte sie sich ab. Oliver wirkte schuldbewusst. Verlegen trat er zu ihr. Er wollte ihr die Hand tröstend auf die Schulter legen, doch sie schüttelte ihn ab.

Die kleine Irina durfte ihre Freundin in den Arm nehmen. «Ach Mel», murmelte sie mitfühlend. Sie warf einen anklagenden Blick auf Oliver und die Frauen.

Trude begriff sofort. «Natürlich!» rief sie. «Das Schöne-Mädchen! Wir haben von deinem Kätzchen gehört. Du armes Ding!» Gemeinsam mit Julia trat sie näher an die Mädchen heran. «Ein grauenhaftes Verbrechen. Auch bei uns hat man einen jungen Kater so bestialisch ermordet. Denkt euch nur. Aber die Julia und ich, nicht wahr? – Wir werden den Katzenmörder finden. Das verspreche ich euch.»

«Sachte, Trude, sachte.» Julia versuchte vergebens, Trude zu bremsen. Die Mädchen hatten sich zu Trude umgedreht. Beide waren totenblass.

«Wenn du möchtest, kannst auch du ein Kätzchen von uns bekommen», fuhr Trude derweil fort und tätschelte Melanies Arm. «Wir haben eine kleine Katzenpension, weißt du?»

«Ich glaube … eher nicht», brachte das Mädchen mit Mühe heraus.

«Melanie ist wohl noch nicht so weit», mischte sich Oliver Miskowitz ein. Seine Stimme zitterte etwas. «Aber vielen Dank für Ihr Angebot», fügte er beflissen hinzu. «Vielleicht sollten wir nun erst einmal zu Bella gehen?»

«Das sollten wir tun», stimmte Julia erleichtert zu. Auch Trude besann sich ihres Auftrages und nahm das Katzenkörbchen auf. «Lass die Wunden erst einmal heilen», sagte sie friedfertig zu Melanie. «Und wenn du dir wieder ein Kätzchen wünschst …»

«Ich werde nie wieder eine Katze haben!», verkündete Melanie düster. Sie wandte sich ab.

«Also, ihr Mädchen!», rief Oliver und klatschte um Leichtigkeit bemüht in die Hände. «Da steht zu essen und zu trinken. Lasst es euch schmecken. Zu Bella könnt ihr heute aber nicht.»

Melanie warf ihm über die Schulter einen finsteren Blick zu. Er hob bedauernd die Arme. «Es würde zu viel für sie werden», versicherte er. «Doch ich danke euch natürlich, dass ihr gekommen seid.»

«Können wir etwas im Zauberbuch blättern?», kaute Irina, die sich schon ein Törtchen in den Mund geschoben hatte.

Oliver strich sich über die Stirn. «Ach Irina. Das ist jetzt wirklich …»

«Zauberbuch?» Trude horchte auf. «Was denn für ein Zauberbuch?»

Oliver lächelte müde. «Na, eben ein richtiges Zauberbuch, so wie es in jede alte Mühle gehört in der Oberlausitz.»

«Sie scherzen doch», sagte Julia, die bereits an der Tür stand.

«Nur Wetteraufzeichnungen, Heilsprüche und Wettersegen und so weiter», versicherte ihr Oliver. «Aber sehr alt. Bis zu Beginn des 18. Jahrhunderts reichen die zurück. Ich bin noch am Entschlüsseln. Ich liebe alte Schriften.» Er redete sich in Eifer. «Wenn Sie vielleicht einmal einen Blick darauf werfen wollen?»

Selbst Julia konnte nicht widerstehen, egal wie es auf ihrem Schreibtisch aussehen mochte. Das war jedoch nichts im Vergleich zu dem, was sich im Arbeitszimmer des Kochs stapelte. Federn, Tusche, Pinsel, Pergamente zwischen Büchern, Ausdrucken und Heftern. Mittendrin surrte ein Computer, auf dessen Bildschirmschoner Sterne in die Unendlichkeit der Tiefe flogen. Auch hier fehlten nicht die Pflanztöpfe mit Ablegern des Traumkrautes.

«Sie machen wohl eine richtige Zucht?», fragte Trude, indem sie auf die Pflanzen zeigte.

«Jaja», antwortete Oliver zerstreut. «Bella braucht eine Menge davon. Die vermehren sich mühelos. – Wo habe ich nur …?» Er wühlte mit zunehmender Unruhe in seinen Stapeln. «Es ist weg!»

«Wie weg?», rief Melanie, die mit einem Biskuit in der Hand an der Tür zum Arbeitszimmer aufgetaucht war.

«Das Buch, es ist weg.» Oliver fuhr sich über den fast kahlen Schädel. «Ich könnte schwören, ich habe es gestern Abend noch gesehen. Da dachte ich wieder an diesen Heilsegen, den ich noch fertig übertragen wollte. – Hier!» Er griff nach einem Blatt, das mit geschmückten Lettern aussah wie aus einer alten Bibel, und reichte es Julia.

«Sei uns willkommen helles Licht», las sie laut, «für den Zahn und für die Gicht, benimm mir alle Würmelein, die mir verzehren mein Gebein. – Sehr schön gestaltet.» Sie gab Oliver das Blatt zurück.

«Danke! – Kalligrafie und alte Schriften sind ein Hobby von mir.» Sein stolzes Strahlen, das an das eines Kindes erinnerte, erlosch rasch wieder. «Doch jetzt ist das Buch verschwunden.»

«Bestimmt hast du's nur verlegt», sagte Irina.

Julia fand das sehr wahrscheinlich bei der enormen Unordnung um Oliver Miskowitz. Der seufzte kummervoll. «Nun, da muss ich wohl später weitersuchen», bekannte er. «Jetzt wollen wir Bella erst einmal ihr Kätzchen bringen.»

«Das ist also die Tochter von den Schönes», meinte Trude, als sie über den Hof gingen. «Von den Architekten da oben in ihrem Raumschiff.» So nannten die Einheimischen die etwas gewagte Bauweise des Eigenheimes der Familie Schöne, das sich in bester Lage auf einem Hang über dem Dorf befand.

«Die Schönes haben unseren Umbau hier gestaltet und betreut», sagte Oliver. «Wir waren da ja noch in Wien. Aber so kam Melanie auf die Idee, Mutter für ihr Projekt auszuwählen.»

«Wien, San Diego», bemerkte Julia. «Sie sind ganz schön herumgekommen in der Welt.»

«In Mexiko-Stadt waren wir auch einige Zeit», ergänzte Oliver Miskowitz.

Julia sah ihn prüfend von der Seite an. «Und jetzt Finkendörfel?», fragte sie schelmisch.

Er antwortete nicht gleich. «Es ist Bellas Heimat», sagte er dann still. «Als der Anwalt uns in Wien aufspürte und von dem Erbe berichtete, gab es für Bella kein Halten mehr.»

«Sie wären gern geblieben?»

«Wo Bella ist, da bin auch ich, Frau Eisler», erwiderte Miskowitz mit großem Ernst.

«Wir sind ja so froh, einen Koch wie Sie hier bei uns zu haben», mischte sich Trude ein. «Vor allem unsere Katja, nicht wahr? Wo haben Sie denn so gut kochen gelernt?»

Er lachte über Trudes Eifer bei ihrem Lieblingsthema. «Zuerst bei Bella natürlich. Sie war die Einzige in unserer Kommune, die sich ernsthaft dieser Kunst widmete, neben ihrer Malerei. Dann hatte ich in Mexiko eine harte Lehre. Den Rest habe ich mir selbst beigebracht.» Bei diesen letzten Worten flog ein Schatten über Olivers Gesicht und er verschloss sich. «Da sind wir», sagte er.

Sie standen an der Hinterseite des Scheunenkomplexes. Am Ende der Scheune, bei den einstigen Ställen, war ein Eck verglast worden. Diese große Fensterfront lag in Richtung Bornbusch, gen Norden und bot ein gutes, nicht zu grelles

Tageslicht. Ein ideales Refugium für eine Malerin. Julia war gespannt, was sie dort zu sehen bekommen würden. Die Glastür war so wie die ganze Fensterfront mit weißen Tüchern verhangen, als sollte der anmutige Ausblick auf den sanft ansteigenden, bewaldeten Bornbusch nicht von den inneren Bildern der Künstlerin ablenken.

Oliver klopfte erst, bevor er eintrat. «Bella? – Besuch für dich. Frau Hölzel und Julia Eisler sind da.»

Sie gingen in das Innere des Ateliers. Alles darin war weiß: die Möbel, die getünchten Wände, die Tücher vor den Fenstern. Ausgenommen die unzähligen Farbtöpfe und Tuben, die überall auf den Regalen und Tischen standen, und ein paar Schals mit indianischen Mustern, die an der Trennwand zum hinteren Teil des Raumes hingen und deren intensives Rot Julia an das Märchen von Schneewittchen denken ließ: «So weiß wie Schnee, so rot wie Blut …» Es roch nach Farbe, Terpentin und Rauchwerk. Julia sah ein Gefäß mit glimmenden Blättern auf dem Sims stehen, ein einstiges Stallfenster, das nun zugemauert war.

Trude schnüffelte. «Ist das das Traumkraut?»

«Ja», erwiderte Oliver über die Schulter hinweg. «Vermischt mit Salbei.» Er ging ihnen voraus.

Große und kleine bespannte Rahmen lehnten an den Wänden. Mehrere fertige Bilder waren hintereinander an eines der Regale gelehnt, mit dem Rücken zum Betrachter oder mit Tüchern verhangen, so dass Julia auf den ersten Blick nichts vom künstlerischen Schaffen Annabella Miskowitz' erspähen konnte. Das machte sie noch neugieriger.

«Sie haben dir ein Kätzchen mitgebracht», hörten sie Oliver im hinteren Teil des Raumes sagen.

«Eine Katze!», sagte Annabella Miskowitz mit dumpfer Stimme.

Das war das Signal für Trude. Sie hob das Katzenkörbchen hoch wie eine Monstranz und strebte unverzüglich in Richtung der Stimme.

«Hallo Annabella», rief sie.

Julia folgte ihr in das Innere des großen Raumes. Das musste bereits ein Teil der großen Scheune sein, denn Julia sah, wie die Decke hoch wurde und Licht von der Seite in den Raum flutete.

Dann standen sie vor Annabella.

In keiner Weise ähnelte die Person vor ihnen der verwischt und gedämpft wirkenden Erscheinung vom Ostertag. Für eine Sekunde glaubte Julia, einer alten Indianerin gegenüberzustehen. Die kleine Frau Miskowitz thronte mit gekreuzten Beinen auf einer Art riesigem Tapeziertisch inmitten von beklecksten Farbpaletten, Gläsern und Krügen voller Pinsel, Stiften und Stäben, Tuben und Töpfen. Sie trug einen grob gewebten Überwurf mit ganz ähnlichen Mustern, wie sie die Wandbehänge des Vorraumes aufwiesen. Ihr graues Haar hing offen über ihren Schultern. Sie rauchte aus einer langstieligen Pfeife mit winzigem Kopf ein würzig duftendes Kraut. Die Augen, dunkel geweitet, schauten durch ihre Besucher hindurch. Sie paffte ihnen eine Wolke entgegen und sagte kein Wort.

Auch Trude hatte es zunächst die Sprache verschlagen – was selten genug vorkam. Sie hatte das Katzenkörbchen sinken lassen und sah zwischen Annabella und deren halbfertigem Gemälde, das hinter ihr stand, hin und her, als wüsste sie nicht, was verwunderlicher wäre und zuerst kommentiert gehörte. Julia hätte schwören können, dass Trude heimlich das Kreuz ihrer Halskette unter der Jacke berührte.

«Ist das etwa der Tatort?», brachte Trude schließlich heraus.

«So wie ihn Bella sieht», sagte Oliver.

Sie traten näher an die Leinwand heran, um die wilden, pastös aufgetragenen Pinselstriche der schwarz-roten Flammen um die Katzenopfer zu betrachten, die das grausige Bildzentrum bildeten. Die mittlere der drei Katzen war wie eine Christusfigur an ein Kreuz geschlagen. Weit aufgerissen starrten riesige gelbe Katzenaugen den Betrachter böse an. Links und rechts neben dieser größten Katze hingen zwei weitere Opfer an dünnen Bäumchen. Mager wirkten sie, unfertig und schwächlich, geradezu mitleiderregend. Ihre Augen waren geschlossen, so als schliefen sie. In matteren Farben hier die Pinselstriche, ein schwacher Abglanz der mittleren Katze, die so gar nichts von Furcht zeigte, sondern eher bereit schien, Entsetzen zu verbreiten.

«Wirklich erstaunlich», entfuhr es Julia.

«Bella hat viel Sinn für Dramatik», sagte Oliver und es klang, als wolle er sich dafür entschuldigen.

«Ich finde es beeindruckend», versicherte Julia.

«Sie wollten doch den Originalschauplatz sehen», fuhr er fort. «Ich führe Sie gern hin. Es ist hier gleich in der Nähe.»

Trude und Julia wechselten einen Blick. «Und was wird aus Feh?», fragte Trude, die plötzlich sehr besorgt um die Katze schien. Sie hielt das Körbchen so fest, als würde sie es um keinen Preis hergeben wollen.

«Gib!», sagte Annabella plötzlich. Sie streckte ihre rechte Hand aus. In der linken hielt sie unverändert ihre lange Pfeife.

«Du passt gut auf Feh auf, ja?» In Trudes Stimme schwangen ängstliche Zweifel, als sie das Körbchen Annabella hinüberreichte. Die stellte das Weidenkörbchen neben sich auf den Tisch und öffnete die Tür. Feh trat nach kurzem Zögern schnuppernd heraus, indem sie sorgsam Pfote um Pfote setzte. Dann ließ sie sich vor Annabella nieder und sah sie an. Erst als Annabella der Katze mit ihrer freien Hand über das Köpfchen strich und Feh leise zu schnurren begann, erlaubte sich Trude weiterzuatmen. «Gut so! Macht euch ruhig erst einmal miteinander bekannt», sagte sie. Dann wandte sie sich an Oliver Miskowitz. «Jetzt können wir uns auf den Weg machen.»

Oliver führte sie den Wiesenpfad von der Mühle weg zum Bornbusch hinauf, der sich nahtlos an das Grundstück anschloss. Anmutig erhob sich der lichte Erlenwald über der Aue, um dann auf der Anhöhe in dichteren Mischwald überzugehen. Auf diesem Hügel entsprangen mehrere kleine Quellen, die dem Bornbusch seinen Namen gaben. «Bella malt hier sehr gern», erklärte Oliver, während sie rasch anstiegen. «Es ist für sie ein geradezu magischer Ort.»

«Das kann ich gut verstehen», erwiderte Julia, die mühelos mit ihm Schritt hielt. «Im Dorfgedächtnis ist der Bornbusch von vielen Sagen umwoben.»

«Aber von guten, segensreichen Sagen», ergänzte Trude hinter ihnen. «Nicht etwa von Teufelsspuk!»

Oliver schwieg einen Moment. «Um so schwerer wiegt wohl das, was hier geschehen ist», sagte er dann ernst.

Sie waren oben angekommen.

In einem Kreis um die an dieser Stelle eingefassten Quellen waren Stäbe mit Tierschädeln aufgestellt. Einige dieser verunglückt wirkenden Totempfähle waren umgestürzt. Ein dichter brauner Laubteppich bedeckte den Boden.

«Schafe!», rief Trude. «Das sind Schöpsschädel! – Warum fällt mir dazu eigentlich nur wieder dieser Hantzsch ein?»

«Wer?»

«Ach, niemand von Bedeutung!»

Ein Rascheln hinter ihnen ließ sie zusammenfahren.

«Was war das?»

Sie traten näher an das dichte Gebüsch heran, das die Quellen umgab und spähten hinein, doch ohne etwas entdecken zu können.

«Ein Reh vielleicht», vermutete Oliver, «oder ein Hase. Davon gibt es eine ganze Menge hier.»

Trude horchte auf. «Hasen?» Sie rümpfte die Nase. Dann rief sie laut. «Bist du das im Gebüsch, Rupert? Alter Halunke. Stellst wohl wieder Fallen auf.»

«Dort ist niemand, Trude», sagte Julia mit leichter Ungeduld. «Lass uns lieber nach Hinweisen suchen. Es wird schon duster.»

«Hier in diesem Gebüsch hat man das Handy des Jungen gefunden», erklärte Oliver derweil.

«Mhm. Ein gutes Versteck, wenn man jemanden belauschen will», erklärte Trude mit Bestimmtheit. «Doch Micha war das nicht mit den Katzen!»

Julia seufzte heimlich. Sie war sich da nicht so sicher.

Sie wandten sich vom Gebüsch ab und kehrten zu der Quelleinfassung zurück. Ein paar der Tierschädel lagen neben der Mauer. «Ich kann mir nicht helfen: Das Ganze hier hat so gar nichts von der gruseligen Szenerie, wie sie Ihre Mutter gemalt hat.» Julia stieß mit dem Fuß in das Laub.

«Ich kann mir vorstellen, dass Sie enttäuscht sind,» erklärte Oliver Miskowitz. «Als meine Mutter die Katzenopfer fand, lag noch Schnee. Doch keine Blutspuren, nur alles zertrampelt. Die Katzen waren hier an diese Bäume genagelt. Die Schafsschädel wie Wächter davor aufgestellt.»

«Wie muss sich die arme Annabella erschreckt haben», sagte Trude mitfühlend. Sie ging zu den beiden schlanken Birkenstämmen, auf die Oliver gezeigt hatte, und legte ihre Hände darauf. Dann drehte sie sich abrupt zu den beiden anderen um. «Wenn hier aber keine Blutspuren waren, dann bedeutet das …»

«Dass die Katzen woanders getötet wurden», vollendete Julia. «Doch wo? Und warum? Um Spuren zu verwischen?» Sie wandte sich an Oliver Miskowitz. «Haben Sie die Polizei benachrichtigt?»

Oliver schüttelte den Kopf. «Ich habe den Jäger angerufen, einen Herrn Leupold.»

«Der Heinz!» Trude war wieder zu ihnen herangetreten. «Er hat die Untersuchungen hier gemacht.»

«Ja», sagte Oliver. «Er hat im Gebüsch das Handy gefunden und gemeint, er kümmere sich darum. Sah ziemlich entschlossen aus, dieser Herr. Deshalb habe ich es dabei belassen. Ich wollte Mutter nicht noch weiter beunruhigen. Unser Kätzchen hätte es auch nicht wieder lebendig gemacht.»

«Da haben Sie sicher recht», gab Trude zu, «doch was die Entschlossenheit von unserem Oberjäger Leupold betrifft, so ist es damit nicht weit her. Außer den Sohn unserer Tierärztin zu beschuldigen und ihm seine Konfirmation zu verderben, hat er es nicht weit gebracht.» Trude wirkte unzufrieden. «Eher im Gegenteil! Fürchtet sich neuerdings vor seinem eigenen Schatten.»

«Er fürchtet sich?» Oliver schien aufgeschreckt. «Wovor?»

«Sie beobachten das sicher auch bei ihrer Mutter», mutmaßte Julia mitfühlend. «Das Erlebnis muss sie zutiefst verstört haben. Doch ein Jäger», fuhr sie dann nachdenklich fort, «sollte beim Anblick eines toten Tieres nicht erschrecken, egal, wie gruselig es zugerichtet ist. – Die Frage ist: Was dann hat ihn so zum Fürchten gebracht?»

Miskowitz hob ratlos die Arme. Julia beschloss, die Besichtigung des Fundortes abzubrechen. «Wir müssen nach Hause, Trude», sagte sie und wandte sich zum Gehen. Trude zögerte einen Augenblick, so als suche sie noch, den Zipfel eines Gedankens zu fassen, der ihr eben eingekommen war.

«Ganz recht, Frau Eisler. Sie werden hier wahrscheinlich nichts mehr finden», sagte nun auch Oliver Miskowitz, der sich anschickte, Julia zu folgen. «Ist alles mit dem letzten Schnee verschwunden.»

«Wenn es nur wirklich so wäre», sagte Trude kopfschüttelnd. «Etwas Böses ist hier noch. Ich spüre es in allen Knochen. Wir müssen es finden, Julia. Sonst passiert vielleicht noch Schlimmeres.»

«Ist es nicht seltsam», sagte Trude zu Julia, als sie wieder auf dem Heimweg waren, «dass Annabella drei Katzenopfer gemalt hat?»

Julia blieb stehen. «Richtig! – Gefunden hat sie nur zwei.»

«Ich frage mich, ob Annabella von unserem Katerchen wusste. Oder ob sie es ahnte? Meinst du, mit diesem scheußlichen Kraut, das sie da raucht, kann sie hellsehen?»

Julia starrte Trude einen Moment an. Es wurde ihr langsam zu viel der Mystik. «Ganz bestimmt nicht, liebe Trude», sagte sie deshalb mit fester Stimme. «Du vergisst, dass ihr Eddie bei seinem Besuch gewiss vom Tod unserer Katze erzählt hat. – Und zwei ist eine so undramatische Zahl für eine Künstlerin, nicht wahr?» Ihr Lächeln dabei aber missglückte.

7. Kapitel

«Was soll das heißen, Pya ist nicht daheim?» Julia gab sich wenig Mühe, ihren Ärger zu verbergen. «Ich bin jetzt zum zweiten Mal hier. Es war der Vorschlag Ihrer Tochter, dem ich gefolgt bin, Frau Schwarz-Pohl.»

«Ich weiß», wand sich die hochschwangere Frau. «Bitte kommen Sie doch erst einmal herein, Frau Eisler. Ich bitte Sie vielmals um Entschuldigung.»

Nur widerwillig folgte Julia dieser Einladung und betrat den Hausflur, der nach frisch Geräuchertem roch wie der ganze Hof der Fleischerei. Die morgendliche Übelkeit hatte zwar nachgelassen bei Julia, dennoch bereitete ihr die Üppigkeit der Fleischgerüche Unbehagen. Petra Schwarz-Pohl bat Julia in die Küche. Julia behielt ihren Mantel jedoch an, als Zeichen dafür, dass sie nicht lange auf Pya zu warten gedachte.

«Mein Mann ist zu einer Hausschlachtung gefahren», erklärte Petra. «Bitte setzen Sie sich doch. Verzeihen Sie die Unordnung.» Sie schob ein paar Ballen dunkel glitzernden Stoffes beiseite. «Ich habe mich breitschlagen lassen, die Bühnendekoration für das Schülerkonzert zu nähen.» Ein Lächeln verwischten Stolzes huschte über ihr Gesicht. Doch es erlosch gleich wieder und machte nervöser Unruhe Platz. «Kann ich Ihnen etwas anbieten?», fragte sie. Als Julia verneinte, fuhr sie hastig fort. «Für Pya entschuldige ich mich. Sie hat es schwer zurzeit. – Ich … ich bin ganz froh, dass ich Sie erst einmal allein sprechen kann, Frau Eisler.»

Julia schämte sich ihrer Schroffheit und murmelte etwas von Terminschwierigkeiten, doch Petra Schwarz-Pohl war schon im Nebenraum verschwunden und kam mit einer Fotografie wieder. Ihr Gang war schwer und wiegend. Sie ächzte, als sie sich neben Julia an den Tisch setzte und ihr das Foto reichte. Es zeigte ein schlankes Mädchen mit verträumten großen Blauaugen, einem herzförmigen Gesicht und einer dunkelbraunen Lockenpracht, die um seine schmalen Schultern spielte, als wehe ein leichter Frühlingswind durch diese Aufnahme. Tatsächlich blühten im Hintergrund Apfelbäume.

«Sie ist eine Schönheit!», entfuhr es Julia.

«Ja, nicht wahr?» Tränen erstickten Petras Stimme. Sie schniefte in ein Taschentuch.

Voller Mitgefühl betrachtete Julia die Frau neben sich. Die vor ihrer Schwangerschaft gewiss feingliedrige Frau war aufgedunsen. Tiefe Erschöpfung umschattete ihre Augen. Sie trug schwer an ihrem stark gewölbten Leib. Ihre Haut war teigig blass. Sie schwitzte.

Sie muss sich wie eine Tonne fühlen, durchfuhr es Julia, die sich bei diesem Anblick mit Erschrecken ihrer eigenen Situation bewusst wurde. Julia wollte kein Kind mehr. Auf keinen Fall! Hier bei den Pohls war jedoch eines unterwegs, das gewollt war, ersehnt, geliebt – ein Wunschkind.

Auch für Pya?

«Freut sich Pya auf ihr Brüderchen?», fragte Julia mit einer Geste auf den gewölbten Leib.

Petra seufzte tief. «Das ist es ja eben. – Dieses Bild hier ist vor einem Jahr aufgenommen worden. Da war das noch meine verspielte, liebe Pya. Selbst Bodo war kein Problem gewesen. Er mag sie, hat sie sogar adoptiert. Pya hatte das akzeptiert, nur den Nachnamen wollte sie behalten.»

«Sieht sie ihren leiblichen Vater noch?», wollte Julia wissen.

Petra schüttelte den Kopf. «Er ist verschwunden. Da war Pya gerade acht. – Er hat sich nie wieder bei uns gemeldet, außer dass er mir die Scheidungspapiere zugeschickt hat.

Eine Anwaltsadresse in Nordrhein-Westfalen. – Immerhin hat er für Pya gezahlt. Aber sonst wollte er nichts mehr von uns wissen.»

«Das ist schmerzlich», sagte Julia. «Schmerzlich für Sie beide.»

«Naja, ich bin drüber weg.» Petra schnäuzte sich ein weiteres Mal. «Bei Pya bin ich mir nicht so sicher. Sie ist sehr sensibel, wissen Sie. – Ihre Ausfälle jetzt und diese Beschimpfungen – das ist einfach nicht mehr meine kleine Pya. Vor einem Jahr war das noch ein ganz anderes Kind.»

«Nun, Pya wird gerade erwachsen», lächelte Julia mitfühlend, «dann ist da plötzlich ein neuer Vater, ein neues Zuhause, eine neue Schule …»

«Das war alles kein Problem für Pya, ehrlich!», versicherte Petra.

« … und nun kommt auch noch ein Brüderchen und bringt endgültig alles durcheinander», vollendete Julia ungerührt. «Der schafft womöglich, was Bodo Pohl bisher nicht geschafft hat: ihr die Mutter zu nehmen.»

«Ich liebe Pya deswegen doch nicht weniger!», empörte sich Petra Schwarz-Pohl.

«Gewiss», versicherte Julia eilig. «Dennoch muss sie in Zukunft ihren Platz mit einem süßen kleinen Baby teilen.»

Die Schwangere schaute Julia triefäugig an. «Glauben Sie, dass Pya eifersüchtig ist und sich deshalb so seltsam benimmt?»

«Ich weiß es nicht», gab Julia zu.

«Es würde zumindest so manches erklären», sagte Petra langsam.

«Was zum Beispiel?»

«Pyas Veränderungen.»

«Und welcher Art sind die?», fragte Julia.

Petra spielte mit dem Foto und betrachtete es mit unglücklicher Miene. «Alles hat sich verändert!», flüsterte sie dann heiser. «Alles. – Ich hatte schon Angst, Pya nähme Drogen oder so was. Aber in der Schule gibt es so ein Projekt, wo die Schüler sich freiwillig testen lassen können und sich beraten lassen und so weiter. Eine von Pyas Freundinnen hatte mal was mit Drogen. Da haben die anderen beiden bei dieser Antidrogensache mitgemacht. Da ist alles sauber. Wir haben es schwarz auf weiß.» Petra schwieg eine Weile, bevor sie leise fortfuhr. «Ich glaube, deshalb ist diese Lehrerin überhaupt erst auf die Idee gekommen, es könnte irgendein Missbrauch sein.»

«Schließen Sie einen Missbrauch aus?», fragte Julia.

Petra sah sie einen Moment an. «Ja», sagte sie dann fest.

«Das Jugendamt ist jedoch anderer Meinung», wandte Julia ein. «Irgendetwas muss nicht nur diese Lehrerin, sondern auch die Leute vom Amt dazu gebracht haben.»

«Bodo ist nicht so einer!», beharrte Petra Schwarz-Pohl. «Er gibt sich solche Mühe, meiner Pya ein guter Vater zu sein. Wenn er auch mal ein strengeres Wort …, dann ist das doch normal, oder?» Sie redete sich in Hitze. «Wir waren alle beide völlig fertig, als sich das Mädchen seine Haare abgeschnitten hat.»

«Gibt es auch mal Schläge?», erkundigte sich Julia vorsichtig.

«Nie!» Energisch schüttelte Petra den Kopf. «Nur einmal hat er sie an den Armen festgehalten, weil sie nicht aufhörte, ihr Essen durch die Küche zu schleudern in ihrer Wut.»

«Weil sie nichts essen wollte», vermutete Julia.

«So war es», bestätigte Petra flüsternd. Sie sackte in sich zusammen und starrte unglücklich vor sich hin. «Ich hatte immer engen Kontakt zu Pya», fuhr sie dann mit leiser Stimme fort. «Wir hatten die Trennung gemeinsam gemeistert und den Neuanfang hier. Geschmust hat sie bis vor ein paar Monaten noch mit mir.» Sie hob den Kopf. «Nur mit mir! – Ich hätte gespürt, wenn da etwas … etwas Dreckiges passiert wäre.»

«Was dann könnte Pya so verändert haben?», fragte Julia.

«Ich weiß es nicht», sagte Petra. «Ich weiß es einfach nicht.» Sie reichte Julia noch einmal die Fotografie. «Sie sehen doch, wie hübsch meine Pya ist, nicht wahr?» Tränen liefen ihr über die Wange. «Und jetzt? – Die Haare abgeschnitten! Die schönen Haare! Und ganz dünn ist sie. – Ach!» Petra warf die Fotografie auf den Tisch und vergrub ihr Gesicht in ihren Armen. Einer Regung folgend legte Julia ihre Hand auf den Unterarm der Frau.

«Wo finde ich Pya?»

Petra hob den Kopf. «Oben bei Melanie», sagte sie. Dann wischte sie sich über ihr verquollenes Gesicht. «Verzeihen Sie, Sie müssen weiß Gott was von mir denken.»

Julia ging nicht weiter darauf ein. «Melanie Schöne?», fragte sie stattdessen. «Die Tochter der Architekten.»

«Ja.»

«Ich habe sie gestern mit ihrer Freundin Irina kennengelernt. Sie machten gerade einen Krankenbesuch bei Annabella Miskowitz.»

«Sonst ist Pya auch immer mit dabei», sagte Petra mühsam unter ihren Tränen. «Doch gestern war sie den ganzen Tag auf ihrem Zimmer. – Ich bin froh, dass sie heute wenigstens zu Melanie gegangen ist. Sie wollen da eine Hausarbeit machen.»

«In den Ferien?», staunte Julia. «Das ist ja ungewöhnlich.»

«Sie haben sich freiwillig dazu gemeldet, um ihre miesen Halbjahreszeugnisse zu verbessern – Melanie und Pya nur. Die kleine Russin macht aus Freundschaft mit.»

«Irina ist aus einer russischen Familie?», fragte Julia interessiert. «Meine Mutter ist auch Russin.»

«Die Müllers sind Russlanddeutsche», erklärte Petra. «Die Kleine ist super in der Schule, aber leicht hat sie's auch nicht: Sie wird geprügelt. Vor Kurzem hat sie ihr Bruder regelrecht blau geschlagen, bloß weil sie mal etwas später zu Hause war.»

«Seltsam, dass das Jugendamt nicht auch dort eingeschritten ist», wunderte sich Julia.

«Diese Lehrerin hat den Müllers schon damit gedroht», sagte Petra mit einem sehnsüchtigen Seufzen. «Irinas Mutter ist es aber gelungen, das Ganze mit einer Aussprache zu klären.»

Julia schöpfte Hoffnung: «Nun, das sollte doch auch jetzt möglich sein, oder?»

«Leider nicht», erwiderte Petra Schwarz-Pohl. «Ich habe es versucht. Die Gerlach meint, das dürfe nur mit Pya gemeinsam geschehen. Doch genau das lehnt sie ja ab. – Dieser Junge hat sich einfach nur bei seiner Schwester entschuldigen müssen und versprechen, dass das nie wieder passiert, und damit hatte es sich. – Na, nun hat er doch noch seine Strafe!»

«Was denn für eine Strafe?»

«Er ist zu Ostern mit dem Moped gestürzt und hat sich beide Unterarme gebrochen.» Die Genugtuung darüber war Petra anzusehen. «Jetzt hat Irina eine Weile Ruhe.»

«Ist ja gut, wenn die Mädchen einander haben», meinte Julia. «Glauben Sie, ich kann Pya dort sprechen, bei den Schönes? Vielleicht fühlt sie sich da wohler?»

Petra sah Julia dankbar an. «Ich rufe sie gleich an.»

«Warten Sie noch einen Moment», sagte Julia, die jedoch schon aufstand bei diesen Worten. «Ich habe gestern erfahren, dass eines der Katzenopfer vom Bornbusch Melanies Kätzchen war. – Wissen Sie Näheres darüber?»

Das Gesicht der Schwangeren verhärtete sich. «Wenn das mal nicht auch dieser Russenjunge gewesen ist», sagte sie heftig. «Erst stirbt Irinas Kaninchen an einer Eibenvergiftung und er versteckt es – und wenig später verschwindet Melanies geliebtes Kätzchen.»

«Teilen die Mädchen denn diesen Verdacht?»

«Das weiß ich nicht.» Petra stemmte sich mühsam hoch. «Pya spricht kaum noch mit mir. Doch ich merke, dass auch sie völlig fertig ist deswegen. Nach dem Katzenmord hat sie sich ja auch ihre schönen Haare abgeschnitten. Aus Trauer sagt sie. – Völlig irre!» Sie schluchzte. «Alles gerät hier aus den Fugen!»

«Ich kann mir vorstellen, wie sehr Sie das mitnimmt, gerade jetzt», sagte Julia bewegt. «Bitte kündigen Sie den dreien meinen Besuch an. Vielleicht wird es doch noch etwas mit meiner Recherche heute und wir können Licht ins Dunkel bringen.»

«Natürlich», rief Petra Schwarz-Pohl. «Sofort!» Sie tippte die Wiederwahltaste auf ihrem Handy und verließ die Küche mit ihren schweren, wiegenden Schritten, um in den Nebenraum zu gehen. Die Tür ließ sie angelehnt. Nach einer Weile hörte Julia sie mit jemandem sprechen. «Sie können gerne kommen», sagte Petra, als sie zurück in der Küche war. Sie betonte das ‹gerne› besonders. «Da würden sie eben mal Pause machen, sagt Pya.»

Julia konnte sich ein Lächeln nicht verkneifen. «Das klingt ja wirklich sehr, sehr fleißig für drei Mädchen in ihren Osterferien.»

Selbst Petras Gesichtszüge glätteten sich nun etwas. «Naja», sagte sie. «Die Melanie hatte ziemlichen Stress mit ihren Eltern wegen ihrer Zensuren. Sie ist noch nicht lange vom Gymi runter, wo sie fast ein Jahr ausgefallen war. – Eben wegen dieser Drogengeschichte. Aber sie ist jetzt völlig weg davon. Nun macht sie die achte Klasse noch einmal hier auf der Mittelschule. – Aber Sie können sich natürlich vorstellen, wie schwer das für das Mädchen ist. – Es heißt, Melanie wird gemobbt.»

Julia horchte auf. Lag da ein Motiv für die Katzenmorde?

«Gemobbt?», fragte sie nach. «Wie?»

«Das läuft wohl vor allem über das Internet», seufzte Petra. «Die surfen doch stundenlang in diesen Netzwerken.»

«Haben Sie denn eine Vorstellung, wer Melanie mobben könnte?»

«Keine Ahnung», erwiderte Petra achselzuckend. «Vielleicht eine aus ihrer alten Grundschulklasse. Ich habe da mal etwas von einer Giselle aufgeschnappt. Genaueres weiß ich nicht. – Melanie war auf einem Privatgymnasium. Ist nicht einfach, wenn man erst als Auserwählte auszieht und dann so gebrandmarkt wiederkehrt.»

«Sie haben wohl recht», gab Julia zu, die jedoch im Geiste schon ihre neuen Erkenntnisse ordnete. «Wird Pya auch gemobbt?»

«Pya?» Petra riss die Augen auf. «Warum sollte …? – O mein Gott, das fehlte noch.»

«Machen Sie sich keine zusätzlichen Sorgen», sagte Julia rasch. «Wie mir scheint, sind die drei ein starkes Team. Wenn etwas gegen Mobbing hilft, dann sind es gute Freunde. Und genau die schaue ich mir jetzt gleich mal an.»

8. Kapitel

«Das Auto kann hier aber nicht stehen bleiben!»

Julia fuhr herum. Sie hatte sich allein geglaubt, da sie zuvor keine Menschenseele hatte entdecken können. «Herr Leupold», rief sie ärgerlich, als sie ihn erkannte. «Sie erschrecken einen ja zu Tode!»

Heinz Leupold stand wie aus dem Boden gewachsen vor ihr – in voller Jagdausrüstung, das Haar struppig unter seinem Hut. Neben ihm hechelte sein alter Weimaraner. Leupold hielt sein Gewehr in der Hand, als wäre er auf der Pirsch. «Ach, Sie sind's», knurrte er widerwillig, nachdem er Julias Erscheinung eingehend studiert hatte. «Das Auto muss hier trotzdem weg.»

«Ich nehme an, dass dies eine Gemeindestraße ist und kein Privatweg», sagte Julia so ruhig sie es vermochte. Sie hatte ihren Wagen am Wegesrand bei der Siedlung geparkt, da sich oben bei den Schönes nicht wenden ließ und sie die steile, gewundene Straße nicht rückwärts hinunterfahren wollte.

«Genossenschaft», trotzte Leupold. «Unsere Bauern brauchen genügend Platz.»

«Heinz!», rief es vom Hof der Leupoldens her. «Lass das gefälligst!» Den Worten hinterher walzte Susanna Leupold heran.

«Misch dich hier nicht ein, Weib!» Leupold packte sein Gewehr fester. Sein Hund sah ihn fragend an. «Du verstehst überhaupt nicht, um was es hier geht!»

Japsend kam die Leupolden bei ihnen an. «Ah, die Julia», rief sie, um Atem ringend. «Entschuldigen Sie nur meinen Mann!» Sie warf einen vernichtenden Blick auf ihren Gatten. «Seit unser Peterle gestern verschwunden ist, sind wir halt besonders vorsichtig. Wir haben natürlich unsere Angst, nicht Heinz?»

Leupolds Gesicht verfinsterte sich noch mehr. «Das Auto muss da weg!»

«Sie können bei uns auf dem Hof parken, meine Liebe», fuhr seine Frau sofort dazwischen. «Es ist nur wegen der vielen Traktoren, die jetzt hier lang müssen, nicht Heinz? – Ich mache Ihnen gleich das Tor auf.»

Trotz aller Ungeduld leuchtete Julia dieses Argument ein. Unter den misstrauischen Blicken Leupolds parkte sie ihren Wagen auf dessen Hof um.

«Was wollen Sie überhaupt hier um diese Zeit», fragte er Julia in barschem Ton, als sie wieder auf dem Weg standen.

«Heinz!» Susanna Leupold war ihnen mit angespannter Miene gefolgt. Wahrscheinlich glaubte sie, ihre Anwesenheit könnte das schlimmste Betragen ihres Mannes verhindern. Tatsächlich fand Julia, dass sie niemandem Rechenschaft darüber schuldete. Doch sie gab sich friedfertig. Vielleicht konnte sie auf diesem Weg noch etwas über die Schönes erfahren. Es ging doch nichts über aufmerksame Nachbarn, wie Trude schon immer gefunden hatte, und etwas Klatsch und Tratsch.

«Zu den Schönes?», rief die Leupolden, als Julia ihre Anwesenheit erklärte. «Die sind aber gar nicht da, die sind zum Skifahren nach St. Moritz – schon seit Sonnabend.»

«Ich will auch zu deren Tochter, zu Melanie Schöne», sagte Julia.

«Die Schöne Melanie! Ah. Zur Strafe haben sie die daheim gelassen», rief Leupold sichtlich befriedigt. «Ein ganz schönes Früchtchen, sage ich Ihnen! Nehmen Sie sich nur in Acht. Die Kleine denkt, sie kann hier jeden um den Finger wickeln. Aber da ist sie bei mir an den Falschen geraten. Ich kenne dieses Luderbein. Ich kenne sie!»

«Heinz!», ermahnte ihn seine Frau milde.

Leupold brachte sie mit einer abfälligen Handbewegung zum Schweigen. «Ich habe die Kleine mit diesem Koch zusammen gesehen. Der versorgt die doch weiterhin heimlich mit Drogen! Ein Drogenhändler ist das. Jawohl. Traumkraut oder so was. Man hört ja jetzt so viel davon.»

«Also, Herr Leupold, jetzt reicht es aber», sagte Julia halb belustigt, halb verärgert. «Sie sollten vorsichtig sein mit solchen Anschuldigungen.»

Leupold glotzte sie an. Dann schniefte er unzufrieden. «Ach, was wissen denn Sie schon!»

«Bestimmt wollte die Melanie auch gar nicht mit zum Skifahren», mischte sich seine Frau nun wieder ein. «Die trauert doch auch um ihr armes Kätzchen.»

«Ich habe davon gehört», sagte Julia.

«Diese elenden Katzenmörder!» Die Augen der Leupolden füllten sich mit Tränen. «Und jetzt auch noch mein Peterle. Verschwunden! Mein liebes Peterle.»

Sie holte ein Taschentuch aus ihrer Schürze und schnäuzte sich. «Wir haben solche Angst, dass das auch diese Katzenmörder waren.»

«Es geht was Böses um im Dorf! Wir müssen wachsam sein.» Leupold trat einen Schritt auf sie zu. «Wenn Sie wollen, komme ich mit zu den Schönes.»

«Ich fühle mich vollkommen sicher, Herr Leupold», wehrte Julia ab. «Mit Ihrem Gewehr können Sie einem eher Angst machen.»

«Angst?» Seine Augen flackerten. Julia sah, wie sein Kehlkopf vor Aufregung tanzte. «Angst?», wiederholte er und musterte Julia misstrauisch von Kopf bis Fuß. «Was weißt du Mädel schon von der Angst!»

Bevor Julia ihm eine Antwort geben konnte, wandte sich Leupold ab und stapfte los in Richtung Bornbusch. Sein Weimaraner trottete ihm mit hängenden Ohren hinterher. Eine Weile sahen die Frauen ihm nach, dann begann sich die Leupolden wortreich für ihren Mann zu entschuldigen.

«Es geht ihm alles so nahe», sagte sie mit Verschwörermiene. «Doch die Männer geben das ja nicht zu.»

Julia ging nicht weiter darauf ein, da sie das sonst womöglich die andere Hälfte ihres Vormittages gekostet hätte. Sie verabschiedete sich einstweilen von der Leupolden und stieg den gewundenen Schotterweg zu den Schönes hinauf.

Der Flachbau des Architektenpaares Schöne lag weithin sichtbar am Hang des Höhenzuges zwischen Bornbusch und dem Eckertsberg, an dessen Fuß sich Finkendörfel entlang des Dorfbaches schlängelte. Die moderne Glas- und Stahlkonstruktion mit Dachgarten fand nicht nur Bewunderer im Dorf, zumal dieser so wenig traditionelle Bau in exponierter Lage die Blicke aller Besucher auf sich zog und sich damit unverhältnismäßig aufspielte gegenüber den Umgebindehäusern und Bauernhöfen seiner Nachbarschaft. Die Oberdorfsiedlung war einer der äußersten Zipfel von Finkendörfel, recht einsam gelegen und dem Walde nah. Nach wenigen Minuten strammen Fußmarsches war Julia am Tor der Schönes angelangt. Sie drückte den Knopf neben der Wechselsprechanlage, die in Augenhöhe über dem Briefkasten angebracht war. Der Lautsprecher blieb stumm. Nur das runde Glubschauge einer Kamera blickte ihr entgegen. Es verstrich aufreizend viel Zeit, ehe sich bei einem Summton das Tor öffnen ließ. Julia war fest entschlossen, sich durch keine noch so kindische Machtdemonstration provozieren zu lassen. Rasch schritt sie die Auffahrt hinauf zum Haus.

Unter den beiden Wohnetagen befanden sich zwei Garagen und eine schmale Tür. Eine Treppe daneben führte zu einer imposanten doppelflügligen Eingangstür, die durch den Balkon der ersten Etage bedacht war. Eine geriffelte Stahlsäule, um die sich ein kümmerlicher Efeu zu ranken versuchte, stützte die freie Ecke.

Mit Genugtuung stellte Julia fest, dass wenigstens die Haustür für sie offen stand. Doch niemand war zu sehen, als sie sich anschickte, das Haus zu betreten.

«Hallo?»

Keine Antwort.

Der Hausflur war von weißer, buddhistisch anmutender Schlichtheit und blitzsauber. Nur ein riesiger Blütenzweig in einer Bodenvase lenkte den Blick des Besuchers auf sich. Er stand am Fuße einer Marmortreppe, die in das Obergeschoss führte. Auch sie schien schwerelos und ohne jeden Makel. Erstaunt erinnerte sich Julia daran, wie es ausgesehen hatte, wenn sie sturmfreie Bude gehabt hatte in diesem Alter.

Schon auf dem Grundstück war Julia aufgefallen, dass die gesamte Anlage den Eindruck eines Mustergartens hatte, schlicht und gepflegt. So tröstete sie sich mit dem Gedanken, dass die Schönes für so viel Sauberkeit gewiss Profis beschäftigten, wenn sie schon ihre Tochter nicht mit in den Skiurlaub genommen hatten. Überhaupt eine seltsame Strafe für eine Pubertierende. Sie hätte in diesem Alter wahrscheinlich größte Mühe gehabt, einen Freudensprung zu verhindern bei der Aussicht, ein paar Tage ohne Aufsicht und Kontrolle ihre Ferien genießen zu können.

«Hallo!», wiederholte Julia ungeduldig.

Sie legte die Hand auf den Knauf der Kordel, die die Marmortreppe begrenzte, und sah nach oben. Dort vermutete sie das Mädchenzimmer. Ihr antwortete nur geisterhaftes Schweigen und Leere. Julia spürte, wie die alte Wut auf Pya in ihr wuchs, als sie ein leises Klappern vernahm.

«Entschuldigen Sie bitte», sagte eine Mädchenstimme.

Julia wandte sich um. Vor ihr stand Irina, das zarte, blond bezopfte Mädchen, dem Julia erst gestern in der Kaltbachmühle begegnet war. Das Gesicht des Mädchens zeigte Überraschung. «Sie sind das?» Auf ihrem Arm balancierte Irina ein Tablett mit Gläsern und einer gefüllten Wasserkaraffe.

«Julia Eisler, ganz recht», sagte Julia.

Irina gab sich Mühe, rasch wieder gelassen zu wirken. «Wir dachten, Sie möchten vielleicht etwas trinken?»

«Wie überaus aufmerksam von euch.» Julias Zorn verrauchte. «Ich will zu Pya Schwarz, wie du sicherlich weißt.»

«Die ist oben bei Melanie. Sie schreiben noch die Aufgabe zu Ende», sagte Irina schlicht.

«Pyas Mutti sagte schon, dass ihr zusammen lernt.» Nicht, dass Julia eine Sekunde daran geglaubt hätte.

«Kommen Sie mir einfach hinterher», sagte Irina und ging die Treppe hinauf.

«Ist es Pya denn nicht lieber, wenn wir allein reden?», wunderte sich Julia.

«Nein. Pya will, dass wir dabei sind. Wir gehören zusammen.» Sie ging Julia voran weiter die Treppe hinauf in einen breiten Flur, von dem aus mehrere Türen abgingen. Eine davon war mit einem großen Katzensticker versehen und mit aufgeklebten Schmetterlingen verziert. Auf diese Tür steuerte Irina zu und hebelte sie geschickt mit dem Ellbogen auf.

«Schau mal, Mel, wer diese Anwältin ist», rief Irina beim Eintreten.

Melanie war nicht ganz so überrascht. «Ich habe Sie schon durch die Kamera gesehen», sagte sie bei der Begrüßung, die sich auf ein Kopfnicken beschränkte.

Julia fand sich in einem großzügig ausgestatteten, hellen Raum wieder, mit bodenlanger Fensterfront zu einem Balkon, der sich wie die Terrasse darunter über die gesamte Breite des Hauses zog. Hier war es zu Julias Erleichterung nicht ganz so superpeinlich aufgeräumt wie unten. Doch zeugten aufgeschlagene Hefter, Schreibblöcke und Bücher sowie ein Laptop und hochgefahrener PC tatsächlich vom Lerneifer der Mädchen. Die Musik aus der Stereoanlage säuselte nur leise. Katzenposter an der Wand und zartrosa Schals und Tücher unter einem Strohhut am Kleiderständer gaben dem Zimmer etwas sehr Mädchenhaftes.

Julia stellte ihre Aktentasche auf einem der futuristischen Sitze ab, die um ein rundes Tischchen inmitten des Raumes gruppiert waren. Irina goss Wasser in die Gläser und reichte ihr eines. «Wo ist Pya?», fragte Julia, als sie es annahm.

«Ich bin hier.» Die Stimme kam aus der Ecke hinter Julias Rücken.

Auf dem Bett mit einer verrutschten Tagesdecke kauerte ein schmales, hohläugiges Mädchen mit Stoppelhaaren. Pya hatte ihre dünnen Arme um ihre Knie geschlungen. Sie trug hautenge Jeans und einen riesenhaften, dunklen Pullover. Die Ärmel waren mehrfach umgeschlagen, so als hätte sie sich dieses unförmige Teil aus dem Schrank eines Mannes genommen, der zu einem Bierbauch neigte. Julia fragte sich, ob es sich dabei um Pyas treulosen Vater handelte, an dem sie vielleicht noch hing. Das brachte Julia dazu, milder über Pya zu denken. Sie trat an sie heran und begrüßte sie mit ausgestreckter Hand, die nur sehr widerwillig ergriffen wurde.

«Du weißt, warum ich hier bin?», fragte Julia, nachdem sie ihren Namen gesagt hatte.

«Bodo schickt Sie», sagte Pya und schob die Unterlippe vor.

Trotz Pyas Magerkeit erkannte Julia in dem blassen Gesicht das Mädchen von dem Foto wieder, auch wenn es nur noch ein Schatten seiner selbst war.

«Und deine Mutter», ergänzte Julia.

Die beiden anderen Mädchen kamen heran und setzten sich neben Pya auf das Bett.

Julia nahm sich einen der Stühle, um sich dem Trio gegenüber niederzulassen. Sie schlug die Beine übereinander und musterte die Mädchen einen Moment. «Ihr seid so eine richtig eingeschworene Gemeinschaft, was?»

Irina und Pya sahen auf Melanie und senkten dann den Blick. Nur Melanie hielt Julia trotzig stand. «Sind wir», sagte sie überlegen.

Julia seufzte unmerklich. Das würde doch schwieriger werden, als sie gedacht hatte. Statt einer Widerspenstigen hatte sie nun gleich drei von der Sorte, wobei Irina noch die unsicherste von den Freundinnen zu sein schien. Sie war sichtlich nervös und spielte an ihren Zöpfen herum.

«Pya», begann Julia, «wenn du deine Freundinnen dabei haben willst, ist das in Ordnung für mich. – Aber ich muss dich ganz konkret nach den Anschuldigungen fragen, die eure Lehrerin erhebt.»

Pya rollte mit den Augen. Sie löste die Umarmung ihrer Knie und ließ sich an die Wand zurücksinken.

Einen Moment wartete Julia, bevor sie fortfuhr. «Du kannst darauf vertrauen, dass ich in erster Linie auf deiner Seite sein werde. Deine Eltern …»

«Meine Eltern?», schrie Pya unvermittelt dazwischen. «Ich habe keine Eltern mehr. Bodo Motherfucker Pohl ist nicht mein Vater!»

Julia sah, wie sich Pyas Augen verdunkelten vor Hass und unterdrückten Tränen.

«Ich verstehe», sagte sie leise.

«Ach wirklich?» Pya verschränkte die Arme vor der Brust.

«Hast du deiner Lehrerin etwas anvertraut, was dich bedrückt, Pya?»

«Der und was anvertrauen?», rief Pya. «Ich bin doch nicht bescheuert.»

Irina kicherte. Ein Knuff von Melanie ließ sie verstummen.

Auch Julia verschränkte nun die Arme, das Wasserglas immer noch unberührt in der Hand. «Hat Bodo Pohl dich in irgendeiner Weise bedrängt, Pya, oder dir Gewalt angetan?»

Verächtlich stieß Pya Luft aus. «Mir geht keiner an die Wäsche! Schon gar nicht der!»

«Das freut mich zu hören», sagte Julia trocken. «Und wie bitte kommt dann Frau Gerlach darauf, so etwas zu behaupten?»

«Was weiß ich denn?», rief Pya. «Die mischt sich doch in alles ein.»

«Das stimmt», zwitscherte Irina eifrig dazwischen. «Bei mir war das auch so. – Die ist einfach unmöglich. Und bei Mel ...»

«Ist gut jetzt, Iri!», unterbrach Melanie ihre Freundin. «Die Gerlach ist bescheuert, das ist alles», wandte sie sich dann an Julia. «Die muss ihre Nase dauernd in Sachen stecken, die sie nichts angehen.»

Julia versuchte, mit Pya Blickkontakt herzustellen. «Wenn da wirklich nichts dran ist an den Anschuldigungen deiner Lehrerin, warum dann dieser Hass auf deinen Stiefvater? Liegt es daran, dass deine Mama ein Baby von ihm bekommt?»

«Was soll das heißen?», rief Pya schrill. Die drei Mädchen rückten näher zusammen und starrten Julia finster an.

«Was reden Sie denn da?», mischte sich Melanie ein.

Julia beeindruckte dieser zornige Widerstand wenig. «Ich hörte eben von deiner Mutter, Pya, dass du vor einem Jahr ein recht gutes Verhältnis zu deinem Stiefvater hattest.»

«Mutter!» Pya stieß verächtlich Luft aus. «Die kapiert ja auch gar nichts.»

«Was kapiert sie nicht?»

«Na, mit wem sie sich da eingelassen hat», entfuhr es Pya. Sie bereute diesen Ausruf sofort. Ihr Mund klappte zu und sie senkte die Augen wie ein Visier. Julia betrachtete das Mädchen eine Weile nachdenklich. «Du aber weißt etwas über Bodo Pohl, ja?», fragte sie dann. «Hat dir Frau Gerlach etwas über ihn erzählt?»

«Gar nichts weiß ich!», fauchte Pya. Sie hatte den Blick wieder gehoben.

«Und jetzt nutzt du dieses Wissen, um deinem Stiefvater eins auszuwischen», fuhr Julia indessen ungerührt fort. Treffer, dachte sie, als Pya sie statt einer Antwort nur zornig anblitzte. «So ein kleiner Rachefeldzug ist ein sehr kurzer Genuss», mahnte Julia eindringlich, «und ein fragwürdiger dazu. Letztendlich fällt alles Gerede auf dich selbst zurück.»

Pyas Gesicht verdunkelte sich. «Wie meinen Sie das?»

«Ich meine, dass du dir mit deinem Schweigen nur selbst schadest, deiner Mutter, deinem Zuhause. Also sag die Wahrheit.»

«Das können Sie vergessen!», knirschte Pya. «Ich habe mir diesen Mist nicht ausgedacht. Soll das doch die Gerlach-Ziege selbst geraderücken. Ich habe damit nichts zu tun.»

«Doch, das hast du», sagte Julia mit einem Seufzer und erhob sich. «Mehr, als du denkst.» Sie stellte das volle Wasserglas auf dem Tisch ab. Ein Reinfall das Ganze bisher, gestand sie sich ein. Da fiel ihr Blick auf den rosaroten Katzenplüsch, der Melanie als Schlüsselanhänger diente und auf ihrem Computerschreibtisch lag. Julia deutete auf die Katzenposter an den Wänden. «Es tut mir leid, dass du dein Kätzchen bei diesen Morden verloren hast, Melanie», sagte sie.

Die Mädchen sahen sich an. Melanie war bleich geworden. «Was hat denn das jetzt bitte mit dem Bodo zu tun», sagte sie dann mürrisch.

Rasch erzählte Julia vom Tod des Tigerkaters auf ihrem eigenen Hof.

Die Mädchen folgten ihr schweigend und in düsterer Stimmung. Julia wurde nicht schlau daraus. «Ich kann mir gut vorstellen, dass euch das Angst macht», tastete sie sich dennoch weiter vor.

«Nicht mehr als anderen», sagte Pya ablehnend. «Ist scheiße von Ihnen, dass Sie laufend in diesen Wunden stochern.»

«Manche verdächtigen den Michael Lebelt», bohrte Julia weiter. «Was haltet ihr davon?»

Wieder wechselten die drei Mädchen Blicke untereinander, ihre Gesichter blieben verschlossen. Genau das war es, was Julia antrieb, weiter nachzufragen. «Ihr geht doch zusammen zur

Schule.» Sie sah, wie Irinas Nervosität wuchs und sie fragend zu Melanie und Pya schaute.

Eine Weile noch hielten die Mädchen ihr Schweigen aus. Dann schob sich Pya mit einem Ruck nach vorn auf die Bettkante und stand auf. «Ich glaube nicht, dass Micha das war», sagte sie. Die beiden anderen Mädchen atmeten hörbar auf. «Nein, wir auch nicht», betonte Irina. «Der Micha mag Katzen.»

«Haben Sie etwa mit dem Micha auch was zu tun?», fragte Melanie plötzlich misstrauisch.

«Er hat unsere Katzen betreut, als wir verreist waren», sagte Julia leise. «Meine Familie möchte Micha gern helfen. Deshalb höre ich mich da etwas um.»

Diese Erklärung schien die Mädchen zu befriedigen. «Der Micha war's bestimmt nicht!», versicherte Irina noch einmal. Auch sie war nun aufgestanden und neben Pya getreten.

«Vielleicht war es ja Bodo!», giftete Pya.

«Unwahrscheinlich», sagte Julia mit einem Seufzer. «Oder habt ihr einen konkreten Verdacht.»

Pya funkelte sie an. «Und ob! Wegen dem blöden Kerl musste ich meine Miezi weggeben. Bodo ist ein Katzenhasser!»

«Das stimmt», rief Irina dazwischen. «Wir haben mal gesehen, wie er eine mit dem Luftgewehr verjagt hat, stimmt's Mel?»

«Mhm», machte Melanie, während auch sie sich an den Bettrand schob.

Julia schüttelte den Kopf. «Meinetwegen: Bodo Pohl mag keine Katzen. – Das mag alles sein. Die Frage ist, ob er welche fangen und so grausam …»

«Hören Sie auf!», schrie Melanie.

Betroffen hielt Julia inne. «Entschuldige bitte», sagte sie dann ehrlich.

Mit verschränkten Armen wandte sich Melanie ab von ihr. Irina legte den Arm um die Schulter ihrer Freundin. Pya sah einen Moment nachdenklich in ihre Richtung, dann drehte sie sich um und ging an Julia vorbei bis zur Fensterfront. Sinnend stand sie da. Julia trat sacht neben sie. «Pya?»

Wie fröstelnd schlug Pya die Arme in den Pulloverärmeln um sich. Sie sah weiter aus dem Fenster. «Wenn nichts dran ist an den Anschuldigungen deiner Lehrerin, dann schaffe Klarheit.» Julias Stimme war leise und eindringlich.

Widerwillig schenkte Pya ihr einen kurzen Blick, bevor sie sich wieder dem grandiosen Panorama zuwandte. «Wirst du gemobbt deswegen?», fragte Julia kaum hörbar für die anderen.

«Ach, doch nicht ich», rief Pya ärgerlich. Dann biss sie sich auf die Lippen, als hätte sie schon zu viel gesagt. Tatsächlich kamen Melanie und Irina nun neben sie ans Fenster. «Wer wird gemobbt?», fragte Melanie mit einem rauen Unterton.

Julia musterte das Mädchen. «Ich weiß nicht. Vielleicht du?»

«Guckt mal, da ist der olle Schnüffler wieder!», rief Irina plötzlich und zeigte auf die Wiese vor dem Bornbusch. Alle sahen auf die Stelle. Heinz Leupold schleppte einen dünnen Jungen an den Ohren hinter sich her. Sein Hund umsprang sie, als habe er ein Wild gestellt. Der Junge trug blaue Handschuhe, wie es Julia von Weitem schien.

«Eh, Iri!», rief Melanie, «Wenn das nicht dein Bruder ist, das Sackgesicht.»

Irina trat näher an die Scheibe heran. Dann öffnete sie die Balkontür. «Du hast recht, Mel», sagte sie über die Schulter hinweg. Dann hob sie den Arm zu einem Winken und brüllte so laut es ihre Mädchenstimme erlaubte. «Hey, Jewgeni! Hat er dich endlich erwischt?»

«Erwischt wobei?», fragte Julia, die interessiert neben Irina getreten war.

Irina errötete ertappt. «Ist doch egal», sagte sie dann verlegen. «Der Alte schnüffelt doch schon ewig hinter uns her.»

«Hat dein Bruder sich nicht die Hände bei einem Mopedunfall gebrochen?», erkundigte sich Julia, der plötzlich der Osteranschlag an der Kirche einfiel. Da hatte sie auch ein Moped gehört hinter der Friedhofsmauer. Waren das etwa Irinas Mädchenbeine gewesen, die sie da bei den Flüchtenden entdeckt hatte? Sie betrachtete das Mädchen aufmerksam.

Die Röte auf Irinas Gesicht hatte sich vertieft.

«Da war der selbst dran schuld, der Blödkopp!», ließ sich Melanie vernehmen. «Hat der Iri wieder mal hinterherspioniert.»

«Wobei hat er denn spioniert?»

«Was geht Sie das an?» Melanie funkelte Julia böse an. «Sind Sie nicht wegen Pya hier?»

Julia wusste, dass sie kein weiteres Wort aus den Mädchen herausbekommen würde. Möglicherweise hatte Leupold jedoch etwas erfahren. Er führte den Jungen ab wie einen Schwerverbrecher. «Besser wir gehen hinunter», sagte Julia. «Vielleicht kann dein Bruder jetzt auch einen Anwalt vertragen.» Sie ging ins Zimmer zurück und nahm ihre Tasche. Die Mädchen wirkten einen Moment unschlüssig.

«Ich mach das erst noch fertig», sagte Pya zu Melanie und deutete auf den Computer. Melanie schwieg zunächst und musterte Julia mit unfreundlichen Blicken. Nur Irina griff nach einem bunten Strickschal, der über einem der Sessel hing, und schlang ihn sich um den Hals. «Ich komme mit, sonst kriegt Mama noch 'nen Koller, wenn Jewgeni-Schatz ohne mich heimkommt.» Sie rollte mit den Augen und begann, sich mit Küsschen und Umarmungen von ihren Freundinnen zu verabschieden. Dann griff sie nach ihrer Stofftasche und sprang aus dem Zimmer. Julia folgte ihr. An der Tür blieb sie noch einmal stehen und wandte sich an Pya. «Ich rede also mit deiner Lehrerin, Pya, und verlasse mich darauf, dass diese Anschuldigungen tatsächlich aus der Luft gegriffen sind.»

Pya schob die Lippe vor, doch sie nickte kaum merklich.

«Gut so», sagte Julia zum Abschied. Ihr Gefühl sagte jedoch etwas ganz anderes. Nichts war gut. Nachdenklich ging sie Irina hinterher die Treppe hinab.

«Na, da wollen wir mal deinen Bruder aus den Fängen des wilden Jägers befreien», sagte sie, als sie das Haus verließen.

«Jewgeni!», stieß Irina voller Verachtung aus. «Spielt sich als mein Aufpasser auf, weil die Großen nun raus sind.»

«Du hast also noch mehr Brüder?»

«Anatol und Oleg. Die sind jetzt in Berlin.»

«Und fallen für dich als Beschützer weg.»

Irina schnaubte als Antwort.

«Ich meine natürlich als Beschützer vor Jewgeni.»

«Ach so.» Irina lächelte Julia verschwörerisch zu. «Das stimmt. – Aber so schnell haut der mir keine mehr runter», erklärte sie dann leichthin.

Sie trafen auf Leupold, als der den schmalen Jungen gerade den Weg zur Siedlung hinunterschubste. «Herr Leupold!», rief Julia ihn an. Tatsächlich blieb er stehen und wartete, bis Julia mit dem Mädchen bei ihnen angekommen war.

«Ich nehme den Jungen und seine Schwester mit», erklärte Julia.

Leupolds Adamsapfel tanzte. Er rüttelte den Jungen. «Mit dem habe ich noch ein Hühnchen zu rupfen», sagte er finster. «Wissen Sie, wo ich den aufgegriffen habe? Im Bornbusch! Schnüffelte da auf diesem Hexentanzplatz herum!»

Das Gesicht des Jungen verfärbte sich ins Tomatenrote, als er seine Schwester erblickte.

«Das ist doch nicht verboten, Herr Leupold», sagte Julia. «Die Neugier treibt gewiss eine Menge Leute dahin.» Dann sah sie dem Jungen in das blasse, pickelige Gesicht. «Warst du gestern vielleicht auch da, Jewgeni?»

«Ich heiße Eugen», entgegnete der Junge feindselig.

Seine kleine Schwester kicherte.

«Oh», machte Julia mit einem Blick auf Irina. «Also gut: Eugen. Warst du gestern auch da?»

Er schwieg finster.

«Wann ist denn das da passiert?» Julia deutete auf seine blau vergipsten Unterarme.

«Was geht Sie an?» Er sprach mit einem schnarrenden Restakzent.

Leupold rüttelte ihn. «Gib gefälligst Antwort, du Halunke!»

«Schon gut, Herr Leupold», beschwichtigte Julia. «Lassen Sie den Jungen los. Sie handeln sich nur Ärger ein.»

«Ich?», ereiferte sich Leupold. Seine Augen flackerten. «Der hier führt was im Schilde, sag ich Ihnen. Verdammte Ausländer!»

Kopfschüttelnd griff Julia nach der freien Schulter des Jungen. «Komm, Eugen!»

Der Weimaraner blaffte sie an. «Aus!», befahl Leupold. Der Hund gehorchte.

«Ich kümmere mich um den Jungen», sagte Julia, die sich auf keine weitere Debatte mit Leupold einlassen wollte. «Es ist besser, ich bringe die Kinder zu ihrer Mutter.»

Tatsächlich ließ Leupold von ihm ab und senkte sein Gewehr. «Passen Sie bloß auf bei denen!»

Eugen sah ihn böse an und rieb sich mit der einen Gipsschiene die Schulter. Sie gingen weiter, während Leupold auf der Anhöhe stehen blieb und ihnen nachblickte, als bereute er bereits seine Nachgiebigkeit.

«Geschieht dir recht, du alter Schnüffler», sagte Irina schadenfroh. «Was kriechst du mir auch laufend hinterher?»

«Muttr schickt mich», erwiderte Eugen gekränkt. «Hast du wieder dein Spray vergessen und ich kann bringen.»

Irina winkte lässig ab. «Na, und wenn schon. So schlimm ist mein Asthma nicht.»

«Muttr aber sagt, du heimkommen sollst!»

«Lerne du erst mal richtig Deutsch!», giftete Irina und beschleunigte ihre Schritte.

«Mein Wagen steht gleich hier unten auf dem Hof der Leupolds», sagte Julia. «Wohin soll ich euch fahren?»

«Wir fahren nich mit bei Fremden!», schnarrte Eugen.

«Klar fahren wir mit, du Blödmann», rief Irina, die offensichtlich großes Selbstbewusstsein aus der Hilflosigkeit ihres Bruders schöpfte.

«Du genau weißt, was Muttr sagt.»

«Ja, das weiß ich. Mutter hat bestimmt nichts dagegen, wenn wir mit einer Rechtsanwältin fahren. – Außerdem lasse ich mir nichts vorschreiben von einem Typen, der sich nicht mal allein den Arsch abwischen kann!»

9. Kapitel

Vorsichtig lugte Susanna Leupold durch die halb offene Küchentür. Ihr Mann saß noch immer angekleidet am Tisch, die aufgeschlagene Bibel vor sich, den Kopf tief in den Händen vergraben. Stetig jammerte er vor sich hin. Es erinnerte Susanna an das furchtsame Weinen eines Kindes. Der Hund lag zu seinen Füßen. Er hob den Kopf, als er sie bemerkte, die sich vorsichtig in die Küche geschlichen hatte. Ihren Mann anzusprechen, wagte sie nicht. Zu groß war die Veränderung mit ihm, seitdem er heute den vergrabenen Zettel neben der Haustür gefunden hatte, im Beet gleich neben den Osterglocken. Es grauste Susanna, wenn sie an seinen Gesichtsausdruck dachte, als er das zerknitterte Blatt auseinandergefaltet hatte. Ein ganz normaler Notizzettel, so wie ihn Susanna benutzte, um ihre Einkaufsliste zu schreiben. Er war leer.

«Was hast du denn?», hatte sie ihn gefragt. «Ist dir nicht gut? Soll ich Dr. Köhler rufen? Heinz, du siehst aus, als hättest du einen Geist gesehen.» Da hatte er sie angebrüllt und unflätig beschimpft. Selbst der Hund hatte geknurrt und sich drohend vor seinen Herrn gestellt. Seitdem verweigerten beide jeden Bissen. Heinz zog sich ins Haus zurück. Ging ruhelos auf und ab, betete laut und rang die Hände. Der Hund mit hängenden Ohren hinter ihm her. Die beiden blafften nur, sobald Susanna ihren Mann ansprach.

Doch jetzt war es fast Mitternacht. Heinz saß immer noch in seiner Jägerkluft dort am Tisch und brummelte dieses wirre Zeug vor sich hin. Sein Gewehr lehnte neben ihm. Susanna überlegte, wie sie sich an ihm vorbeischleichen könnte, um vom Flur aus heimlich Dr. Köhler anzurufen oder den Notdienst. Denn eine Not war, was ihr Heinz jetzt litt. Diese ganze Sache mit den Katzenmorden hatte ihn verrückt gemacht. Er glaubte felsenfest, er sei nun verflucht, weil er diese scheußliche Tat entdeckt hatte.

«Komm nur ins Bett jetzt, Heinz», sagte Susanna, so sanft wie möglich. «Es ist schon spät.»

Ihr Mann hob den Kopf und sah sie triefäugig an. «Es ist zu spät», krächzte er. «Es ist zu spät.»

«Aber Heinz …»

«Still!» Er hob die Hand und lauschte.

Auch Susanna horchte in die Nacht hinaus. Etwas war da draußen. Ein Huschen, ein Schatten, eine Ahnung nur. Susanna erzitterte. «O Gott! Heinz, die sind am Schuppen.»

Heinz erhob sich mit einem Ruck. «Sie sind da.» Mit einem Mal war alle Angst und Unruhe von ihm abgefallen. Er stand aufrecht.

«Du bleibst hier!», befahl er Susanna. Dann griff er nach seinem Gewehr. Der Hund stand schon an der Tür, doch ohne das freudige Schwanzwedeln, mit dem er sonst mit seinem Herrn ging.

«Soll ich nicht jemanden anrufen, Heinz?», bettelte Susanna.

«Lass das gefälligst», erwiderte ihr Mann grimmig. «Das geht nur mich was an.»

«Und wenn's nun doch die Satanisten sind oder Einbrecher.»

«Ach, nu halt doch endlich dein Maul!»

Angstvoll lauschte ihm Susanna hinterher. Es war still geworden rings ums Haus. Unheilvoll still, wie sie fand. Sie schlich zum Fenster der Küche, um in den Hof zu spähen. Später wusste sie nicht mehr genau zu sagen, was zuerst da war: das Winseln des Hundes, der Schrei oder der Schuss. Nur dass der Schuss so laut war wie Kanonendonner. Susanna hatte sich die Ohren zuhalten müssen.

Trude kam mit einer Eile in die Küche gestürmt, die Kater Raki von seinem Lieblingsschlafplatz auf der Fensterbank aufscheuchte. Mit einem ungnädigen Blick auf die Verursacherin dieser Störung begann er, sich die Pfote zu lecken. «Der Heinz ist verrückt geworden!»

«Der Heinz?» Ella-Ma ließ den Spargelschäler sinken. «Ich habe ihn gestern noch ganz munter in Eckertswalde gesehen.»

«Er hat geschossen heute Nacht. Hat wohl Gespenster gesehen.»

Nun blickte auch Julia von ihren Spargelstangen auf. «Ich habe bemerkt, dass Leupold recht mitgenommen ist von den ganzen Ereignissen», sagte sie.

«Susanna jedenfalls hat richtig Angst um ihn.» Trude hatte rote Flecken an ihrem Hals vor Aufregung.

«Ob wir wohl jemanden verständigen müssen?», fragte Ella-Ma.

Trude setzte sich zu ihnen an den Küchentisch. «Den Dr. Köhler will er nicht sehen, hat er Susanna gesagt. Er will ihn vom Hof jagen, hat er gedroht. Naja. Ihr kennt ja den Heinz.»

«Warum hat er geschossen?», erkundigte sich Julia, die seelenruhig weiter den Spargel schälte.

«Es sollen wohl Einbrecher auf dem Hof gewesen sein. Doch Susanna sagt, da sei niemand gewesen, obwohl sie auch komische Geräusche gehört habe. Sie dachte, es seien diese Satanisten. Aber ihr Peterle hat sie gottlob nicht so gefunden wie wir unser Katerchen.»

«Dann war es vielleicht nur ein Marder, der gespielt hat», vermutete Julia.

Trude schüttelte den Kopf. «Das wäre doch dem Heinz aufgefallen. Auch hatte er ja den Hund dabei. Heinz ist schließlich ein erfahrener Jäger.»

«Wenn wir das Schlimmste annehmen, wird auch das Schlimmste passieren», seufzte Ella-Ma. «Und der Heinz ist tatsächlich dabei, überall nur das Schlimmste zu entdecken.»

Trude betrachtete ihre Freundin nachdenklich. «Susanna jedenfalls ist ganz schön beunruhigt deswegen», sagte sie dann. «Der Heinz ist schon seit Wochen völlig wirr im Kopp, seit er die Katzen gefunden hat. Gestern muss es wohl ganz schlimm mit ihm gewesen sein. Er hat den ganzen Tag weder gegessen noch getrunken. Hat nur laufend in der Bibel gelesen. Das 5. Buch Mose, wo es doch um die Flüche geht.»

«Und um den Segen», ergänzte Ella-Ma.

Trude ließ sich nicht beirren. «In der Nacht jedenfalls haben die Leupoldens dieses seltsame Geräusch gehört. Es kam vom Schuppen her. Heinz hat sich sein Gewehr genommen und ist raus. Susanna hat natürlich die Ohren gespitzt und hat hinter der Gardine gestanden. Doch von ihrer Küche aus kann man nur einen Teil vom Hof einsehen. Den Schuppen nicht. Da war ihr so, als ob sie ein Winseln oder so was gehört hat. Und einen Schrei und dann fiel der Schuss. – Oder war es umgekehrt?»

«Arme Susanna», sagte Ella-Ma. «So einen Schrecken zu durchleiden, und dann ihr Heinz so verwirrt. – Was ist hier nur los in Finkendörfel?»

«Meinst du nicht, du solltest auch mal mit ihr reden, Julia?», erklärte derweil Trude, und es klang nicht wie eine Frage. Julia antwortete nicht. «Jaja», beschwichtigte Trude auch gleich, «ich weiß, dass du viel zu tun hast.» Sie betrachtete Julia einen Augenblick beim Spargelschälen und fasste dann den heldenhaften Entschluss, sie dabei abzulösen. Fast hätte Julia aufgelacht, denn sie wusste, wie wenig Trude solche Pusselarbeiten mochte. «Da kannst du jetzt noch dein Bürozeug erledigen», schwatzte Trude schon wieder ganz frohgemut, während sie, von Ella-Ma argwöhnisch betrachtet, den Spargelschäler schwang.

«Das nennt sich Spar-Schälen, Trude», ermahnte sie ihre Freundin.

«Na und? Da gibt es wenigstens eine gute Suppe davon.»

Julia machte, dass sie in ihr Büro kam. Sie war entschlossen, da erst wieder zum Mittagessen herauszukommen.

Der frische Sonnabendmorgen jubelte unter einem klaren, blauen Frühlingshimmel. Perfektes Wäschewetter. Der Schrecken der Nacht verblasste. Bedächtig hängte Susanna Leupold Stück um Stück duftigen Linnens auf die Leine. Sonst war ihr der Kater dabei so gern um die Beine gestrichen und hatte nach Schmetterlingen und Fliegen gehascht. Doch der blieb verschwunden. Susanna machte sich kaum noch Hoffnung, ihn jemals lebend wiederzusehen. Vor Kummer rann ihr eine Träne über die Wange. Wie sehr sie ihr Peterle vermisste.

Stattdessen lief der Hund unter den blühenden Apfelbäumen hin zum Gemüsegarten, dessen Tür Susanna unvorsichtigerweise offen gelassen hatte. Sie ließ von ihrer Wäsche ab und folgte dem Weimaraner, so rasch es ihre Üppigkeit zuließ.

«Alfi», rief sie. «Alfi!»

Es war wenig wahrscheinlich, dass ihr der Hund diesmal gehorchen würde. Alfi hatte von seinem Herrn unverhofft Auslauf bekommen, wie es schien. Susanna argwöhnte, dass der Hund wieder einmal nach Herzenslust in ihrem Gartenreich graben würde. Da sah sie ihn auch schon neben dem Komposthaufen am Rhabarber scharren. Sie lief schneller.

«Alfi! Lass das sein. – Scher' dich aus meinem Garten.»

Der Hund hielt tatsächlich inne. Er bellte. Dann setzte er sich neben das Loch, das er gescharrt hatte, und sah Susanna mit seinen Bernsteinaugen entgegen, als erwartete er eine Belohnung von ihr. Irgendetwas an dieser Haltung ließ Susanna stutzen. Eine Ahnung, ein unbekannter Schrecken. Schützend legte sie ihre Hand über die Stelle ihres Herzens, als sie den Garten betrat. «Was hast du denn da, Alfi?», fragte sie zitternd, während sie näherkam. «Hast du was gefunden? Guter Hund. Na? Was haben wir denn da?»

Ein schwarz-weißer Fellflecken, noch halb von Erde bedeckt. Susanna wusste sofort, was es war. Sie sackte in die Knie. Tränen schossen ihr in die Augen. «Peterle …»

Wie von selbst begannen ihre Hände zu graben. Die Muskeln taten ihre Arbeit, doch Herz und Geist blieben stumpf, als weigerten sie sich zu erkennen, was sich wie ein Mosaik aus den Scherben ihres Entsetzens nun zusammenfügte.

«Du hast ihn umgebracht.» Susanna keuchte. «Du hast meinen Kater erschlagen!» Sie legte das tote Tier samt Erdresten auf den Küchentisch. Es interessierte sie nicht, dass einige Krumen dabei auf die Bibel fielen, die ihr Mann vor sich aufgeschlagen hatte. «Du bist dieser Satan! Du bist der Katzenmörder!»

Er wich ihrem Blick aus und starrte stattdessen auf den verräterischen Hund, der neben Susanna saß und hechelte wie nach einer guten Jagd.

«Sag was, Heinz!»

Mühsam wandte er den Kopf zu ihr. Sein Blick war trübe wie von fern.

Susanna griff sich ans Herz. «Mein Gott – Ich hätte es ahnen sollen.»

«Halt doch das Maul, du dummes Stück», knurrte Leupold.

«Ich?», rief Susanna, «Ich soll den Mund halten? Den Teufel werd ich tun. Herausschreien werd ich das in alle Welt, dass du mein Peterle erschlagen hast! Den ganzen Tag in der Bibel lesen und dann … Elender Heuchler! Ein Verbrecher, ja, das bist du!»

«Halts Maul, sag ich!», schrie Leupold unvermittelt los. «Du weißt ja nicht, was du da faselst!» Er war aufgesprungen und stand leicht vorgebeugt, wie zum Kampf. Sein Adamsapfel hüpfte. «Das blöde Katervieh hat uns doch diesen Fluch erst angehängt.»

«Du hast Fluch über dieses Haus gebracht, Heinz Leupold.» Susanna war voller Hass. «Du bist völlig verrückt geworden! Du … du – Mörder!»

Sein Schlag traf sie unvermittelt. Sie taumelte gegen den Spültisch. Noch nie, bei all den Beschimpfungen, hatte sich Heinz Leupold dazu hinreißen lassen, die Hand gegen seine Frau zu erheben. Susanna spürte, wie ihr Blut über den Hals rann. «Du bist wahnsinnig!» Der Ausdruck seiner Augen machte ihr Angst. Ein gehetztes Tier. «Heinz», wimmerte Susanna. «Du brauchst Hilfe.»

Alfi kläffte, als wollte er ihr zustimmen.

«Du blödes Weibsbild!», heulte Leupold. Er packte seine Frau an den Schultern und schob sie vor sich her in den Flur hinaus.

«Heinz! Nein! Was machst du denn?»

Ehe sie es sich versah, stand Susanna auf dem Flurläufer. Hinter ihr wurde die Tür verriegelt. Sie hämmerte an die Tür, bettelte und flehte. Als das alles nichts nutzte, begann sie zu lauschen. Sie hörte ihren Mann auf und ab gehen und vor sich hinmurmeln. Es schien, er weinte. Alfi winselte leise dazu. Manchmal schwoll das Weinen zu einem regelrechten Geheul an, in das der Hund treulich einstimmte. Hinter dieser Tür tobten Wahnsinn und Verzweiflung. Mit einem neuen Schrecken erinnerte sich Susanna, dass ihr Heinz, wie immer neuerdings, sein Jagdgewehr neben sich am Tisch lehnen hatte. In einem ersten Impuls wollte sie erneut an die Tür hämmern. Dann überlegte sie, die Axt zu holen. Doch da fiel ihr Blick auf das Telefontischchen, das im Flur stand. Hilfe. Sie brauchten Hilfe. Schnell. Ihre Hände zitterten so stark, dass ihr das Mobilteil zunächst aus der Hand auf den Läufer fiel. Sie fischte es unter dem Telefontischchen hervor. Welche Nummer sollte sie wählen? Ihr Geist versagte ihr gerade den Dienst.

Den Arzt? Den Pfarrer? Die Polizei? – Nein! Keine Polizei. Diese Schande! Diese Schmach. Ihr Heinz, der Katzenmörder. Trude fiel ihr ein. Ella und Trude – die wussten immer Rat. Die Nummer war eingespeichert. Susanna ließ ihre massige Gestalt langsam auf den kühlen Boden des Flures sinken und lehnte ihren Rücken an die Wand, während sie dem Tuten des Rufzeichens hinterherlauschte wie einem Signal in eine andere Welt. Eine Welt der Normalität und Berechenbarkeit, während ihre Welt hinter ihr gerade in Winseln, Greinen und wirren Klagen in Trümmer zerfiel.

«HaHa hier», brummte die Stimme des einstigen Hauptkommissars. «Ich sollte Sie zurückrufen.»

«Ich danke Ihnen, dass Sie mir nun doch helfen.» Julia legte ihre Notizen beiseite, die sie gerade überarbeitet hatte. «Haben Sie schon etwas herausgefunden?»

Heinrich Herzog räusperte sich umständlich, bevor er begann. «Noch nicht viel», gab er mürrisch zu. «Musste mich erst mal um meine Elfriede kümmern.»

«Natürlich», sagte Julia. «Ich hoffe, Ihrer Frau geht es nun wieder besser?»

«Jaja. Geht schon.» Es war ihm offensichtlich peinlich, darüber zu reden, also verfolgte Julia das Thema nicht weiter. «Was gibt es Neues von dieser Lehrerin?», fragte sie stattdessen. «Rita Gerlach.»

«Bis Ende letzten Schuljahres war sie in einer Mittelschule in Leipzig. Die wurde aber mit einer anderen Schule zusammengelegt. Deswegen ließ sie sich auf eigenen Wunsch nach Eckertswalde versetzen. Habe nichts Disziplinarisches finden können gegen die Gerlach da in Leipzig.» Herzog schnaufte, als wäre das allein schon verdächtig. «Sie war dort Vertrauenslehrerin.»

«Das ist sie hier auch. Könnte das nicht ihr besonderes Interesse an allen Auffälligkeiten bei den Schülern erklären?», überlegte Julia.

«Möglich», knurrte Herzog. «Will sich vielleicht nur wichtig machen. – Auf jeden Fall kommt sie aus dem Oberland. Hat mit ihrer Familie bei Cunewalde gewohnt. Die Eltern sind aber schon tot. Und auch die einzige Schwester. Die starb schon vor Jahren. Hat sich aufgehangen im Wald.»

Julia horchte auf. «Wissen Sie mehr darüber?»

«Noch nicht. Bin noch dran. Fakt ist, dass die Schwester nicht ganz richtig war im Kopp. Debil, wenn Sie wissen, was ich meine.»

«Ich denke schon», erwiderte Julia spitz. «Ich wäre Ihnen sehr verbunden, wenn Sie da noch mehr Einzelheiten für mich herausfinden könnten. Nächste Woche beginnt die Schule wieder. Da würde ich diese Frau Gerlach gern aufsuchen.» Sie hörte HaHa am anderen Ende der Leitung durchschnaufen. Die Zusammenarbeit mit dem Privatdetektiv gestaltete sich diesmal seltsam schwierig.

«Hör'n Sie», raunte Herzog in den Hörer, so als fürchtete er, belauscht zu werden, «ich mache, was ich kann. Aber ich kann meine Frau nicht lange allein lassen, wissen Sie? Hat der Arzt gesagt.»

«Ich verstehe», sagte Julia enttäuscht.

Herzog lachte leise. «Na, nu weinen Sie mal nicht gleich», tröstete er väterlich. «Ich habe vor, nächste Woche für ein paar Tage ins Oberland zu kommen mit meiner Elfriede. Habe uns ein Zimmer im Erbgericht reserviert. Da können wir uns treffen.»

«Julia!»

Ohne anzuklopfen, stürmte Trude ins Büro. «Du musst kommen! Gleich. Es geht um Leben und Tod.» Sie japste nach Luft vor Aufregung. «Susanna ist am Telefon. Der Heinz ist nun völlig durchgedreht.»

Wenige Sekunden später stand Julia mit Ella-Ma und Trude im Wohnzimmer am Telefon, das Ella-Ma laut gestellt hatte. Julia nahm den Hörer dennoch an sich. «Bleiben Sie ganz ruhig, Frau Leupold», rief sie. «Wir sind sofort bei Ihnen. Haben Sie schon jemanden informiert? – Keine Polizei? – Aber Frau Leupold, das geht doch nicht. Wir müssen die Polizei informieren, wenn Sie fürchten, dass Ihr Mann …» Hilfesuchend sah sie sich nach Ella-Ma und Trude um. Trude zückte bereits den Autoschlüssel. Julia nickte. «Wir kommen, Frau Leupold. Warten Sie, bis wir da sind. Wir kümmern uns um alles.» Sie alle hörten den krachenden Schuss. Und dann noch einen. Susanna Leupold schrie.

«O mein Gott. Er hat es getan.» Ella-Ma war totenbleich.

«Ruf du Dr. Köhler an, Oma. Oder gleich den Notarzt», kommandierte Julia. «Und die Polizei. – Komm, Trude!»

Sie stellten den Wagen ab und eilten ins Haus. Susanna Leupold kniete wimmernd vor der Küchentür, an die sie ihren Kopf gelehnt hatte.

Trude war als Erste bei ihr. «Susanna! Du lieber Gott, wie siehst du denn aus. Hat er dich …»

Die Leupolden griff mit verzerrter Miene nach Trudes Arm. «Er ist verrückt geworden, mein Heinz», flüsterte sie heiser. «O Trude, denk dir nur: Er ist der Katzenmörder.»

Trude schnellte hoch, als habe sie jemand mit einer Nadel gestochen. «Der Heinz? Das ist nicht möglich!»

«Mein Peterle», rief Susanna klagend und schlug die Hände vor ihr Gesicht. «Mein armes Peterle!» Dann griff sie wieder nach den Armen ihrer Helfer. «Sie dürfen ihn nicht finden.»

«Ich glaube, sie ist tüchtig durcheinander», murmelte Trude ratlos.

Susannas Griff wurde stärker. «Nein! Du verstehst nicht, Trude. Da drinnen liegt mein Peterle tot auf dem Tisch. Niemand darf ihn da so sehen! Niemand! Verstehst du?» Bei all dem Weinen war Susanna Leupold in diesem Punkt von grimmiger Entschlossenheit. Als die beiden zögerten, hievte sich Susanna hoch. «Wir müssen da rein», rief sie. «Bevor die anderen da sind.»

Trude nickte langsam, während Julia immer noch nicht begriff. «Wir sollten besser auf die Polizei warten, wenn Ihr Mann bewaffnet ist, Frau Leupold.» Die beiden Frauen beachteten sie nicht. «Wir schlagen die Tür ein», sagte Trude und tätschelte den fetten Arm der Leupolden. Dann lief sie aus dem Haus. Wenig später war sie zurück, ein großes Beil in der Hand. Damit wusste Trude umzugehen. Mit wenigen Hieben war ein Loch in die Küchentür geschlagen und der Schlüssel drinnen herumgedreht, so dass die drei Frauen in die Küche stürmen konnten. Trude stolperte über den toten Hund, der erschossen vor der Tür lag. Heinz Leupold saß hintenüber gebeugt auf dem Stuhl, den Mund weit geöffnet, die Augen starr. Die Kugel hatte ihm die Schädeldecke zertrümmert. Das Blut war bis zur Küchendecke gespritzt. Die drei Frauen standen vor Grauen erstarrt. In der Ferne vernahmen sie das Martinshorn der Einsatzwagen, die sich rasch näherten. Das weckte Susanna Leupold aus ihrer Lähmung. «Da ist er!» Sie wies auf den schwarz-weißen Kadaver ihres Katers, der wie die Bibel unbefleckt vom Blut Leupolds geblieben war. Rasch nahm sie den Kater an sich, fegte mit einer Bewegung die Erdkrumen vom Tisch und brachte das tote Tier in die Speisekammer. Erst bei ihrer Rückkehr waren ihre Bewegungen wieder verlangsamt und ihr Gesicht zuckte. «Sagt niemanden etwas davon», bettelte sie. «Tut mir das nicht auch noch an. Es ist schlimm genug.» Schluchzend sackte sie zusammen. Trude und Julia eilten beide zu ihr, um sie auf den Küchenstuhl zu hieven. «Du meinst doch nicht wirklich, dass dein Heinz der Katzenmörder war?», fragte Trude ungläubig. «Ich kann mir nicht vorstellen, dass …»

«Still, Trude», rief Julia. «Sie sind da.»

10. Kapitel

Der Nachmittag neigte sich schon, als sich auch die letzten Nachbarn vom Hof der Leupolds entfernten. Der Sarg mit dem Toten war schon seit Stunden fort. Pfarrer Thieme stand noch bei Dr. Köhler am Hoftor. Sie waren in ein Gespräch vertieft, bevor ein jeder von ihnen mit ernster Miene zu seinem Auto ging. Julia hatte in den vergangenen Stunden Unmengen Kaffee gekocht und Tassen gespült, Anrufer vermittelt und nebenbei nahezu pausenlos versucht, den Sohn der Leupoldens zu erreichen, der gerade im Auftrag seiner Firma in Italien unterwegs war. Nun war er informiert und bereits auf dem Weg in die Heimat. Trude hatte inzwischen die Witwe Leupold mit deren selbst gemachten Johannisbeerschnaps beruhigt. Ihre eigenen geröteten Wangen zeugten davon, dass auch sie nicht wenig davon genascht hatte. Als es nun still wurde im Haus, schlug Trude vor, die toten Tiere zu bestatten. Die Polizei hatte ein Fremdverschulden ausgeschlossen und auch die Tötung des Hundes seinem Besitzer zugeordnet. Von dem erschlagenen Kater wusste niemand außer den drei Frauen, die sich nun um die traurigen Trümmer dieses Tages scharten.

Stumm saß die Leupolden auf der Gartenbank beim Holunderbusch und streichelte die Überreste ihres Katers, während ihre Tränen auf das schwarz-weiße Fell tropften. Trude hob mit kräftigen Spatenstichen die beiden Gruben für die Tiere aus und so entschloss sich Julia, der Leupolden die Wäsche abzunehmen. Die unschuldig schlichte Schönheit dieser Alltagshandlung griff ihr ans Herz. Es war ein so irrsinnig scheinender Widerspruch zu der Tragik dieses Tages. Kaum zu ertragen, dass sich die Welt einfach weiterdrehte. Vögel sich zu üppigen Abendgesang aufschwangen, der Wind sanft in den Bäumen flüsterte und der Duft frischer Wäsche ihr in die Nase drang. Julia nahm dieses Paradoxon wahr, ohne darüber nachdenken zu wollen. Dennoch flüsterten tief in ihr drinnen beharrliche Stimmen: War wirklich Leupold der Katzenmörder?

Sie war so versunken in ihr Tun, dass sie die Mädchen erst bemerkte, als sie direkt neben ihr standen. «Dürfen wir dabei sein?», fragte Melanie.

Julia schreckte zusammen. «Was? – Natürlich …», stotterte sie. «Woher wisst ihr …?»

Sie sah in drei ernste, zornige Gesichter.

«Ich habe gesehen, wie die Frau mit dem toten Kater zum Haus gelaufen ist», gab Melanie mit leichtem Erröten zu. «Dann kam der Schuss.» Sie nickte bedeutsam. «Von meinem Balkon aus kann ich das gut beobachten.»

«Er hat ihn umgebracht», sagte Pya düster. «Am Dienstag kam er mit dem toten Kater aus dem Bornbusch und ist dann hier im Garten verschwunden.»

Irina schluchzte auf. «Der Hund hat so geheult dabei.» In ihrer Hand hielt sie ein Sträußchen Buschwindröschen so fest, dass die Blüten bereits zu welken begannen.

Julia legte dem Mädchen begütigend die Hand auf die Schulter. «Aus dem Bornbusch, sagt ihr», murmelte sie wie für sich selbst. Bedeutete das etwa, dass Heinz Leupold doch der Katzenmörder war? Oder wollte er nur den vermeintlichen Fluch von seinem Haus abwenden, indem er seine Katze selbst tötete? Was nur hatte diesem Mann so eine Angst eingejagt, dass er buchstäblich den Verstand darüber verloren hatte? «Habt ihr jemanden davon erzählt?», fragte Julia. Die Mädchen schüttelten den Kopf. «Wir hatten schon genug Ärger mit dem ollen Kerl», behauptete Melanie.

Julia legte das letzte Wäschestück in den Korb. Es war eine lange Männerunterhose. Die Mädchen beobachteten sie dabei stumm. Irina entfuhr wiederum ein Schluchzer. «Jetzt sterben hier auch Menschen», entfuhr es dem Mädchen. Es japste und holte schwer Atem. «Bleib ruhig, Iri», rief Pya, «du kriegst sonst bloß wieder einen Anfall.»

«Hast du dein Spray mit?», erkundigte sich Melanie. Irina nickte und suchte danach in ihrer bunten Stofftasche. Die Mädchen halfen ihrer Freundin dabei und nahmen sie unter murmelnden Beruhigungsformeln in ihre Mitte. Dann gingen sie gemeinsam mit Julia zum Bauerngarten hinüber, wo Trude mittlerweile die Tiergräber ausgehoben hatte. «Ich bringe hier drei Mitverschwörer», erklärte Julia. «Sie wissen Bescheid und haben Stillschweigen gelobt.» Trude blickte zunächst zweifelnd, doch die Leupolden weinte nur noch lauter jetzt. «Ach, mein armes Peterle. – Was soll nun noch werden?»

«Es tut uns so sehr leid», sagte Melanie und trat zu der Trauernden hinzu. Irina legte die zerknitterten Blumen auf den toten Kater. Und so beerdigten sie ihn und den erschossenen Weimaraner. Alle blieben sie still, bis auf die weinende Susanna Leupold, während über ihnen die Vögel den Frühlingsabend feierten. Zum Abschied umarmte die dicke Leupolden die Mädchen mütterlich nacheinander. «Es ist so lieb von euch, dass ihr gekommen seid», schluchzte sie. «Doch sagt es keinem! Sagt es keinem!»

«Das versprechen wir Ihnen», sagte Melanie feierlich.

«Trotzdem wissen Sie jetzt, dass es der Micha nicht war», bemerkte Pya.

Die Leupolden schlug die Hände zusammen. «Ihr werdet doch meinen Heinz nicht verraten?», rief sie ängstlich. «Er ist ja nun tot. Und diese Schande! Was für ein Elend. Gott sei Dank ist es vorbei.» Sie geriet zunehmend in Konfusion. «Aber natürlich muss der Micha zu seinem Recht kommen. Dafür sorge ich. Das verspreche ich. Und dein armes Kätzchen, du liebes Kind», wandte sie sich an Melanie. «Ach, wenn ich dir das nur ersetzen könnte. Doch ich weiß, dafür gibt es keinen Ersatz auf Erden.» Sie tätschelte Melanies Arm, was die nach kurzem Zurückzucken gewähren ließ.

«Sie brauchen mir meine Pinky nicht zu ersetzen», erwiderte Melanie leise. «Was geschehen ist, ist geschehen.» Ihre Worte klangen ernst und feierlich. «Wir verraten niemandem etwas», wiederholte sie. «Das stimmt doch, Mädels?» Eifrig bestätigten ihre Freundinnen dieses Versprechen.

«Ihr seid feine Kerle», sagte Trude, die zu ihnen getreten war und die letzten Worte vernommen hatte. «Ganz feine Kerle!»

«Wir gehen jetzt lieber», sagte Melanie. «Meine Eltern kommen heute heim. – Wiedersehen.»

Die Mädchen hakten einander unter und verließen den Garten.

«Feine Kerle», wiederholte Trude anerkennend, während sie ihnen nachsah. Dann klopfte sie sich die Schmutzreste von den Händen. «Und wir?», wandte sie sich an ihre Gefährtinnen. «Wir haben uns jetzt erst einmal etwas zur Stärkung verdient, was?» Julia war sich sicher, dass Trude dabei auf einen weiteren Johannisbeerschnaps spekulierte. «Ich möchte mich lieber auch verabschieden, Frau Leupold», sagte Julia. «Wenn Sie mich nicht weiter brauchen.» Die Leupolden schreckte aus ihren Gedanken auf. «Natürlich, liebe Julia. – Ich bin Ihnen ja so dankbar … – Doch warten Sie!» Sie griff nach Julias Arm, als wollte sie deren vorzeitige Flucht verhindern. «Ich habe noch etwas für Sie.» Gestützt von Trude strebte sie dem Hintereingang ihres Hauses zu. Julia nahm die Wäsche und den Klammerkorb und folgte den Frauen.

In der Wohnstube waren alle Sessel und Möbel verhüllt. Die Uhr war angehalten worden. Auf dem Tisch brannte eine Kerze neben einem Bild von Heinz Leupold, das ihn als stolzen Jägersmann zeigte. Der Kaffeeduft hing noch in der niedrigen Stube wie ein Nachhall der nachbarschaftlichen Kondolenzbesuche. Mit schweren Schritten walzte die Leupolden ihnen voran in ihre Stube. Zielstrebig ging sie auf die Anrichte zu, holte aus einer Schatulle unter dem Tuch einen Schlüssel hervor und schloss damit eine Schublade auf. «Hier!» Sie reichte Julia einen länglichen Gegenstand. «Das ist das Handy vom Lebelt Micha. Der Heinz hat es nicht hergeben wollen, bis sich alles geklärt hat.» Ein tiefer Seufzer erschütterte sie. «Der Gipfel der Verlogenheit!», schimpfte sie plötzlich los. «Dem Jungen das anzutun! Den Lebelts das anzutun. Und dabei selbst …» Sie begann wieder zu weinen.

Trude nahm sie in den Arm. «Vielleicht hat er's ja selber geglaubt», versuchte sie die Leupolden zu trösten. «Weil er es glauben wollte.» Die Leupolden löste sich aus Trudes Umarmung, um in ihr Taschentuch zu schnäuzen, das sie aus ihrer Schürze fingerte.

«Ja», sagte sie dann. «Vielleicht wollte er das glauben. Weil das andere so schrecklich ist, dass man's gar nicht glauben kann. – Ach, mein armes Peterle!»

«Trude ist bei der Leupolden geblieben, bis deren Sohn ankam», erklärte Julia dem Bildschirm, der ihr zu dieser nächtlichen Stunde das Bild ihres Mannes zeigte. Der saß diesmal ganz entspannt im Lesesessel seiner Bostoner Institutswohnung.

Sie sah Paul zustimmend nicken. «Und das Handy?», fragte er dann. «Sind da irgendwelche Bilder drauf? Oder Nachrichten?»

«Der Akku war natürlich leer», sagte Julia mit einem Seufzer. «Ich habe den jetzt zwar geladen, doch ich weiß natürlich den PIN-Code nicht, um zu starten. Es bleibt uns wohl nichts anderes übrig – bei aller Neugier –, als es Micha ungeprüft zurückzugeben.»

«Gib es doch mal Eddie», schlug Paul vor. «Der kriegt das doch bestimmt hin mit seinem Kumpel Computer-Tobi.» Er erlaubte sich ein jungenhaftes Grinsen, das Julia schon seit ewigen Zeiten nicht mehr an ihm gesehen hatte. So lächelte sie zurück. «Das wäre ein schönes Aushängeschild für mich als Anwältin: in fremde Medien hacken und dann heimlich herumschnüffeln.»

«Eben hast du noch gesagt, nur weil du den PIN-Code nicht kennst, hast du es noch nicht getan.»

«Naja», verteidigte sich Julia schwach. «Da hätte ich das eben zufällig mitbekommen, so wie man manchmal ein

Gespräch zufällig mithört. Sich reinhacken ist etwas anderes.»

Paul war unzufrieden. «Immerhin würde es der Aufklärung der Katzenmorde dienen. Du gibst selbst zu, dass du Zweifel hast, ob wirklich Leupold hinter diesen Ritualmorden steckt.»

«Ja, du hast recht», gab Julia zu. «Irgendwie kann ich mir den Mann nicht dabei vorstellen, wie er Katzen verstümmelt und gekreuzigt an Trudes Pumpe nagelt.»

«Oder am Ostermorgen Karbidkannenanschläge auf die Kirche verübt», ergänzte Paul.

«Genau!» Julia fiel Irinas Bruder Eugen ein. Sie erzählte Paul von dieser Begegnung.

«Das könnte passen», sagte Paul und richtete sich in seinem Sessel etwas auf. «Was könnte der Bursche für ein Motiv haben?»

«Keine Ahnung. Zurzeit sieht es so aus, als habe Michael Lebelt als Einziger einen Grund, dem Pfarrer eins auszuwischen. Er war aber nachweislich bei seinem Vater in Cunewalde.»

«Mhm!», machte Paul. «Möglicherweise sind die beiden Burschen befreundet und dieser Eugen hat das für seinen Kumpel getan.»

«Gute Idee», rief Julia. «Das bekomme ich heraus. Ich muss unbedingt mit Micha reden! Er wird ja nun wieder da sein. Morgen geht die Schule los.» Sie griff nach ihrem Kalender. «Mein Gott, was für eine Woche!», murmelte sie. «Aber irgendwo muss ich das noch dazwischenquetschen.»

Paul hatte nach seinem Glas gegriffen und nippte daran. Bei ihm war es noch Sonnabendabend, während bei Julia bald der Sonntagmorgen heraufdämmern würde. «Was liegt denn alles so an?», fragte er mitfühlend. «Du siehst reichlich gehetzt aus, Liebes.»

«Die Furien der unerledigten Dinge suchen mich gerade heim», lachte Julia unfroh. «Frühmorgendliche Geisterstunde. Du kennst das ja.»

«Jaja», sagte Paul. «Irgendwie wird es schon gehen», versuchte er zu trösten. Julia legte den Kalender weg und lächelte tapfer in die Kamera. «Fakt ist, dass ich morgen noch vor dem Büro Rita Gerlach in der Schule aufsuche. Und HaHa kommt diese Woche auch hier vorbei.»

«Was erhoffst du dir davon?», fragte Paul.

«Es muss eine Verbindung zwischen Rita Gerlach und Bodo Pohl geben. Vielleicht ist da auch etwas, was diese Frau unglaubwürdig macht.»

«Böse Anwältin!», spottete Paul.

Julia streckte ihm die Zunge heraus.

«Oma und Trude wollen übrigens Dienstag doch zu ihrem Chorausflug fahren.»

«Trotz Leupolds Tod?»

«Die Beerdigung ist erst Freitag und die Leupolden hat ihnen gut zugeredet. Sie wünscht sich so wenig Umstände wie möglich.»

Paul nickte verständnisvoll. «Ist denn Ella-Mas Fuß wieder in Ordnung?»

«Sie humpelt noch etwas, aber es geht», plauderte Julia. «Du weißt, dass Oma übermenschliche Kräfte entwickelt, wenn es um ihren geliebten Chor geht. Und überhaupt hat sie ja …» Sie brach ab und lauschte in das nächtlich stille Haus.

«Was ist?», fragte Paul.

«Ich weiß nicht recht.» Julia lauschte noch eindringlicher. «Es klang wie ein Klagelaut …»

«Wir sollten besser Schluss machen», schlug Paul vor.

«Warte!» Jetzt hörte Julia deutlich tappende Schritte. Sie nahm die Kopfhörer ab und stieg aus dem Bett. Auf Zehenspitzen schlich sie zur Tür. Als sie ihr Ohr an das Holz legte, hörte auch das Geräusch auf. Julia fasste sich ein Herz und riss mit einem Ruck die Tür auf.

«O Gott!»

Vor ihr in geisterähnlicher Erstarrung stand ihre Großmutter im Morgenmantel und hielt eine Taschenlampe schlagbereit in ihrer Hand erhoben. «Julia!», zischte Ella-Ma. «Ich denke, du schläfst längst.»

«Das dachte ich von dir auch», flüsterte Julia zurück. «Was treibst du denn hier draußen?»

«Wir haben ein Geräusch gehört, Trude und ich.»

«Mir war auch so, als sei da etwas. Ein Jammerlaut oder so etwas. Ich dachte schon, einer von euch hat schlecht geträumt.»

«Das habe ich allerdings», gab Ella-Ma zu. Sie schaltete ihre Taschenlampe ab und das Flurlicht ein. «Trude ist schon unten nach den Katzen sehen. – O weh: Sie hat die Tür offen gelassen. Raki!» Der rostrote Perserkater hatte Trudes Unachtsamkeit genutzt, um seinem Sehnsuchtsziel, den Schlafkammern seiner Katzenhüterinnen wieder einmal unerlaubt näherzukommen. Zitternd und einschmeichelnd strich er um Ella-Mas nackte Beine, was die jedoch wenig beeindruckte. «Mach, dass du runter kommst, alter Schlawiner! Du hast hier nichts zu suchen.»

In diesem Moment kam Trude die Stiege hinauf. «Alles in Ordnung bei unseren Süßen. Ein rolliger Nachbarskater hat gewiss sein Ständchen gebracht. – Raki!» Ohne viel Federlesen packte sie den widerspenstigen Prachtkater und setzte ihn unten vor die Treppentür. «Hier unten ist dein Reich!», sagte sie, bevor sie ihm die Tür vor der Nase zumachte.

«Na, da kann ich Paul ja Entwarnung geben», sagte Julia. «Ein liebestoller Kater – das ist die beste aller Erklärungen. Ich wünschte, für alles andere gäbe es auch so eine.»

Mit einem kurzen Schnarren entriegelte das elektronische Schloss. «Erster Stock links», sagte die Stimme der Schulsekretärin durch den Lautsprecher. «Gleich neben dem Lehrerzimmer.»

«Danke.» Julia drückte die betagte, schwere Holztür auf, die zu ihrer Schulzeit während des Unterrichts noch offen gestanden hatte. Mit gemischten Gefühlen betrat sie ihre alte

Schule. Sie sah dem Gespräch mit der Lehrerin Rita Gerlach mit einigem Unbehagen entgegen, die diesem nur mit großem Widerwillen und nur für die Dauer der großen Pause zugestimmt hatte. Gleichzeitig weckte das vertraute Geruchsgemisch aus fragwürdigen Turnbeuteldüften, pubertären Ausdünstungen, Putzmitteln und Schulküchenessen in ihr wehmütige Erinnerungen, aber auch das Gefühl, wegen unerledigter Hausaufgaben vor einem Lehrer erscheinen zu müssen. Nicht die besten Voraussetzungen für eine Anwältin, die einer mutmaßlich sehr engagierten Vertrauenslehrerin in Kürze eine Unterlassungserklärung nahebringen wollte.

Die Schultür fiel hinter ihr ins Schloss. Julia ging die breiten Stufen hinauf. Noch war Unterricht. Doch die relative Stille emsigen Lernens wurde von der Pausenklingel jäh durchbrochen. Es war noch derselbe helle, durchdringende Ton wie aus Julias Schultagen. Einen Moment verharrte das ehrwürdige Haus noch in Sammlung, dann erhob sich Gemurmel hinter den Türen der Klassenzimmer, das anschwoll zu einem Brausen. Wie auf Kommando öffneten sich die Türen und Schülerscharen strömten lachend, schwatzend in die Gänge, so dass Julia Mühe hatte, durchzukommen. Nur wenige neugierige Blicke trafen sie. Einige grüßten sie, die Fremde. Andere rempelten sie nur an und bahnten sich ihren Weg auf die Treppe. «Julia! Was machst du denn hier?» Julia wandte sich um. Sie entdeckte ihre einstige Sportfreundin Simone, mit der sie früher gemeinsam Handball gespielt hatte. Ihre letzte Begegnung lag viele Jahre zurück, doch zu mehr als einer kurzen Begrüßung fehlte Julia heute die Zeit.

«Zur Gerlach willst du?» Simones erst so herzliches Lächeln schien bei dieser Nachfrage einzufrieren. Doch rasch hatte sie sich wieder unter Kontrolle. Sie fasste Julia am Arm und bahnte ihr den Weg die Treppe hinauf. «Du hast wohl etwas ausgefressen?», scherzte sie dabei im Flüsterton.

«Ich nicht», beteuerte Julia, der diese Veränderung nicht entgangen war.

«Aber?» Simone zwinkerte ihr zu. «Sag, dass sie etwas auf dem Kerbholz hat. Ach bitte, tu uns diesen Gefallen.» Sie prustete. «Kleiner Scherz nur. So: Da sind wir. – Aber du bist nicht die Einzige, die Einlass in die Höhle des Löwen begehrt, wie du siehst», tuschelte sie und drückte Julias Arm, als wollte sie ihr Mut machen. Simone hatte recht. Da standen Pya und Irina vor der Tür der Vertrauenslehrerin. Irina grüßte artig. Pya sah demonstrativ weg. «Wollt ihr zu Frau Gerlach?», fragte Simone die beiden, ihr Gesichtsausdruck war nun völlig neutral. Sie schüttelten den Kopf. «Giselle und Melanie sind gerade rein», piepste Irina.

«Nun, denn ...» Simone reckte sich. «Da will ich dir einmal die Bahn treten, Julia, sonst ist die Pause rum und du hast keine Chance mehr.» Sie öffnete ohne Umstände die Tür zum Zimmer der Vertrauenslehrerin. «Spielst du eigentlich noch Handball», fragte sie leichthin, während sie Julia die Tür aufhielt. «Leider nein», antwortete Julia, die sich nicht wohl mit ihrem Eindringen in eine Schülerunterredung fühlte. Sie hatte auf günstigere Umstände gehofft bei ihrer ersten Begegnung mit Rita Gerlach. Sie betraten einen Vorraum, der mit einer stattlichen Fachbibliothek ausgestattet war. Die Tür zum eigentlichen Besprechungszimmer war angelehnt. Sie hörten erregte Laute daraus.

«Ich habe das Zeug nicht angerührt!», war Melanie zu vernehmen, die Stimme schwarz vor wütender Kränkung.

«Das glaubst du doch selbst nicht» , antwortete eine andere Mädchenstimme giftig. «Du mit deinem Gehabe versaust uns hier die ganze Schule!»

«Schluss jetzt!», ließ sich nun Rita Gerlach energisch vernehmen.

Ein Stuhl wurde zurückgeschoben. Anscheinend hatte sich die Lehrerin erhoben. «Du magst deine Ansichten dazu haben, Giselle. Ich habe sie auch. Doch dererlei über das Internet zu verbreiten, ist eine solche Gehässigkeit, wie ich sie gerade von dir nicht erwartet hätte.»

«Das ist Mobbing», beklagte sich Melanie.

Die beiden Frauen im Vorzimmer hörten Papier rascheln, doch keine Antwort der Lehrerin.

«Wenn du Probleme hast, Melanie», sagte sie dann, «komm doch einfach zu mir.»

«Ich hab aber keine Probleme!»

«Am besten, ich vereinbare einen Termin mit deinen Eltern», fuhr die Lehrerin ungerührt fort.

«Das sind doch aber alles Lügen», schrie Melanie. «Wieso glauben Sie der?»

Das andere Mädchen prustete.

«Ich hatte dich gewarnt, Melanie», erklärte Rita Gerlach. «Du weißt genau, dass es hier um sehr viel mehr geht als um deine Drogenvergangenheit. – So es denn eine Vergangenheit ist», fügte sie seufzend hinzu.

Die Sympathien der Lehrerin waren klar verteilt. Julia empfand Mitgefühl mit Melanie.

«Besser, wir geben unsere unfreiwillige Lauscherposition auf», raunte Simone derweil Julia ins Ohr. «Das Drogenfrei-Projekt ist ihr Baby. Darauf legt sie sehr großen Wert. Aber du musst schließlich auch zu deinem Termin kommen. Wollen wir also?»

«Gern», gab Julia erleichtert und ebenso leise zurück.

Simone lächelte sie an. Dann schritt sie zur Tür, klopfte energisch und öffnete sie vollends, ohne eine Antwort abzuwarten. «Frau Eisler ist eingetroffen, Frau Kollegin. Bitte sehr.» Sie ließ Julia an ihrer Seite eintreten. «Mach's gut, Julia. Vielleicht kommst du ja mal wieder zum Training. Wir sind fast noch die alte Truppe von damals.» Mit diesen Worten zog sie sich zurück. Rita Gerlach stand neben einem runden Tisch, um den vier Lehnstühle gruppiert waren. Ihr Gesicht war rot vor Zorn über diese ungebetene Störung. Julias Gruß erwiderte sie nicht.

«Wir waren verabredet», sagte Julia tapfer statt einer Entschuldigung.

«Ach ja», erwiderte die Lehrerin schroff. «Das hatte ich ganz vergessen. – Nun: Wir waren hier sowieso gerade fertig.» Sie mied jeden Augenkontakt, um ihre Wut zu verbergen. Ihre Miene war eisig beherrscht. Nur eine stärkere Rötung ihrer Haut verriet etwas über ihre wahren Gefühle.

Bei Julias Eintreten hatten sich auch die Mädchen erhoben. Erstaunen, aber auch Erleichterung zeichnete sich auf ihren Gesichtern ab. Giselle war eine langbeinige Schönheit, die sich ihrer Ausstrahlung sehr bewusst schien. Neben ihr erschien Melanie plump und in der Defensive. Julia fragte sich, ob wohl ein Junge der Grund für den Streit zwischen den Mädchen war.

Sie wartete geduldig, bis die Lehrerin die beiden Mädchen entlassen hatte. Melanie warf ihr beim Hinausgehen einen misstrauischen Blick zu. Das Mädchen Giselle dagegen musterte Julia abschätzend und mit angemessener Neugier.

«Es tut mir leid, dass ich Sie hier bei einer Aussprache gestört habe», sagte Julia nun doch im entschuldigenden Ton. «Unter Jugendlichen herrschen oft raue Sitten und eine gewisse Gnadenlosigkeit. Ich kann mich da auch noch gut an die eigene Schulzeit erinnern.»

Rita Gerlach kniff die Lippen zusammen. «Wenn Sie wüssten, was hier so abgeht, würde es Ihnen noch viel mehr leid tun.» Sie griff nach den Aufzeichnungen, die sie vor sich hatte, und begann, sie penibel in eine Mappe zu sortieren. «Sie haben ja keine Vorstellung, dieses Internet ist eine Pest! Wo früher ‹Emil ist doof› an der Tafel gestanden hätte, liest man heute im Netz, jemand sei verflucht!»

«Verflucht?» Julia setzte sich auf einen der Stühle am Tisch, ohne aufgefordert worden zu sein. Die grausigen Umstände der Selbsttötung Leupolds standen ihr vor Augen. Ihr schauderte bei dem Gedanken, dass sich noch mehr mit dem Virus Angst infiziert haben könnten. Und noch mehr dabei, annehmen zu müssen, jemand benutzte dies als Waffe. «Es werden Flüche ausgesprochen über das Internet?»

Rita Gerlach schritt zu ihrem Schreibtisch. Mit ruppiger Bewegung zog die Lehrerin eine Schublade auf, warf die Mappe hinein und schob sie mit Nachdruck wieder zu. Dann erst kehrte sie an den Tisch zurück und setzte sich Julia mit verschränkten Armen gegenüber. «Verfluchungen, jawohl», bestätigte sie und musterte Julia unfreundlich. «Doch deswegen sind Sie ja wohl nicht hier, oder?»

Julia blieb einen Moment in ihren Gedanken. «Es ist seltsam, dass Sie das erwähnen», sagte sie dann, statt mit ihrem eigentlichen Anliegen zu beginnen. «Bei meiner Großmutter wurde vor wenigen Tagen eine Katze getötet und verstümmelt an die Pumpe genagelt. Ganz so wie Melanies Kätzchen oben im Bornbusch. Es war ein regelrechtes Todesritual.» Die Aufregung um Leupolds Tod verschwieg sie.

Rita Gerlach riss die Augen auf. Eine solche Eröffnung hatte sie nicht erwartet. «Und?»

«Ich frage mich, ob da ein Zusammenhang besteht», fuhr Julia fort. «Und ob dieser Zusammenhang hier in der Schule zu finden ist.»

«Wollen Sie damit andeuten, ein Schüler könnte diese Tiere ermordet haben?»

Julia begegnete den scharfen Blicken der Lehrerin furchtlos. Sie lehnte sich gar etwas in die Lehne ihres Stuhles zurück. «Was ist Ihre Meinung?», fragte sie.

«Meine Meinung!» Rita Gerlach schnaubte unwillig. «Als würde Sie das interessieren! Sie sind doch wegen Bodo Pohl hier und nicht wegen irgendwelcher toter Katzen.»

«Ich weiß nicht», erwiderte Julia nachdenklich. «Vielleicht ja auch wegen beidem?»

«Sie meinen, dass Bodo Pohl die Katzen ermordet hat?», giftete die Lehrerin unvermittelt los. «Ja, das sähe ihm ähnlich!»

«Sie kennen Herrn Pohl?

Sofort verschloss sich die Miene der Gerlach. «Was wollen Sie von mir?», fragte sie stattdessen eisig. «Ich habe nur wenig Zeit.»

Julia richtete sich auf. «Sie haben das Jugendamt darüber informiert, dass im Elternhaus von Pya Schwarz ein Verdacht auf sexuellen Missbrauch des Mädchens durch den Stiefvater besteht, Frau Gerlach.»

«Ganz recht», nickte Rita Gerlach. «Das sehe ich als meine Pflicht an. »

«Pya hat mir glaubhaft versichert,» erwiderte Julia, «dass ihr Stiefvater sie nicht belästigt, bedrängt und schon gar nicht missbraucht hat.»

«Erstaunt Sie das etwa? Das Letzte, was diese Kinder aufgeben wollen, ist ihr Zuhause.»

«Sie haben also keinen weiteren Anhalt für diese Anschuldigung als den bloßen Verdacht», stellte Julia fest.

Die Lehrerin schnaubte verächtlich statt einer Antwort.

«Frau Gerlach, ich ersuche Sie im Namen meines Mandanten, auf jede weitere Unterstellung in dieser Richtung zu verzichten.» Julia holte die vorbereitete Unterlassungserklärung aus ihrer Mappe und legte sie auf das Tischchen.

Die Gerlach betrachtete das Papier sichtlich angewidert. Dann blickte sie zu Julia und zog die Augenbrauen hoch. «Sonst?»

«Anderenfalls werden wir eine gerichtlich verfügte Unterlassungserklärung anstreben.»

«Machen Sie das mal!» Die Lehrerin lachte auf. «Ja. Machen Sie das!»

«Frau Gerlach.» Julia erhob sich. «Warum wollen Sie es darauf ankommen lassen? Die Frau meines Mandanten erwartet ein Kind. Die Familie ist schon im Gerede. Und Pya …»

«Ach, an Pya verschenken Sie also auch noch einen Gedanken!»

Diese starke Verbitterung, die schon nahe am Hass war, erstaunte Julia. «Was haben Sie gegen Bodo Pohl?», fragte sie.

Die Gerlach verzog das Gesicht zu einer verächtlichen Fratze. «Ich vertrete hier die Rechte des Kindes Pya Schwarz», sagte sie kalt. «Sie ist auf dem besten Wege dazu, magersüchtig zu werden. Sie ist seit September leistungsmäßig abgestürzt. Sie ist völlig wesensverändert. Drogen sind nachweislich nicht im Spiel. Und nun werden Sie doch wohl nicht behaupten wollen, das Mädchen sei verhext!» Auch sie war jetzt aufgestanden. Die Rötung in ihrem Gesicht hatte zugenommen.

Julia schluckte. «Das wollen wir doch nicht hoffen, nicht wahr?», murmelte sie betroffen, um dann in wesentlich festerem Ton fortzufahren. «Ich schätze Ihr Engagement für Ihre Schüler, Frau Gerlach. Doch nichts davon hat etwas mit meinem Mandanten zu tun. – Was also treibt Sie dazu, ausgerechnet ihn zu beschuldigen.»

Wieder erschien dieses fratzenhafte Grinsen auf dem Gesicht der Lehrerin. «Sie kennen Bodo Pohl nicht!»

«Kennen Sie ihn denn?», erwiderte Julia.

Die Gerlach senkte die Augen und zuckte mit den Schultern. «Gut genug, will ich meinen, um ihn dessen für absolut fähig zu halten. Und für rituelle Katzenmorde übrigens auch!»

Die Schulklingel schrillte. Sie beendete die große Pause und sie beendete auch unwiderruflich ihr Gespräch. Mochte Julia auch noch mit offizieller Beschwerde drohen und die Folgen übler Nachrede auch für den Ruf der Schule anführen, Rita Gerlach blieb unerbittlich.

Im Sturmschritt lief Julia die Treppe hinab zur Tür. Im Schulhaus war wieder Stille eingekehrt. Unten am Ausgang erwartete sie Simone mit besorgtem Gesicht. «Ist wohl nicht so gut gelaufen, was?»

«Nett, dass du fragst», antwortete Julia und bemühte sich um ein Lächeln.

«Wir haben alle so unser Problemchen mit der Kollegin Gerlach», flüsterte Simone und öffnete Julia die Tür. «Sie hat so etwas Durchdringendes an sich. In ihrem Beisein fühle ich mich immer, als hätte ich gerade etwas sehr Dummes gesagt oder getan.» Sie seufzte. «Ich bring dich noch raus, ich habe eine Freistunde.»

Draußen wehte ein scharfer Wind. Simone fröstelte und schlug die Arme um den Oberkörper. «Ich bin so froh, dass ich mir die Exkursion der achten Klassen am Donnerstag vom Hals schaffen konnte. Sonst hätte ich den ganzen Tag mit ihr verbringen müssen. Obwohl mich die Mittagssteine schon sehr faszinieren.»

«Mittagssteine?» Julia nestelte nach ihrem Autoschlüssel.

«Ja, das sind Steinzeitaltäre oder Kalender, die wiederentdeckt wurden in den Wäldern», erzählte Simone. «Unser Martin ist da ganz firm und engagiert sich auch für die Erforschung. Martin Haufe – das ist ein Kollege. Ein sehr netter.» Sie lächelte. «An ihm prallt alles Gift der Gerlach ab. Es ist, als würde er mit seiner fröhlichen Gelassenheit einen Schutzschild haben.»

«Den wünschen wir uns alle, nicht wahr?», murmelte Julia. «Gerade in diesen merkwürdigen Zeiten mit Katzenmorden und Flüchen und der Angst, die ein ganzes Dorf zu regieren scheint.»

Simone riss die Augen auf. «Du meinst, da steckt wirklich etwas dahinter?»

«O ja! – Nur habe ich keinen blassen Schimmer, was.» Julia streckte Simone die Hand entgegen zum Abschied. «Ich muss los, Simone. Danke für deine Hilfe.»

«Jederzeit wieder», erwiderte Simone. Dann öffnete sie die Schultür hinter sich und verschwand im Haus.

Julia lief rasch zu ihrem Auto. Kaum saß sie im Fond des Wagens, holte sie auch schon ihr Telefon aus der Tasche und tippte ungeduldig die Nummer von Heinrich Herzog ein. HaHa hatte jedoch wieder nur seinen Anrufbeantworter an. Enttäuscht hinterließ Julia eine Nachricht mit der Bitte um dringenden Rückruf. Dann warf sie das Telefon auf den Beifahrersitz und startete den Motor. Doch sie fuhr nicht los. Was hatte es mit dieser renitenten Rita Gerlach auf sich und woher kam ihr offensichtlicher Hass auf Bodo Pohl? Verschwieg Bodo Pohl etwas? Er behauptete, die Frau nie zuvor gesehen zu haben und noch nie etwas mit ihr zu tun gehabt zu haben. Doch stimmte das? Fragen über Fragen. Und statt einer Antwort immer nur neue Fragen.

Endlich kuppelte Julia und trat auf das Gaspedal.

12. Kapitel

«Die Beisetzung vom Leupold Heinz findet Freitag um drei statt», sagte Trude und seufzte dabei. «Die arme Susanna! – Diesmal fahren wir alle mit sehr unguten Gefühlen ins Böhmische, sag ich dir.»

«Und du glaubst wirklich, es wird Ella-Ma nicht zu viel morgen bei eurem Ausflug?» Julia half Trude, die Katzenkörbe vom Rücksitz ihres Wagens zu holen.

«Darum mach dir mal keine Sorgen», antwortete Trude. «Du kennst doch deine Großmutter. Sie hat das alles organisiert. Kein Gedanke daran, dass sie sich da das Heft aus der Hand nehmen lässt. Ella wird sich schon irgendwie durchhumpeln.»

Julia vertrat ihre Großmutter bei einem Sammeltransport zur Tierärztin Sonja Lebelt, weil drei von Trudes neuen Zöglingen Anzeichen eines Katzenschnupfens hatten. Trude hätte keine ruhige Minute gehabt, ohne darüber Gewissheit zu haben.

Es war Montagabend und das winzige Wartezimmer der Kleintierpraxis so rappelvoll mit Mensch und Tier und Geruch, dass es Julia schier den Atem verschlug. Trude entdeckte sofort eine gute Bekannte aus dem Chor. «Lisl!», rief sie. Noch im Stehen begann sie mit ihr eine ausführliche Auswertung der Geschehnisse der letzten Tage. «Der Heinz muss völlig durchgedreht sein», beschloss Steins Lisl, die sich nicht ein

Deut um die Vielzahl aufmerksamer Zuhörer um sie herum scherte. Erst jetzt senkte sie ihre Stimme etwas und beugte sich zu Trude hinüber. «Was meinst du: Ob er die anderen Tiere auch …?»

«Aber woher denn!», tönte Trude im Brustton der Überzeugung. «Doch nicht der Heinz!» Sie begann weitschweifig seine einstigen Vorzüge zu preisen und überhaupt solle man über die Toten nichts Schlechtes sagen. Julia, die in der Zwischenzeit ihr Telefon nach Nachrichten durchsuchte, ahnte, dass Trude dabei wohl etwas zu viel des Guten tat. Ihre Freundin Lisl jedoch zeigte sich versöhnlich eingestellt. «Immerhin sind die Lebelts nun erst mal aus der Schusslinie, was?» flüsterte Lisl mit Verschwörermiene. «Wenn man sich das volle Wartezimmer hier ansieht …»

Trude knurrte etwas Unfreundliches über die wankelmütige Moral der Leute im Dorf und der Menschheit allgemein, was zum Glück unverständlich blieb für alle anderen um sie herum. «Du hast völlig recht», ließ sich Lisl dennoch vernehmen. «In letzter Zeit ist hier wirklich der Teufel los.»

Die anderen Tierfreunde im Wartezimmer der Tierärztin wurden unruhig. «Wie meinen Sie denn das?», fragte eine fremde Dame mit Hut, die mit ihrem Zwergpekinesen auf dem Schoß neben Steins Lisl saß. Eben wollte Trude zu einer Antwort ansetzen, als ihr Blick hinter Julias Schulter auf die Tür fiel. Ihr Gesicht wurde starr. Auch Julia hatte eine Bewegung hinter sich verspürt. Intensiver Geruch von altem Schweiß und ungewaschener Kleidung stieg ihr in die Nase. Ihr wurde übel davon. Unwillkürlich machte sie dem Neuankömmling Platz.

«Rupert Hantzsch!», pfiff Trude ihren Atem aus.

«'n Abend auch», nuschelte der zahnlos mit einem Blick in das volle Wartezimmer. Dann blieben seine Augen finster an Trude hängen. «Na? Spionierst du mir auch hier hinterher?»

«Ich? Dir?» Trude tat entrüstet. Sie konnte jedoch nicht verhindern, dass eine ertappte Röte in ihr Gesicht stieg.

Julia sah Trude fragend an. Die wich ihrem Blick aus.

Hantzsch schnaufte und dünstete dabei eine Bierfahne aus, die Julia endgültig aus seiner Nähe vertrieb.

«Als würden mich deine Geschichten interessieren», setzte derweil Trude mutig nach. Eine Fortführung dieses ihr sichtlich unangenehmen Gespräches blieb ihr erspart. Die Tür öffnete sich und Sonja Lebelt geleitete einen weinenden Jungen mit verdecktem Käfig hinaus. «Ist besser so, Kleiner», verabschiedete sie den Jungen mit einem Schulterklopfen. Dann durchforsteten ihre Augen das volle Wartezimmer. Sie erblickte Rupert Hantzsch. «Die Schafe?», fragte sie. Hantzsch nickte. «Drei», sagte er. Die Tierärztin verschwand in ihrem Behandlungszimmer und kam mit einer Packung Medikamente wieder. «Auch Fieber?»

«Nee.»

«Dann wie üblich.» Damit war die Behandlung beendet. Hantzsch verschwand mit einem gemurmelten Dank. Jetzt machte sich die Dame mit dem Pekinesen fertig. Doch just in diesem Augenblick entdeckte die Tierärztin Julia. «Das ist ein erhörter Wunsch!», rief sie. «Komm doch gleich mal rein, Julia!» Trude raffte bei diesen Worten zwei der drei Katzenkörbchen und schob sich an den beiden vorbei ins Zimmer. «Bringst du Amadeus mit?», rief sie Julia zu. Die Dame mit dem Hund protestierte und auch die anderen Wartenden murrten. «Das ist ein bestellter Termin!», verkündete Sonja Lebelt entschieden. Dann schloss sie die Tür hinter ihren fünf Besuchern.

«Was hast du denn für einen Wunsch, bei dem ich helfen kann?», fragte Julia, die sehr froh war über diese Abkürzung ihrer Wartezeit. Doch zunächst widmete sich Sonja Lebelt den Katzen. Erst als Trude nach allen Regeln der Tierheilkunst davon überzeugt war, dass keines der Tiere etwa die Staupe hatte, sich alles mit den üblichen Impfungen und Mittelchen bewältigen ließe und alle Katzen wieder in ihren Körbchen saßen, wandte sie sich Julia zu. Sonja war mit Julias älterer Schwester Barbara in die Klasse gegangen. Julia kannte die Geschichte ihrer unglücklichen, kurzen Ehe mit einem treulosen Mann, deren Ergebnis Sonjas einziges Kind Michael war. Bisher hatte der Junge seiner Mutter und den Großeltern außer ein paar heftigen Kinderkrankheiten keinen großen Kummer bereitet. Erst die Katzenmorde, in die Michael verstrickt schien, änderten dies nun. Julia hatte ganz recht mit ihrer Vermutung, dass es Sonja um ihren Jungen ging.

«Um es gleich vorwegzunehmen», begann Sonja mit großem Nachdruck, der so gar nicht zu ihrem erschöpften Gesichtsausdruck passte: «Micha war in den Osterferien bei seinem Vater in Cunewalde! Er hat also nicht etwa an der Kirchentür gekokelt.»

«Das behauptet auch keiner», murmelte Trude und sah dabei auf ihre Füße. Sonja überhörte das.

«Er kam vorzeitig zurück. – Schon am Mittwochabend stand er plötzlich wieder auf der Matte», fuhr sie stattdessen fort. Sie fuhr sich mit ihren kräftigen Händen über ihr Gesicht. «Julia! Ich mache mir solche Sorgen um den Jungen!»

«Gab es Streit mit seinem Vater?», fragte Julia.

«Angeblich nicht. Ich glaube, die Ursache liegt hier. Hier in diesem Ort.»

Julia horchte auf. «Ursache wofür?»

«Für seine Angst.»

Trude und Julia wechselten einen Blick. «Hat er gesagt, dass er Angst hat?», fragte Julia.

«Ich sehe es an seinen Augen», sagte Sonja Lebelt verzagt. «Er weicht mir aus. Er verkriecht sich. Heute ist er nicht zur Schule gegangen. Bauchschmerzen hat er vorgetäuscht! – Es ist wie im Kindergarten!» Sie wischte mit der Hand über ihre Stirn. «Ach! Es sind so tausend kleine Dinge. Er ist ganz garstig zu meinen Eltern. So war er noch nie. Er hat sie doch beide so gern. Etwas stimmt nicht mit dem Jungen. Ich spüre das.» Sie schüttelte den Kopf. «Ich weiß mir einfach keinen Rat.»

«Wenn es hier etwas gibt, was ihm Angst macht», fragte sich Julia nachdenklich, «warum kommt er dann vorzeitig aus den Ferien zurück? Das ist doch nicht ganz schlüssig, oder?»

«Vielleicht ist er ja verliebt?», mutmaßte Trude.

Die Tierärztin sah sie zweifelnd an. «Wenn, dann unglücklich», erwiderte sie.

«Kann es sein, dass Michael Ärger mit jemandem aus der Schule hat?» Julia dachte an die Internetverfluchungen in der Schülerschaft, von denen sie heute Morgen erfahren hatte. Sie hütete sich jedoch, etwas davon vor Trude zu erwähnen. Auch wollte sie Sonjas Sorgen nicht weiter anfachen, ohne Genaueres darüber zu wissen.

«Ich habe eher den Eindruck, unter den jungen Leuten gilt er wegen seines geheimen Wissens als ritterlicher Held», schnaubte Sonja. «Micha ist anscheinend nicht klar, welchen Schaden er uns allen mit seinem Schweigen zufügt.» Sie holte tief Luft. «Nein! – Ich denke, er hat etwas da oben gesehen, was ihm einen solchen Schrecken eingejagt hat, dass er nicht darüber reden kann.»

«Du denkst, seine Angst hat direkt etwas mit seiner Zeugenschaft bei den Katzenmorden zu tun», fasste Julia zusammen. Sonja nickte. «Danach ging es damit los.»

«Wie kann ich helfen?»

«Ich habe gehört, du ermittelst wegen der Katzenmorde …»

«Wir ermitteln!» verbesserte Trude.

«Es ist so …» Wieder strich sich die Tierärztin über ihre breite Stirn. «Ich habe Michael ins Gewissen geredet, um herauszufinden, was er dort oben im Bornbusch beobachtet hat. Natürlich ohne Erfolg. Aber ich habe ihm wenigstens das Versprechen abringen können, dass er mit dir mal im Vertrauen spricht. Als Anwältin mit Schweigepflicht und allem.»

«Er hat zugesagt?», fragte Julia zweifelnd.

«Zumindest hat er es nicht rundweg abgelehnt. Ich glaube, er wollte mich einfach nur loswerden. Außerdem habe ich meine Erlaubnis, ihn zu dem Schülerkonzert da ins Erbgericht gehen zu lassen, an bestimmte Bedingungen geknüpft!» Sonja klopfte energisch mit dem Handknöchel auf die Behandlungsfläche. «Er geht ab morgen wieder zur Schule! Er nimmt an dieser verdammten Schulwanderung teil am Donnerstag! Und er lässt sich von jemandem helfen.» Sonja atmete tief durch. «Mir wäre es eine große Erleichterung, wenn du mit dem Jungen sprechen würdest, Julia», fuhr sie im sanfteren Ton fort. «Wenn er irgendetwas angestellt hat, dann bist du genau die Richtige. – Ich will auch gar keine Details wissen. Nur will ich nicht länger Angst haben um den Jungen!» Verzweiflung hatte sich in ihre Stimme geschlichen. Julia bemerkte, wie sich Sonjas Augen röteten vor zurückgehaltenen Tränen. «Ich fühle mich dem Kind gegenüber immer so in der Schuld.» Sie schluckte. «Ich bin einfach keine gute Mutter.» Ihre Besucherinnen wollten beschwichtigen, doch Sonja Lebelt ließ keinen Zwischenruf gelten. «Ich weiß es! Es ist nicht bewusst, aber … – Wenn sich Micha etwas antut oder wenn ihm etwas passiert, dann …, dann ist es allein meine Schuld.» Nun rollten die Tränen über ihr breites, offenes Gesicht.

«Du nimmst dir da zu viel an», sagte Julia vage, die an ihr eigenes Schuldgefühl nach dem Tod ihres Kindes dachte, und an die Angst, die geblieben war und in ihr nistete wie ein trauriger Vogel.

Das Nest ist noch besetzt, dachte Julia. Kein Platz für neues Leben. Kein Platz für neues Leid. Ihr Herz wurde eng bei diesen Gedanken. Mit Mühe holte sie sich in die Gegenwart zurück.

«Nun», sagte Julia und klopfte auf ihre Umhängetasche. «Ich habe sowieso etwas, was ich Michael wiedergeben möchte.»

Sonja sah fragend auf.

«Sein Handy», erklärte Julia. «Frau Leupold hat es mir übergeben.»

«Dir?»

«Ja, wegen unserer Katzenmordermittlungen.»

«Natürlich …» Sonja blieb einen Moment in ihren Gedanken. Dann raffte sie sich auf. «Micha ist in seinem Zimmer. Wenn ihr einfach mal mitkommt?»

«Und die Katzen?»

«Stellen wir in die Aufwachkammer. Kommt!»

«Was meinte eigentlich Hantzsch vorhin damit, dass du ihm nachstellen würdest?», flüsterte Julia Trude zu, als sie der Tierärztin über den Hof folgten.

Sie sah, wie Trude verlegen den Kopf abwandte und glaubte zuerst, sie würde nur eine ausweichende Antwort erhalten. Doch Trude besann sich anders. «Ich habe etwas bei ihm spioniert», gab sie trotzig zu. «Ich glaube, er hat irgendetwas mit den Katzenmorden zu tun.»

«Ach! Und woraus schließt du das?»

«Der Rupert hat als Junge auch schon Tiere gequält. Mit Steinen nach Katzen geworfen und so.»

«Ah!»

«Er stellt Wildfallen auf.» Trude redete sich in Eifer. «Leupoldens Heinz hat ihn mehr als einmal beim Wildern erwischt. Das liegt den Hantzschens im Blut. Und er ist ein Schwarzschlachter! – Na, von dem würde ich meine Tiere nicht schlachten lassen. Der hat ja nicht mal eine richtige Ausbildung. Die Leute erzählen, dass er auch Fleisch von kranken Tieren …»

«Ja, aber nur einmal.» Sonja war unvermittelt stehen geblieben und mischte sich in das Gespräch ein. «Ich habe das mit ihm geklärt. Das passiert nicht wieder. Alles wurde sichergestellt, nichts davon ist verzehrt worden.» Es war ihr sehr ernst damit, das sahen sie beide. Deshalb erhob keine einen weiteren Einwand. Julia schmunzelte in sich hinein, als sie sich vorstellte, wie Trude auf dem verlotterten Hof von Rupert Hantzsch Indizien seiner vermeintlichen Missetaten suchte.

Michael hatte sein Zimmer im ausgebauten Dachgeschoss des Bauernhauses, dessen obere Etage er mit seiner Mutter bewohnte. Die Abgeschiedenheit des Jungenzimmers erinnerte Julia an die ihres Bruders Eddie. Die Musik auch, die ihnen schon auf der Treppe schwer und schwarz entgegendröhnte. Auch alles andere an dem Jungen und seiner Behausung war für Julia wenig überraschend, inklusive der geringen Begeisterung über seine Besucher. Michael lümmelte auf seinem Bett und machte keinerlei Anstalten, die Lautstärke der infernalischen Beschallung etwas zu dämpfen.

«Mach die Musik aus, Micha!»

«Aber nicht doch», intervenierte Trude. «Mir gefällt das. Das geht so schön in den Bauch.» Sie gab ganz die umsichtige Ermittlerin. Den alten, halb blinden Kater der Lebelts, der auf Michaels Computertisch schlummerte und nur träge den ungebetenen Gästen entgegenblinzelte, schien diese Art Musik auch nicht gefährlich, wie sich Trude sagte. Vielleicht aber war er auch schon taub geworden dadurch. Trude ging einen Schritt auf das Katertier zu und begann es zu kraulen, während sie interessiert das Jungenzimmer studierte.

Mit aller mütterlichen Strenge, zu der sie in ihrer eigenen Besorgnis fähig war, befahl Sonja ihrem Sohn, sich Julia als Anwältin wegen der Katzenmorde mitzuteilen; worauf keinerlei Reaktion von Michael erfolgte. Julia hatte es auch nicht anders erwartet.

«Bitte, nehmen Sie doch Platz, Frau Hölzel», sagte seine Mutter derweil, um im gleichen Atemzug zu schimpfen: «Was hast du auch für eine grässliche Liederlichkeit hier, Micha! Das eine sage ich dir: Wenn du hier nicht endlich Ordnung schaffst, dann kannst du das Konzert am Sonnabend vergessen. Und es ist mir egal, ob du dort mitmachen musst oder nicht.» Ihre Stimme hatte sich zu zänkischer Höhe aufgeschwungen, unter der ihre Hilflosigkeit nur allzu deutlich offenbar wurde. Sie räumte einen Haufen T-Shirts von einem alten Ohrensessel in der Ecke weg. Dorthin komplimentierte sie Trude, die den Kater mitnahm und bei sich auf den Schoß legte, wo er sich genüsslich weiter von ihr kraulen ließ. Für Julia schob Sonja den Drehstuhl vom Computertisch hin, von dem sie zuvor eilig eine geöffnete Chipstüte entfernt hatte. Noch ein beschwörender Blick auf ihren Sohn und ein flehender zu Julia, dann eilte sie wieder in ihre Sprechstunde hinunter.

«Stirb! Stirb! Stirb!», brüllte die Höllenstimme. Dumpf röhrend spie sie alle verfügbare Hässlichkeit in den Äther, untermalt von den Schmiedehämmern der Beats und Drums, schrie von reitenden Teufeln im letzten Licht einer untergehenden Welt.

Julia hoffte, dass Trudes magere Englischkenntnisse, die sie sich in Boston angeeignet hatte, nicht ausreichten, um dem weiteren vernichtenden Textinhalt zu folgen, der ohnehin kaum verständlich war für ungeübte Ohren. Doch Trude lauschte dem Dark Metal mit einer Hingabe, als erklänge soeben eine Bachkantate.

Dann die Stille – jäh, ein gähnender Abgrund.

«Ist er jetzt tot?», erkundigte sich Trude mitfühlend.

Michaels Lippen kräuselten sich.

Jetzt setzten unerwartet lyrische Töne ein. Julia wunderte sich, wie eine derart vergewaltigte Stimme noch in der Lage sein konnte, nun mit angenehm warmen Bariton geradezu anrührend sanft und wehmütig von der vergangenen Welt zu singen und von der Dämmerung, die nun alles umfängt. Im Nirgendwo.

«Sie wollten das doch hören», sagte Michael gerade mit unverkennbarer Ironie in seiner Stimme. «Um mich besser kennenzulernen.» Er grinste schwach und klickte den CD-Spieler mit der Fernbedienung aus.

Michael Lebelt war ein großer Junge mit einer blassen, sommersprossigen Haut, die gewiss nur selten die Sonne sah. Das dunkle Strubbelhaar, das ihm zornig in die Stirn hing, musste für seinen Frisör eine besondere Herausforderung darstellen. Doch Michael Lebelt schien auf solche Dienstleistungen sowieso wenig Wert zu legen. Die Fingernägel seiner kräftigen Hände waren lang und rissig und trugen schwarze Ränder. Seine Füße steckten in ausgetretenen, knöchelhohen Turnschuhen, denen zudem die Schnürsenkel fehlten. Er trug ein viel zu großes T-Shirt mit einem verblassten Schriftzug, so oft war es schon gewaschen worden.

Trude war mit dem Kater auf dem Arm durch das Jungenzimmer gewandert, bis der sich aus ihrer Umarmung befreit und sich ein ruhigeres Plätzchen neben Michael auf dem Bett gesucht hatte. So setzte sich Trude wieder auf die Kante des Ohrensessels. Sie tauschte einen Blick mit Julia, aus dem pure Ratlosigkeit sprach.

«Gar nicht am Computer heute?», fragte Julia mit einer Kopfbewegung in die Richtung des dunklen Bildschirmes. Michaels Augen folgten ihr dorthin und blieben einen Augenblick auf dem stillen Gerät haften. Dann kehrte der Trotz wieder in sein Gesicht zurück.

«Am Computer? – Was soll ich denn da?» Mit verschränkten Armen saß er ihnen gegenüber auf seinem Bett, die wasserhellen Augen verdunkelt vor Missmut über seine ungebetenen Gäste.

«Vielleicht, um etwas Neues von den anderen zu hören», fuhr Julia kühl fort, ohne den Jungen aus den Augen zu lassen, «von gefolterten Katzen zum Beispiel. Sicherlich hast du doch auch Angst um deinen Kater, oder?» Sie wies auf das friedlich schnurrende Tier auf seinem Bett.

«Lukas passiert schon nichts», blaffte Michael.

«Dann vielleicht um zu schauen, welche neuen Verfluchungen gerade online sind.»

Sie hörte Trude Luft holen.

«Weiß nicht, was Sie meinen.» Michaels Hand tastete nach seinem alten Kater.

«Ich meine diese Geschichte von Flüchen und Verfluchungen, die alte Männer so in den Wahnsinn treibt, dass sie sich selbst töten!» Julias Stimme hatte mit jedem Wort an Schärfe zugenommen. Michael schien für einen Moment zu schrumpfen. Er senkte den Blick. Antwort gab er keine. In die lastende Stille schmetterte ein Amselmännchen draußen auf dem Dach seinen Abendgesang.

«Was ist dran an diesen Verfluchungen da bei euch an der Schule?», bohrte Julia nach.

«Keine Ahnung, wovon Sie reden», wiederholte Michael störrisch. Er zog die Hand von Kater Lukas zurück und verschränkte die Arme wieder vor der Brust.

«Nun, ich war heute Vormittag bei Frau Gerlach. Sie hat mir …»

«Die Gerlach!», prustete Michael. «Die hat's nötig! Wenn hier einer Fluchzauber ausspricht, dann doch die. Die schleicht doch laufend auf Friedhöfen herum.»

«Auf Friedhöfen?», staunte nun auch Trude. «Woher weißt du denn das?»

Michaels Miene verschloss sich wieder nach diesem Ausbruch. «Weiß es eben», brummte er. «Hab sie da rumkriechen sehn.»

«Als du bei deinem Vater warst?», fragte Julia, der eben aufging, dass die Familie der Gerlach auf dem Cunewalder Friedhof bestattet sein könnte. «Was hast du denn dort auf dem Friedhof gemacht?»

«Was geht'n Sie das an?», erwiderte Michael feindselig. «Aber wenn Sie's unbedingt wissen woll'n: Wir waren an Omas Grab!»

«Ach so. Ja klar», murmelte Trude verlegen dazwischen und verfiel danach in nervöses Schweigen, während sie auf dem alten Sessel hin und her rutschte und immer wieder ratlos zu Julia sah. Die änderte kurzerhand ihre Strategie.

«Deine Mutter macht sich Sorgen um dich, Michael», sagte sie in wesentlich sanfterem Ton. «Deshalb sind wir hier. Sie glaubt, dass du dich vor etwas fürchtest …»

Der Junge schnaubte.

«… oder jemandem», vollendete Julia unbeeindruckt.

«Mutter!», sagte Michael nur und dann nichts mehr.

Julia betrachtete ihn eine Weile aufmerksam, bevor sie vorsichtig fortfuhr. «Kann es also sein, Michael, dass jemand gegen dich eine Verwünschung ausgesprochen hat?»

Michael erstarrte. Trude hielt den Atem an und der Kater öffnete seine Augen und fixierte Julia mit gelbem Blick.

«Aber Julia», flüsterte Trude schließlich ungläubig, «was redest du denn da?»

Das löste Michael die Zunge. Auch seine Miene entspannte sich wieder. «Wenn ich Sie wäre, würde ich nicht zu viel auf das geben, was die Gerlach erzählt.»

«Ach wirklich?», erwiderte Julia. «Und warum sollte sich deine Lehrerin so eine Ungeheuerlichkeit ausdenken?»

«Sie hat sich das doch nicht ausgedacht», erklärte Michael mit wachsender Ungeduld. «Doch sie macht um alles so einen Sums. Das ist doch nur'n Scherz.»

«Ein Scherz? Von dir etwa?» Julias Stimme war wieder schärfer geworden.

Auch bei Trude regte sich Protest. «Verstümmelte Katzen sind ja wohl kein Scherz, oder!», rief sie und erhob sich. «Vom Heinz und seinem armen Hund ganz zu schweigen. – Du musst reden, Michael! Du musst uns endlich sagen, was hier gespielt wird!» Sie war neben Julia getreten. So standen sie vor dem Jungen und dem gelbäugigen Kater wie eine Wand. Michael hatte rote Ohren bekommen. Seine Hand war wieder zu seinem Kater gewandert. «Ich kann nur so viel sagen», wand er sich, «Glauben Sie der Gerlach nich alles, was die da quatscht. Die hat 'nen Schatten, aber echt.»

«Einen Schatten?», entfuhr es Julia. Eine winzige Erregung packte sie bei diesem Wort, so als hätte sie einen Zipfel der

Lösung zu fassen bekommen. Doch bevor sie danach haschen konnte, fiel dieser Hauch in sich zusammen. Michaels Miene verschloss sich wieder. Er griff nach der Fernbedienung. «Einen Schatten, genau», wiederholte er verächtlich. «Die redet mit Toten!» Er sah an ihnen vorbei zum Display seiner Musikanlage und griff nach der Fernbedienung. Offensichtlich war das Gespräch für ihn beendet.

«Ist dir das denn wirklich alles so egal?», fragte Trude enttäuscht. «Die grausamen Katzenmorde, die ganzen Anschuldigungen gegen dich und deine Familie. Und dann Leupold Heinz, der sich aus lauter Wahnsinn erschießt!»

«Leupold!» Der Junge verzog das Gesicht.

Trude schüttelte betrübt den Kopf. Der Kater zwinkerte ihr zu, gähnte und begann sich dann hingebungsvoll zu putzen. Michael dagegen klickte demonstrativ seine Musik an. Trommelklänge tosten los, als sei die Wilde Jagd selbst unterwegs.

«Ich habe von Leupolds Witwe dein Handy wiederbekommen», sagte Julia. Sie zog die Tüte mit dem Telefon aus ihrer Tasche. Sofort schaltete Michael die Musik wieder aus. Er richtete sich auf. Die Augen voller Wachsamkeit, wie auf dem Sprung. Julia reichte es ihm. Gierig griff Michael danach. Er fetzte es aus der Tüte und begann sofort, darauf herumzuspielen. Dann warf er einen misstrauischen Blick auf Julia. «Und?»

«Nichts», sagte Julia. «Nichts, wenn du mir nichts sagst. – Ich habe es nicht angemacht, Michael, falls du das glaubst.»

Der Junge prustete verächtlich.

«Warum sagst du nicht wenigstens, was oder wen du gesehen hast, oben im Bornbusch? – Du hast doch etwas gesehen, oder?»

Tiefschwarzes Schweigen war die ganze Antwort, die Julia vergönnt war.

«Du weißt schon, dass auch eine unserer Katzen so grausam ermordet worden ist, nicht wahr?» Hier glaubte sie, eine gewisse Regung in dem verschlossenen Gesicht des Jungen wahrzunehmen.

«Wir werden nicht aufhören, bis wir wissen, was da passiert ist und wer das war, Michael», sagte Julia nun mit entschiedener Stimme

«Genau!», pflichtete Trude ihr bei.

Doch Michael schwieg trotzig und verschränkte die Arme wieder vor der Brust.

Julia war klar, dass er dieses Spiel endlos ausdehnen konnte, deshalb fasste sie einen Entschluss. «Ich kann verstehen, wenn du jemanden decken willst, Micha», riet sie ins Blaue. «Ich will dir auch zubilligen, dass das einzig und allein deine Entscheidung ist, was du an Wissen oder Mitwissen preisgibst.» Sie beobachtete ihn, doch seine Miene blieb unbewegt bei ihren Worten. «Ich möchte dir anbieten, dass du dich – falls du deine Meinung änderst oder die Situation sich …», sie überlegte kurz, «… ändert – an mich wenden kannst. Ich unterliege der Schweigepflicht. Ich werde also nur weitergeben, was du mir erlaubst. Klar?» Julia war aufgestanden und hielt Michael ihre Karte unter die Nase. Zögernd nahm sie der Junge. Er warf einen Seitenblick auf Trude, die nun ebenfalls aufstand. Schwere Enttäuschung stand ihr im Gesicht geschrieben.

«Einverstanden, Michael?» hakte Julia nach.

Langsam nickte der Junge.

«Gut. Trude komm, wir gehen.»

An der Tür wandte sie sich noch einmal um. «Ach, sag doch mal: Was ist das für ein Schülerkonzert im Erbgericht, von dem deine Mutter vorhin sprach?»

Der Junge hob spöttisch die Augenbrauen. «Schwarze Musik. Nichts für Sie.»

«Ah. Und wer spielt?»

«'ne Gruppe von hier», entgegnete der Junge und musterte sie schon wieder misstrauisch. Er sah auf ein paar Flyer auf dem Schränkchen neben seinem Bett.

Julia ergriff einen davon. Grüne Katzenaugen auf schwarzem Grund sahen sie an. «Bastet», las sie laut. «Wie ungewöhnlich! – Aber schau mal Trude: Ich glaube, die Sängerin kennen wir.» Sie hielt Trude den Flyer hin, den diese neugierig ergriff. «Das ist doch die Kellnerin vom Erbgericht», rief Trude. «Die Nichte von der Katja!»

«Die schöne Vanessa», bestätigte Julia. «Warum nur bin ich so wenig überrascht?»

«Das is bestimmt nichts für Sie», sagte Michael finster. Er wollte ihnen den Flyer wegnehmen.

Julia jedoch tat, als bemerke sie diese Handbewegung nicht und steckte sich die Konzertwerbung einfach ein. «Keine Sorge, ich komme schon nicht dahin», beruhigte sie ihn.

Und dann gingen sie rasch, denn Julia hatte plötzlich eine Idee.

13. Kapitel

Heinrich Herzog erschien allein in der Tür der Gaststube. Julia war erleichtert. Der einstige Hauptkommissar war derzeit schier unzertrennlich von seiner Frau Elfriede, die gerade erst von einer Krankheit genesen war. Er war neuerdings von so ungewohnter Vorsicht und Heimlichtuerei, dass Julia schon Zweifel kamen, ob HaHa überhaupt in der Lage war, ihr die gewünschten Informationen zu liefern. Sie hatte ihm den Auftrag gegeben, Rita Gerlach zu beobachten und ihr alles Wissenswertes über die Frau zu beschaffen. Die Heinrichs hatten im Erbgericht in Finkendörfel ein Zimmer bezogen. Doch zu dem Arbeitsessen, wie er es nannte, kam er nun allein.

Er grüßte sie mit einem breiten Grinsen. Jörg, der am Tresen stand, füllte ihm bei seinem Erscheinen ein Bier ein und plauderte mit dem massigen Detektiv, als wären sie alte Bekannte. Am runden Stammtisch neben der Tür saß Annabella Miskowitz in ihre Zeichnungen vertieft. Sonst waren keine Mittagsgäste mehr da, denn es war schon die dritte

Stunde am Nachmittag. Das Erbgericht erwartete am Abend die Frühjahrssitzung des Geflügelzüchtervereins, die stets mit einem großen Schmausen begangen wurde. Im Anbau deckte Katja mit Vanessa die Tische. Julia hörte sie lachen dabei. Das Radio dudelte. Die Musik unterbrach und ein Sprecher verkündete etwas. Jörg lauschte und drehte etwas lauter. «... eröffnet das Erbgericht Finkendörfel den frisch renovierten Tanzsaal mit einem Rockkonzert der Extraklasse.» Der Radiosprecher unterbrach kurz seine reißerische Ansage und sie hörten Jörgs verlegene Stimme, die erklärte, man wolle eben auch einmal etwas für die Jugend tun. Dann sprang der Moderator wieder mit professionell werbendem Tonfall ein. «Also, Leute! Schaut einfach rein nächsten Samstag, wenn sich die lokalen Mächte der musikalischen Finsternis vereinigen im Tanzsaal von Finkendörfel, und an ihrer Spitze tobt –» Pause voller Spannung: «Bastet!!! – Yeah!» Ein kurzer Ausschnitt eines infernalischen Trommelwirbels schwoll an, über dem Vanessas Sirenengesang schwebte wie ein dunkler Engel. «Ich hoffe, ihr seid dabei!», unterbrach der Moderator. «Karten gibt's ...»

Jörg stellte das Radio wieder leiser. Dann nahm er das Tablett mit den Gläsern und kam mit HaHa an den Tisch beim Kachelofen, wo Julia bereits saß. Er hatte rote Ohren bekommen. Heinrich Herzog bekam sein Schwarzbier, das er sofort ansetzte, und Julia ihren Orangensaft.

«Glückwunsch, Jörg», sagte Julia. «Das ist wirklich eine gute Sache.»

«Findest du?»

HaHa schien Jörgs Zweifel zu teilen: «Bastet! Was is denn das für'n Name für eine Band», grunzte er, als er sein Bierglas halb leer wieder vor sich absetzte.

«Hat Vanessa angeleiert», sagte Jörg und drehte das Tablett in seinen Händen. «Sie singt da mit.»

«Ganz recht», sagte die Schöne, die eben aus dem Anbau kam. «Bin stolz auf euch, Onkelchen!» Sie gab Onkelchen einen herzhaften Kuss auf die Wange, wovon dessen Ohren noch heftiger aufglühten. Noch ein Augenzwinkern zu den Gästen und Vanessa entschwebte gen Küche. Selbst Herzogs Blicke folgten ihr durchaus wohlwollend.

Jörg trollte sich wieder hinter seinen Tresen.

Julia dachte an den Flyer in ihrer Tasche. «Woll'n Sie da etwa hin?», fragte HaHa, der ihren Gesichtsausdruck beobachtete.

«Ich eher nicht, aber …» Sie zögerte. «Ich glaube, ich kenne jemanden, der da allzu gern hingehen möchte.»

Annabella am Stammtisch gab einen undefinierbaren Laut von sich. Plötzlich spürte Julia den Blick der alten Frau auf sich ruhen. Ein ungutes Gefühl, das sie schon beschlichen hatte, als sie vorhin allein hier saß.

«Wie geht es Ihrer Frau?», erkundigte sie sich bei Heinrich Herzog.

«Ist oben geblieben, auf'm Zimmer. Geht ihr noch nich so gut.» Seine Augen wanderten zu Annabella Miskowitz hinüber, die nun wieder über ihren Zeichnungen brabbelte. Er beugte sich vertraulich zu Julia hinunter «Scheint ja auch'n Treffer zu haben, die Gute», flüsterte er mit einem Kopfnicken zu Annabella.

Julia horchte auf. «Auch?»

«Nun ja …» Er ließ seinen mächtigen Körper in den Lehnstuhl krachen, der an der Stirnseite ihres Tisches stand. «Meine Frau, wissen Se», ächzte er dann, «letzte Woche erst aus der Klinik heim …» Er machte eine leiernde Bewegung an seiner Stirn. «Ich kann sie nicht lange alleine lassen.» Seine Augen knickten etwas, als er das sagte.

«Das tut mir leid», sagte Julia leise. Das erklärte so manches an Herzogs Verhalten. Es bewegte sie, dass sie den lebenslustigen Heinrich Herzog derart verändert erlebte. «Danke, dass Sie dennoch für mich recherchiert haben», flüsterte sie. «Dass Sie überhaupt hierhergekommen sind. – Ich wäre aber auch zu Ihnen …»

«Dachte, der Ortswechsel tut ihr vielleicht ganz gut», brummte HaHa. Dann raffte er sich zusammen. Er beugte sich vor. «Wir sind also heute wie ausgemacht auf der Herreise in Cunewalde vorbei und sind da durch den Umgebindepark spaziert», begann er zu erzählen. «Meine Elfriede ist ganz begeistert.» Er schnaufte. «Nun ist das ja gleich neben der Kirche und ich habe sie überreden können, auch die gleich noch zu besichtigen. Ist ja immerhin die größte Dorfkirche Deutschlands, wie wir erfahren haben. Und dann sind wir noch über den Friedhof.»

Julia nickte höflich. Ihre Geduld wurde jedoch bald belohnt, denn es stellte sich heraus, dass HaHa über einen Familienforscher herausgefunden hatte, wo sich das Grab der Familie von Rita Gerlach befand. «Sie ist eine geborene Richter», fuhr HaHa fort. «Es ist ein Familiengrab. Superpenibel gepflegt. Mit geharkter Umfriedung. Ist fast so, als wolle die Frau einen Bannkreis ziehen um das Grab.»

«Einen Bannkreis?» Julia horchte auf. «Wie kommen Sie denn darauf?»

Der Detektiv hob die massigen Schultern, um sie gleich wieder sinken zu lassen. «Nur so eine Idee. – Als wir nämlich gerade da waren und ich ein, zwei Fotos von dem Grab machte, bog doch die gute Frau selbst um die Ecke und nieste uns gehörig an, was wir hier treiben würden.» Er holte schnaufend Luft. «Ganz schön heftig, die Dame. Wenn es um ihre Familie geht, kommt man der lieber nicht in die Quere.»

«Was den Verdacht eines plumpen Racheaktes erhärtet», murmelte Julia wie für sich selbst.

Herzog nahm einen kräftigen Schluck von seinem Schwarzbier. «Rache?» Er wollte eben etwas anmerken, als das Essen kam.

Mit Schwung servierte Vanessa ihnen ihre bestellten Bauernfrühstücke. Julia ließ die Größe der Portion erblassen, doch HaHa leckte sich begeistert seine fleischigen Lippen. «Was sind schon Sorgen gegen solche köstlichen Bratkartoffeln!»

Julia lächelte ihn an. «Na dann: Guten Appetit.»

Auch Annabella bekam einen vollen Teller hingestellt, den sie jedoch nicht beachtete. Sie blieb in ihre Zeichnungen vertieft. Erst die Ankunft eines weiteren Gastes ließ sie aufblicken.

«Ach, du bist es, Micha», rief Vanessa, die eben Julia und HaHa nach weiteren Bestellungen fragen wollte. «Holst die restlichen Flyer, ja?»

Julia wandte sich um. Gerade rechtzeitig, um das unwillige Erkennen in Michaels Augen zu beobachten. Sie nickte ihm zu. Der Junge sah weg und tat so, als interessierte er sich für Annabellas Zeichnungen.

«Hier sind sie», sagte Vanessa, die ihm eine Kiste mit bedrucktem Papier überreichte. Michael nahm sie verlegen. Es war offensichtlich, dass er noch etwas auf dem Herzen hatte. Vanessa bemerkte es auch. «Ist noch was?»

«Will nur wissen, ob ihr heute noch mal zur Probe kommt in die Scheune», brummelte Michael mit gesenktem Kopf.

«Das ist doch so abgemacht, Micha-Bär», lachte Vanessa und strubbelte ihm durch die Haare. Michaels Verlegenheit wuchs. Er begann zu schwitzen. «Vielleicht kannst du auch noch mal mit Mutter reden?», flüsterte er heiser. «Die macht nur noch Stress.»

Vanessa wurde ernst. «Wegen Samstag?»

«Mhm.»

Sie überlegte kurz. Dann legte sie ihm die Hand auf die Schulter. «Ich habe dann gleich frei bis zum Abend. Ich komme. Versprochen. Aber nun schieb ab!» Sie gab ihm einen scherzhaften Knuff. «Sei nicht da, wenn ich komme», rief sie ihm hinterher, «sondern verteile hübsch die Werbung. – Und viel Spaß beim Wandertag», spottete sie genüsslich weiter, «vergiss deine Brotbüchse nicht!» Erst als Michael verschwunden war, bemerkte sie die Aufmerksamkeit ihrer Gäste. Sie lächelte entwaffnend ihr Grübchenlächeln. «Eine Familienangelegenheit», erklärte sie dann. «Noch ein Bier, Herr Herzog?»

«Gern», mampfte der genüsslich. Dann bemerkte er Julias nahezu unberührten Teller. «Aber Sie essen ja gar nichts!»

Julia fuhr aus ihren Gedanken auf. «Doch, doch. – Ich … ich fragte mich eben gerade nur», fuhr sie dann in gesenktem Tonfall fort, «wie es bei Ihrer Begegnung mit Rita Gerlach weiterging?»

HaHa wartete zunächst, bis ihm Vanessa ein weiteres Schwarzbier serviert hatte und zu den anderen in die Küche gegangen war, wo sie gewiss zusammensaßen, um nun selbst ihre Mahlzeit einzunehmen. Das Radio hatte sie zuvor wieder etwas lauter gedreht.

«Auf jeden Fall ist sie keine Katzenfreundin», begann HaHa aus dem Mundwinkel heraus zu erzählen.

Julia hob die Augenbrauen. «Woraus schließen Sie das?»

«Als sie uns da so anrüffelte, habe ich uns als Touristen ausgegeben und erklärt, ich interessiere mich für Grabkulturen. Da habe ich natürlich noch von ein paar anderen Gräbern da Fotos gemacht. – Und da …» Er unterbrach sich lachend. «Da kommt doch so ein liebestoller Kater des Weges, schmust mit dem Familiengrabstein der Richters und dann setzt der kleine Kerl seine Marke dran. Pft! Einfach so. Hahahaha.» Er lachte schallend und so mitreißend, dass selbst Julia schmunzeln musste. «Das ist ihm wohl gar nicht gut bekommen, was?»

«Das können Se laut sagen!», japste Herzog. «Wie eine rasende Furie ist die Gerlach auf den Kleinen los. Hat ihn über den halben Friedhof gejagt. Und dann …» Er wischte sich die Lachtränen aus den Augenwinkeln. «Dann hat sie den Grabstein ganz sorgfältig mit Taschentuch und Händespray geputzt. So'n Desinfektionszeug, Sie kennen das doch, oder?»

«Das hatte sie bei sich?», wunderte sich Julia.

Wieder zuckte HaHa mit den Schultern. «Ist so.»

Julia stocherte mit der Gabel in ihren Bratkartoffeln. «Sie ist in der Tat sehr speziell, diese Frau Gerlach. – Was ist sonst noch relevant?»

Herzog kaute und erzählte gleichzeitig. «Rita Gerlach – geborene Richter. Stammt aus einer Bauernfamilie, die auf einem Hof am Fuße des Czorneboh gelebt hat bis zur Wende. Ist recht einsam da. Ich habe mir das Haus mal angesehen, verfällt total.»

«Das wundert mich», sagte Julia. «Das ist doch so eine herrliche Wohngegend da.»

«Das Haus gehört der Gerlach. Interessenten gibt's genug. Aber sie verkauft nicht. Und wohnen will sie auch nicht da. – 'ne komische Tante, wie gesagt.» Herzog verzog das Gesicht. «Nach ner ziemlich kurzen Ehe geschieden», fuhr er dann fort. «Keine Kinder. Lebt allein. Die ganze restliche Familie tot, bis auf ein paar Cousinen, die aber keinen Kontakt zu ihr haben.»

Julia nickte zum Zeichen, dass sie der unglücklichen Geschichte der Frau Gerlach folgte.

«Hat seit ihrem Uniabschluss an einer Leipziger Mittelschule gearbeitet, die aber jetzt geschlossen ist. Letztes Jahr ist sie von da nach der Schule in Eckertswalde versetzt worden. Macht dort recht gute Arbeit, wie man sagt.»

«Bei ihren Schülern scheint sie allerdings nicht sehr beliebt zu sein», schob Julia ein.

HaHa grinste breit. «Kann ich mir lebhaft vorstellen.» Er trank von seinem frischen Schwarzbier. «Typ: Schreckschraube! Hahaha!» Er räusperte sich. «'ntschuldigung.»

Julia bemühte sich um ein neutrales Gesicht.

HaHa zog Luft durch die Zähne, ehe er fortfuhr. «Die Eltern unserer Rita sind nun tot seit einem guten Jahr. Seitdem ist sie auf der Lauer.»

«Auf der Lauer?»

Herzogs Augen blitzten. «Auf der Lauer nach Bodo Pohl. Und wenn sie ihn drankriegt. – Naja.» Herzog fuhr sich mit dem Handrücken über den Mund und machte ein schlurfendes Geräusch, das Julia gar nicht gefiel.

«Sie glauben also auch, das Ganze ist ein Rachefeldzug?», flüsterte sie gespannt.

HaHa nickte. «Diese kleine Schwester der Gerlach, Milda hieß sie. War wohl'n bissel beschränkt. Auf jeden Fall ging sie auf die Sonderschule.»

Julia dachte unwillkürlich an ihren Vater, der etwas von einem Vorfall erwähnt hatte, der damals vor dem Gericht gelandet war. Wenn sie sich richtig erinnerte, ging es dabei um ein Mädchen.

«Was war passiert?»

Herzog schluckte einen besonders großen Bissen und ließ sich mit einem Krachen in seinen Stuhl zurückfallen. «Ein paar Burschen hatten sich über das Mädel hergemacht. Aus dem Alter der Doktorspielchen waren die da aber alle schon heraus.»

«Doktorspielchen?» Julia runzelte unwillig die Stirn über diese Verharmlosung. «Sie meinen doch eine Vergewaltigung!»

«Angeblich war das Mädchen willig. Alkohol war im Spiel. Naja – und eigentlich waren es alle noch halbe Kinder.»

«Wie alt?»

«Fünfzehn, sechzehn.»

Julia nickte in Gedanken. «Es gab eine Gerichtsverhandlung», sagte sie schließlich.

Herzog sah auf. «Sie wissen davon?»

«Mein Vater sagte so etwas. Ich kann die Akten dazu raussuchen lassen.»

«Können Se sich sparen», schnaufte Herzog. «Die vier Jungs sind alle straffrei ausgegangen. Nur das Mädel hat's nicht verkraftet. Hat sich erhangen im Wald. – Kam nicht klar damit, was man ihr angetan hatte.»

«Die Schande, meinen Sie?»

«So was in der Art», knurrte HaHa.

«Doch wenn es ein Racheakt der Gerlach für den Tod ihrer Schwester ist, warum dann nur Bodo Pohl?»

«Mhm. Genau.» HaHa rutschte mit dem Stuhl etwas näher heran und legte die Unterarme auf den Tisch. «Die anderen sind alle weg. Pohl ist der Einzige, der noch für sie greifbar ist. Und sie hat sich genau umgehört, wie ich erfahren habe.» Herzog leerte sein Bierglas mit einem Zug.

Annabella Miskowitz raschelte mit ihren Zeichenbögen. Aus dem Radio plärrte Werbung für einen Müsliriegel.

Julia bedachte ihren nächsten Schritt. Am einfachsten wäre es, Bodo Pohl sofort damit zu konfrontieren. Heute Nachmittag hatte sie nur wenige Termine. Doch zog sie es nach einiger Überlegung vor, lieber in der Kanzlei mit Bodo Pohl zu reden, so dass alles einen offiziellen Anstrich bekäme. Sie könnten da ihr weiteres Vorgehen absprechen, ohne dass Pya oder ihre Mutter dabei zugegen wären. Vielleicht wäre eine versöhnliche Aussprache mit der Gerlach ein Kompromiss, wenn Bodo Pohl Reue zeigte und Bedauern?

«Was ist mit Ihnen? Ihr Essen wird kalt», ermahnte sie Herzog.

Sie kaute ein paar Happen. Das Essen war deftig und gut gewürzt. Julia verspürte jedoch im Moment nicht den leisesten Hunger. Sogar Widerwille machte sich in ihr breit, dieses ungebetene Wesen in ihr auch noch zu füttern. Sie schob den Teller beiseite und erntete Herzogs Kopfschütteln dafür. «Mir ist nicht so gut heute», entschuldigte sich Julia. Dann nahm sie den Gesprächsfaden wieder auf. «Was haben Sie über die drei Mädchen herausgefunden? Über Pya, Melanie und Irina?»

«Harmlos das meiste», meinte Herzog. «Über die Kleine von Ihrem Klienten wissen Sie ja Bescheid. Der Vater hat ihre Mutter sitzen lassen, da war sie acht Jahre alt. Hat nichts mehr von sich hören lassen seitdem. – Ganz schön miese Geschichte.» HaHa unterstrich seine Missbilligung mit einem Grunzen, bevor er fortfuhr. «Irina Müller ist das jüngste Kind einer Familie Russlanddeutscher. Ihr Vater ist auch abgehauen, gleich nachdem die nach Deutschland gekommen sind. Da war die Kleine noch nich mal geboren. Mutter und Großmutter kümmern sich um die vier Kinder. Die großen Jungs sind schon raus. Jetzt sind es nur noch die Kleine und ihr Bruder.»

«Eugen, ja.»

«Am interessantesten ist noch das Schöne-Mädchen, diese Melanie. Ist ganz schön rumgekommen das Kind.»

«Rumgekommen?»

Er wischte sich mit der Serviette das Fett von den Lippen. «Das heißt, die Eltern sind früher ganz schön rumgekommen. Architekten beide. Aufträge in der ganzen Welt. Zuletzt in Mexiko.»

«Mexiko!», entfuhr es Julia.

Sie sah zu Annabella hinüber. Ihre Blicke trafen sich. Julia wusste den Ausdruck in den Augen der verwirrten Frau nicht zu deuten. War es Angst, die sie da las? Oder eher – Trauer?

«Die Eltern hatten durch ihre Arbeit nie sonderlich viel Zeit für ihre Kleine», fuhr Herzog indes fort. «Aber die hatte dafür immer eine Aufpassdame und Kindermädchen und so.»

Julia hatte ihre Aufmerksamkeit nun wieder ganz Herzog zugewandt. «Ja?»

«Na, wenigstens zur Einschulung ihrer Tochter sind sie dann wieder nach Deutschland zurück und haben sich diesen Prachtschuppen da oben gebaut.» HaHa schnaufte. «Mannomann. Das ist vielleicht 'ne Bude! Also: Kohle haben die genug. – Aber das Rumgeziehe von vorher ist ihrem Mädel nicht bekommen. Die Kleine hat sich auf ihrem Supergymnasium dieses verdammte Crystal eingeworfen, bis sie so daneben war, dass sie sie sogar haben in die Klapsmühle einweisen lassen.»

Julia nickte. «Von Melanies Drogenkarriere weiß ich schon. Wie es aussieht, ist sie jetzt weg davon.»

«Mhm.» Der Ex-Kommissar schien nicht ganz überzeugt. «Hat es deswegen nicht geschafft am Gymnasium und ist nun wieder zurück auf die Mittelschule, weil die dort so ein Anti-Drogen-Projekt haben.»

«Und dort haben sich die drei Mädchen dann gefunden», ergänzte Julia.

«Genau.» Herzog schnaufte. «Drei kleine Außenseiterinnen, die sich da verbündet haben.»

«Eigentlich eine gute Sache, nicht wahr?» Julia lehnte sich im Stuhl zurück. «Wenn ich nur wüsste, wo die Gemeinsamkeit ist, die mit den Katzenmorden zu tun hat!», seufzte sie.

Herzog sah sie an. «Glauben Sie denn da dran?»

«Nicht wirklich», gab Julia zu. «Melanie hat das Zimmer einer Katzennärrin. Doch warum hat es von allen Katzen im Dorf ihre Katze als Erste erwischt?»

«Und warum Ihre Katze?» Herzog nickte ihr bedeutsam zu. «Und die von dem Koch und seiner verrückten Mutter», ergänzte er dann flüsternd und blickte zu Annabella Miskowitz, die jedoch seelenruhig an ihren Zeichnungen saß. Auch Julia senkte ihre Stimme noch weiter. «Richtig. – Sehen Sie da einen Zusammenhang?», fragte Julia hoffnungsvoll. «Immerhin haben die Schönes die Kaltbachmühle umgebaut und die Mädchen gehen durch ihre Besuche ein und aus. Doch was hat das alles mit uns zu tun?»

«Also wenn Sie mich so fragen: Keine Ahnung.» Herzog trank sein Bier aus. Mit Bedauern betrachtete er den Schaumrest auf dem Boden des Glases und dann die verwaiste Theke.

«Überhaupt – wegen der Katzenmorde und Satanskult und so …», begann er nach einer Weile, doch er wurde unterbrochen. In seiner Hosentasche begann ein Handy zu brummen. Er zog es heraus. «Meine Frau», brummelte er. «Ich muss hoch.»

Julia zog an dem Glockenstrang neben dem Kachelofen, an dem sie saßen.

Als sie mit Jörg abgerechnet hatten und sich gerade erhoben, kam Oliver Miskowitz in voller Kochmontur heraus. Er begrüßte Julia lächelnd. «Hallo», erwiderte Julia. Sie reichte ihm die Hand. «Haben Sie denn Ihr Zauberbuch wiedergefunden?»

Oliver blinzelte verwirrt. «Mein Zauberbuch?»

«Diese Wetteraufzeichnungen, die Sie mir neulich zeigen wollten.»

«Ach die!» Sein Lächeln wurde breiter. «Jaja. Das Buch ist wieder da. Danke, dass Sie nachfragen.»

Er nickte Julia zu und trat dann an den Tisch seiner Mutter. «Du hast ja gar nichts gegessen Mama», sagte er mit besorgtem Vorwurf. «Deine geliebten Bratabern!»

«Mhm», machte seine Mutter. Sie schob ihm ihre Zeichnungen hin. Oliver betrachtete sie mit dem liebevollen Desinteresse eines Vaters, dem seine dreijährige Tochter ihre ersten Malergebnisse präsentiert.

HaHa half Julia derweil galant in die Jacke. Sie waren schon an der Tür.

«Hier», sagte Oliver plötzlich und hielt Julia eines der Zeichenblätter hin. «Ich glaube, das ist für Sie.»

«Oh!», machte Julia überrascht. «Danke!»

Sie blickte auf die Zeichnung und war wie vom Donner gerührt.

Neugierig sah ihr HaHa über die Schulter. «Großartig!», dröhnte er. «Das sind ja tatsächlich Sie. – Aber … warum malt sie Sie doppelt? Frau in Frau? Das ist doch komisch. Erinnert mich irgendwie an eine Matroschka. Hahaha …»

14. Kapitel

«Ich soll auf eine Dorfdisko?» Eddie sah seine Schwester an, als hätte die ihren ohnehin schwerfälligen Verstand verloren.

«Nun, tu nicht so erhaben», fauchte Julia. «Es ist ein Schülerkonzert mit der Gruppe Bastet, wie du erkennen könntest, wenn du mal einen genauen Blick darauf werfen würdest.»

«Schwesterherz!» Eddie wedelte alarmiert mit dem Flyer. «Eintritt ab 14 Jahre! Ende gegen 23 Uhr – da steht der wahre Rocker ja manchmal erst auf.»

«Katja und Jörg wollen eben etwas für die Jugend tun mit ihrem Erbgericht. Nicht nur Heimatabende, sondern auch mal ein Gothic-Konzert. Das kann man ja auch einmal würdigen, oder?»

«Jugend? Gothic?» Eddie schnorchelte verächtlich. «Das ist doch kein Gothic, das ist ein Tschipplrennen, wie unsere Trude sagen würde. Alles Küken, wo Mami noch aufpasst.»

«Und genau unserer Trude würdest du mit deinem Besuch dort einen Riesengefallen tun», zürnte Julia. «Dafür könntest du dich ruhig mal etwas aus deiner Faultierpose erheben!»

Tatsächlich richtete sich Eddie etwas auf. «Ihr jagt immer noch nach den Katzenmördern?»

Julia nickte. «Ich will, dass du dich umschaust und umhörst unter der Dorfjugend. Wer steht bei wem und so. Vor allem schau, was sich so um diesen Jungen tut.» Sie reichte ihm ein Foto von Michael Lebelt.

«Den kenne ich vom Sehen», meinte Eddie, indem er den Flyer mit dem Bild tauschte. «Ist das der Katzenkiller?»

«Trude ist davon überzeugt, dass er es nicht ist. Er heißt Michael Lebelt. Wird Micha genannt und ist der Sohn von Sonja, der Tierärztin. Er hütet ab und an die Katzen von unseren beiden Alten.»

«Mhm», machte Eddie.

«Fotografiere ruhig etwas herum», fuhr Julia fort. Sie erzählte ihm auch von den drei Mädchen, von denen sie Eddie jedoch nur eine Beschreibung liefern konnte. «Ich will so viel wie möglich über all diese Teenies erfahren, klar?»

Nun saß Eddie kerzengerade im Lieblingssessel seines Vaters, den er während dessen Abwesenheit okkupiert hatte. «Du meinst, ich soll etwas spionieren?»

«Genau.»

Eddie packte die Begeisterung. «Ist ja genial!», rief er. «Ich rufe gleich Tobi an.» Er griff nach dem Handy.

«Damit würde ich an deiner Stelle noch warten», unterbrach ihn seine große Schwester mit honigsüßem Lächeln. «Schau dir den Flyer lieber noch einmal genauer an. – Na? Wer da singt bei Bastet? – Ich kann mir nicht vorstellen, dass du diesen Abend in Gesellschaft des unschätzbaren Tobias verbringen möchtest.»

Sie hatte ihre Freude daran, die entgleisenden Gesichtszüge Eddies zu studieren, als er Vanessa auf dem Bild des Flyers erkannte. Doch bevor sie sich zu einer weiteren neckenden Bemerkung hinreißen lassen konnte, klingelte ihr Mobiltelefon. Die Trögerin, altgediente Sekretärin der Kanzlei, meldete sich: «Herr Pohl ist eingetroffen, Frau Eisler.»

«Ich komme sofort», sagte Julia und klappte das Telefon zu. «Ich muss runter, Bruderherz. – Und in der Sache habe ich also dein heiliges Versprechen ...»

«Indianerehrenwort», sagte Eddie grinsend. Seine momentane Gesichtsfarbe machte in der Tat jeder Rothaut Ehre, fand Julia, während sie die Treppe hinunter zur Kanzlei lief.

Bodo Pohl erwiderte ihren Händedruck nur schlaff. Seine Haut fühlte sich kalt und schweißig an. Immer wieder wich er ihrem Blick aus. Er lehnte alle angebotenen Getränke ab. Wenig später saßen sie im Büro von Vater Georg am runden Besuchertisch im Erker.

Julia legte die Mappe auf den Tisch, die Pohls Namen trug und den von Rita Gerlach. Schweigend starrte Bodo auf die Niederschriften und alten Gerichtsnotizen, die Julia ausbreitete, während sie ihm sachlich und völlig wertungsfrei von den Ergebnissen der Recherchen und ihrer Vermutung bezüglich der Motivation der Frau Gerlach berichtete.

Der Ausbruch Pohls traf Julia völlig unerwartet.

«So läuft das jetzt also!», brüllte er unvermittelt los. Er sprang auf und stieß dabei den Tisch um. Blätter und Kopien flatterten zwischen den Grünpflanzen des Erkers zu Boden. Julia saß wie gelähmt, ein Blatt Papier noch in der Hand.

«Jetzt soll ich also der Böse sein, was?»

«In keiner Weise, Herr Pohl», begann Julia, «ich wollte Ihnen nur darlegen, was diese Frau Gerlach dazu bewegt haben könnte, Sie ...»

«Ich? Ein Vergewaltiger?» Pohls Gesichtsfarbe war ins Puterrot gewechselt. Schnaufend wie ein Stier stand er über Julia. «Ich, ein Vergewaltiger?»

Julia fasste sich. «Herr Pohl!», sagte sie streng. «Ich bitte Sie, sich zu setzten.»

«Ich …!»

«Setzen Sie sich», herrschte Julia den Mann schließlich an. «Ich – bin IHRE Anwältin! – Also mäßigen Sie sich und hören Sie mich an!»

Ihr Befehlston verfehlte seine Wirkung nicht. Pohl richtete sich wieder auf. Er atmete kurz durch und fuhr sich mit beiden Händen über sein Gesicht. «Ich habe sie nicht gezwungen, die Milda», sagte er zwischen seinen Händen hindurch. «Keiner von uns hat dieses dumme Stück zu was gezwungen.» Er ließ die Hände wieder sinken. Zum ersten Mal heute sah er Julia direkt an. «Die wollte das! Die hat das wirklich gewollt.»

«Setzen Sie sich, Herr Pohl», wiederholte Julia. Sie stellte den Tisch wieder auf. Die Papiere ließ sie liegen. Nur den Notizblock nahm sie aus ihrer Jackentasche. «Sie hatten alle etwas getrunken damals, nicht wahr?»

Pohl druckste herum. «Ja klar …»

«Milda war geistig eingeschränkt, wie ich gelesen habe», fuhr Julia fort.

Pohl grunzte nur.

«Vielleicht haben Sie schon einmal gehört, Herr Pohl, dass bei hirngeschädigten Menschen Alkohol eine sehr viel stärkere Wirkung hat als bei …»

«Nein, das habe ich nich», fuhr Pohl auf. Seine Stimme wurde lauter. «Wir wollten alle nur …, nur'n bisschen Spaß haben an dem Abend. Und die Milda auch. Darauf können Sie einen lassen, verdammt noch mal!», brüllte er. «Ich lass mir hier nichts anhängen. Ich nich! – Ich …» Unversehens sank er wieder auf seinen Stuhl zurück und blickte schuldbewusst wie ein ertappter Schuljunge.

Julia hatte die Trögerin nicht hereinkommen hören. In ihrer vollen Brunhildengröße stand sie plötzlich neben ihnen, ein Tablett auf dem Arm. Sie servierte ihnen wortlos Tee, den sie nicht bestellt hatten. «Brauchen Sie sonst noch etwas, Frau Eisler?»

Julia lächelte die Trögerin tapfer an. «Danke nein, alles in Ordnung.»

«Na, dann ist ja gut. Ich bin im Vorzimmer», sagte die Trögerin mit einem blitzenden Blick auf Bodo Pohl hinunter. Die verstreuten Papiere auf dem Boden übersah sie höflich, als sie Julia wieder mit ihrem Klienten allein ließ.

«Ja, Tee tut jetzt gewiss gut», versuchte Julia den beruhigenden Faden aufzunehmen. «Möchten Sie auch eine Tasse?»

Bodo Pohl schüttelte den Kopf.

«Das sind Geschichten aus der Vergangenheit, Herr Pohl», begann Julia sanft und hob ihre Tasse an. Sie atmete das duftende Aroma des Kräutertees ein. «Vergangenes, das aber bis in Ihre Gegenwart hineinwirkt.»

Zunächst gab Bodo Pohl nur ein Brummen von sich, doch dann begann er zu erzählen. «War total scharf auf uns, diese Milda. Klar war die'n bissel blöde und so. Aber da unten, da wusste die Bescheid. – Wenn das die Eltern spitzgekriegt hätten!» Er lachte schnorchelnd bei dieser Erinnerung und hob den Kopf. «Das waren nämlich so'n paar ganz Fromme, wissen Sie?»

Julia hielt ihren Gesichtsausdruck neutral.

«Von einer Schwester hab ich nichts gewusst», fuhr Pohl fort.

«Rita Gerlach war bereits verheiratet und weg zum Studium, als ihre Schwester starb», erklärte Julia. «Und das bringt mich nun wieder auf den Kern Ihres Anliegens, Herr Pohl: Wie bringen wir Frau Gerlach dazu, von der Rufschädigung gegen Sie abzulassen?»

Erstaunt blickte er sie an. «Aber die Pya braucht doch nur …»

«Rechnen Sie nicht mit der Mithilfe Ihrer Stieftochter, Herr Pohl», sagte Julia.

Sein Blick ging über Julias Schulter hinweg ins Leere.

Es klopfte. Erstaunt wandte sich Julia zur Tür. Störungen solcher Art während einer Klientensitzung waren unüblich. Außer vielleicht in vermeintlichen Notfällen wie vorhin. Die Trögerin steckte entsprechend schuldbewusst den Kopf durch einen Spalt. «Entschuldigen Sie bitte.» Ihre Miene zeigte Besorgnis. «Es ist Ihr Vater!»

Erschrocken sprang Julia auf.

«Soll ich das Gespräch reinlegen?»

«Nein!» Julias Herz pochte hart. «Nein. – Ich komme.» Sie wandte sich an Bodo Pohl. «Wenn Sie mich bitte für einen Moment …?»

«Ja klar, klar», murmelte Pohl. «Gehen Sie ruhig.» Dann versank er wieder in sein dumpfes Brüten.

Vater Georg zeigte sich jedoch erfrischend erholt, als er seiner Tochter die Nachricht übermittelte, dass sich seine Rückkehr verzögere. Es herrsche Flugverbot über Teilen Europas. Auf Island spucke ein Vulkan seine Asche in die Luft. Die Eltern wollten sich über Land nach Hause durchschlagen. Vater Georgs Stimme vibrierte vor Abenteuerlust. Julia konnte sich vorstellen, dass sich Mutters Begeisterung für eine Rückreise dieser Art eher in Grenzen hielt.

Als sie wieder im Büro zurück war, stand Bodo Pohl bereits. «Ich glaube, ich gehe besser», sagte er dumpf.

«Ich möchte noch gern mit Ihnen besprechen, wie wir weiter vorgehen wollen», sagte Julia, die der Schreck durchfuhr, durch Unachtsamkeit einen Klienten eingebüßt zu haben.

Pohl winkte ab. «Mit der Gerlach komme ich jetzt schon klar!»

«Mein Vorschlag ist, eine Aussprache in meiner Anwesenheit und vielleicht auch der von Pya herbeizuführen.» Julia ging zum Schreibtisch und blätterte in ihrem Kalender. «Am Donnerstag habe ich am Nachmittag einen Termin dafür frei.»

Es schien, als würde Bodo Pohl Julias Worte bedenken. Zweifel schlichen sich in sein Gesicht und ließen es weicher werden. «Donnerstag …», murmelte er. «Donnerstag aber haben die Ausflug von der Schulklasse», sagte er dann.

Julia besann sich. «Der Wandertag. Ja, richtig.»

Pohl war endgültig zu seinem Entschluss gekommen. «Wir lassen das Ganze. – Ich kümmere mich um diese Gerlach!»

«Aber …»

«Ich muss jetzt auch los. Hab noch einen Termin draußen beim Bauern.» Sie standen bereits an der Tür. «Wie wollen wir nun verbleiben?», fragte Julia.

«Entschuldigen Sie bitte, Frau Eisler», schob sich die Trögerin dazwischen. «Jetzt ist Ihr Mann in der Leitung. – Gespräch aus Übersee», vollendete sie mit einem bedeutsamen Blick auf Bodo Pohl.

«Ich will sowieso los», brummte der. «Wiedersehn.»

«Auf Wiedersehn», antwortete Julia nachdenklich. Sie sah ihm nach, wie er schwerfällig in Richtung Ausgang stapfte. Ein trotziger Bär. Schwer zu durchschauen. Und jetzt war da eine alte Verletzung aufgebrochen.

«Soll ich durchstellen?», brachte sich die Trögerin in Erinnerung.

«Ja», seufzte Julia, «immer her damit.»

Eine halbe Stunde später saß Julia noch immer an ihrem Schreibtisch. Das Licht war aus. Sie war allein. Die Trögerin hatte sich in ihren Feierabend verabschiedet. Draußen dämmerte ein heiterer Frühlingsabend über den Dächern der Stadt. Julia überlegte, einfach durch die Kneipen der Altstadt zu ziehen und sich dabei hemmungslos zu betrinken. Ja! Einfach so. Vielleicht würde dann dieses Ding aus ihrem Körper verschwinden. Und damit auch ein Teil des Problems, das sie so konsequent vor sich herschob, weil sie nicht den Mut hatte, den Tatsachen ins Gesicht zu schauen. Weil die Wahrheit so wehtat!

Es war aus mit ihr und Paul.

Wie sollte sie sich ihm je wieder nähern können, wenn er sie so ausschloss aus seinem Leben, von seinen Sorgen, seinen Problemen.

Julia stützte den Kopf auf ihre Hände und wischte die Tränen weg, die sich in ihre Augen gestohlen hatten.

In Boston war es anders gewesen mit Paul. Zumindest hatte sie das glauben wollen. Auch dort war Paul verschlossen gewesen, hatte sie keinen Einblick gewonnen in das, was ihn derart verdüsterte. Aber dennoch waren sie sich so nah gewesen … Zu nah, wenn man die Folgen bedachte.

Dieses neue Leben, es durfte nicht sein!

Julia schlug mit beiden Fäusten auf den Schreibtisch. Sie würde sich das heute aus dem Leib trinken! Wegschwemmen. Jawohl! – Vielleicht käme ja Eddie mit?

Aber eigentlich wurde ihr schon bei dem Gedanken an Alkohol schlecht …

Ein Lichtstrahl fiel vom Flur herein. «Hier bist du», stellte Eddie fest. «Hast wohl ’nen Koller oder so was?»

Julia stöhnte nur und ließ sich vollends auf den Schreibtisch sinken.

«Ella-Ma fragt, wo du bleibst und ob sie Trude schicken soll.»

«Trude? Wieso denn das?»

«Die sind ganz aufgeregt, weil bei der Tierärztin eingebrochen wurde und alles verwüstet ist.»

«Einbruch bei den Lebelts!» Julia bekam große Augen. «Ist auch etwas gestohlen worden?»

«Das wissen sie noch nicht», sagte Eddie mit nachdenklicher Miene. «Aber ist schon komisch, finde ich, wo du mich doch eben gerade gebeten hast, den Sohn zu beschatten.»

«Ja, in der Tat», murmelte Julia.

«Außerdem macht sich Ella-Ma Sorgen um dich: Dein Typ von vorhin hat wohl irgendwelchen Stress gemacht bei ihr.»

15. Kapitel

«Hallo Julia.» Die Stimme am Telefon war schwer von unterdrückten Tränen. «Ich bin's.»

«Simone!», rief Julia erstaunt. «Was gibt es? Du klingst bedrückt.»

«Ich brauche Hilfe», sagte Simone. «Kann ich dich treffen?»

Julia sah auf die Uhr der Kanzlei, wo sie gerade die Papiere einer Schlichtung nacharbeitete.

«Ich kann mich gleich freimachen. Kannst du nach Bautzen kommen?»

«Bin so gut wie unterwegs.» Die Erleichterung war spürbar. «Vielleicht gehen wir irgendwo gemeinsam essen? Ein neutraler Boden ist mir sehr lieb.»

«Natürlich gern», sagte Julia, der bei dieser Aussicht prompt der Magen knurrte. «Kannst du mir kurz sagen, worum es geht?»

Simone zögerte mit der Antwort. «Gegen mich ist irgendeine Teufelei im Gange.»

«In der Schule?»

«In der Schule.»

Nicht einmal eine Stunde später saßen sie in dem Café am Markt und warteten auf ihre Bestellung. Um sie herum schwirrte der Mittagsbetrieb der Einkäufer und Touristen, die den Frühlingstag für einen Bummel durch die Altstadt nutzten. Leise Barmusik erfüllte den dunkel getäfelten Raum. Sie hatten einen Platz am Fenster gewählt, in der äußersten Ecke, um möglichst unbelauscht reden zu können.

Simone spielte unschlüssig mit ihrer Gabel. Seit ihrer Begrüßung hatte sie kaum ein Wort gesagt.

«Geht es um diese Rita Gerlach?», versuchte es Julia.

Bei diesen ahnungsvollen Worten beugte sich Simone mit einem Jammerlaut vor. «Du glaubst nicht, was da abgeht gerade!», flüsterte sie. «Ich habe heute eine Verwarnung bekommen! Von unserer Chefin! » Tränen schossen ihr in die Augen. «Und ich dachte, Jutta stünde auf meiner Seite.»

Julia ergriff Simones Hand. «Was ist passiert?»

Mit ihrer freien Hand fuhr sich Simone über die Augen und nestelte dann nach einem Taschentuch. «Schön langsam und der Reihe nach», sagte Julia sanft. Sie löste sich von Simone und reichte ihr eine Packung Papiertaschentücher.

«Jeder weiß an unserer Schule, wie gern ich Vertrauenslehrerin geworden wäre», begann Simone, als sie sich beruhigt hatte. «Ich habe alle Qualifikationen dazu und bilde mir ein, auch Vertrauen zu genießen bei der Vielzahl unserer Schüler. Doch als das Kollegium die Bewerbung von der Gerlach auf den Tisch bekam, entschied man sich für sie. ‹Neue Besen kehren gut› – so in dem Sinne. Du weißt schon.» Sie probierte ein Lächeln. Julia nickte.

«Nun hatten wir da gerade auch dieses Anti-Drogen-Projekt begonnen. Es gibt Eltern, die ihre Kinder extra deswegen auf unsere Schule schicken.»

«Ja, ich weiß», warf Julia ein.

Simone reckte sich etwas. «Das ist auch etwas ganz Besonderes. Wir sind sehr stolz darauf. Und – naja – die Gerlach hatte eben schon Erfahrungen damit gesammelt in Leipzig. Sie hat auch das Generationenprojekt angeregt, das hatte wohl an ihrer alten Schule großen Erfolg.»

«Mhm», bestätigte Julia. «Und nun hat Frau Gerlach ja auch dem Mobbing den Kampf angesagt an eurer Schule, wie ich gehört habe.»

Simones Gesicht versteinerte sich. «Mobbing!» Sie schniefte unglücklich. «Genau darum geht es.» Wieder sank sie nach vorn. Das Taschentuch presste sie sich vor die Augen.

«Zwei Wasser, zwei Ofenkartoffeln?» Die Bedienung war verunsichert ob des Gefühlsausbruches ihres Gastes. Simone blickte auf. «Ich möchte gern zahlen», sagte sie unvermittelt. «Wir müssen gehen.» Julias Magen knurrte enttäuscht, doch sie nickte der Kellnerin zu und griff nach ihrer Tasche. «Lass nur», rief Simone. «Ich übernehme das. Es tut mir leid.» Sie gab der verblüfften Kellnerin einen Schein. Julia trank von dem Wasser einen Schluck. Dann standen sie auf.

Auf dem Weg nach draußen entschuldigte sich Simone noch einmal. «Ich musste raus. Ich brauchte frische Luft!»

«Mach dir keine Gedanken», sagte Julia. «Ich hole uns belegte Brötchen vom Markt.» Simone wollte keines, trotz des freundlich besorgten Drängens der rotwangigen Marktfrau am Fischstand. Sie liefen schweigend die Hohengasse hinab zur Michaeliskirche. Zahlreiche Spaziergänger nutzten die lang ersehnten Sonnenstunden, die nach dem kurzen frühsommerlichen Intermezzo vom Osterfest wieder so rar geworden waren.

An der alten Festungsmauer der Ortenburg fanden die beiden schließlich ein ruhiges Plätzchen. Heißhungrig wie Julia gewesen war, hatte sie ihr Heringsbrötchen schon auf dem Weg hierher verschlungen. Sie säuberte ihre Finger an der Serviette und warf sie in einen der Papierkörbe auf dem Platz. Mitfühlend betrachtete sie Simone, die schweigend an der dicken Steinmauer lehnte und zur Spree hinunterstarrte. Julia wartete geduldig.

«Gestern», flüsterte Simone schließlich heiser. «Gestern am späten Nachmittag habe ich ein Päckchen angenommen in der Schule. Ich hatte Aufsicht und Schülerprojekt bei den Sechsern. Deswegen war ich noch da. – Der Typ, der mir das Päckchen überreicht hat, sah völlig echt aus, mit so einem elektronischen Bestätigungsgerät und so; sehr in Eile, wie die eben so sind.» Sie sah Julia beschwörend an.

«Ja?», ermunterte die ihre alte Freundin.

«Ich konnte nicht ahnen, was da drin war!» Simones Stimme wurde weinerlich. «Aber die denken, ich …» Sie brach in Weinen aus.

Julia legte ihre Hand auf Simones Schulter. «Was denken die?»

Mit einem tiefen Seufzen riss sich Simone zusammen. Sie schnäuzte sich kräftig und schüttelte sich, als wolle sie einen Alb loswerden. «Das Paket war an Rita Gerlach gerichtet», erzählte sie dann mit wesentlich festerer Stimme. «Der Bote sagte es und ich dumme Nuss! – Ich habe nur den Namen der Kollegin auf dem Aufkleber gelesen, den Empfang bestätigt und dann das Paket bei der Gerlach auf den Tisch gelegt im Lehrerzimmer. Ich bin dann auch bald nach Hause. Keinen Gedanken mehr habe ich an diese Sache verschwendet.»

«Was war denn bloß drin in dem Paket?», fragte Julia.

Simone starrte sie mit verweinten Augen an. «Eine Katze», flüsterte sie dann.

«Tot?» Auch Julias Stimme war leise geworden.

«Nein, lebendig. Sehr lebendig», erzählte Simone atemlos. «Es soll die Katze vom Hausmeisterehepaar gewesen sein. – Die Gerlach war gleich unter den ersten Kollegen, die früh ins Lehrerzimmer kamen. Aus dem Paket waren Geräusche zu hören. Und nachdem sie den Absender gelesen hatte, soll sie sofort angefangen haben, herumzubrüllen. Von einer Frechheit schrie sie, einer bodenlosen Frechheit und dass sie genau wüsste, wer da dahintersteht.»

«Was stand denn als Absender da?»

«Die Toten von Totenheim, Friedhofsstraße 1, 666 Mobbingen», sagte Simone, und für einen Moment huschte ein Lächeln der Belustigung über ihr verweintes Gesicht.

Auch Julia grinste schwach. «Das ist doch wohl ein Schülerscherz, oder?»

«Ist ja meine Rede», seufzte Simone und wandte sich der Aussicht zu. «Nur glaubt mir keiner. – Die denken doch tatsächlich, ich wäre Teil dieses Komplottes. – Vor Kurzem nämlich hatte ich einen Streit mit der Gerlach wegen ihrer Mobbing-Recherchen.»

«Mobbing-Recherchen?» Julia trat neben Simone an die Mauer. Sie sahen sich an. Simone wurde verlegen, als sie fortfuhr. «Naja. Ich habe sie vor versammelter Mannschaft angegriffen, weil sie unseren Schülern im Internet hinterherschnüffelt.»

«Und wie macht sie das?», fragte Julia verdutzt, die sich erinnerte, selbst keine nennenswerten Spuren von Rita Gerlach im Netz gefunden zu haben.

«Sie muss irgendein besonderes Alias haben, sonst hätten die Schüler das doch mitbekommen.»

«Vielleicht haben sie es ja mitbekommen», überlegte Julia halblaut.

«Gut möglich», sagte auch Simone. «Kurz danach ging das nämlich los mit den Fluchdrohungen. Und die Gerlach beschuldigte mich – natürlich auch wieder vor dem gesamten Kollegium –, ich hätte sie verraten.»

«Verzwickte Kiste!» Julia schüttelte den Kopf. «Fluchdrohungen, rituelle Katzenmorde und nun eine lebende Katze, die für Zank und Streit und Schrecken sorgt.»

«Das kannst du laut sagen!», rief Simone. «Als die Gerlach das Paket öffnete, sprang ihr die Katze ins Gesicht und sie hat so geschrien und getobt vor Entsetzen, dass sie fast ohnmächtig wurde und die Kollegen schon den Notarzt rufen wollten. Puterrot soll sie gewesen sein und Schaum vor den Lippen, wie mir Martin gesagt hat.»

«Warum dann kein Arzt?»

«Jutta konnte es abwenden. Das ist unsere Schulleiterin», erklärte Simone. «Sie ist doch immer so auf den guten Ruf der Schule bedacht. Die Gerlach bekam von Wasser bis kalte Umschläge alles, wonach ihr verlangte. Fenster auf und gute Worte. Naja – und mich», schloss Simone bitter.

Julia sah sie an. «Dich!»

«Genau.» Simone nickte. «Jutta opfert mich, damit die Gerlach kein Fass aufmacht wegen der Katze, nicht unter den Schülern, noch weniger in der Öffentlichkeit.»

«Sie glaubt wirklich, so etwas lässt sich geheim halten?», staunte Julia.

Simone zuckte mit den Schultern. Sie verschränkte die Arme vor der Brust und ihr Gesicht nahm einen trotzigen Zug an. «Bisher ist es wohl gelungen. – Jutta hat der Gerlach beteuert, es werde intern konsequent ermittelt, auch gegen mich. Dann haben sich alle beruhigt. Die Katze schnurrt wieder beim Hausmeister auf der Ofenbank und die Gerlach ist mit Martin und den achten Klassen zum Wandern in die Wälder. Zum Glück hat mich Martin mit einer Kurznachricht vorgewarnt, bevor sie in einem der Funklöcher da verschwunden sind.» Ein tiefes Ausatmen begleitete diese letzten Worte, so als wünschte sie sich, Rita Gerlach möge dort für immer verbleiben.

«Machst du dir Sorgen wegen eines Disziplinarverfahrens in dieser Sache?», fragte Julia. «Ich sehe da nämlich keine Pflichtverletzung in dem, was du getan hast.»

Simone löste die Arme aus ihrer Verschränkung. «Pflichtverletzung? Nein. – Es ist eine ganz andere Verletzung, die mich total wurmt und … und … so wütend macht!» Sie ballte die Fäuste.

«Der Verrat deiner Chefin», vermutete Julia.

«Genau!» Nun stiegen ihr wieder die Tränen in die Augen. «Wie kann sich Jutta nur so wandeln? Sie steht total unter der Fuchtel von dieser Gerlach. Dabei weiß ich aus ihrem eigenen Munde, dass sie auch nicht so richtig warm wird mit ihr. – Hat die Gerlach denn hier alle im Griff? Wie macht die das nur?»

«Ich weiß es nicht», gab Julia zu. «Dennoch muss man sich doch fragen, wer die Katze gefangen, betäubt und in das Paket gesteckt hat», ereiferte sich Julia plötzlich. «Und wenn es ein normaler Paketdienst war, mit dem das angeliefert worden ist, sollte es auch drin sein, den Absender zu ermitteln.»

«Gewiss», murmelte Simone. «Das kommt vielleicht noch. Ich war jetzt einfach die leichtere Lösung, vermutlich.»

Julia fiel der Einbruch bei Sonja ein. Sie erzählte Simone davon. «Ein Zusammenhang liegt hier auf der Hand», schloss sie aufmunternd. Simone nickte dankbar. «Hältst du den Sohn der Tierärztin für verdächtig?», fragte Julia dann.

«Den Michael?» Simone überlegte. «Er ist keiner der Lieblinge von der Kollegin Gerlach. Doch dass sie ihn besonders auf dem Kieker hätte, ist mir nicht aufgefallen. Der Micha ist ein eher ruhiger Typ.»

«Du hast recht», gab Julia zu. «Auch würde er wohl keinen Einbruch inszenieren müssen, um an die Betäubungsmittel der Praxis heranzukommen.» Sie seufzte. «Wer also kommt infrage?»

«Ich weiß es nicht», murmelte Simone resigniert.

Die Glocke des nahen Rathauses schlug halb eins. «Du musst sicher wieder in die Kanzlei», sagte sie.

«Nun ja …»

«Ich danke dir, dass du mir zugehört hast. Jetzt ist mir schon ein wenig leichter.» Sie schüttelte sich und brachte sogar ein kleines Lächeln zustande, als sie Julia die Hand zum Abschied reichte. «Wer hätte auch gedacht, dass wir in unseren Zeiten mit Hexen und Flüchen zu kämpfen haben.»

16. Kapitel

Martin Haufe schloss seine Augen für einen Moment, während seine Schüler geschwätzig an ihm vorbeiströmten, blind gegenüber der zarten Schönheit dieses Frühlingstages inmitten des Waldes, wo alles noch Hauch und Ahnung war. Alles im Werden und Wachsen. Die Luft von unvergleichlicher Süße. Martin seufzte. Der Zauber des Waldes hatte es für einen Moment vermocht, diesem Tag die Unschuld zurückzugeben.

«Der Gerlach soll'n se heute früh 'ne tote Ratte ins Fach gelegt haben», erzählte gerade einer der Schüler seinem Begleiter. Martin fand erstaunlich, dass noch nicht mehr über den Vorfall in die Schülerschaft gedrungen war als dieses Gerücht. Wahrscheinlich lag es an den vielen Funklöchern, die es in den hiesigen Grenzwäldern gab. Er vermochte sich kaum vorzustellen, was da draußen schon an Nachrichten im Netz kursierte. «Das heißt immer noch Frau Gerlach!», ermahnte er mit milder Strenge. «Und nun beeilt euch, wir sind gleich an den Mittagssteinen.» Er sah zu dem milchigen Frühlingshimmel auf. «Leider ist die Sonne gerade verschleiert», fügte er bedauernd hinzu. «Da werden wir das Phänomen nicht so gut beobachten können.»

Wenige Minuten später standen sie an den Mittagssteinen, einer Felsformation auf der von lichtem Erlenwald bestandenen Anhöhe. «Wie ihr seht, hat man hier, ähnlich wie beim Kuckucksstein in den Königshainer Bergen, eine künstliche Öffnung in den Felsen gebracht», dozierte Martin Haufe. «Doch scheint dies hier nicht – wie dort – ein Kalender zu sein, mit dem die Wintersonnenwende ermittelt wurde, sondern eine Uhr.»

Er fuhr fort mit seinen Ausführungen über die Bedeutung der Zeitmessung für die Bauern in grauer Vorzeit, doch nur wenige Schüler hörten ihm wirklich zu. Dafür hatten einige ihre Handys gezückt, froh darüber, hier oben wieder mit der großen virtuellen Funkwelt in Verbindung zu stehen. Aber auch Martin musste zugeben, dass er nicht ganz bei der Sache war, zu sehr beschäftigte ihn der morgendliche Eklat im Lehrerzimmer. Einen so deftigen Schülerstreich hatte auch er noch nicht erlebt. Jeder war erschrocken gewesen, viele hatten mit aufgeschrien, als die Katze sich aus dem Tuch, in das sie sich verheddert hatte, befreite und auf den Tisch des Lehrerzimmers sprang, der Gerlach direkt vor die Nase. Er war froh, dass dem Tier nichts passiert war. Das war es auch, was er den Übeltätern am meisten ankreidete: Sie hatten ein unschuldiges Tier wissentlich großer Gefahr ausgesetzt, nur um einer unbeliebten Paukerin eins auszuwischen. So etwas ging entschieden zu weit, fand Martin. Auch, dass Simone nun so zu kämpfen hatte, machte ihn zornig. Wenn die Gerlach nur eine Spur versöhnlicher wäre, hätte sich Jutta den ganzen Ärger ersparen können, nur um die Wogen zu glätten.

Etwas in seinen Gedanken scheuchte Martin Haufe plötzlich auf. Es war wie ein Ruf, ein innerer Ruf. Er schaute sich um. «Hat jemand unsere Frau Gerlach gesehen?»

«Die hat sich den Micha ins Gebet genommen», sagte ein Mädchen und rollte mit den Augen. Martin konnte sich vorstellen, was es damit meinte. «Und wo sind Melanie, Pya und Irina?» Das Mädchen zuckte mit den Schultern. Doch dann zeigte es mit den Fingern auf das Gebüsch unten am Weg. «Da ist ja der Micha!», rief es. «Hey, Micha. Wie siehst du denn aus? Bist du auf Wildschweine getroffen?» Tatsächlich sah der Junge aus, als hätte er sich gerade in einem Schlammloch gesuhlt. Unter großem Gelächter seiner Schulkameraden trat er zu ihnen, die Miene trotzig verschlossen und Wut in den Augen. «Na, Micha», meinte Martin trocken, «hast du eine Abkürzung genommen?» Michael antwortete nicht. «Nun weißt du wenigstens, woher unsere Lausitz ihren Namen bekommen hat. Das Sumpfland.» Martin grinste schwach. Dann fragte er Michael nach der verschwundenen Lehrerin und den drei Mädchen. «Die kommen weiter hinten», brummte Michael.

«Es scheint, Melanie und ihr Gefolge wollen heute einen neuen Trödelrekord aufstellen», meinte Martin seufzend. Die Schüler kicherten. Michael jedoch blieb ernst. «Alles in Ordnung bei dir?», fragte Martin. Er legte dem Jungen die Hand auf die Schulter, die der jedoch energisch abschüttelte. «Geht so», sagte Michael. Dann ging er zu den anderen. Martin Haufe sah ihm nach. Steckte Michael hinter dem Streich mit der Katze? Als Sohn einer Tierärztin käme er mühelos an Betäubungsmittel heran. Sicherlich vermutete das seine rachsüchtige Kollegin Gerlach auch.

Ihn sollte das jedoch nicht zu sehr kümmern, ermahnte er sich. Je weniger er sich dort einmischte, umso besser. Mit diesem Entschluss wandte er sich wieder seinen Schülern zu und verkündete eine Mittagsrast, bis die anderen zu ihnen aufgeschlossen hätten.

Nachdem Michael hinter der Wegbiegung verschwunden war, holte Rita Gerlach ihr Notizbuch aus ihrer Umhängetasche. Da die drei Mädchen immer noch nicht in Sichtweite waren, begann sie, sich ein Gedächtnisprotokoll des Gespräches anzulegen. «Donnerstag, 22. April, 11.45 Uhr, Wanderausflug 8. Klasse, Mittagssteine. Aussprache mit Michael Lebelt, Klasse 8 b, bezüglich Katzenattentat, Zeugen keine. Auf direkte Konfrontation mit der Thematik reagierte M. erschrocken und verwirrt. Keinerlei Kooperationsbereitschaft zu erkennen. Das Thema Internetflüche und Katzenmorde angesprochen. Ebenso keine Mitarbeit oder Information. Zunehmende verdeckte Aggression in der Körpersprache. Aussprache mit Elternhaus dringend erforderlich, da Möglichkeit einer Mittäterschaft oder Mitwisserschaft. Polizei einschalten? Welche Möglichkeiten hat die Schule, intern zu Lösungen zu finden? Mit Jutta Werner reden.»

Rita Gerlach klappte das Notizbuch zu und legte das Gummiband wieder darum, in das sie den Kugelschreiber klemmte. Dann steckte sie beides wieder in ihre Tasche. Die Termine würden sich also wieder stapeln, vor allem die Aussprachen mit den Eltern. Da stand die von den Schönes ganz oben an. Sie hatte das Mädchen von Anfang an gewarnt. Ihr konnte Melanie nichts vormachen, sie kannte die Symptome von Drogenmissbrauch. Die Augen, die Haut, die Reaktionen, das veränderte Wesen. Die Kleine nahm definitiv wieder etwas. Wie sie das mit den Tests hinbekam, war Rita noch ein Rätsel, doch auch dahinter würde sie schon noch kommen. Diesen verdammten Sumpf trockenlegen! Ja, «das Letzte wäre das Höchsterrungene». Rita spürte, wie ihr Blut dabei schon wieder in Wallung geriet. Sie musste vorsichtig sein. Ihre Ärztin hatte sie erst neulich gewarnt und ihr dringend Entspannung empfohlen. – Immerhin war Melanies Vater ein Verbündeter im Kampf gegen die Drogen, spannen sich ihre Gedanken jedoch schon wieder weiter. Die Schönes sponserten großzügig das Projekt an der Schule. Und auch sie hatten ihrer Tochter ein Ultimatum gestellt. Gut so. Rita wünschte sich mehr solche engagierten und kooperativen Eltern. Wenn sie die Familie Lebelt besuchte, würde sie da ein ganz anderes Milieu erwarten und natürlich Widerstand ohne Ende: «Unser Michael? Niemals!» Sie seufzte bei diesem Gedanken. Dann sah sie ungeduldig auf die Uhr. Es war kurz vor zwölf. Wo blieben die drei nur? Rita Gerlach ging ein paar Schritte des Weges zurück. Ärgerlich rief sie wieder und wieder nach den Mädchen.

Ein Geräusch aus dem dichten Tann schreckte sie auf. Für einen Augenblick dachte sie an Wildschweine, deren unverkennbar frische Wühlspuren sie immer wieder auf ihrem Weg erkannt hatte. Doch dann entdeckte sie den Blondschopf der kleinen Müller. Sie hörte sie schluchzen.

«Irina!»

«Frau Gerlach», rief das Mädchen. Es kämpfte sich durch die Zweige endgültig heraus auf den Weg. Irinas Gesicht war zerkratzt von Zweigen. Tränen verschmierten sich mit Dreck. Sie zitterte am ganzen Leib, als sie vor ihrer Lehrerin stand. Rita erkannte, dass das Mädchen außer sich war vor Angst. Sie packte Irina an den schmalen Schultern. «Was ist passiert? Wo sind die anderen?»

Irina zeigte zurück auf den Tann, aus dem sie gekommen war. Immer wieder durchschüttelten sie Weinkrämpfe.

«Sind die anderen beiden noch da drin?»

Endlich nickte das Mädchen.

«Sind sie in Gefahr? – So rede doch endlich, Irina!» Sie rüttelte das Mädchen. Das brachte nur mit sich, dass Irina völlig die Fassung verlor und sich heulend ihrer Lehrerin in die Arme warf. Ihre Hände verkrallten sich dabei schmerzhaft fest in Ritas Arme. So zart sie es vermochte, löste sich Rita Gerlach aus der Umklammerung. «Habt ihr euch gestritten?», versuchte sie erneut, in das Mädchen vorzudringen. Irina schüttelte nur den Kopf.

Rita Gerlach verlor die Geduld. «Pass auf, Irina», sagte sie energisch, «du gehst jetzt diesen Pfad weiter in Richtung Mittagssteine, bis du auf den Rest der Klasse triffst. Herr Haufe ist bei ihnen. Bei dem meldest du dich, klar?»

«Ist das klar?», wiederholte Rita eindringlich, als Irina sie nur anstarrte. Dann erst nickte das Mädchen langsam.

«Ich suche die anderen beiden. Mach dir keine Sorgen.» Da das Mädchen sie nahezu verzweifelt ansah, fügte sie noch etwas milder hinzu: «Ich werde denen schon nicht den Kopf abreißen. – Und nun geh!»

Sie wartete, bis Irina hinter der Wegbiegung verschwunden war. Das Mädchen ging nur zögerlich. Immer wieder blickte es sich angstvoll nach der Lehrerin um. Rita beschloss, den Kollegen Haufe per Anruf zu informieren. Es lag kein Netz an. Sie steckte ihr Telefon wieder ein. Als sie aufsah, bog Irina gerade um die Kurve und entschwand ihrem Blickfeld.

Rita machte sich auf, nach Pya und Melanie zu suchen. Wie zuvor Irina kämpfte sie sich durch den dichten, dunklen Nadelwald. Immer wieder rief sie die Namen der Mädchen. Sie erhielt keine Antwort. Es schien, als schlucke der Wald jeden Laut. Das Knacken dürrer Zweige unter ihren Schuhen blieb das einzige Geräusch, das an ihr Ohr drang.

Endlich wurde es lichter. Rita fitzte sich durch das Brombeergestrüpp am Rande der Schonung. Die Dornen drangen durch die Wanderhose und rissen ihr am Knöchel über dem Rand ihrer Halbschuhe die Haut auf. Keuchend richtete sie sich auf, als auch dieses Hindernis überwunden war. Sie stand inmitten laublosen Mischwaldes im trüb milchigen Mittagslicht. Der Boden war morastig.

Sie registrierte die Wildschweinkuhle am Sumpfloch neben einem verwitterten Sandsteinfelsen. Auch hier war kein Laut zu vernehmen, kein Vogelgesang. Ihre Rufe nach den

Mädchen verhallten ungehört, schienen gleichsam aufgesogen von diesem seltsam stummen Wald. Wo war sie? Weit konnte der Weg nicht sein, nur abgeschirmt durch den dichten jungen Nadelwaldstreifen. Rita sah hinunter. Auf dem weichen Waldboden fand sie nur ihre eigenen Spuren und die des unsichtbaren Schwarzwildes. War sie doch in die falsche Richtung gegangen? Hatte Irina sich vielleicht geirrt? Oder saß Rita hier etwa nur einem neuen üblen Streich auf?

Die Angst des Mädchens war echt gewesen, gab sie zu. Doch was, wenn auch Irina ein Opfer war? Ein Opfer wie sie. Ein Opfer? In Rita wuchs die Wut. Zu frisch war die Demütigung durch den Streich mit der Katze. Sie malmte mit den Zähnen, dass es knirschte. «Ruhig bleiben!», befahl sie sich. Sie musste an ihren galoppierenden Blutdruck denken. Ruhig bleiben und kürzer treten, so lautete die Devise.

Vorsichtig trat Rita auf den weichen Grund, um hinüber zu dem Sandsteinfelsen zu gelangen. Von dort oben hoffte sie, sich einen Überblick verschaffen zu können. Auch würden ihre Rufe von dort weiter schallen.

Ihr rechter Fuß rutschte weg und sackte tief in den feuchten Modder. Hastig griff sie nach den vergilbten Schilfgräsern, die um das Sumpfloch standen. Nur mit Mühe fand sie Halt. Ihr Herz begann schneller zu schlagen. Sie atmete durch den Mund. «Ruhig bleiben!» Endlich hatte sie ihren Fuß aus dem Morast befreit. Der Schuh war stecken geblieben. Rita stöhnte. Was kam nun als Nächstes? Während sie nach ihrem versunkenen Schuh hangelte, spürte Rita, wie sie mit dem anderen Bein tiefer rutschte. Feuchte Kälte umfing ihr anderes Bein bis zum Knie. Eine kindliche Stimme in ihr begann urplötzlich zu jammern und zu schreien: «Ich habe Angst. Ich will hier weg!»

Sogleich wischte die erwachsene Rita Gerlach die aufsteigenden Tränen ab und schalt sich eine Närrin. Sie war hier als Lehrerin verantwortlich für 26 Schüler der 8b. Und sie war auf der Suche nach zwei vermissten Mädchen, denen zwar wahrscheinlich keine Gefahr drohte, aber sicher musste sie schon gehen. Aufregen konnte sie sich hinterher immer noch. Jetzt war kühler Mut gefragt. Mit diesen Gedanken gelang es Rita, Herz und Atem wieder zu beruhigen. Sie rutschte auf Knien auf einen Wurzelballen der hohen Gräser, der ihr etwas festeren Grund versprach. Es gelang ihr, den linken Fuß samt Schuh aus dem Sumpfloch zu ziehen. Auf allen Vieren, mühsam nach Halt ringend, hangelte sie nach dem anderen Schuh. Eben malte sie sich aus, welches schlammverkrustete Monster sie abgeben würde, wenn sie später zur Klasse zurückkehrte. Seltsamerweise reizte sie diese Vorstellung zum Lachen. Das jedoch blieb ihr im Halse stecken. Zunächst nahm sie eine Bewegung wahr. Nur aus dem Augenwinkel. Wie eine Ahnung. Dann erst vernahm sie diesen Laut. Ihr stockte der Atem.

«Melanie?», hörte sie sich flüstern. «Pya?»

Langsam, wie unter Zwang, hob sie den Blick.

Sie nahm auf, was da war. Sah es. Doch war es so unmöglich, so schrecklich, dass sie es nicht fassen konnte. Die Büchse der Pandora geöffnet. Tausend Dämonen, die kreischend auf sie zustürmten. Es war nicht möglich! Nicht möglich. Und doch so schrecklich wahr.

Milda!

Rita vergaß zu schreien, vergaß ihre Stimme, ihren Atem. Vergaß alles. Stumm fiel sie vornüber. Spürte, wie Kälte aus dem Sumpf ihr durch Beine und Arme in den Leib fuhr wie tödlicher Stahl. Der Schmerz währte nur kurz. Und dann war es still. Wundersam still. So wie der Wald. Ganz still.

«Nun mal schön der Reihe nach», rief Martin ärgerlich. «Wo habt ihr die Frau Gerlach gesehen?»

«Nur ich», piepste Irina noch immer ängstlich. «Da hinten.» Sie machte eine vage Bewegung mit der Hand in die Richtung, aus der sie gekommen war. «Sie wollte nach Pya und Melanie suchen, weil ich doch dachte …»

«Ja? Was? – Was sollte denn so Schreckliches passiert sein hier in unseren Oberlausitzer Wäldern?» Martins gute Laune bekam Sprünge angesichts von so viel Unverstand. Oder war es Dreistigkeit? Er hatte schon so einige Boykottversuche von Wandertagen erlebt, aber das schlug dem Fass den Boden aus. «Deine Freundinnen sind schon eine ganze Weile hier!», fuhr er Irina an. «Was hast du Frau Gerlach denn für Schauergeschichten erzählt?»

«Es war da wirklich was im Wald», verteidigte Melanie ihre Freundin. «Wir haben uns alle ganz schön erschreckt.»

Martin betrachtete das sonst so selbstbewusste und eitle Mädchen. Es schien ihm jetzt auch verängstigt oder zumindest besorgt.

«Und was war da im Wald?»

Melanie zuckte die Schultern. «Keine Ahnung. Ein Mann vielleicht?»

«Ein Mann?»

«Vielleicht auch ein Tier. Ich hab keine Ahnung.»

«Und du Pya?», wandte sich Martin hoffnungsvoll an die bisher so schweigsame Dritte im Bunde. Doch auch die schüttelte den Kopf. «Da war was, ja», sagte sie ruhig. «Wir haben uns erschreckt. Irina ist dann losgerannt. Hat einfach nur die Nerven verloren, schätze ich.»

Martin seufzte und nestelte nach seinem Mobiltelefon. Er tippte eine Kurzwahl und wartete. Um ihn herum erwartungsvolle, neugierige und auch ängstliche Gesichter. «Nicht erreichbar», murmelte er. «Mist.»

«Sollen wir zurückgehen», fragte Pya, «und nach ihr suchen?»

«Wirklich?» Angstvoll packte Irina Pyas Arm.

Auch in der Klasse erhob sich Protest. «O Mann! Ich bin heut schon genug gelatscht.»

«Warten wir doch einfach noch etwas.»

«Ich hab Nachmittag ’nen Zahnarzttermin», rief ein anderer.

«Was soll denn der Gerlach schon groß passieren hier?», maulte ein pummeliger Junge in der zweiten Reihe. «Ich will nach Hause.»

«Du kommst noch zeitig genug an deinen Computer!», giftete Melanie. «Ich hoffe, du hast genügend Chips gebunkert, um ordentlich nachzuladen nach so viel Bewegung.»

«Ach, halt doch du dein Maul, du blöde Tusse. Wegen dir ist das doch alles erst passiert.»

«Schluss jetzt!», rief Martin. «Ich informiere die Schulleiterin. Ihr macht derweil weiter eure Pause. Und zwar friedlich! Kapiert?»

Murrend zogen sich die Schüler zu der Felsformation der Mittagssteine zurück. Melanie und Pya nahmen Irina in ihre Mitte.

Gut, dass die drei so zusammenhalten, dachte Martin Haufe, während er ihnen nachsah. Dann stand die Verbindung zur Schulleiterin. Haufe vernahm ihre wohltuend pragmatische und ruhige Stimme. «Jutta! Wir sind mit den Achten hier an den Mittagssteinen bei unserer Wanderung. Aber es gibt ein Problem: Kollegin Gerlach ist verschwunden.» Er erzählte, wie sich die Mädchen buchstäblich in die Büsche verdrückt hätten und dort von unheimlichen Geräuschen erschreckt worden sein wollten, so dass Irina in Panik davongelaufen sei, der Gerlach direkt in die Arme. «Gefährliches Gebiet? Aber nein, wo denkst du hin. Harmloser Mischwald da am Grenzweg und ein paar Schonungen. Kennst du doch! – Die anderen beiden Mädchen waren eine ganze Weile vor Irina hier. Haben gleich den Weg gefunden. – Ja, es geht allen gut. Die Klassen sind vollzählig. – Was sagst du? Wildschweine? – Das ist schon möglich. Aber die sind doch so scheu. Und du kennst ja die Kollegin Gerlach …» Er lachte neckisch. Er mochte Jutta. Er schätzte ihren schnörkellos praktischen Sinn für das Wesentliche, das Naheliegende.

Sie würde den Revierförster informieren, erklärte Jutta entschieden. Der würde sich in der Gegend umsehen, falls sich die Kollegin Gerlach doch verirrt hatte. Haufe solle sich mit der Klasse auf den Heimweg machen. Ruhig bleiben! Alles in Ordnung.

Ja, so war es das Beste. Zufrieden klappte Martin Haufe sein Mobiltelefon zu.

«Zusammenpacken, Leute», rief er munter. «Es geht heimwärts. – Alles in Ordnung!»

Jutta Werner konnte nach ihren 17 Dienstjahren als Schulleiterin in Eckertswalde nichts so schnell erschüttern. Sie war kampferprobt in allen erdenklichen Auseinandersetzungen mit Sparzwängen, Schulbehörden, renitenten Eltern und Schülern, überforderten oder cholerischen Kollegen, der permanenten Drohung einer Schulschließung. Doch eine flüchtige Kollegin während eines Wandertages war auch für sie eine neue Erfahrung. Eine Weile erwog sie, doch die Polizei zu benachrichtigen. Sie hatte den Streich mit der Katze heute Morgen noch bestürzend klar im Gedächtnis, ebenso wie die Drohung der Kollegin Gerlach, diese Sache an die große Glocke zu hängen. Als wüsste sie nicht, was ein solcher Aufstand für den Ruf der Schule bedeutete. Eben gerade waren sie wieder der Schulschließung entronnen, da sich ausreichend neue Schüler angemeldet hatten. Ein Aufschub, mehr nicht.

Jutta Werner seufzte. Es war ihr nicht gelungen, die neue Kollegin von der Dringlichkeit eines untadeligen Leumunds ihrer Schule hier zu überzeugen. Immer wieder kam die Kollegin Gerlach mit irgendwelchen Schauergeschichten von Drogenkriminalität und Missbrauchsverdächtigungen. Und wenn sie als Schulleiterin dem dann nachging und die betreffenden Schüler befragte, war alles nur Schall und Rauch. Schall und Rauch – jawohl!

Rauch …

Jutta Werner sehnte sich nach einer Zigarette. Dass sie sich, ihren Kollegen und selbstverständlich auch ihren Schülern seit Jahren das Rauchen an der Schule verbot, ja selbst in der Öffentlichkeit, war Teil der Imagekampagne ihrer Schule. Drogenfreie Schule – Rauchfreie Schule! Ohne Kompromisse.

Jetzt aber in diesem Moment eines Gewissenskonfliktes drohte sie schwach zu werden. Wenn sie sich vorstellte, wie sie jetzt tief inhalierte, der Rauch auch in die letzten Zipfel ihrer Bronchien drang, Rauch sie vollkommen erfüllte, nur um dann wölkchengleich in Kringeln und Spiralen wieder zu entweichen – da fühlte sie sich wie eine alte Indianerin, voll innerer Ruhe und tiefer Weisheit. Waren ihr nicht beim Rauchen schon immer die besten Ideen gekommen?

«Also, was jetzt?», ermahnte sie sich laut.

«Alles in Ordnung, Jutta?» Martin Haufe sah seine Chefin zweifelnd an. Er hatte geklopft, keine Antwort erhalten und war dennoch in das Zimmer der Schulleiterin eingetreten, weil ihr Wagen und sein Fahrrad die einzig verbliebenen Gefährte auf dem Schulhof waren. Der Donnerstagnachmittag neigte sich bereits.

Jutta hatte sich schnell gefasst. «Martin! Ah, gut. – Hast du was von der Kollegin Gerlach gehört?»

«Nichts. Rein gar nichts.»

«Nichts», wiederholte Jutta Werner und starrte ihn sinnend an. Er hatte rosige Wangen von der frischen Luft und seine Schuhe hinterließen Spuren auf der Auslegware ihres Zimmers, doch das störte Jutta im Moment überhaupt nicht.

«Hast du den Förster alarmiert?», fragte Martin.

«Jaja. Der hat zwar gemault, wie du dir denken kannst, aber sie wollten dann in dem Gebiet nach dem Rechten sehen. – Ich überlege …»

«Ja?»

«Ich überlege, ob wir nicht doch noch mehr unternehmen sollten.»

«Polizei meinst du?» Martin bekam große Augen.

Jutta wand sich. «Nicht gleich Polizei, Martin! Ich weiß nicht, ob wir vielleicht nach Rita Gerlach suchen sollten.» Sie sah, wie Martins Ohren aufglühten vor Protest. Doch sie behielt ihn so lange streng im Blick, bis er die Augen senkte. «Du hast ja nicht mal vernünftige Schuhe an», brummelte er geschlagen.

«Und wenn schon», rief Jutta und griff nach ihrer Tasche. «Rita Gerlach ist eine Kollegin. Stell dir vor, sie hatte einen Herzanfall oder so was. Du hast sie ja erlebt heute früh nach diesem Katzenskandal. Wenn sie nun wieder so einen Anfall hat und liegt da irgendwo im Wald, wo kein Handyempfang ist. Wer weiß. Komm, wir suchen sie!»

«Das ist aber wie nach einer Nadel im Heuhaufen suchen», protestierte Martin Haufe, als er mit seiner Chefin das Büro verließ.

«Dann haben wir aber wenigstens unser Bestes getan, nicht wahr? – Nun komm schon, sei kein Frosch! Außerdem brauche ich jetzt frische Luft – und drei Zigaretten hintereinander. Mindestens!»

Ihre Suche blieb erfolglos. Auch die beiden Forstarbeiter hatten keine Spur von Rita Gerlach in dem durchwanderten Waldgebiet entdeckt. Es wurde dunkel. Sie brachen ab. Jutta Werner rauchte mit den Waldarbeitern noch eine Abschiedszigarette und man teilte die Auffassung, dass eigentlich nichts passiert sein konnte. Die Oberlausitzer Wälder waren schließlich kein Dschungel.

Die Schulleiterin schlief trotzdem schlecht in dieser Nacht. Als Kollegin Gerlach am nächsten Morgen nicht zum Unterricht erschien, alarmierte Jutta Werner die Polizei. Leider war sie so leichtsinnig, auch den Streich mit der Katze zu erwähnen. Ehe sie sich versah, stand eine Polizeistreife auf dem Schulhof, die sich daranmachte, die Schüler und Lehrer zu vernehmen, vor allem Martin Haufe und die 8b. Dieser Freitag war eine Sensation, die Schüler begeistert, selbst die Lehrerschaft eher elektrisiert vor Spannung, denn voller Sorge. Kein einziger Mensch teilte Jutta Werners tiefste Befürchtungen, keine Mutter, kein Vater würde jemals wieder sein Kind an einer Schule anmelden, die in einen solch kriminellen Aufruhr verwickelt gewesen war. Die Rede war von mysteriösen Unfällen und gar einem Todesfall im Dorf, von Katzenmördern und einer satanischen Sekte. Jutta, die sich plötzlich an die katholische Erziehung ihrer Kindheit erinnerte, verspürte das Bedürfnis, sich zu bekreuzigen. Was war hier nur los plötzlich?

Zum Glück waren die Kinder nicht in diese Vorfälle verwickelt. Wachsam wie ein Habicht hatte Jutta als Betreuer bei der Vernehmung der drei Mädchen dabeigesessen, die erwartungsgemäß völlig ergebnislos verlaufen war. Da war nichts Satanisches bei den Mädchen zu bemerken. Da war nur – ja, was eigentlich? Furcht? Furcht!

17. Kapitel

Julia verlangsamte ihren Lauf, als ihr Zuhause in Sicht kam. Das Umgebindehaus von Ella-Ma und Trude lag in friedlicher Sonntagsruhe unter ihr. Trude hatte den Kachelofen geheizt, wie sie an der weißen Rauchsäule über dem Schornstein sah. Sei es wegen des kalten Ostwindes, der heute wehte, oder einfach weil Sonntag war und es auch in der guten Stube schön mollig warm sein sollte.

Julia trabte den Kirchberg hinab. Sie spürte ihre Muskeln wie Stahltrosse, so schmerzhaft verhärtet waren sie. Sie hatte übertrieben heute. Bewusst übertrieben. Doch gebracht hatte es nichts, außer einem gehörigen Muskelkater, der sie morgen oder spätestens übermorgen erwartete. Noch nie war sie so weit gelaufen.

Ella-Ma kam durch die Hintertür auf den Hof. Sie trug eine Schüssel mit Gemüseschalen. Als sie Julia erblickte, winkte sie. «Eddie hat angerufen», rief sie ihr entgegen. «Du sollst dich bei ihm melden, wenn du zurück bist.» Ella-Ma schüttete die Schalen in den Futterbottich, den sie den Nachbarn für die Schafe gaben, so lange die nicht auf der Weide genügend Futter fanden. Dann erst betrachtete sie ihre Enkelin genauer. «Großer Gott!», entfuhr es ihr. «Kind! Wie siehst du denn aus? Du bist ja völlig überhitzt!»

«Geht schon», keuchte Julia, die sofort mit Dehnungsübungen begann, nachdem sie den Hof erreicht hatte. Sie bemühte sich, ihrer Großmutter nicht in die Augen zu sehen. Zu sehr fürchtete sie, ihre Seelenqual wäre offenbar und würde zu weiteren Nachfragen führen.

«Du bist aber auch lange gelaufen heute!», sagte Ella-Ma vorwurfsvoll.

«Nicht lange genug», meinte Julia. Nicht lange genug, um eine Lösung zu finden, eine Entscheidung zu treffen. Viel Zeit blieb ihr nicht mehr. In nicht mal vier Wochen würde es zu spät sein.

«Komm jetzt erst mal rein, Julia», kommandierte ihre Großmutter derweil weiter mit liebevoller Strenge. «Du holst dir ja noch den Tod hier im kalten Wind, so verschwitzt wie du bist.»

Den Tod …

Julia hatte gehofft, ihr an Selbstvernichtung grenzender Lauf würde ihr dieses Ding aus dem Leib treiben. Als sie mit Stevie schwanger gewesen war, hatte sie überhaupt keinen Sport machen dürfen und schon gar nicht stundenlange Läufe über Stock und Stein. Immer wieder hatte es Blutungen gegeben, die eine Frühgeburt befürchten ließen. Doch jetzt nichts dergleichen. Nicht einmal ein Ziehen im Unterleib. Nur ihre Lungen schmerzten. Die Beine waren schwer und wie taub nach der langen Anstrengung. Erst die Dehnungen brachten ihre Muskeln zu warmem Summen. Nur noch diese letzte Übung. Ella-Ma, die neben ihr wartete, betrachtete sie dabei kritisch.

«Eddie kommt übrigens heute Nachmittag zum Kaffee», erzählte Ella-Ma, während Julia ihre rechte Ferse an den Po zog und dabei langsam bis fünfzehn zählte. «Er bringt seine Freundin mit.»

Julia rutschte der Fuß aus der Hand. «Seine Freundin?»

«Diese Vanessa. Vom Erbgericht. Du weißt doch: Katjas Nichte. – Wirklich ein hübsches Ding!» Ella-Mas Stimme schwoll vor Stolz über die Eroberung ihres Lieblingsenkels. «Ich fand sie gleich ganz …», sie suchte einen Moment nach dem richtigen Wort, gespannt beobachtet von Julia, der die Reaktion ihrer Großmutter auf Vanessas Erscheinung am Ostersonntag noch lebendig vor Augen stand.

«Ganz besonders», schloss Ella-Ma überzeugt.

«Besonders?»

«Ganz recht. – Sie war mir gleich sympathisch.»

«Natürlich», sagte Julia. Sie verkniff sich jeden weiteren Kommentar und folgte Ella-Ma ins Haus, wo sie schnurstracks in ihr Büro lief, um Eddie vorab schon mal telefonisch die Hölle heiß zu machen.

«Sag mal, hast du sie noch alle?», fuhr sie ihn an, kaum dass die Verbindung stand. «Ist das deine Auffassung von Ermittlungsarbeit?»

Für einen Moment war Eddie sprachlos über so viel Undankbarkeit. «Eben kann ich mir gar nicht vorstellen, was du hast», sagte er schließlich gekränkt.

«Ach! Das kannst du nicht? – Du bandelst mit einer der Verdächtigen an! – Ja, bist du denn noch ganz bei Trost? – Wie viel hast du ihr erzählt?»

Wieder einen Moment Schweigen. «Wie jetzt? Was hab ich wem erzählt?»

«Stell dich nicht so blöd an», fuchtete Julia. «Vanessa! Was hast du ihr alles erzählt über die Katzenmorde?»

«Nichts, was nicht schon jeder weiß da bei euch im Dorf.» Eddie hatte sich wieder gefasst. «Außerdem ist mir neu, dass auch Vanessa zu den Verdächtigen gehört.»

«Sag mal, bist du so naiv, oder was?»

«Vanessa sitzt übrigens neben mir», sagte Eddie.

«Verdammt, Eddie!»

Ihr Bruderherz ließ nichts anbrennen. Als rasanten Herzensbrecher hatte sie Edgar noch gar nicht kennengelernt. Auf jeden Fall nutzte er die sturmfreie Bude in Bautzen weidlich aus. Julia hatte auf dem Festnetzanschluss ihrer Eltern angerufen. Wahrscheinlich hatte sie die Turteltäubchen gerade geweckt oder störte bei Gott weiß was.

«Ich kann nicht fassen, Eddie …»

«Vanessa hat mir übrigens erzählt, dass Katzen heilige Tiere sind», unterbrach Eddie voller Eifer. «Im alten Ägypten waren sie Hausgötter. Die Kriegsgegner von denen haben sich lebendige Katzen auf die Schilde geschnallt, weil sie wussten, dass da die Ägypter niemals draufhauen würden.»

Julia holte tief Luft. «Soweit ich mich erinnere, ist an Vanessa rein gar nichts Altägyptisches.»

«Von wegen!», empörte sich Eddie. «Was glaubst du wohl, woher der Name Bastet kommt?»

«Deine Vanessa hält es wohl eher mit den nordischen Mythologien, wie ich mich dunkel erinnere, oder den Kelten oder was weiß ich. Und die Kelten, mein liebes Bruderherz, sahen Katzen als Dämonen an. Bei denen landete so eine süße kleine Miezekatze auch schon mal im Opferkessel. – Wir sehen uns heute Nachmittag!» Damit beendete Julia das Gespräch. Sie brauchte eine Dusche.

Zunächst gab sich Julia betont zurückhaltend, als Eddie und seine Flamme zum Sonntagskaffee erschienen. Sie kamen überpünktlich mit Eddies Trabi an. Vanessa in einem weiten, mittelalterlich anmutenden Kittel über einem schlichten weißen Shirt. Schultertuch statt Jacke und heute nur behangen mit einem Lederband, an dem ein Holzkreuz baumelte, und diversen bunten Tüchern. Ihre Haarpracht hielt ein violettes Band zusammen, alle Runenringe hatte sie abgelegt.

Wie schlau von der Kleinen, dachte Julia bei der Begrüßung.

Sonst jedoch gab sich Vanessa herzlich und unverstellt. Nur Eddie plapperte etwas zu viel vor Aufregung. Er wirkte rührend kindlich neben Vanessa, fand Julia.

Von Ella-Ma und Trude wurden die beiden empfangen wie ein Kronprinzenpaar. Sie saßen in der Wohnstube. Der Tisch war mit dem guten Meißner aus dem Veit'schen Familienerbe gedeckt. Sechs Stühle um den ovalen Esstisch. Auf dem ersten an der Stirnseite hatte es sich Kater Raki bequem gemacht. Blinzelnd beobachtete er das seltsam aufgeregte Geschehen um sich herum. Vanessa setzte sich neben den Perserkater. Sie begann sofort, ihn liebevoll zu kraulen. Raki ließ das gnädig schnurrend über sich ergehen, und das, obwohl er sonst eher misstrauisch gegenüber Fremden war.

Sein Katzeninstinkt warnte ihn also nicht vor einer möglichen Katzenmörderin, beruhigte sich Julia, als sie diese Szene beim Hinsetzen beobachtete. Alle waren bereit, die schöne Vanessa willkommen zu heißen. Sogar Kerzen waren entzündet. Das sei romantischer, hatte Trude befunden. Zum üblichen Sonntagskuchen hatte Ella-Ma noch auf die Schnelle eine Eierschecke gezaubert. Das erwies sich als äußerst weitsichtig, denn die beiden jungen Gäste entwickelten einen gesegneten Appetit. Ella-Ma konnte gar nicht oft genug betonen, wie sehr es sie freue, dass Vanessa nicht dem heutzutage so üblichen Schlankheitswahn verfallen sei, sondern ein Mädchen von erfrischend gesunder und kräftiger Statur. Eine Bemerkung, die Vanessa mit ebenso freundlicher Gleichmut ertrug wie all den anderen Aufstand, den die beiden lieben Alten um das junge Glück veranstalteten.

Natürlich war das Verschwinden der Lehrerin beim Wandertag das erste Thema, das beredet werden musste.

«Vielleicht hat sie ihr Gedächtnis verloren», mutmaßte Ella-Ma.

«Davon habe ich erst neulich wieder gelesen», ergänzte Trude voller Eifer. «Und wie schnell das passieren kann. Da reicht es schon zu, dass man nicht genug Wasser trinkt.»

Ella-Ma seufzte. «Die arme Frau. Sicherlich ist sie schon tief im Böhmischen und hat sich völlig verirrt.»

«Oder jemand hat sie ermordet.»

«Nicht doch, Trude!»

«Vanessa sagt, die Mädchen hatten Angst vor irgendetwas», mischte sich Eddie mit vollem Mund ein.

Julia horchte auf. «Angst, wovor?»

«Das ist mir nicht ganz klar», sagte Vanessa mit ihrer ruhigen Altstimme.

«Woher weißt du überhaupt, dass die Mädchen Angst hatten», forschte Julia misstrauisch nach.

«Micha hat uns auf seinem Heuboden proben lassen in den letzten Wochen. Die drei Mädchen waren oft mit dabei.» «Melanie? Pya? Irina?», entfuhr es Julia überrascht. «Die drei bei Micha auf dem Heuboden?»

Vanessa lächelte. «Ich glaube, Micha ist in die eine verschossen. Wenn auch hoffnungslos, wie ich befürchte. – Jedenfalls», so fuhr sie nach einem Schluck aus der Kaffeetasse fort, «ist mir da gerade bei den letzten Proben, wenn die drei dabei waren, aufgefallen, dass sich die Stimmung irgendwie verändert hat.»

Julias Zorn auf Eddie verrauchte endgültig. Diese Vanessa war vielleicht gar eine Goldgrube an Informationen. «Wie verändert?», fragte sie angespitzt zu höchster Aufmerksamkeit. «Hast du etwas von ihren Gesprächen aufschnappen können?»

Vanessa schüttelte den Kopf. «Nicht direkt. Der Name der verschwundenen Lehrerin fiel ein paarmal am Freitag. Sie hatten wohl alle vier bei ihr eher einen schweren Stand.»

«Hältst du es für möglich, dass eines der Mädchen – oder gar Micha – etwas mit dem Verschwinden der Lehrerin zu tun haben könnte?»

«Julia!» Ella-Ma war schockiert. Doch Vanessa schien Julias Worte ernsthaft zu erwägen. «Ich weiß nicht recht», sagte sie dann zögernd, «mir scheint, dass das Verschwinden der

Frau sie sehr erschreckt hat. Vor allem Irina. Die hat viel geweint.»

Julia erinnerte sich an die Reaktion Irinas nach dem Tod von Heinz Leupold. «Wie haben sich die anderen dazu verhalten?», wollte sie wissen.

«Melanie eher ungehalten», erklärte Vanessa. «Sie scheint sowieso die Stärkste von allen zu sein. Sehr bestimmt.»

«Den Eindruck hatte ich auch», gab nun Eddie seinen Beitrag. «Sehr überzeugt von sich, dieses Girlie. Und doch alles nur Fassade. Darunter sitzt auch bei der der blanke Schiss.»

«Eddie!», ermahnte Ella-Ma milde.

«Und Pya?»

Hier zögerte Vanessa ein weiteres Mal. «Still», sagte sie dann. «Sehr nachdenklich und in sich gekehrt. – Sie hat Irina auch mal in den Arm genommen. Aber so richtig schlau geworden bin ich auch nicht aus dem Ganzen», schloss Vanessa. Sie fasste nach Eddies Hand und sah ihn an, als sei er nun einzig allein Mittelpunkt ihrer Aufmerksamkeit.

«Irina war übrigens nicht dabei gestern», erzählte Vanessa später bei einem zweiten Stück Kuchen. «Wahrscheinlich durfte sie nicht. Sie hat es ziemlich streng daheim.»

«Ja. Ich hörte davon.»

«Also, dass der Micha sein eigenes Studio hat, finde ich ja steinstark», bekundete Eddie.

«Studio nicht direkt», schwächte Vanessa Eddies Enthusiasmus ab. «Micha hat von seinen Großeltern den Heuboden als Probenraum ausgebaut bekommen, als ihm sein Vater das Schlagzeug geschenkt hatte zu Weihnachten.»

«Ein Schlagzeug!»

«Scheint also eher ein Akt von Notwehr gewesen zu sein von den Großeltern», vermutete Julia. «Bevor er ihnen das Haus zum Einsturz bringt.» Und mit einem misstrauischen Blick auf ihren Bruder setzte sie hinzu: «Du wirst doch jetzt nicht anfangen wollen, Schlagzeug zu spielen, Eddie?» Eddie hörte sie nicht. Er lauschte Vanessa.

«Es ist ein Traum von Micha, mit einer richtigen Band zusammenzuspielen.»

«Aber da kann er doch in der Kirchenband …», warf Trude begeistert ein. Ein Blick von Eddie ließ sie verstummen.

«Jedenfalls brannte Micha darauf, uns dort proben zu lassen», fuhr Vanessa indessen fort. «Und es ist tatsächlich ganz toll. Eine wunderbare Atmosphäre. Wir waren ganz paarmal da oben mit Bastet. Na, und ich manchmal einfach nur zum Quatschen, wenn ich mal nicht im Dienst war bei den Mosigs im Erbgericht.»

«Wie kommt es überhaupt, dass so ein intelligentes Mädchen wie Sie, Vanessa, als Kellnerin arbeitet?», fragte Ella-Ma, während sie Kaffee und Tee nachgoss. Eddie stöhnte genervt. Doch Vanessa gab auch dazu ganz freimütig Antwort. «Ich war nach dem Abi acht Monate in Mexiko als Volontärin in Amecameca», erzählte sie. «Nun, die Zeit da ist um und nun will ich halt etwas Geld verdienen, bevor das Studium beginnt.»

«Was wollen Sie denn studieren», fragte Trude.

«Sprachen», sagte Vanessa kurz. «Spanisch und Portugiesisch. Und dann sehe ich mal weiter.»

Alle waren beeindruckt. Nur Julia dachte etwas mitleidig an Mutter Milla, die sich so viel Zielbewusstsein und Tatendrang garantiert auch bei ihrem Jüngsten wünschte. Eddie hatte neulich allen Ernstes erklärt, nach seiner freiwilligen Dienstzeit ein Jahr auf Wanderschaft gehen zu wollen. Am liebsten mit Schaustellern oder vielleicht mit einem Wanderzirkus. Hier und jetzt hütete sich Eddie natürlich, etwas von dererlei Plänen preiszugeben. Obwohl Julia es durchaus für möglich hielt, dass Vanessa ihre Pläne noch etwas verschieben würde, um Eddie bei seiner Wanderschaft zu begleiten. Die beiden ließen keine Gelegenheit aus, sich zu berühren. Dass ihr kleiner Bruder so verliebt war, wärmte Julia das Herz. Doch sie hatte hier einen Fall zu klären. Also nahm sie den Faden des

Gespräches wieder auf. «Bist du in Mexiko etwa auch den Miskowitzens begegnet?», fragte sie nach.

«Das nicht», gab Vanessa lachend zurück, «aber es ist schon witzig, dass wir uns dort hätten begegnen können. Oliver und ich machen oft unseren Spaß damit zu spielen: Was wäre wenn?»

«Und dass ihr nun im selben kleinen Oberlausitzer Dörfchen im selben Gasthof arbeitet», fügte Eddie weise hinzu. «Zufall?»

«Nein, Schicksal natürlich», gab Vanessa spitzbübisch zurück. «Was glaubst du wohl, warum sich Oliver so liebend gern vor seinen Kochtöpfen drückt und lieber die weibliche Gesellschaft sucht.»

Eddies Ohren röteten sich vor Eifersucht. «Doch wohl am meisten die seiner Mutter, oder?», konterte er tapfer.

Vanessa zuckte lachend mit den Schultern. «Ich weiß nur, dass Onkel Jörg ziemlich sauer auf unseren Oliver ist, weil der so oft weg muss oder weg will während seines Dienstes.»

«Aber seine Mutter …»

« … ist zwar wunderlich, doch nicht so krank, dass er da laufend hinmüsste. – Vielen Dank!», unterbrach Vanessa ihn, während sie sich das dritte Stück Kuchen auf den Teller legen ließ. «Ich glaube auch, dass er sich seine Mutter nur als Ausrede zurechtlegt. Vielleicht hat er ja eine heimliche Geliebte oder ein heimliches Laster oder alles beides.»

Trude kicherte begeistert.

«Ist dir bei euren Proben dort bei Micha auf dem Dachboden sonst noch etwas aufgefallen?», fragte Julia.

«Aufgefallen …», sann Vanessa. Sie spielte mit der Kuchengabel und betrachtete sie so intensiv, als sei da ihre Erinnerung vergraben. «Nun ich sagte ja schon, dass der Micha in dieses kleine, dünne Mädchen verschossen ist», sagte sie dann munter. «Die mit den kohlrabenschwarzen Stoppelhaaren.»

Eddie grinste. «Pya!»

«Ja, genau.»

«Die standen auch beim Konzert zusammen», ergänzte Eddie.

«Wer?»

«Der Micha mit der kleinen Schwarzhaarigen und diese andere, die so'n bissel hochnäsig ist.»

«Melanie.»

Wie war es möglich, dass drei Mädchen, von denen mindestens zwei erklärte Katzennärrinnen waren, und ein als lieber Kerl beschriebener Sohn einer Tierärztin in Zusammenhang mit den grausigen Katzenmorden standen? Wo gab es da das bindende Glied?

«Irina war aber, wie du vorhin sagtest, bei all den anderen Treffs auf Michaels Dachboden mit dabei», sagte Julia nachdenklich.

«Meistens ja.»

«Ging es bei den Gesprächen auch mal … um Katzen?»

Vanessa schwieg und sah Julia mit ihren meergrünen Augen forschend an. So lange, bis Julia unwillig die Stirn runzelte. «Nun?»

Da erst lächelte Vanessa und die Grübchen zeigten sich wieder auf ihren Wangen. «Ich weiß, dass Melanie ihr Kätzchen verloren hat da oben im Bornbusch», sagte sie dann. «Doch Thema war es nicht. Von Katzen war nicht groß die Rede. Und wenn, dann eher mal so nebenbei wegen der Anschuldigungen gegen Micha.»

Trude setzte scheppernd ihre Kaffeetasse ab. «Heißt das, diese bestialischen Katzenmorde lassen die Jugend völlig kalt? Selbst der Tod der eigenen Katze?»

«Bestimmt nicht», beeilte sich Eddie zu versichern. «Doch weißt du, Trudchen, die haben auch ganz andere Probleme.»

So schnell ließ sich Trude nicht besänftigen. «So?», machte sie spitz. «Was könnten das wohl für Probleme sein?»

«Drogen zum Beispiel», warf Vanessa ein. «Melanie hatte da ein kleines Problem. Und nun verbreitet jemand über sie, sie wäre rückfällig.»

«Du meine Güte», murmelte Ella-Ma betroffen. «Ob die Eltern davon wissen?»

«Melanie hofft nicht. Ihr Vater hat ihr ein Ultimatum gestellt.» Vanessa machte eine Pause. «Ich glaube, das bedeutet ihr sehr viel.»

«Was?», fragte Julia. «Was bedeutet ihr viel?»

Vanessa sah sie an. «Die gute Meinung ihrer Eltern. – Bedeutet uns das nicht allen viel? Mehr oder weniger?»

Julia erwiderte Vanessas Blick und schwieg. Sie dachte an das Ungeborene in ihr. Was würde Mutter Milla dazu sagen? – Mit aller Macht schob sie diesen Gedanken beiseite.

«Ich finde, dann sollte man dem Mädel auch 'ne Chance geben und das alles nicht an die große Glocke hängen mit dieser Drogengeschichte», rief Eddie mit Überzeugung.

Julia warf ihm einen misstrauischen Blick zu. «Ach so?»

«Das war wohl genau das, womit diese Lehrerin Melanie gedroht hat», fuhr Vanessa indessen fort. «Die, die nun verschwunden ist.»

Einen Moment herrschte betroffenes Schweigen am Tisch. Ein jeder schien seine eigenen Schlussfolgerungen aus dem eben Gesagten zu ziehen. «Sie wirkten alle drei aber alles andere als froh, dass diese Gerlach da verschwunden ist», versicherte Eddie dann. «Eher so, als hätten sie Schiss.» Diesmal blieb seine zotige Ausdrucksweise ungerügt.

«Hast du nun herausbekommen, wovor die genau Angst haben?», fragte Julia.

«Nö», sagte Eddie spitz. «Das Konzert war zu Ende. Die Küken mussten heim.»

Dafür erntete er einen wütenden Blick von Julia. Sie ließ ihn auf Vanessa weiterwandern, was die jedoch nicht weiter beeindruckte. «Jugendschutz», sagte Vanessa sanft. «Onkel Jörg ist da sehr genau.»

«Nicht sehr ergiebig, deine Recherche, Bruderherz!»

«Ach, findest du?», kam die ungläubige Antwort.

Klar, dass Eddie das ganz anders empfinden musste. Missmutig nahm sich Julia ein weiteres Stück Kuchen.

«Das bringt uns wirklich nicht viel weiter in unserer Suche nach dem Katzenmörder, was Julia?» Auch Trude klang enttäuscht.

«Vielleicht ist noch wichtig, das mit Pyas Stiefvater zu erwähnen», sagte Vanessa plötzlich.

«Bodo Pohl?» Julia war ganz Ohr. «Was ist mit ihm?»

«Ach ja», besann sich Eddie. «Als die Klasse von der Wanderung zurückkam und durch die Kaltbachaue ging, da stand sein Firmenwagen am Bornbusch.»

«Pya wollte ihm nicht begegnen. Sie mag ihn nicht besonders.»

Julia seufzte. «Ich weiß.»

«Von dem Vater also …»

«Stiefvater», korrigierte Julia.

«Von dem also keine Spur. Nur so ein alter Zausel kam da aus dem Wald mit seinem Rad, wie Micha erzählt hat. Der Zahnlose, weißt du Oma? Der, der euch immer die Eier bringt.»

«Rupert Hantzsch!» Trude ballte die Fäuste. «Ich wusste, dass der was mit der Sache zu tun hat!»

«Ach Trude», begütigte Ella-Ma ihre Freundin. «Vielleicht hat Hantzsch nur etwas zum Holzhaufen gebracht. Du weißt doch, dass jetzt überall Reisig und Verschnitt zu den Hexenfeuern geschafft wird.»

Julia rieb sich die Schläfen. Wie ging das jetzt alles zusammen? Trudes Lieblingsverdächtiger Rupert Hantzsch spielte nach Julias Ermessen keine Rolle bei den Katzenmorden. Bodo Pohl auch nicht. Doch dass sein Wagen verlassen am Waldrand gesehen wurde, just an dem Tag, an dem Rita Gerlach verschwand, versetzte Julia in Alarmbereitschaft. «Ich kümmere mich darum». Hatte Bodo Pohl nicht genau das letzte Woche zu ihr gesagt. Was nur hatte dieser Mann mit «kümmern» gemeint?

«Wir sind übrigens von Micha eingeladen, den Hexenhaufen am Bornbusch zu bewachen», erklärte Eddie derweil munter. «Vielleicht erfahren wir ja da mehr.»

«Interessant», bekannte Julia. «Wann?»

«Morgen Abend. – Ist ein Gemeinschaftsprojekt von Schule und freiwilliger Feuerwehr.»

«Ein Gegenfeuer zu dem des Jugendclubs», ergänzte Vanessa lächelnd. «Da ist eine Wache schon ganz gut, bevor die das abfackeln. – Die Hexe haben sie ihnen schon geklaut.»

Julia riss die Augen auf. «Die Hexe?»

«Ja. Das sind doch immer ganz besonders drollige Strohpuppen, die sie da basteln.»

«Selbst auf die Strohpuppen muss man nun aufpassen», schimpfte Trude. «Was sind das nur für Zeiten!»

«Du hast recht», sagte auch Ella-Ma. «Da steckt so viel Arbeit drin. Eine Schande, das Ganze!»

Eddie schlürfte unbeeindruckt aus seiner Tasse. «Na, jedenfalls sind sie nun ganz besonders wachsam und haben uns um Verstärkung gebeten.»

«Die ihr natürlich gerne gebt», drängte Julia. «Ihr geht doch hin?»

«Ja. Klar. Wird bestimmt ganz lustig. Und die Küken müssen ja dann auch heim zu Mami. Da übernehmen wir, nicht wahr, Schatz?»

Schatz? Julia errötete für ihren Bruder. Doch der erntete das hübscheste Grübchenlächeln der Welt für seine törichten Worte.

So sind halt Verliebte, dachte Julia sauertöpfisch. Und ich werde alt.

Es klingelte, als sie gemeinsam den Tisch abdeckten. Trude war wie der Blitz an der Tür.

«Sonja ist hier», sagte sie, als sie zurückkam.

«Warum ist sie nicht gleich mit hereingekommen?»

«Sie will zu dir Julia.»

«Zu mir ...» Erst jetzt bemerkte Julia, wie verstört Trude wirkte.

«Sie haben die Lehrerin gefunden», sagte Trude. «Es kam wohl gerade im Radio. Die Frau ist tot.»

18. Kapitel

Sonja Lebelt war in Tränen aufgelöst. Immer wieder schüttelten sie Weinkrämpfe. Julia hatte sie von der Eingangstür weg durch die Küche hindurch in ihr Büro geführt. Doch außer Stammeln und Jammern war kein Wort aus Sonja herauszubekommen. Schließlich bat sie Ella-Ma, ihnen von dem Tee zu bringen, der noch übrig war. Als Ella-Ma wenige Minuten später mit dem Gewünschten im Büro erschien, wurde sie von Trude flankiert, die eine Flasche ihres berühmten Schlehdornschnapses schwenkte. «Der hilft dir über das Schlimmste hinweg», behauptete sie. Ohne Julias Stirnrunzeln zu beachten, goss sie eine stattliche Portion in ein Wasserglas und reichte es der Tierärztin. «Komm trink!» Tatsächlich nahm Sonja einen Schluck. Sie brachte gar einen gestammelten Dank zustande. Das reichte, um die beiden Hausherrinnen zufriedenzustellen. Sie verließen nach einem Kopfnicken zu Julia in heroischer Zurückhaltung das Büro, um zu Eddie und Vanessa in die Stube zurückzukehren.

Julia saß neben Sonja. Sie hatte ihren Arm um die Schulter der Tierärztin gelegt. Als sich die Durchgangstür hinter Ella-Ma und Trude schloss, wechselten sie einen Blick. Sonja brachte unter Tränen sogar so etwas wie ein Lächeln zustande.

«Ja, unsere beiden lieben Alten», sagte Julia voller Wärme. «Wenn wir die nicht hätten. Komm! Höre auf Trude und nimm noch einen Schluck. Das Zeug lässt dir Büschel aus den Ohren wachsen.»

Wieder versuchte Sonja ein schiefes Lächeln und hob tapfer das Glas an die Lippen. Sie musste es mit beiden Händen halten, so sehr zitterte sie. Doch sie trank Schluck für Schluck, bis das Glas leer war. «Wärmt schön durch», sagte sie. Ihre Stimme war verschwommen von Tränen. Immerhin war Sonja wieder zu Worten fähig. Julia fasste nach ihrer Hand. «Was ist passiert, Sonja?»

«Sie haben die Lehrerin gefunden», sagte Sonja langsam. «Es kam vorhin in den Nachrichten.»

«Trude sagte es schon. – Rita Gerlach ist tot.»

«Ja. Sie ist tot», wiederholte Sonja, als müsste sie sich diesen Fakt noch einmal bestätigen. Und dann schwieg sie. Julia ließ ihr einen Moment Zeit, bevor sie ihr die Frage stellte: «Warum bringt dich der Tod dieser Frau so aus der Fassung, Sonja?»

Schluchzend holte die Tierärztin Luft. Schon befürchtete Julia einen neuen Ausbruch, doch es blieb bei diesem einen Laut. Dann hielt sich Sonja die Hände vor den Mund, als dürften die nächsten Worte nicht über ihre Lippen kommen.

«Sonja», murmelte Julia begütigend. «Was ist denn nur los? – Wie kann ich helfen?»

Es dauerte eine Weile, bis Sonja die Hände sinken ließ. Sie atmete tief durch, als wollte sie einen Alpdruck von ihrer Brust bekommen. Dann sank diese große, kräftige Frau in sich zusammen, wurde gleichsam klein, ein Schatten ihrer selbst. Julia streichelte ihre Schulter in ratlosem Mitgefühl.

«Julia?», sagte Sonja schließlich, wobei sie ihre Augen gesenkt hielt. «Würdest du auch einen möglichen Mörder verteidigen?»

Schlagartig wurde Julia klar, was Sonja zu ihr führte. «Du glaubst, dass dein Michael etwas mit dem Tod der Lehrerin zu tun hat?»

Sonja nickte heftig. Sie presste Lippen und Augenlider fest zusammen. Dann stieß sie prustend Luft aus, suchte nach einem Taschentuch. Als sie es gefunden hatte, sah sie zu Julia auf. Ihre Augen waren rot vom Weinen. Die tiefe Verzweiflung darin rührte Julia an. Sie drückte Sonja sanft an der Schulter. «Erzähl mir, was passiert ist!»

«Meine Eltern waren so zornig auf mich», begann Sonja, nachdem sie sich gründlich geschnäuzt hatte. «Sie waren von Anfang an dagegen, Micha zu diesem Konzert gehen zu lassen. Sie meinten, ich unterstütze mit meiner Erlaubnis seine verqueren und schwarzen Gedanken. Was die Leute da wieder reden würden. Und überhaupt stehe der Junge immer noch unter Verdacht, ein Katzenmörder zu sein. – Mein Gott, wenn ich nur daran denke, wird mir schlecht. – Ach!» Sonja seufzte tief, bevor sie fortfuhr. «Sie meinen es nur gut. Du kennst sie ja. Sie lieben Michael abgöttisch. Doch sie sind halt sehr ...»

«Sehr konservativ», half Julia aus.

«Ja, genau!» Mit einer heftigen Geste fuhr sich Sonja über die Stirn, als könnte sie so die fürchterlichen Gedanken wegwischen. «Ich konnte Micha das einfach nicht antun, Julia. Er hat sich wie verrückt darauf gefreut. Vanessas Band hat doch bei uns auf dem Hof geprobt.»

«Das hat man mir erzählt.»

«Micha träumt davon, auch einmal in einer Band zu spielen. Es war wie eine erste Chance für ihn. Zumindest glaubte er das. Er hat alles gemacht, um da dabei sein zu können. Ich konnte es ihm nicht einfach verbieten. Die verweigerte Konfirmation geht ihm noch nach. Sie ist ihm bei Weitem nicht so egal, wie er nach außen hin bekundet.»

«Das kann ich gut verstehen.»

«Um Streit mit den Eltern zu vermeiden, habe ich mit Frank geredet. Der war einverstanden. Und so ist Micha also das Wochenende bei seinem Vater gewesen und einfach von dort aus zum Konzert gegangen.»

Julia nickte aufmunternd, als Sonja eine Pause machte. Bisher erschloss sich ihr noch kein Grund für Sonjas schlimmen Verdacht. Julia vermutete, dass der nur eingekreist werden sollte, um etwas Abstand zu gewinnen. Doch jetzt kam Sonja auf den Punkt. Sie fasste Julia an der Hand. «Ich habe Micha vorhin von Frank abgeholt», fuhr sie fort. «Da brachten sie es im Radio: Die vermisste Rita Gerlach sei von einer Hundestaffel der Polizei in dem Waldstück gefunden worden, wo sie zuletzt gesehen wurde. Tot. Die Todesursache sei unklar. Die Polizei schließe ein Gewaltverbrechen nicht aus.»

Jetzt war Sonja Lebelt ganz ruhig. Wie im Auge des Orkans. Still und gefasst.

«Was hat Michael damit zu tun», wagte Julia noch einmal zu fragen.

«Ich habe ihn angesehen, weil es ja um seine Lehrerin ging. Wahrscheinlich habe ich auch irgendetwas gesagt. – Ich habe natürlich eine Reaktion von ihm erwartet. Erleichterung oder irgendeine kaltschnäuzige Bemerkung vielleicht. Micha war noch nie gut auf diese Gerlach zu sprechen gewesen. Sie hatte ihn regelrecht gemobbt.»

«Aber?»

Wieder schwieg Sonja geraume Zeit.

«O Julia», sagte sie dann mit zitternder Stimme. «Micha sah aus, als ob er einen Geist gesehen hätte. Zu Tode erschrocken, ganz weiß. Und doch …», sie zögerte. «Und doch irgendwie schuldbewusst, so als hätte ich ihn bei einer Lüge ertappt.»

«Vielleicht war er wirklich nur erschrocken, Sonja.»

«Ich kenne doch mein Kind! Er verbirgt etwas vor mir!»

«Hast du ihn gefragt, warum er so bestürzt reagiert?», fragte Julia.

Sonja nickte. «Da hat er mich angeblafft: Ich solle nicht schon wieder so am Rad drehen wegen der ollen Gerlach. Zuhause ist er gleich auf sein Zimmer und hat sich eingeschlossen. – Ich habe solche Angst, Julia! Angst, Micha hat etwas zu tun mit dem Tod von Rita Gerlach.»

«Meinst du, das Mobbing könnte Micha so arg in die Enge getrieben haben, dass er ein …», Julia zögerte das Wort zu benutzen, «dass er ein Mordmotiv hatte?»

«Ich weiß es nicht, Julia», seufzte die Tierärztin. «Micha verschließt sich mir seit Wochen. Ich weiß es einfach nicht.»

«Aber du traust es ihm zu?»

Mit großen Augen sah Sonja sie an. «Einen Mord, meinst du?», stammelte Sonja dann hilflos. «Meinem Micha?»

«Gerade hast du es so dargestellt.»

Sonja brach erneut in Tränen aus.

«Es muss ja nicht gleich Mord gewesen sein», sagte Julia begütigend. «Aber du meinst, er könnte vielleicht in einen Schabernack verwickelt sein, der tödlich geendet hat? – Du weißt natürlich von der Katze, die man Frau Gerlach am Vortag geschickt hatte.»

«Ja. – Ja, natürlich.» Sonja schnäuzte sich. «Das ist schon rum im Dorf. Auch hat die Polizei Michael genau verhört am Freitag in der Schule. Wie du vielleicht weißt, ist in meiner Praxis eingebrochen worden. Es fehlen nur die Narkosemittel.»

«Doch Micha hätte die ja einfacher stehlen können, nicht wahr?», sagte Julia.

Sonja sah Julia einen Moment dankbar an für diese Entlastung ihres Sohnes. Das Licht in ihren Augen erlosch jedoch sogleich wieder, als sie fortfuhr. «Du fragtest vorhin, ob ich Michael dessen für fähig halte. Mittlerweile muss ich das», flüsterte sie. Ihr schauderte. Überrascht setzte sich Julia auf. «Wirklich? Warum?»

Auch Sonja richtete sich etwas auf, so dass ein kleiner Abstand zwischen ihnen entstand. Sie sah Julia eindringlich an. «Bleibt das unter uns, was ich dir jetzt sage?»

«Selbstverständlich.»

«Ich meine, bleibt es auch vertraulich vor Trude und deiner Großmutter?»

«Auch das, liebe Sonja», versicherte Julia.

Sonja zerknüllte das völlig durchfeuchtete Taschentuch, während sie mit gesenktem Blick begann. «Seit einiger Zeit schon beobachte ich, dass mir Medikamente fehlen in der

Praxis. – Narkosemittel, um es genau zu sagen. Ich habe mich eine ganze Weile selbst belogen. Doch nach dem Einbruch habe ich den Verdacht, der ist nur erfolgt, um Micha reinzuwaschen.»

Julia hielt den Atem an. Das könnte möglicherweise den friedlichen Gesichtsausdruck der getöteten Tiere erklären. Alles passte zusammen. War Michael also doch der Katzenmörder?

«Erst dachte ich, ich hätte mich geirrt», fuhr Sonja indessen fort. «Dann hatte ich meine Gehilfin in Verdacht, die mal auf Drogen war. Doch Dörte ist schon seit einer Ewigkeit sauber und außerdem neuerdings glücklich verliebt.»

«Vielleicht für den Geliebten geklaut?», bot Julia an. Sie ahnte, dass das noch nicht die ganze Wahrheit war.

«Als ich den toten Kater von euch dann sah, den mir Trude zur Untersuchung gebracht hatte, war mir alles klar.» Sie sah Julia jetzt fest in die Augen. «Das Tier war nicht an seinen Verletzungen verendet, Julia.»

«Nicht?» Julia riss die Augen auf.

«Es starb an einer Überdosis.» Sonja stellte das leere Glas auf Julias Schreibtisch.

Sie schwiegen beide. Julia goss Tee ein. «Hast du Michael deswegen zur Rede gestellt?», fragte sie dann.

Wieder schossen Sonja Tränen in die Augen. Sie schüttelte den Kopf. «Nein. – Ich war zu feige dazu. Ach Julia. Ich habe solche Angst vor der Wahrheit.»

«Das kann ich gut verstehen.»

«Ich kann einfach nicht glauben, dass mein Micha, mein liebes, süßes Kind ein …» Sie brach ab.

«Noch ist nichts erwiesen, Sonja!», sagte Julia.

«Aber deutet denn nicht alles darauf hin, dass Micha die Katzen gefangen, betäubt und dann so bestialisch getötet hat?» Sie schlug die Hände vor ihr Gesicht. «Ich kann es nicht fassen! – Warum? Was nur hat ihn dazu getrieben?»

«Ich bitte dich, Sonja! Hüte dich, alle deine Beobachtungen und Erinnerungen jetzt unter diesem Verdacht zu sehen. Es ist eine trügerische Sicht! Und unheilvoll dazu. Lass uns einfach mal sehen, was an Fakten da ist.»

Sonja Lebelt schien sie nicht zu hören. Sie wand sich auf ihrem Sessel und rang die Hände. «Und wenn er jetzt doch mit dem Tod der Lehrerin zu tun hat? O Julia! Wir müssen ihm helfen. Aber wie?»

Mit einem Ruck erhob sich Julia. «Ich komme mit dir mit», sagte sie. «Ich rede mit Micha am besten gleich. Bevor die Polizei es tut.»

Erleichtert hatte sich auch Sonja erhoben. In diesem Moment hupte ihr Mobiltelefon. Sonja nahm das Gespräch an. «Ja?» Sie erbleichte. «Wir sind schon unterwegs.»

«Zu spät», sagte sie dann zu Julia. «Die Polizei ist schon da. Sie warten auf mich.»

«Michael soll nichts sagen, bevor wir da sind», rief Julia, die bereits an der Tür war, um sich ihre Jacke zu holen.

«Da brauchst du dir keine Sorgen zu machen», seufzte Sonja. «Der macht den Mund nicht auf.»

Julia hatte nur noch schnell der Familie Bescheid gesagt, dann waren sie schon auf dem Weg zum Hof der Lebelts. Ein Streifenwagen und ein fremdes ziviles Fahrzeug standen am Straßenrand, da das Hoftor verschlossen war. Die beiden Frauen sahen sich kurz an, bevor sie die letzten Meter ihres Weges gingen. «Nur Mut!», sagte Julia und fasste Sonja am Arm. «Irgendetwas sagt mir, dass sich doch noch alles ganz anders klären wird.»

«Ich weiß nicht, Julia. Mir schwirren einfach nur noch dunkle Gedanken durch den Kopf. Ich weiß gar nicht mehr, was richtig ist und was falsch.»

«Auf jeden Fall kein Wort von deinem Verdacht und den geklauten Narkosemitteln vorerst», flüsterte Julia, denn sie waren schon ganz nah bei dem Polizeiwagen. Der Fahrer stand an die Tür gelehnt und rauchte eine Zigarette. Er richtete sich auf, als er sie erblickte. Sie erklärten, wer sie waren. Dann gingen sie hinein.

Es war fast Mitternacht, als Julia nach Hause zurückkehrte. Eddie und Vanessa hatten sich längst verabschiedet. Ella-Ma und Trude schliefen bereits. Julia hörte Trudes herzhaftes Schnarchen bis hinunter in den Flur. Eine nur noch viertelvolle Flasche Schlehdornschnaps auf dem Küchenbord kündete ihr von der Ursache. Daneben stand eine Thermoskanne Tee für Julia mit einem Gute-Nacht-Gruß ihrer Großmutter. Julia glaubte, deren liebevoll besorgten Blick auf sich zu spüren, als sie eine erste Tasse davon mit sich in ihr Büro nahm. Etwas zur Beruhigung tat jetzt gut nach den Aufregungen des Abends.

Julia legte ihre Mappe auf den Schreibtisch und schaltete die Leseleuchte an. Dann griff sie nach dem Telefon. Es war ihr egal, wie spät es war. Sie musste Gewissheit erlangen. Zu ihrer großen Freude wurde bereits nach dem ersten Läuten abgenommen. «Herzog-Recherchen», sagte die vertraute Stimme erstaunlich munter.

Julia entschuldigte sich deshalb nicht erst für ihren späten Anruf, sondern kam nach der Begrüßung sogleich zur Sache. «Sicher haben Sie gehört, dass man Rita Gerlach heute tot aufgefunden hat?»

«Kam ja laufend in den Nachrichten», brummte Herzog. «Ich dachte auch gleich an Ihren Mandanten …»

«Bodo Pohl ist nicht verdächtigt worden bisher», sagte Julia.

«Wie das?»

«Wahrscheinlich ist der Polizei sein mögliches Motiv nicht so ganz klar.» Julia erzählte HaHa von dem Lieferwagen Bodo Pohls am Waldrand und auch von Rupert Hantzsch, der von den Kindern dort gesehen worden war. «Doch der scheint mir harmlos zu sein», endete sie. «Zumindest kann ich bei dem keinen Grund sehen, Rita Gerlach etwas anzutun.»

«Geht es also tatsächlich um Mord?»

«Genau das weiß ich eben nicht», sagte Julia. Sie trommelte mit ihrem Kugelschreiber auf die Mappe vor sich. «Die Polizei hält sich mehr als bedeckt. Sie haben heute einen anderen Klienten von mir verhört. Sie haben ihn schon mal gesehen. Es ist Michael Lebelt, der Junge, der im Erbgericht die Flyer für das Konzert geholt hatte.»

«Ah. Ja.»

«Er ist der Hauptverdächtige bei den Katzenmorden.» Julia erzählte HaHa alles, was sie bisher an Informationen zusammengetragen hatte. Herzog lauschte aufmerksam und unterbrach nur selten mit Zwischenfragen.

«Ich wünschte, der Junge würde sich wenigstens mir gegenüber etwas mehr öffnen», sagte Julia. «Doch es ist, als hätte er einen heiligen Eid geschworen, dicht zu halten – oder jemanden zu decken.»

«Sie halten ihn also für unschuldig?»

Julia zögerte. «Mit Abstrichen.» Sie erzählte Herzog von den verschwundenen Narkosemitteln aus der Tierarztpraxis der Mutter und der betäubten Katze, die man Rita Gerlach in die Schule gebracht hatte. HaHa pfiff durch die Zähne. «Möglicherweise steckt der Junge tatsächlich hinter diesen ganzen Tierquälereien», meinte er dann. «Immerhin hatte er Mittel und Gelegenheit. Sein Motiv liegt jedoch völlig im Dunkeln.»

«Allerdings», gab Julia zu. «Trotzdem stehen diese Taten im krassen Gegensatz zu dem, was ihm zuzutrauen ist und was wir von ihm wissen.»

«Er könnte aber auch jemand anderen damit versorgen, damit die Katzen keinen Lärm machen, wenn man sie abmurkst», fuhr HaHa mit seinen Überlegungen fort. «Doch wen? Und vor allem: Warum? Was bindet den Jungen an diesen Jemand?»

«Er ist verliebt in ein Mädchen», erzählte Julia. «Eben in jene Pya Schwarz, die Stieftochter von Bodo Pohl, wegen der Rita Gerlach ihren alten Feind angeschwärzt hat.»

HaHa schwieg eine Weile, um das zu bedenken.

«Sie sagten doch, die eine Freundin von Pya habe selbst eines der Katzenopfer zu beklagen.»

«Genau.» Julia fuhr sich über die Stirn. «Wie geht das Ganze zusammen?» Sie klemmte sich das Telefon in die Halskuhle und trank einen Schluck Tee. «Was könnten diese Kinder mit dem Tod von Rita Gerlach zu tun haben?»

«Wurden sie als Verdächtige oder als Zeugen befragt?», erkundigte sich Herzog.

«Als Zeugen angeblich», bekannte Julia. «Doch genau das bezweifle ich. – Die Polizei verheimlicht etwas.»

«Nun», meinte HaHa, «so wie ich das von Weitem beurteilen kann, geht man wohl doch von einer unnatürlichen Todesursache bei der Gerlach aus.»

«Den Eindruck habe ich auch», seufzte Julia. «Was die Situation des schweigsamen Michaels keineswegs besser macht. – Seine Mutter ist außer sich vor Sorge, er könnte etwas damit zu tun haben.»

HaHa gab ein grunzendes Geräusch von sich, das Julia nicht werten mochte. «Was haben die Kollegen denn gesagt, bei der Befragung?», meinte er dann.

«Eben nichts!», erwiderte Julia heftig. «Genau das macht mir Sorgen.»

«Sie wollen halt kein Täterwissen preisgeben», vermutete Herzog.

«Michael wurde eingehend zu dem letzten Gespräch mit Rita Gerlach befragt», sagte Julia. «Zusammen mit Irina Müller, der kleinen Russlanddeutschen, ist er der Letzte, der Rita Gerlach lebend gesehen hat.»

«Ist diese Irina von Bedeutung?»

«Eher nicht», bekannte Julia. «Ein verhuschtes Ding, das einen schweren Stand hat daheim. Sehr verängstigt.» In dem Augenblick schoss Julia jedoch die Szene vor dem Haus der Schönes ein, als sich Irina so stark und schlagfertig gegenüber ihrem Bruder Eugen gezeigt hatte. Sie behielt ihre Gedanken für sich. Zu wenig schien das mit dem zu tun zu haben, was sie jetzt klären mussten.

«Ich bin überzeugt, dass an der Fundstelle der Leiche noch irgendetwas gewesen sein muss. Etwas, womit die Polizei noch nicht herausrückt.»

«Sag ich doch: Das ist Täterwissen. Die wären schön blöd, wenn sie damit gleich an die Öffentlichkeit gingen.»

«Aber ich muss es wissen!»

«Steht Ihnen als Anwältin nicht Einblick in …»

«Nicht so lange der Junge offiziell als Zeuge gilt», unterbrach Julia.

«Richtig», räumte HaHa ein.

«Herr Herzog», ging Julia aufs Ganze, «ich möchte gern Ihre guten Verbindungen zur Polizei anzapfen. Streng vertraulich natürlich.»

HaHa schnaufte. «Und wenn ich die nun gar nicht mehr habe?»

«Herr Herzog!»

«Na», sagte der nach angemessener Wirkungspause gedehnt, «was könnte Sie da also interessieren?»

«Was ist die Todesursache?», begann Julia sofort. «Und was war da noch am Fundort?»

Herzog schwieg lange. Schon sah Julia ihre Hoffnung schwinden, doch endlich wurde sie erlöst. «Will sehen, was sich machen lässt», brummte HaHa.

«Danke!»

«Vorsicht mit Danke», bremste HaHa sogleich. «Ich kann nichts versprechen. – Und Sie sollten vielleicht diesen Bodo Pohl noch mal dazu befragen. Vielleicht hat der ja irgendwas gesehen.»

Oder gar etwas damit zu tun, dachte Julia, während sie versprach, Bodo Pohl am nächsten Tag aufzusuchen.

Julia erkundigte sich noch nach der Gesundheit von Frau Herzog. Sie erfuhr, dass Elfriede Herzog zu einer sechswöchigen Kur gefahren war. HaHa klang erleichtert. «Wenigstens sah sie in letzter Zeit nicht mehr so viele Gespenster», brummte er. «So langsam fing nämlich auch ich an, die zu sehen.»

«Sie und Gespenster sehen?», fragte Julia ungläubig.

HaHa lachte verlegen. «Naja: Wenn man sich nur lange genug etwas einredet, dann ist es plötzlich auch so. Komisch, nicht wahr?»

19. Kapitel

Der Montag brachte mildes Frühlingswetter. Julia hatte zwei Vororttermine bei Mandanten in Niesky gehabt und die Fahrt durch den knospenden Frühling zurück ins Oberland geradezu genossen. Überall in den Gärten werkelten die Leute mit glücklichen Gesichtern. Immer nur raus mit altem Gehölz und dürrem Zeug. Kleintraktoren mit Anhängern, abenteuerlich überladen mit Reisig und Ästen, tuckerten friedlich die Landstraßen entlang und ließen sich von drängelnden Autofahrern in keiner Weise beeindrucken. In diesen Tagen des allgemeinen Frühjahrsputzes für Haus und Garten beanspruchten sie gemeinsam mit den Landwirten ihr Recht auf Vorfahrt. Die Scheiterhaufen auf den Anhöhen der Ortschaften wuchsen.

So traf Julia auch Bodo Pohl an, als sie am späten Nachmittag in Finkendörfel ankam und direkt zum Hof der Familie Schwarz-Pohl fuhr. Julia sah ihn hinten im Grundstück Zweige auf einen Anhänger wuchten. Sein weißer Lieferwagen mit der so verräterisch prägnanten Werbeaufschrift stand unter den Obstbäumen. Sollte Bodo Pohl wirklich so töricht gewesen sein, mit seinem Lieferwagen zur Tat zu fahren, falls er etwas mit dem Tod seiner Feindin zu tun hatte? Julia konnte es sich nicht vorstellen. Dennoch brauchte sie Gewissheit. Um Michaels willen, der weiterhin nichts zu seiner Entlastung beitrug. Und als verantwortlicher Hinweis für ihren einstigen Mandanten.

Blieb die Frage, wie Bodo Pohl überhaupt auf ihre Nachfrage reagieren würde, nachdem er sich letzte Woche so rüde von seiner Anwältin getrennt hatte. Trude schäumte jetzt noch über seinen Auftritt vor ihrer Haustür. Nie wieder wolle sie auch nur ein Rädel Wurst von diesem zugezogenen Rüpel kaufen, hatte sie danach verkündet, da könne das noch so bio sein. Also, zum Kuckuck mit Bodo Pohl!

Julia stellte ihren Wagen auf dem Hof ab und klingelte ganz offiziell an der Haustür. Die Hoffleischerei hatte montags geschlossen. Frau Schwarz-Pohl öffnete die Tür nur einen Spalt weit. Erst äugte sie misstrauisch heraus, bevor sie das Türblatt ganz aufschwang.

«Sie?»

«Guten Tag, Frau Schwarz-Pohl.» Betroffen registrierte Julia, wie schlecht die Hochschwangere aussah. Aufgedunsen, teigige Haut und träge in ihren Bewegungen. Ein seltsamer Geruch ging von ihr aus. «Ist auch alles in Ordnung mit Ihnen?», fragte Julia. Sie wies auf den gewölbten Leib der Frau.

«Geht so», ächzte die. «Es ist ja bald geschafft.»

Julia nickte aufmunternd, obwohl sie innerlich erschauerte. So weit würde sie es nicht kommen lassen. Auf keinen Fall!

«Ich möchte zu Ihrem Mann.»

Der Blick der Frau wurde unsicher. «Der braucht Sie nicht mehr. Und Pya auch nicht.» Sie stockte, als fühlte sie sich nicht wohl bei ihren Worten. «Die Gerlach ist ja nun tot.»

Julia setzte ein diplomatisches Lächeln auf. «Es geht um einen Jungen», sagte sie. «Ich hoffe, Ihr Mann kann mir da weiterhelfen.»

Ächzend hielt Frau Schwarz-Pohl mit einer Hand ihren schweren Leib. Mit der anderen wies sie auf den Durchgang zwischen Hofladen und Wohnhaus. «Gehen Sie da lang», sagte sie. «Bodo ist im Garten, bei den Sträuchern hinten.»

Julia wollte danken, doch die Tür hatte sich schon geschlossen.

Hinter dem Bauernhaus war eine kleine Terrasse mit Überdachung aus dem alten Ausgedinge gebaut worden. Pya und ihre beiden Freundinnen saßen dort. Julias Gruß erwiderten sie nur mit einem Kopfnicken. Sie schienen sich gestritten zu haben, dem Abstand zwischen ihnen nach zu urteilen. Irina sah verweint aus. Melanie wirkte auf eine gelangweilte Art beleidigt; Pya finster entschlossen und so bockig, dass Julia förmlich die Hörner unter ihren schwarzen Haarstoppeln ahnte. Alle drei Mädchen hatten die Arme vor der Brust verschränkt. Julia unterdrückte einen ersten Impuls, zu ihnen zu gehen und sie wegen ihrer Ansichten zum Tod ihrer Lehrerin zu befragen. Ein seltsamer Bannkreis schien um die Mädchen gezogen. Julia spürte: Sie war jetzt nicht erwünscht.

Nicht viel anders erging es ihr bei Bodo Pohl. Der zurrte gerade Riemen über den Zweigen auf dem Anhänger seines Lieferwagens fest, als sie bei ihm ankam. War er eben noch ganz versunken in seine Arbeit gewesen, so verfinsterte sich seine Miene, als er Julia bemerkte.

«Was woll'n Sie denn hier?», blaffte er statt einer Begrüßung.

«Ich habe Fragen wegen des Todes von Rita Gerlach», sagte Julia.

«An mich?»

«An Sie.»

«Sie wollen mir doch nich etwa was anhängen, oder?» Schon rötete sich sein Gesicht vor Zorn. Breitbeinig pflanzte er sich vor Julia auf, was die jedoch wenig beeindruckte.

«Die Kinder haben gesehen, dass Ihr Lieferwagen am Waldrand stand an dem Tag des Klassenausfluges.»

«Na und? Ich werd Zeug zum Haufen gebracht haben. So wie jetzt auch.»

«Ist Ihnen etwas aufgefallen, als sie dort waren?»

«Was soll mir da aufgefallen sein?»

«Etwas Ungewöhnliches. Etwas, was mit dem Tod von Rita Gerlach zu tun haben könnte.»

Bodo Pohl holte tief Luft, bevor er loslegte. «Wenn Sie denken, ich hab diese Tante abgemurkst, dann sind Sie mächtig auf dem Holzweg, Kleine.»

Jetzt wurde auch Julia wütend. «Die Kriminalpolizei stellt Fragen, Herr Pohl. Und ich mache mir Sorgen, ob Sie nicht unter Verdacht geraten könnten. Jeder hier im Dorf weiß von Ihrem Streit mit Rita Gerlach wegen deren Anschuldigungen.»

«Sie sind nich mehr meine Anwältin, hab ich gesagt!»

«Das ist richtig», sagte Julia nun betont ruhig, «aber immer noch die eines anderen. – Herr Pohl», fuhr sie eindringlich fort, «wenn Sie Frau Gerlach begegnet sind an diesem Tag, müssen Sie es mir sagen!»

Bodo Pohl wandte sich ab. «Bin ich nich! – Reicht das jetzt?»

«Herr Pohl …»

«Ich will, dass Sie hier verschwinden, klar?», unterbrach er sie grob. «Ich hab noch andre Sachen zu tun.»

Bevor Julia antworten konnte, hörten sie eine leise Mädchenstimme hinter sich. «Herr Pohl?», sagte Irina. «Ob Sie uns wohl mitnehmen könnten ein Stück?» Sie wies auf Melanie, die noch immer mit verschränkten Armen bei der Terrasse stand. Pya war ins Haus gegangen, wie es schien.

«Habt ihr euch gestritten?», entfuhr es Julia. Sofort schossen Irina die Tränen in die Augen. Doch sie schüttelte den Kopf und machte eine wegwerfende Handbewegung.

«Lassen Sie die Mädels in Ruhe!», blaffte Pohl hinter Julia. «Und verschwinden Sie endlich!»

Julia drehte sich nur halb zu ihm um. «Gern», sagte sie giftig. «Ich schicke Ihnen meine Rechnung. – Wenn ihr wollt, könnt ihr auch mit mir fahren», wandte sie sich dann an Irina.

Einen Moment zögerte Irina. Sie spielte an der grünen, bestickten Stofftasche, die sie umgehangen hatte.

«Na, was jetzt?», rief Pohl und öffnete die Fahrertür.

«Wir kommen mit, Herr Pohl», sagte Melanie, die näher gekommen war. «Los komm, Iri!» Im Nu waren sie auf den doppelten Beifahrersitz des Lieferwagens geklettert. Bodo Pohl startete und gab Gas. Mit einem Satz zur Seite brachte sich Julia in Sicherheit, als Pohl mit Wagen und Anhänger an ihr vorbeirumpelte. Sie blieb in einer stinkenden Dieselwolke zurück. Diese Demütigung schmeckte ihr doppelt bitter. Jetzt lag alle Hoffnung auf Eddie, der mit seiner schönen Vanessa heute mit Michael die Feuerwache am Hexenhaufen der Jugend hielt. Julia blickte auf zum Bornbusch, als sie in ihren Wagen stieg. Um den jetzt schon imposanten zentralen Haufen waren noch Berge an Material gestapelt. Bis Freitag würden starke Arme, unterstützt von Greifern und anderen Baufahrzeugen, den Scheiterhaufen weiter aufschichten.

«Puh!», machte Vanessa, als der breite Rücken von Michael hinter den Sträuchern des Bornbusches verschwunden war. «Da scheint einer aber mächtig sauer zu sein.»

Eddie warf ein paar Zweige in das kleine Wachfeuer vor sich. «Wahrscheinlich, weil die beiden Grazien vorhin ohne seine Pya aus dem Auto gestiegen sind.»

«Fleischermeister Pohl war ebenfalls stinkig, weil er sein Holz erst mal allein abladen musste.» Vanessa lachte. «Zum Glück bist du gerade angekommen und konntest helfen.» Anmutig setzte sie sich neben Eddie ans Feuer. «Da unser junger Wächter von gleich zwei Schönheiten so in Beschlag genommen wurde.»

«Hast du gehört, was die drei da so getuschelt haben?», fragte Eddie.

«Nicht viel», sagte Vanessa und zog ihr Wolltuch enger um die Schultern. «Es ging wohl um ein Versprechen, einen Schwur gar, wenn ich das richtig verstanden habe. Sie waren alle drei ziemlich aufgeregt. Und Irina …» Sie zögerte.

«Ja? Was war mit ihr?»

«Sie war schon wieder sehr ängstlich», überlegte Vanessa, «doch auch sehr entschieden. Ich glaube, die Kleine kann auch anders, wenn sie will. – Das war schon irgendwie seltsam, sie so zu erleben. Aber ich habe nicht hören können, worum es genau ging. Die drei sind auf jeden Fall im Zorn auseinander. Ich fand, Irina sah regelrecht grimmig aus, als sie bei dem Pohl wieder in den Wagen stieg und Melanie so unsanft beiseiteschubste.»

«Ja, das habe ich auch gesehen», erinnerte sich Eddie. «Irina», sagte er nachdenklich. «Die kleine, ängstliche Irina kann auch wütend werden. – Meinst du, die haben von den Katzenmorden geredet?» Er sah zu Vanessa hinüber. Sofort änderte sich sein Tonfall in liebevolle Besorgnis. «Sag mal, ist dir etwa kalt?»

«Der Wind ist kühl geworden, finde ich», erwiderte Vanessa mit gekonntem Frösteln. Dann schenkte sie Eddie einen tiefen Blick. Eddie sprang auf. «Komm mit!», rief er begeistert. «Es gibt hier drin so eine Art Bude.»

Vanessa zögerte, die gereichte Hand zu greifen. «Bude? Wo?»

«Na, im Holzhaufen. Mit Sofa und allem. Micha hat erzählt, dass sie den ganzen Scheiterhaufen drum herum gebaut haben.» Er zog Vanessa hoch und mit hin zu dem breit aufgeschichteten Holzhaufen, der mittlerweile die stolze Größe einer Doppelgarage erreicht hatte. Endgültig aufgeschichtet wurden die Haufen erst am Tag des Hexenbrennens, um missgünstige Feuerteufel und Tunichtgute von einem vorzeitigen Abfackeln des Haufens abzuhalten.

Noch immer war Vanessa misstrauisch. «Und das ist auch sicher da drinnen?»

«Na klar», beteuerte Eddie, «haben schließlich die Kameraden der Feuerwehr gebastelt. – Warte!» Er holte seinen Rucksack, bevor er Vanessa dicht an den Haufen heranführte. Dann nahm er einen großen, dürren Weihnachtsbaum beiseite, an dem noch Reste von Goldlametta hingen. Dahinter kam ein schmaler Durchgang zum Vorschein. «Hereinspaziert!»

Vanessa traute ihren Augen nicht, als sie leicht gebückt in das Innere des Haufens kam. Wie in einem Indianerzelt weitete sich der Raum. In einer Öffnung in der Mitte konnte sie ein Stück Himmel mit pastellfarbenen Abendwolken sehen. Durch die dichte Schichtung der Zweige umher waren sie jedoch völlig vor den Blicken ungebetener Gäste verborgen. Ein Tischchen stand in der Mitte des kleinen, kreisförmigen Raumes. Man hatte sogar eine alte Kokosmatte auf die zertretene Wiese darunter gelegt. Ein paar umgekehrte Holzkisten dienten als Sitze. Ein dickes, rostrotes Plüschsofa mit zerschlissenem Bezug krönte das Ensemble. «Das ist ja fantastisch», entfuhr es Vanessa. «Wann, sagtest du, kommt unsere Ablösung?»

«Um Mitternacht», schnurrte Eddie in Vanessas Nacken. «Wir haben alle Zeit der Welt.»

Sie entwand sich ihm und setzte sich mit Schwung auf das Sofa, das unter ihr wippte. Schelmisch blinzelte sie ihn an. «Und unser Feuerchen da draußen? Und unsere Wache?»

«Ach!», sagte Eddie. Er setzte sich neben sie und packte seinen Rucksack aus: Gläser, Teelichter, Erdnüsse, Oliven, Korkenzieher, blütenweiße Stoffservietten und eine Weinflasche.

«Einen frühlingshaften Chardonnay aus Neuseeland, Gnädigste?»

«Eddie!» Er bekam einen liebevollen Stupser in die Rippen. «Du hast doch nicht etwa den Weinkeller deiner Eltern geplündert?» Eddies Ohrenspitzen verfärbten sich etwas, als er wiederum «Ach» brummte. Er entkorkte die Flasche, schnupperte weltmännisch an dem Kunststopfen und schenkte dann ein. Inzwischen hatte Vanessa die Teelichter entzündet und war dabei, sich eine filterlose Zigarette zu drehen. Eddie hielt inne, als er das bemerkte. «Ist es das, wofür ich es halte?»

«Tabak, meinst du?» Vanessa leckte am Zigarettenpapier und schloss die Rolle. Als Eddie wie versteinert schwieg, gab sie ihm noch einen sanften Stups. «Es ist Tabak, Eddie.» Sie hielt ihm die Rolle unter die Nase zum Schnuppern. «Du bist aber wirklich ein sehr braver Junge», spottete sie sanft.

«Das ist kein Scherz für mich!»

Vanessa wurde ärgerlich. «Heh! Das ist Tabak. Kein Kraut, klar?» Sie wollte sich die Zigarette anzünden.

«Du solltest hier trotzdem besser nicht rauchen», meinte Eddie.

«Und die Kerzen?», gab Vanessa zurück. «Meinst du etwa, die sind nicht gefährlich inmitten dieses Scheiterhaufens?»

Eddie brummelte etwas Unverständliches und reichte Vanessa eines der Gläser. Ihm war nach allem Möglichen, nur nicht nach Streit. Ähnlich versöhnlich gestimmt, packte Vanessa die Selbstgedrehte in ihr besticktes Tabaktäschchen zurück. Sie prosteten sich zu. Sie küssten sich. Fassten sich an. Zart und suchend erst. Eine gute Weile versanken sie dann in ihrem Spiel und vergaßen Feuergefahr und Drogen.

Schließlich rauchte Vanessa doch noch ihre Selbstgedrehte und Eddie betrachtete sie dabei versonnen.

«Hast du noch nie geraucht?», fragte Vanessa.

«Noch nie», beteuerte Eddie. «Ich finde, das Zeug stinkt.»

«So?» Vanessa zog die Augenbrauen hoch.

«Na ja. Die hier geht schon.»

Sie lachte. «Du brauchst dich nicht zu rechtfertigen. Ich finde es total in Ordnung, dass du zu deiner Verweigerung stehst. Und wenn es halt Tabak und Drogen sind, ist das auch gut.» Verschmitzt blinzelte sie ihn an. «Hauptsache, du wirst nicht zum fanatischen Verfolger von all denen, die vielleicht eine andere Beziehung dazu haben.»

Eddie richtete sich auf. «Welche Beziehung hast du denn dazu?»

«Eine sehr lockere», erwiderte Vanessa lächelnd.

«Also hast du schon was probiert? Ich meine Drogen.»

Jetzt setzte sich auch Vanessa auf. Sie spürte, wie ernst es Eddie damit war. «Keine harten Drogen», sagte sie ernsthaft. «Aber in Mexiko haben wir manchmal Traumkraut verräuchert. Das war eine ganz nette Erfahrung.»

«Traumkraut?»

«Eine aztekische Kräuterdroge. Die Medizinmänner haben sie meist zu schamanischen Reisen benutzt und zur Heilung. Aber auch zu kultischen Zwecken. – Ich glaube, Olivers Mutter nimmt davon auch eine gehörige Prise.»

«Annabella?» Eddie war verblüfft.

«Sie vermischt es meist mit ihrem Räuchersalbei. Reinigung und Klärung. Und Inspirationsquelle, sagt Oliver. Für ihre Malerei.»

«Aber tut es ihr denn auch gut», fragte Eddie skeptisch. «Wenn sie doch schon so'n Haufen Psychozeug schluckt?»

Vanessa zuckte die Achseln. «Wenn sie es denn schluckt. Oliver ist sich da oft nicht sicher. Aber er lässt sie gewähren, weil er sie gern hat. Er würde alles für sie tun.»

Sie zogen sich an.

«Wo kriegt man denn hierzulande dieses Traumkraut her», fragte Eddie, während er ihre Gläser auffüllte. Doch Vanessa schien plötzlich wie erstarrt. Sie lauschte.

«Was ist?»

«Still!», flüsterte sie. Sie packte seinen Arm. Dann hörte auch er etwas. Jemand war draußen. Jemand war am Holzhaufen.

Schuldbewusst sahen sie sich an. Ahnte derjenige, dass die Wächter hier im Inneren des Haufens waren? War das schon die Ablösung? Eddie sah auf seine Uhr. Kurz vor zehn. Das wäre sehr zeitig. Auch hätten die Kameraden der Feuerwehr gewusst, wo sie zu suchen hätten, fänden sie das Feuer verlassen. Ob es noch brannte?

Rascheln von Geäst. Der Haufen wackelte. Etwas trockenes Laub aus den Zweigen fiel in Vanessas Haar. Sie sah besorgt aus. Ihr Wolltuch hatte sie schützend vor ihrer Brust zusammengezogen. Eddie wollte etwas sagen, doch Vanessa legte den Zeigefinger an ihre Lippen. Sie warteten. Der Fremde schien allein zu sein. Sie hörten sein Keuchen. Er warf etwas in das Reisig am Rande des Haufens. Schritte, die sich entfernten.

Dann Stille, so unheilvoll, dass sie kaum zu atmen wagten.

Erst hörten sie es. Ein Fauchen, Knistern, Brausen. Und dann rochen sie es. Rauch. Feuer.

«Raus hier», schrie Eddie. Er packte Vanessa. «Das Schwein hat den Haufen angezündet.»

Das Brausen wurde stärker. Der Abendwind entfachte die Flammen. Schon umhüllte sie der beißende Rauch. Geistesgegenwärtig griff Vanessa nach Eddies Rucksack. Dann kämpften sie sich hinaus.

Der Abendwind hatte sich gelegt. Brandgeruch lag wie eine bedrohliche Glocke über dem Tal von Finkendörfel. Oben am Bornbusch blinkten die blauen Lichter der letzten Einsatzwagen. Die Polizei war noch da. Natürlich die Feuerwehr, die den restlichen Brand beaufsichtigte. Der Krankenwagen war schon lange wieder gefahren. Der Beistand der Sanitäter beschränkte sich auf die Versorgung einer hässlichen Brandwunde an Vanessas rechter Hand. Sonst war das überraschte Pärchen mit leichten Blessuren und einem gehörigen Schrecken davongekommen. Nun wurden sie dermaßen von ihren Tanten und Verwandten bemuttert, dass das Rettungsteam alsbald sein Heil in der Flucht suchte.

Ella-Ma und Trude waren kaum zu bremsen, so außer sich waren sie wegen der Gefahr, in der sich die «jungen Leute» befunden hatten. Julia gab diese Bezeichnung einen eifersüchtigen Stich ins Herz. Vor gar nicht allzu langer Zeit waren sie und Paul die «jungen Leute» gewesen, um die sich alles gedreht hatte. Aus und vorbei. Leer gebrannt. Wie sollte in solch toter Erde neues Leben gedeihen? Still und gedankenvoll betrachtete Julia die aufgeregte Gesellschaft in der Gaststube des

Erbgerichtes, die sich zu dieser nächtlichen Stunde hier eingefunden hatte, um sich von den Aufregungen des Abends zu erholen. Und das ging am besten in Gemeinschaft und möglichst bei einem Glas Bier. Keiner konnte jetzt gleich nach Hause gehen. Eigentlich war im Erbgericht um diese Zeit schon Schankschluss, doch im Katastrophenfall – also so wie heute – spielte das keine Rolle. Mit glühenden Ohren stand Jörg hinter dem Tresen und schenkte jedem von allem ein, was er in dieser Stunde des Schreckens gerade brauchte.

Oliver Miskowitz kam aus der Küche geeilt. «Ob ich wohl trotzdem nach Hause könnte?», fragte er Jörg. «Ich mache mir Sorgen um Bella. Diese ganze Aufregung im Dorf – sie spürt so etwas.»

Jörgs Gesicht verzog sich unwillig bei dieser Bitte, doch Katja kam einer Antwort zuvor. «Natürlich musst du nach deiner Mutter sehen, Oliver», sagte sie herzlich. «Wir schaffen das schon. Ich glaube nicht, dass einer von denen hier noch ein Menü wünscht.» Sie nickte lächelnd in Richtung übervollem Schankraum. «Zum Glück ist ja alles gut ausgegangen. Sag das deiner Bella. Das wird sie beruhigen.»

Heftige Diskussionen brandeten durch die verrußte Gästeschar in Uniform und Zivil. In ihrer Mitte auf der Ofenbank das unglückliche Pärchen. Vanessa fand durch einen jungen Rotschopf der freiwilligen Feuerwehr beste Fürsorge. Misstrauisch beäugt durch Eddie daneben, der sich Ella-Mas Bemutterung kaum erwehren konnte. Während Trude mit den Leuten von der Feuerwehr jede Minute eine neue Theorie aufstellte, wer es denn gewesen sein könnte, der den Hexenhaufen von Finkendörfel so frech vorzeitig abgefackelt hatte.

«Das waren bestimmt die vom Jugendclub Eckertswalde», erklärte gerade einer der Feuerwehrleute bestimmt. «Das bedeutet Krieg!»

«Ach, hört doch bloß auf. Darauf warten die doch.»

«Ich sage nur», verkündete Trude derweil düster: «Rupert Hantzsch!»

Ein paar lachten ungläubig. «Hantzschens Rupert? Warum denn ausgerechnet der?»

«Weil das genau seine Handschrift ist. Wer weiß, was er wieder für eine seiner Luderein vertuschen wollte mit dem Brand.»

«Ach Trude», wandte Ella-Ma ein. «Übertreibst du nicht etwas mit deinem Rupert?»

«Der ist überhaupt nicht ‹mein› Rupert!», entgegnete Trude wütend. «Wäre er nicht sonst schon lange hier aufgekreuzt?»

Die anderen sahen sich an und murmelten zustimmend. «Das ist wirklich seltsam.»

«Wir müssen dem guten Rupert doch mal auf den Zahn fühlen.»

«Zahn?», ätzte Trude. «Ich frage mich, welchen Zahn ihr da meint?»

Brüllendes Gelächter belohnte ihre kleine Boshaftigkeit.

«Also ich finde, wir sollten einfach ein neues Feuer errichten», rief dagegen Katja. «Hier beim Erbgericht. Damit zeigen wir es allen!»

Ihre Worte ließen die anderen für einen Moment verstummen.

«Aber Katja», wandte ein bärenhaft riesiger Feuerwehrmann ein. «Wo willst du denn so viel Holz herkriegen bis Freitag?»

«Knut hat recht, das könnte schwierig werden.»

«Schwierig bestimmt», sagte Katja und stellte die Teller auf den Stammtisch, «aber machbar.»

Und schon kamen erste Vorschläge. Der Reisig, der noch um den Haupthaufen herum aufgestapelt lag, war weitgehend vor den Flammen gerettet worden, wenn auch völlig durchweicht. Doch da waren ja ganze Lauben abzureißen, wie sich plötzlich herausstellte, Keller zu entrümpeln und dann kannte noch einer einen, der einen kannte …

Die Sache war beschlossen, schnell waren die Aufgaben verteilt. Ein Hoch auf die Wirtsleute. Noch eine Runde vom Kurzen! Das Getöse wuchs an. Julia drohte der Kopf zu platzen. Sie stand auf, um sich zu verabschieden.

«Entschuldigen Sie», hörte sie eine zaghafte Frauenstimme mit Akzent. «Entschuldigen Sie bitte vielmals.»

«Ruhe!», brüllte Jörg. Widerwillig gehorchten seine Gäste.

«Frau Müller!» Katja kam zu der Frau geeilt, die in Begleitung eines blonden Burschen in die Gaststube getreten war. Julia erkannte Eugen, Irinas Bruder. Der Gips war entfernt worden, seine Unterarme nur noch eingebunden. Irinas Mutter hatte Tränen in den Augen. Sie sah verstört aus. «Mein Kind», stammelte sie, kaum, dass sich die Lautstärke senkte, «mein Mädchen ist verschwunden.»

«Irina ist verschwunden?», rief Julia atemlos vor Erschrecken. «Seit wann?»

Die Augen der Frau irrten zu Julia. Eugen erkannte sie und flüsterte seiner Mutter etwas ins Ohr. Sofort kam Frau Müller auf Julia zu und ergriff ihre beiden Hände. «O bitte! Sie missen helfen. – Mein Kind, mein wunderschenes Kind. Sie kummt nie so späte. Und heite …» Sie weinte. «Das Feier …»

Unruhe machte sich unter den Helfern breit.

«Oben war kein Mädchen», sagte der bärenhafte Feuerwehrmann und kratzte sich besorgt seinen Bart.

«Haben Sie sich schon bei den Freundinnen erkundigt, Frau Müller?», fragte Julia.

Die Frau nickte unter Tränen. «Die ham sich wohl gezankt, aber nich ernst.»

«Irina und Melanie sind gemeinsam in den Lieferwagen von Bodo Pohl eingestiegen», sagte plötzlich Vanessa mit überraschend fester Stimme.

«Jaja», versicherte Frau Müller zitternd, «das hat mir der Herr Pohl auch erzählt. Und auch die Melanie. Aber heim is die Irina dann alleine.» Sie schnäuzte sich. «Ich hab solche

Angst um meine Kleine. Es gibt doch so viel …, so viel Beses jetzt hier.»

Betroffen sahen sich die Leute an. Gemurmel erhob sich.

«Los, Leute!» rief einer, «Wir suchen die Kleine!»

«Ruf einer den Pohl an. Der soll sagen, wo er das Mädchen rausgelassen hat.»

«Bei der Hauptstraße», erklärte Eugen mit lauter Stimme. «Er sagt, er hätt' auch ganz heimgefahren, die Iri, doch wollte die da mit raus.»

Julia trat näher an den Jungen heran. «Und was sagen die Mädchen dazu?»

«Sie haben sich wieder vertragen», rief seine Mutter dazwischen. «Mit meiner Iri kann keine lange bese sein. Iri war aber nich mehr bei ihr nachher, sagt die Melanie.»

«Iri ist heim alleine», ergänzte Eugen finster. «Ganz alleine. Sie genau weiß, dass sie das nich soll!» Angst und Wut glitzerten in seinen Augen. Schnell senkte er den Blick.

Einen Moment herrschte betroffenes Schweigen in der Runde. Ratlosigkeit und wachsende Furcht machten sich breit mit dem ersten Gemurmel, das sich nach einer Weile wieder erhob. «Wo soll'n wir da anfangen zu suchen?», meinte einer.

«Es ist nicht mehr geheuer bei uns im Dorf», bestätigte ein anderer und trank mit hastiger Geste seinen Schnaps aus.

«Aber etwas müssen wir doch tun!»

Katja band sich ihre Schürze ab. «Wir rufen die Polizei!»

20. Kapitel

Julia sah aus dem Fenster ihres kleinen Büros hinaus auf die Wiese zum Dorfbach. Die Apfelbäume blühten. In der Nacht hatten heftige Gewitter ihre Blütenkronen arg gezaust. Die Wiese um sie herum war übersät mit rosaweißen Blütenblättern. Der nächtliche Starkregen hatte es jedoch nicht vermocht, den bitteren Brandgeruch des vorgestrigen Abends zu vertreiben, der wie eine schwere Dunstglocke über dem Dorf hing, durchmengt mit Sorgen und Gerüchten um das verschwundene Mädchen.

Eddie und Vanessa hatten sich von ihrem rußigen Schrecken erholt. Vanessa war wegen der Verbrennung an ihrer Hand eine Woche krankgeschrieben, doch Eddie war schon wieder bei der Arbeit und ließ sich sicherlich als tragischer Held bewundern. Es gab viel zu erzählen. Das ganze Dorf war in Aufruhr.

Auch Julia vermochte im Moment nichts von Frühling zu verspüren. In trübsinnige Gedanken versunken, spielte sie mit einem Notizzettel in ihrer Hand. Er war zerknittert und fast unleserlich. Doch die Telefonnummer darauf hatte sie seit Tagen im Kopf. Nur fehlte der Mut, den nächsten Schritt zu gehen: Anrufen. Endlich handeln. Fehlte es ihr etwa an innerer Überzeugung?

Was war es, was sie abhielt, endlich den Termin zur Pflichtberatung zu vereinbaren? Endlich Schluss zu machen, mit dem, was da ungebeten in ihr heranwuchs. Julia schauderte. Gab es denn eine Alternative? Sie hatte sich doch schon entschieden. Nun musste sie es tun. Jetzt!

Ihr Kalender lag schwarz und glatt und geschlossen vor ihr auf dem Schreibtisch. Eine Stimme in ihr flüsterte, dass sie überhaupt keine Zeit dafür habe, solange Vater noch nicht zurück sei. Eine andere wisperte mit weitaus ärgerer Panik, die Zeit renne ihr davon. Und dann sei es zu spät. Zu spät!

Das Telefonklingeln riss Julia aus ihren Grübeleien. Sie erkannte die Nummer.

«Herr Herzog! Guten Morgen. Was haben Sie zu berichten?» Sie lauschte eine Weile ungläubig. «Soll das heißen, Rita Gerlach ist vor Schreck gestorben?» Ein tiefes Schnaufen am anderen Ende der Leitung bestätigte diese Vermutung.

«Sieht ganz danach aus», sagte HaHa. «Keine Spuren äußerer Gewalt, kein Hinweis auf Fremdverschulden. Einfach nur Herzversagen. Und dann dieser Gesichtsausdruck.» Er machte eine Pause. «Das pure Entsetzen, sagen die, die sie gesehen haben.»

«Aber was hat sie gesehen? Was hat der Frau einen solchen Schrecken eingejagt?»

HaHa zögerte mit seiner Antwort. Ihnen beiden war klar, dass er hier erschlichene Interna der Ermittlungen preisgab. Ebenso klar war die streng vertrauliche Behandlung dieses Wissens allein für ihren Fall.

Julia hatte HaHa davon in Kenntnis gesetzt, dass Bodo Pohl ihren Vertrag gelöst hatte, doch HaHa hatte nur verächtlich dazu gegrunzt. «Der holt Sie wieder», hatte er gesagt, «eher, als Sie denken. Er steht im Fokus.»

«Sie meinen, die Ermittler sind nun doch auf ihn aufmerksam geworden?»

«Genau so», war die Antwort gewesen.

Nun jedoch irritierte Julia das lange Schweigen ihres Privatschnüfflers. «Was war da, Herr Herzog?», bohrte sie nach. «Ich weiß, dass es etwas am Fundort gab, was die Polizei bisher verschwiegen hat.»

HaHa holte tief Luft. «Eine Puppe», sagte er dann. «Eine aufgehängte Puppe.»

«Aufgehängt? Wie aufgehängt?»

«Wie erhängt eben. Wie … naja. Sie wissen schon.»

«Wie Ritas Schwester», flüsterte Julia entsetzt. «Wie Milda.»

«So sieht es aus», sagte HaHa. «Sie hatte auch so altmodische Klamotten an. Also die Puppe, meine ich.»

Julia fiel die gestohlene Strohhexe ein. «Könnte es eine Puppe für das Hexenbrennen gewesen sein?», fragte sie.

«Schon möglich», brummte Herzog. «Soll auf jeden Fall eine schreckliche Fratze als Gesicht gehabt haben.»

«Was ist das hier nur für ein grausames Spiel?», entfuhr es Julia. Sie schloss die Augen und massierte ihre Nasenwurzel. Einen Moment gedachte sie der energischen und streitbaren Frau, die so voller Liebe für ihre Schwester gewesen sein musste und für die Gerechtigkeit. Julia seufzte.

«Mit einem Spiel hat das nicht mehr viel zu tun, denke ich», korrigierte HaHa väterlich.

«Sie haben natürlich recht», sagte Julia, die erst einmal ihre Gedanken sortieren musste.

«Die Puppe erinnert mich irgendwie an so 'nen Voodoozauber, finden Sie nicht?»

«Voodoo!?» Julia hielt den Hörer etwas weg vom Ohr vor Erstaunen. Vor ihrem geistigen Auge tauchte blitzartig das Bild der Pfeife rauchenden Annabella Miskowitz auf. Doch sie verwarf die Idee wieder. Was sollte Annabella mit Rita Gerlach zu tun haben? Da gab es keinen Zusammenhang.

Auch HaHa lachte verlegen. «Ach, naja – vergessen Sie's einfach. – 'n schönen Tag noch.»

«Vielen Dank für Ihre Recherchen.» Julia stockte. «Warum ist eigentlich Bodo Pohl im Fokus?»

«Die Kollegen haben auch nicht geschlafen», erwiderte HaHa mit altem Berufsstolz. «Natürlich wissen sie auch von seiner früheren Verbindung zu Rita Gerlach. Und dass er kein Alibi hat für die Zeit des Verschwindens, macht es auch nicht viel leichter für ihn.»

«Verstehe.»

Es klopfte an ihrer Bürotür. Das konnten nur Ella-Ma und Trude sein. Julia vermutete eine gewisse Dringlichkeit dahinter, sonst würden die beiden sie nie in ihrer Bürozeit stören. So beendete sie das Gespräch mit dem Detektiv und ging zur Verbindungstür zum Haus, um zu öffnen. «Oma!»

Ella-Ma war blass vor Schreck. Sie hielt eine weiß-bunte Katze in ihrem Arm. «Das ist Feh», stammelte sie. «Sie ist zurückgekommen. Eben fand ich sie vor unserer Tür.»

Rasch zog Julia ihre Großmutter ins Büro und nötigte sie samt Katze in einen der Sessel der Sitzgruppe am Fenster. «Ist Feh verletzt?», fragte sie.

«Nein. Sie scheint äußerlich völlig in Ordnung und gut gepflegt.»

«Aber?»

«Sieh sie dir doch an!», rief Ella-Ma. «Sie ist völlig verstört.»

Fehs grüne Augen erschienen dunkel, so weit geöffnet waren ihre Pupillen. Das gab ihrem Blick tatsächlich etwas Verängstigtes. Behutsam fuhr Julia dem schönen Tier über den Kopf. Feh schmiegte sich in ihre Hand. «Sie schnurrt doch schon wieder», sagte Julia.

«Das machen Katzen auch, um sich zu beruhigen», erwiderte Ella-Ma. «Meinst du, etwas hat Feh so verängstigt, dass sie geflohen ist? Weg von den Miskowitzens?»

«Glaubst du, die haben ihr etwas angetan?»

Ella-Ma dachte noch einmal darüber nach. Dann schüttelte sie langsam den Kopf. «Kann ich mir nicht vorstellen. – Ob ich mal bei denen anrufe?»

«Mach das!», sagte Julia. «Vielleicht suchen sie ja schon nach ihrer Miez und machen sich Sorgen.»

Mit einem Seufzer erhob sich Ella-Ma. «Wäre kein Wunder bei all dem, was heuer so Unheimliches passiert in unserem Dörfel. – Hast du Zeit für einen Kräutertee?»

Julia schielte zu ihrem Kalender hinüber, der immer noch unberührt neben dem Telefon auf dem Schreibtisch lag, der abgegriffene Notizzettel daneben. Sie legte beide Hände auf ihren Bauch. «Ja», sagte sie dann langsam. «Tee wäre jetzt ganz gut.»

Sie gingen den kleinen Durchgang zur Küche hinüber. Die warme Wohnküche war erfüllt von Minzkräuterduft. Julia schenkte ihnen zwei Keramikpötte voll Tee ein, denn Ella-Ma wollte Feh nicht loslassen. Innig schmuste sie mit der Katze. «Was Trude wohl sagen wird, wenn sie Feh hier wiedersieht?», murmelte sie in das Katzenfell.

«Wo steckt Trude eigentlich?»

«Im Dorf», sagte Ella-Ma und blinzelte. «Spionieren! – Laut ihrer offiziellen Version musste sie noch etwas Butter holen.»

Sie kicherten.

«Es ist ja auch wirklich der Teufel los in Finkendörfel», seufzte Ella-Ma nach einem ersten Schlürfer vom Kräutertee. «Die Polizei ist mit einer Hundestaffel auf der Suche nach dem Russenmädchen.»

«Es dürfte schwierig sein, noch Spuren zu finden nach dem Regen heute Nacht», sagte Julia.

Ihre Großmutter bestätigte diese Befürchtung mit einem Kopfnicken. «Sie befragen alle möglichen Leute hier und in Eckertswalde», fuhr sie dann fort. «Jetzt sind auch noch die von der Zeitung da. – Alles läuft hier irgendwie aus dem Ruder!»

«Und Trude mittendrin. Das ist klar.»

«Sie ist sich sicher, dass Rupert Hantzsch etwas damit zu tun hat», sagte Ella-Ma. Sie setzte Feh ab, weil die sich plötzlich in ihren Armen wand. Schnurstracks lief die Katze zu den Fressnäpfen des Perserkaters Raki, der als Einziger das Privileg genoss, in der Küche der Katzenhüterinnen verköstigt zu werden. Zu ihrem Glück war von seiner Hoheit im Moment nichts zu sehen. Sicherlich schnarchte das rostrote Pelzknäuel auf der breiten Fensterbank in der Wohnstube, dem besten Vogelbeobachtungsplatz im ganzen Haus.

«Ich frage mich, was Trude immer mit diesem Hantzsch hat», sagte Julia kopfschüttelnd.

«Er war mal hinter ihr her», petzte Ella-Ma.

«Ach was!»

«Unsere Trude hat ihn etwas zu lange hingehalten. Als sie dann wollte, wollte er nicht mehr.»

Julia nickte weise. «Daher weht also der Wind.»

«Naja», schränkte Ella-Ma ein, wobei sie wenigstes schamrosé wurde über ihre Indiskretion, «der Rupert hat es schon faustdick hinter den Ohren, musst du wissen. Alles, was illegal ist oder zumindest grenzwertig im Erlaubten, steht von jeher hoch im Kurs bei den Hantzschens. Rupert ist sozusagen der Letzte seines Geschlechts. Wildern, Paschen, Schwarzschlachten, kleine Gaunereien …»

Julia prustete. «Das legt natürlich auch ein solches Verbrechen wie Katzenmorde nahe.»

Ella-Ma wurde ernst. «Rupert war in unserer Jugend als Tierquäler verschrien. – Deshalb verdächtigt Trude ihn.»

«Was waren das für Quälereien?»

Eine Weile schwieg Ella-Ma und hielt ihren Blick gesenkt. «Katzen», sagte sie dann. «Es waren vor allem Katzen. Papier an den Schwanz anbinden. An die Pumpe fesseln. Lauter solche Sachen. Aber ernsthaft verletzt hat er eigentlich nie eine.»

«Wie alt war der Hantzsch da?», wollte Julia wissen.

«Ein Kind», sagte Ella-Ma. Sie blickte auf und sah zum Fenster hinaus. «Trude kommt. Kein Wort mehr davon!»

Trude nahm sich kaum die Zeit, die Schuhe zu wechseln, so aufgeregt war sie. Noch in der Jacke und in Strümpfen kam sie in die Küche gestürmt. «Ah, da seid ihr ja beide», rief sie schon an der Tür. «Ihr glaubt ja gar nicht, was los ist im Dorf! Sie haben Knochen gefunden oben in der Asche vom Hexenhaufen.»

«Knochen!» Julia und Ella-Ma sahen sich an.

«Menschliche?», fragte Julia.

«Sie haben alles eingepackt und mitgenommen. Die werden jetzt kriminaltechnisch untersucht», erklärte Trude wichtig. «Doch es sind ganz bestimmt Menschenknochen. Man hat nämlich noch etwas gefunden da oben.»

«Nun erzähle schon!», drängte Ella-Ma ärgerlich, als Trude hier eine Kunstpause einlegte. «Spanne uns nicht auf die Folter!»

Genüsslich langsam goss sich auch Trude vom Kräutertee ein und setzte sich zu ihnen an den Küchentisch, bevor sie fortfuhr. «Die Tasche von dem Russenmädchen. Die haben sie gefunden. Das war so eine aus buntem Stoff. Ein Unikat.»

«Ich erinnere mich an die Tasche», rief Julia. «Es ist wirklich die von Irina?»

Trude nickte. «Die Kleine von den Pohls, diese Pya, die hat sie gleich erkannt, als die Polizisten sie ihr unter die Nase gehalten haben. Geweint hat sie dabei. Friedegard hat das genau gesehen. Sie wohnt doch gegenüber. Ja, und dann haben sie gleich noch den Bodo Pohl verhaftet.»

«Was?» Julia war aufgesprungen. Doch sie setzte sich wieder. Bodo Pohl war nicht länger ihr Klient, wie sie sich in Erinnerung rief. Das war jetzt Michael Lebelt. Bei dessen Vernehmung war sie gestern dabei gewesen. Michael hatte sich doch noch mit Pya Schwarz getroffen am Abend, als der Brand gelegt wurde. Pya hatte dieses Treffen widerwillig bestätigt. Es schien dennoch keine Romanze zwischen den beiden zu sein. Julia wünschte, sie hätte mehr Klarheit darüber, welcher Art die Beziehung war zwischen Michael und Pya. Darüber behielten beide Seiten jedoch eisernes Stillschweigen. Beide hatten dieselben Anzeichen von Furcht in den Augen. Etwas ging hier vor in Finkendörfel. Etwas Böses, was ganz klein begonnen hatte und jetzt seinen Schatten immer weiter über das Dorf und seine Bewohner ausbreitete. Wo aber war die Quelle dieses Bösen? Was war die Wurzel?

« … hat der Pohl natürlich gleich wieder die Nerven verloren und rumgebrüllt», erzählte Trude derweil weiter. «In Handschellen hätten sie den abgeführt, sagt die Friedegard. Ganz wie im Fernsehen.» Sie schlürfte von ihrem Tee.

«Wie mag es da seiner Frau gehen», fragte sich Ella-Ma kopfschüttelnd. «Hochschwanger, wie sie ist, und jetzt all die Aufregung.»

«Ich denke, die haben den Falschen verhaftet», verkündete Trude. Die anderen beiden ahnten natürlich bereits, wer dafür Trudes Lieblingsverdächtiger war. «Ihr hättet hören sollen, wie sich der Hantzsch großtut und als Hauptzeuge aufspielt vor den Zeitungsfritzen. Redet von Satansjüngern und Verhexungen und dass seine Schafe bestimmt auch verflucht worden seien, weil sie das Fieber nicht loskriegten.» Trude war rot vor Zorn. «Bestimmt hat der Geld von denen gekriegt, damit der so was sagt.»

«Ach Trudchen ...»

«Wo hast du eigentlich die Butter gelassen», fragte Ella-Ma spitz.

Trude winkte ab. Dann lauschte sie. «Ich glaub, dein Telefon läutet, Julia.»

Auch Julia hatte den Klingelton vernommen und war bereits auf den Weg in ihr Büro. Eine unbekannte Nummer auf dem Display. «Julia Eisler», meldete sie sich.

Es war Pya, sie weinte. «Können Sie vielleicht doch mal kommen?»

«Natürlich! Bist du zu Hause?»

«Die ham den Bodo mitgenommen. – Mama geht's auf einmal ganz schlecht. Ich ..., ich weiß einfach nicht ... Der Bodo hat noch gerufen, ich soll Sie holen.»

Julia griff nach ihrer Tasche. «Ich bin gleich bei dir, Pya. Bleib bei deiner Mutter!»

Noch auf dem Weg zu ihrem Wagen hatte Julia den Notarzt informiert, so dass wenig später die halb bewusstlose Petra Schwarz-Pohl in den Krankenwagen bugsiert und mit Blaulicht und Martinshorn ins Krankenhaus gebracht wurde. Pya hatte sich zunächst in hysterisch anmutender Furcht an ihre Mutter geklammert. «Es tut mir so leid, Mama», schrie sie immerzu. «Es tut mir so leid. Ich hab das nicht gewollt.» Mit Mühe gelang es Julia, das Mädchen zu beruhigen. «Dich trifft doch keine Schuld, Pya», sagte sie und strich dem schluchzenden Mädchen über den Kopf. «Deiner Mama wird rasch geholfen werden. Sicher kannst du sie bald wiedersehen.» Und dein Brüderchen auch, wollte sie hinzufügen, verkniff sich diese Bemerkung jedoch. Julia wusste sehr wohl um die Bedrohlichkeit dieser Situation. Hatte sie doch kurz vor Stevies Geburt selbst eine Komplikation erlitten. Der Weg zum Leben war voller Gefahren. Julia wurde kalt ums Herz, als sie an die Mutter des Mädchens dachte. Sie betete im Stillen um einen guten Ausgang.

«Wer ist jetzt da für dich, Pya?», fragte sie dann.

Das Mädchen hatte sich etwas beruhigt. «Ich komm schon klar», schniefte es.

«Kannst du vielleicht zu Melanie gehen?»

«Nein. Nicht nötig. Ich komme klar!» Die Stimme wurde schon fester. Altvertrauter Widerstand flackerte darin auf, was Julia seltsam beruhigend fand. «Gut», sagte Julia. «Dann bleibst du also hier. – Soll ich dich in der Schule entschuldigen für heute?»

«Hat Mama schon gemacht.»

Hilfesuchend sah sich Julia nach den Nachbarn um, die meist in respektvollem Abstand, aber mit regem Interesse Anteil an den Vorgängen bei Schlachtermeister Pohl nahmen. Julia entdeckte Friedegard Heller, eine von Trudes Freundinnen. Sie hatte bei der Erstversorgung der schwangeren Kranken tatkräftig geholfen. Friedegard verstand sofort. «Wir schauen immer wieder mal nach dir, Pya», sagte sie.

Der Blick, den sie dafür von dem Mädchen erntete, war alles andere als dankbar. «Ich komme klar!», wiederholte Pya und machte sich endgültig von Julia los. Sie ging ins Haus. Die Tür krachte hinter ihr ins Schloss.

Sofort setzte kommentierendes Gebrummel unter den Zuschauern ein. Julia jedoch ließ das Mädchen in Ruhe. Sie holte ihr Mobiltelefon aus der Tasche und tippte die Nummer der Polizeidirektion Görlitz ein. Wie es aussah, hatte sie ihren Klienten wieder.

21. Kapitel

Nach Görlitz fuhr Julia immer wieder gern. Das Wiedererblühen dieser alten Tuchmacherstadt an der Neiße erfreute ihr Herz. Bisher waren ihre Besuche meist privater Natur gewesen und dienten vor allem Kultur und Genuss. Im Untersuchungsgefängnis beim Landgericht war sie noch nie gewesen. Dorthin hatte man Bodo Pohl nach seiner Festnahme gebracht. Er verlangte nun auch offiziell nach ihr als Anwältin. Es erfüllte Julia mit einer gewissen Genugtuung. Doch sie fragte sich auch, was genau der Polizei vorlag, dass sie derart rigoros mit einem Verdächtigen umging. Da mochte man über Bodo Pohls Temperament denken, was man wollte: Der Mann wurde jetzt vor allem von seiner Familie gebraucht.

Wie durch ein Wunder ergatterte Julia einen Parkplatz auf dem Postplatz. Im sonnigen Mittagslicht leuchtete der junge Rasen um den Minnabrunnen, der bereits aus dem Winterschlaf erweckt war. Die Muschelträgerin ließ funkelnde Wasserperlenketten auf die steinernen Figuren unter ihr regnen. Julia stiefelte mit langen Schritten an dem Rondell mit dem Wasserspiel vorbei auf das klassizistische Gebäude der Justizvollzugsanstalt zu, das die ganze Breite des Platzes einnahm. Der imposante Solitär passte dennoch familiär unauffällig in die bürgerlichen Bauten der Umgebung. Alles strotzte hier von gewachsenem Bürgerstolz. Da war ein solch sichtbarer Hort von Sicherheit und Recht darunter nur billig.

Julia meldete sich an der Pforte. Sie wurde in die erste Etage verwiesen. Dort erwartete man sie bereits. Ohne Verzug führte sie eine junge Beamtin in das Büro der Ermittler.

Ein väterlich wirkender Kriminalhauptkommissar mit wachen, hellen Augen stellte sich als Sigmar Wilde vor. Er lud sie ein, Platz zu nehmen, bevor sie zu ihrem Klienten ginge. Hauptkommissar Kruz, den Julia bereits von einem ihrer früheren Fälle kannte, hielt sich mürrisch im Hintergrund. Mit verschränkten Armen lehnte er an der Wand des Büros hinter dem Schreibtisch. Er hatte sie nur mit einem Kopfnicken begrüßt. Julia war froh, wenn Kruz in diesem Fall nur die zweite Geige spielte.

«Wir haben selbstverständlich mit der Befragung auf Sie gewartet», sagte Wilde.

«Selbstverständlich», wiederholte Julia höflich. «Darf ich fragen, warum Sie meinen Klienten gleich verhaften mussten, anstatt ihn ganz normal erst einmal als Zeugen zu vernehmen?» Sie erzählte von dessen familiären Komplikationen. «Seine hochschwangere Frau ist im Krankenhaus in durchaus bedrohlichem Zustand und seine minderjährige Stieftochter ohne Aufsicht allein zu Hause.»

Wilde nickte mitfühlend. «Um die Tochter wird sich jemand kümmern», sagte er dann sanft. «Doch bei Ihrem Klienten besteht unserer Auffassung nach Flucht- und Verdunklungsgefahr.»

«Wie das?»

Bei dieser Frage löste sich Kruz aus seiner abwartenden Haltung und trat näher an den Schreibtisch seines Kollegen heran. Er beugte sich zu ihr herüber. Ein Lächeln umspielte seine schmalen Lippen, das Julia wölfisch erschien. Auch erreichte es nicht seine Augen.

«Ihr Klient hat sich wieder mal in eine denkbar schlechte Position manövriert, Frau Eisler», schnurrte er.

Julia hätte ihn am liebsten getreten für diese Gemeinheit. Hauptkommissar Wilde hob bei den Worten «wieder mal» die Augenbrauen und sah fragend zu seinem Kollegen.

«Ich fürchte, Sie bringen hier etwas gehörig durcheinander, Herr Kruz», lächelte Julia mit kühlem Charme zurück. Sie verschränkte ihre Arme, lehnte sich in ihren Stuhl und schlug die Beine übereinander. «Ich höre also», wandte sie sich an Wilde.

«Er hat eine Tätlichkeit gegenüber den Beamten unseres Sonderkommandos begangen, als die mit der Tasche des verschwundenen Mädchens bei den Pohls auftauchten», sagte Wilde, der sie nun abschätzend musterte. «Sie wollten eigentlich die Tochter dazu befragen.»

«Pya hat die Tasche als die ihrer Freundin Irina erkannt?»

«So ist es», nickte Wilde. «Interessanterweise ging sie dann gleich auf ihren Stiefvater los.»

Julia richtete sich auf. «Wie los?»

«Mit Fäusten», mischte sich Kruz ein. «Hat geschrien und auf ihn eingetrommelt. – Naja: Der Pohl verträgt schon was. So ein paar lächerlich dürre Mädchenarme können wenig ausrichten bei diesem Walross.» Er schmatzte geringschätzig.

«Unsere Beamten berichten, dass das Mädchen immerzu geschrien habe: ‹Sie ist tot! Sie ist tot›.»

«Sie ist tot», wiederholte Julia tonlos. «Irina ist tot? Aber woher will Pya das wissen? Ist sie möglicherweise eine Zeugin?»

«Sie wurde bereits mehrfach dazu vernommen, ohne dass uns das einen Schritt weitergebracht hätte», bemerkte Kruz verdrossen und lehnte sich mit verschränkten Armen an die Wand. «Aber Ihr Klient ist bei diesen Worten total ausgetickt.» Das Grinsen breitete sich wieder über sein Gesicht aus.

Julia seufzte betont tief. «Vielleicht können Sie Ihre Angaben dazu etwas präzisieren? Sie werden doch wohl nicht jeden Wutanfall mit Untersuchungshaft belegen?»

«Herr Pohl wurde tätlich gegen seine Stieftochter», erklärte Wilde nach einem Räuspern in sachlichem Ton. «Und auch gegenüber unseren Beamten, als die eingreifen wollten. Eine unserer Kolleginnen von der Sonderkommission wurde von

Ihrem Klienten verletzt, als er völlig unangemessenen Widerstand leistete.»

«Er hat die Kleine angebrüllt, sie solle endlich ihr Maul halten», ergänzte Kruz zufrieden. «Ganz aufgeregt war er, der Herr Fleischermeister.»

Die Szene stand nur allzu deutlich vor Julias innerem Auge. Sie zupfte ein unsichtbares Haar von ihrem Rocksaum kurz über dem Knie. Bisher kein Wort über die tote Lehrerin und Bodo Pohls unheilvolle Beziehung zu Rita Gerlach in der Vergangenheit. Kein Wort von Milda und der aufgehängten Strohhexe im Wald. Ein Trick? Oder wusste die Polizei nun Näheres darüber und behielt sich diesen Trumpf für die richterliche Anhörung im Ärmel? Das würde auch bedeuten, dass Michael möglicherweise weiterhin als verdächtig galt. Doch woher sollte der Junge von diesen tragischen Ereignissen wissen? Damals war er noch nicht einmal geboren. War tatsächlich alles nur Zufall?

«Gibt es schon genauere Erkenntnisse zu den Knochenfunden?», fragte Julia schließlich.

«Woher wissen Sie denn das schon wieder?», blaffte Kruz.

«Nun», blitzte sie ihn an, «das ist nur einer der unvergleichlichen Vorteile einer Dorfanwältin, wie Sie sich sicher denken können.»

Wilde senkte den Kopf, um ein Lächeln zu verbergen. «Die Knochen sind noch in der forensischen Abteilung», sagte er. «Doch es deutet vieles daraufhin, dass es sich dabei um Tierknochen handelt.»

«Um welches Tier», fragte Julia eine Spur zu schnell.

Wilde blickte sie erstaunt an. «Schafe vermutlich», meinte er dann.

Julia atmete auf.

«Sie wirken erleichtert.»

«In der Tat», gab Julia zu. «Es gibt viel Wirbel im Dorf wegen Katzenquälerein und rituell anmutender Tötungen. Sicher ist Ihnen auch schon aufgefallen, dass solche ‹Opfer› meist in Verbindung mit irgendwelchen Todesfällen stehen, die sich so seltsam häufen in unserem Dorfidyll.» Ungewollt war ihre Stimme scharf geworden.

Die beiden Kriminalbeamten schwiegen sie bedeutungsvoll an.

«Falls es Ihnen nun in den Sinn kommen sollte, meinen Klienten auch mit den satanischen Katzenmorden in Verbindung zu bringen, ist es gewiss hilfreich, wenn ich Sie darauf hinweise, dass Herr Pohl an einer Katzenhaarallergie leidet.»

«Sehr hilfreich», versetzte Wilde trocken.

«Sie halten meinen Klienten also unter der Anschuldigung fest, tätlich gegen einen Ermittlungsbeamten geworden zu sein und Widerstand …»

«Nicht nur, Frau Eisler», unterbrach Wilde sie kopfschüttelnd. «Bodo Pohl wird verdächtigt, mit dem Verschwinden von Irina Müller zu tun zu haben.»

Julia hielt einen Moment inne.

«Gibt es dafür denn irgendwelche Hinweise», fragte sie dann, «außer, dass er die Mädchen nach Hause gefahren hat, nachdem er das Holz zum Hexenhaufen gebracht hatte?»

«Er war der Letzte, der Irina Müller lebend gesehen hat. Seiner Aussage nach hat er sie bis auf die Hauptstraße vor dem Neubauviertel in Eckertswalde gebracht, wo die Müllers wohnen.»

«Zeugen?»

«Bis jetzt eben nicht, Frau Eisler. Die Befragung läuft noch.»

Julia spürte, dass sie heute wenig Erfolg mit einer Freilassung ihres Klienten haben würde.

Bodo Pohl bestätigte ihr in dem darauffolgenden Gespräch nur, was sie bereits von den beiden Beamten erfahren hatte. Seine Reue zeigte er ebenso heftig, wie es wohl alle seine Gefühlsbezeugungen waren. Er stöhnte, verbarg sein Gesicht zwischen den Händen und schalt sich immer wieder ein Riesenrindvieh. Als er von der Krankenhauseinweisung seiner

Frau hörte, brachte ihn das vollends aus der Fassung. Pohl beschwor Julia, ihm bald Nachricht über den Zustand seiner Frau zu geben. Dass er weinte dabei, berührte Julia. Sie versprach es ihm.

Die offizielle Vernehmung verlief ruhig und sachlich und brachte keine weiteren Ergebnisse. Nur zu einer Entlassung aus der Untersuchungshaft ließen sich die beiden Kommissare nicht erweichen, da Pohl die Beamtin bei seinem Widerstand leicht verletzt hatte. Am nächsten Tag würde ein Richter über einen weiteren Verbleib oder Pohls Freilassung entscheiden.

Man verabredete sich bis dahin.

Wenig später brauste Julia der sinkenden Sonne hinterher, die Autobahn zurück gen Bautzen. Nachdem sie den Königshainer Tunnel passiert hatte, war sie unablässig dabei, über ihre Freisprechanlage zu telefonieren. Ihr Anrufbeantworter quoll über vor Nachrichten. Vor allem die aus der Kanzlei waren alles andere als erfreulich. Da erwartete sie ein zornschwarzer Verkehrssünder, der bereits seit einer Stunde vergeblich mit ihrem Erscheinen vertröstet worden war. Die Fachanwältin für Verkehrsrecht war wegen ihres kranken Kindes vorzeitig in den Kindergarten gerufen worden. Zwei Eilanfragen für das Bezirksgericht waren noch aufzusetzen. Das Ehepaar Schlüter wollte nun doch eine einvernehmliche Trennung. Frau Schlüter zog die Scheidungsklage zurück. Ob sie noch diese Woche einen Vorzugstermin bekommen könnten, es ginge um eine Kreditbürgschaft.

Julia schwirrte der Kopf. Zum Glück war die Trögerin da und stand in dem Kanzleigetümmel fest wie eine deutsche Eiche.

«Auf Sie, meine Liebe, wartet dann aber zuerst eine gute Tasse Tee», verkündete sie mit Heroldsstimme, nachdem sie Julia derart zugetextet hatte. Julia erschien es wie die Verheißung einer glückseligen Insel.

Sie fühlte sich dadurch sogar so weit getröstet, dass sie sich in der Lage sah, noch vor ihrer Ankunft Bodo Pohls Auftrag auszuführen.

«Wähle Bara», wies sie den Automaten an. Zu ihrem großen Erstaunen hörte sie nach nur einem Klingeln bereits die Stimme ihrer Schwester Barbara, die als Ärztin in der Bautzener Klinik arbeitete. «Hallo Schwesterherz», mümmelte Barbara.

«Ach du Schreck», rief Julia, «störe ich dich etwa gerade beim Essen?»

«Geburtstagskuchen von einem Kollegen», gab Barbara fröhlich zurück und nun mit schon viel klarerer Stimme, da sie runtergeschluckt hatte. «Was hast du auf dem Herzen?»

Beschämt nahm Julia zur Kenntnis, dass Barbara gar nicht auf die Idee kam, sie könnte nur mal eben so bei ihrer Schwester anrufen, um zu hören, wie es ihr oder den Kindern gerade so ging. Julia nahm sich vor, unbedingt an ihrem Familiensinn zu arbeiten.

«Die Frau eines Klienten ist heute eingeliefert worden. Ich brauche dringend Auskunft, wie es ihr geht. Er ist gerade verhindert.»

«Aha», machte Barbara, die schon wieder an einem nächsten Bissen kaute. «Und welche Station?»

«Keine Ahnung! Gyn oder Geburtshilfe oder Intensiv gar? Die Frau steht kurz vor der Entbindung. Ist eventuell mit einer Gestose oder so was heute Vormittag eingeliefert worden …»

«Oh, davon habe ich gehört. Warte mal!» Sie wandte sich jetzt wohl an die Kollegen und Schwestern im Pausenraum, denn Julia vernahm durch den Lautsprecher ihres Wagens Geschirrklappern und Gespräche. «Sie liegt auf der Inneren – Intensiv, sagt Harald. Es ging ihr ziemlich schlecht.» Barbara machte eine mitleidige Pause. «Ich erkundige mich gleich nach ihr, ja?»

«Du bist ein Schatz!»

«Ich rufe dich zurück.»

«Sprich auf die Mobilbox», sagte Julia, die gerade auf den Hof ihres Vaterhauses einbog. «Ich bin jetzt in der Kanzlei. Auf mich wartet hier die Vorhölle, wie mir die Trögerin prophezeit hat.»

Es war weit nach zehn, als Julia ihr letztes Diktat beendet hatte und ihre Sachen zusammenräumte. Selbst die Trögerin war schon lange nach Hause gegangen. Nur die Putzfrau wischte seit einer halben Stunde geduldig um Julias Büro herum. Julia war erschöpft und doch von einer klirrenden Wachheit, die sie schmerzte wie zu grelles Licht. Als sie ihren Kalender einpackte, fiel ihr heiß ein, dass sie heute wieder keinen Beratungstermin für sich vereinbart hatte. Sie fluchte leise vor sich hin.

Auch Barbaras Nachrichten zum Zustand von Petra Schwarz-Pohl waren nicht geeignet, ihre Stimmung aufzuhellen. Eben wollte sie Barbara dazu zurückrufen, als ihr Mobiltelefon klingelte. «Daheim» blinkte auf. Es war Ella-Ma. Sie klang besorgt.

«Wann wirst du zu Hause sein», fragte sie. Julia spürte eine bisher ungeahnte Furcht in der Stimme ihrer Großmutter. «Ich bin gerade am Einpacken», sagte Julia. «Was ist denn los?»

«O Liebes», versetzte Ella-Ma. «Denk dir nur, die Friedegard hat vorhin angerufen.»

«Friedegard?» Julia war zerstreut. «Welche Friedegard?»

«Na, die Heller Friedegard. Du weißt doch. Sie wohnt gleich gegenüber vom Schlachte-Pohl.»

«Ah. Ja», erinnerte sich Julia. Schlagartig hatte Ella-Ma ihre ganze Aufmerksamkeit. «Was ist passiert?»

«Das Mädchen, diese Pya: Sie ist verschwunden.»

«Wie verschwunden?»

«Na, sie öffnet nicht.»

«Vielleicht schläft sie nur tief und fest.»

Ella-Ma holte tief Luft. «Glaubst du das wirklich?», fragte sie dann.

Mit einer Hand fuhr sich Julia über die Augen, mit der anderen griff sie nach ihrer Aktentasche. «Nein», gab sie zu. «Das glaube ich wirklich nicht. Doch sicher gibt es eine vernünftige Erklärung. Sie könnte mit dem Bus nach Bautzen sein und zu ihrer Mutter. Oder», schoss ihr gerade ein, als sie bereits an der Tür war und das Licht ausschaltete, «jemand von der Fürsorge hat sie geholt. Die Polizei wollte sich darum kümmern.» Für einen Moment vermochten ihre eigenen Worte Julia zu beruhigen. Doch Ella-Ma schwieg skeptisch.

«Du scheinst diese Möglichkeiten nicht in Betracht zu ziehen», stellte Julia fest, während sie die Treppe hinabging.

«Die Friedegard hat jedenfalls nichts dergleichen bemerkt», sagte Ella-Ma bestimmt.

Nur mit Mühe unterdrückte Julia ein Stöhnen über so viel nachbarschaftliche Anteilnahme. «Du meinst, sie hat den ganzen Tag auf der Lauer gelegen?» Sie hatte inzwischen die Haustür erreicht und nestelte nach ihrem Schlüssel. «Habt ihr denn die Polizei informiert über Pyas Verschwinden oder wenigstens mal nachgefragt?»

«Ich hatte gehofft, darum kümmerst du dich.»

«Ach Oma!»

«Hier im Dorf haben sie jedenfalls jetzt Suchtrupps gebildet», erklärte Ella-Ma mit scharfer Stimme. «So eine Art Bürgerwehr, verstehst du?»

«Bürgerwehr!» Mit einem letzten Ruck an der Haustür zog Julia den Schlüssel aus dem Schloss. «Was ist das nun wieder für eine Schnapsidee?»

«Ja! Das habe ich auch gesagt. Doch Trude ist natürlich mit dabei!»

Julia hörte die unterdrückten Tränen ihrer Großmutter.

«Ich mache mir solche Sorgen, Julia.»

«Ich komme», rief Julia und lief zum Auto. «Gleich bin ich da.»

22. Kapitel

Aus den Fenstern der Gaststube drang ein Lichtschein bis nahe zu Trudes Versteck im Buschwerk neben dem Erbgericht. Die Haustür stand offen. Lärm schwoll an, wenn einer der Männer die Toiletten hinten im Haus aufsuchte. Die Frequenz dieser Besuche nahm nun stetig zu. Bier floss reichlich, seit die frisch gegründete Bürgerwehr nach ihrem ersten Rundgang durch Finkendörfel im Erbgericht verschwunden war. Angeblich um die Einzelheiten zu besprechen, wie sie laut tönend verkündet hatten, als sie vor gut einer Stunde hier eingekehrt waren. Trude rümpfte die Nase. Der Kontrollgang der Männer war ihr doch recht kurz erschienen. Allzu rasch überließ die Finkendörfler Bürgerwehr die Wacht der Polizei. Seit dem Verschwinden des zweiten Mädchens patrouillierten die mit Blaulicht blitzenden Streifenwagen in kurzen Abständen durch das Dorf. Tagsüber hatten Hundestaffeln die triefnassen Wälder auf der Suche nach den Mädchen durchstreift. Hubschrauber kreisten über dem Dorf und der Umgebung und Polizeibeamte gingen für Befragungen von Haus zu Haus. Auf dem Feuerplatz am Bornbusch war heute gar ein Filmteam gesichtet worden.

Mit ihrer Präsenz gelang es den Ordnungshütern sicherlich, jeden Dieb rechtzeitig vorzuwarnen, von Satansjüngern ganz zu schweigen. Die selbst ernannte Bürgerwehr überließ alle Vorsicht bierselig lieber doch wieder Vater Staat – und Trude.

Ursprünglich hatte sich Trude der Bürgerwehr anschließen wollen. Sie hatte sich auf das Beste ausgerüstet: lange Unterwäsche, wattierte Jacke, Pudelmütze, Schal, Handschuhe und die warm gefütterten Winterstiefel. Es war empfindlich kühl geworden nach den Gewittern der letzten Nacht. Sie hatte die Taschenlampe eingesteckt und sogar das Mobiltelefon, das Julia und Eddie ihr zu Weihnachten geschenkt hatten; mit einer extra Lehrstunde im Kurznachrichtenschreiben, die sie jedoch bis heute noch nicht begriffen hatte. Immerhin war sie so helle gewesen, das Telefon auf «stumm» zu schalten, damit sie sich nicht durch etwaige Suchanrufe von Ella verriet, wenn sie vielleicht gerade diesen Verbrechern auf der Spur war. Trude hatte auch daran gedacht, eine Waffe mitzunehmen, ein großes Messer vielleicht oder den alten Schürhaken vom Küchenofen, der so gut in der Hand lag, wenn es galt, ihn drohend zu schwingen. Damit hatte Trude schon einmal Diebe vom Hof gejagt. Ella hatte einen leichten Schlaf. Ihr entging nichts, was sich Ungewöhnliches draußen ereignete. Obwohl, überlegte Trude, von der Katzenmarter am Gründonnerstag hatte sie nichts mitbekommen. Auch der Unfall an der Pumpe fiel Trude wieder ein. Ob Ellas Kräfte wohl langsam nachließen? Trude war gar nicht wohl bei diesem Gedanken. Einen Moment lang bereute sie, den Schürhaken nicht mitgenommen zu haben. Ella hatte sie davon überzeugt, unbewaffnet auf die Wacht zu gehen. «Wer Gewalt sät …» Dafür hatte sie Trude noch etwas vom Schlehdornschnaps in die Flachflasche gepackt beim Abschied.

Da stand sie nun. Ein gut gewärmter Friedensheld mit besten Absichten und keiner Ahnung, wohin sie das heute noch führen würde.

Ihre Vorbereitungen hatten Zeit gekostet. So war Trude zu spät zum vereinbarten Treffpunkt der Bürgerwehr gekommen. Die Gruppen waren schon eingeteilt und unterwegs, wie sie hatte sehen können, als sie japsend beim Erbgericht ankam. Und doch war Trude nun heilfroh deswegen. Sie hatte nämlich auf einem Blick erkannt, wer da mit dabei war: Rupert Hantzsch!

«Da wird der Bock nun wieder mal zum Gärtner gemacht», brummelte Trude kopfschüttelnd, nachdem sie sich einen Schluck Schlehdornschnaps gegönnt hatte. Ausgerechnet der saß nun groß tönend dort unter der Schar Feierabendbeschützer von Finkendörfel. Missmutig blickte Trude zu den hell erleuchteten Fenstern der Gaststube.

Mittlerweile hatte es sich herumgesprochen im Dorf, dass die Knochen, die man oben im abgebrannten Hexenhaufen gefunden hatte, nicht von Menschen, sondern hauptsächlich von Schafen stammten. Hauptsächlich! Also waren noch andere Tierknochen im Spiel. Eigentlich war es doch zu offensichtlich, war Trude überzeugt. Jeder musste doch wissen, wer allein hinter dieser höchst verdächtigen Entsorgungspraxis stehen konnte. Rupert Hantzsch, nämlich. Der alte Katzenquäler! Trude ballte die Fäuste.

Nur allzu deutlich stand ihr noch die Szene vor Augen, als sie bei Hantzschens auf dem verlotterten Hof heimlich auf Kundschaftertour gewesen war. Das war die Woche nach Ostern gewesen, an den Tag erinnerte sich Trude nicht mehr genau. Doch Ellas Fuß war schon verknackst und Rupert Hantzsch hatte sich als verdächtig erwiesen. Trude hatte an dem Morgen Rupert beobachtet, wie er mit seinem blinden und völlig verkehrsuntauglichen Mofa durch das Dorf in Richtung Eckertswalde geknattert war. Da hatte sie sich ein Herz gefasst und war einfach losgezogen.

Vorsichtshalber hatte sie sich ein paar leere Eierschachteln eingesteckt, falls sie jemand fragen sollte, was sie dort triebe. Doch war sie niemandem auf dem ausgefahrenen Weg, der zur Behausung von Rupert Hantzsch führte, begegnet. Es war ein frischer, klarer Tag gewesen. Der Hof der Hantzschens lag verlassen im Licht der Vormittagssonne, etwas abseits der Dorfstraße. Seit dem Tod seiner Mutter vor vielen Jahren schon lebte Rupert allein dort und trieb etwas Kleinvieh- und Schafzucht und allerlei krumme Geschäfte, wie Trude vermutete. Dem Hof war anzusehen, dass hier helfende und vor allem ordnende Hände fehlten.

Hühner liefen über das ausgetretene Hofpflaster. Allerlei unbrauchbares landwirtschaftliches Gerät rostete in den Ecken und es grünte überall dazwischen. Neben dem Misthaufen stapelten sich sperriger Unrat und Knochen, die Trude auf der Stelle misstrauisch untersuchte. Doch es waren eindeutig Kaninchen- und Hühnerknochen. So recht wollte auch Trude nicht glauben, dass selbst so ein Tunichtgut wie Rupert ein Katzenmassenmörder war, der dann hier die Knochen auf seinem Hof stapelte. Immerhin gab es auch Katzen auf dem Gelände.

Doch irgendetwas hatte er doch damit zu tun, motivierte sich Trude wieder, als sie weiter über den Hof der Hantzschens schlich, um nach Verdächtigem zu suchen. Das Scheunentor moderte an seiner Unterseite und auch die Stalltür hatte schon bessere Zeiten gesehen. Der Hausherr hatte hier notdürftig eine Holzverstärkung angebracht. Die Schafe hatten ihr Winterquartier schon verlassen und standen auf der Weide. Sie machten einen wohlgenährten Eindruck, wie Trude zugeben musste. Auch die Kaninchenställe waren in Ordnung. Ganz im Gegensatz zum Pflegezustand des Haupthauses, der einfach nur beklagenswert war. Ein rostrot getigerter Kater lag auf der Steinbank neben der Haustür und betrachtete Trude aus träge blinzelnden Augen. «So!», sagte Trude und stemmte die Hände in die Seiten. «Dir hat er also noch nicht das Fell über die Ohren gezogen.» Wie auf das Stichwort strich eine graue Tigerkatze um Trudes Beine. Sie verschwand durch die angelehnte Tür im Inneren des Hauses. Trude sah, dass sie nur drei Beine hatte. «Aha!», rief Trude befriedigt aus. «Wusste ich es doch!» Kurzerhand folgte sie der Katze ins Haus.

Im Hausflur stolperte sie zunächst über ein paar Galoschen, die da kreuz und quer auf den Steinfliesen lagen. Ein paar schlammverkrustete Stiefel standen an der Wand unter einem gedrechselten Garderobenständer, an dem Hut und eine Wattejacke von verblichenem Blau hingen. Die Katze humpelte behände durch die halb geöffnete Tür in die Küche. Trude trat nur zögernd ein. Mit einem Mal war sie sich nicht mehr sicher, was genau sie hier eigentlich suchte. Nachweis für Ruperts satanische Katzenfolter erschien ihr plötzlich so unwahrscheinlich angesichts der Fressnäpfe, die da vor dem

Herd standen und an denen sich die Dreibeinige arglos gütlich tat. Was sollte Rupert Hantzsch auch damit bezwecken?

Die Überreste von dessen letzten Mahlzeiten stapelten sich im Aufwaschbecken und auch auf dem Tisch standen noch Kaffeepott und ein bekrümeltes Brettchen vom Frühstück. In der Ecke ein leerer Bierkasten. Gegenüber auf dem Bord ein Kofferradio. Daneben eine alte Zeitung mit einem halb gelösten Kreuzworträtsel. Es roch muffig nach altem Lappen und Katzenfutter.

Bösen Schabernack hatte Rupert schon immer gern gespielt, überlegte Trude weiter. Er wusste, dass Trude ihm misstraute. So wäre Rache ein mögliches Motiv. Doch warum dann die anderen Katzen? Weil Leupoldens Heinz ihn bestimmt beim Wildern erwischt hatte. Ja, dem Schlachte-Pohl hatte er ja auch seinen toten Rammler an den Apfelbaum gehängt aus Rache. Trude begann also, sich wachsam umzusehen. In der Küche fand sie keinerlei Anzeichen für teuflische Werke. Die Wohnstube wurde anscheinend wenig benutzt und zeigte noch die Ausstattung seiner Mutter.

Trude ging durch den Flur zurück und in den Keller. Auch hier fand sie außer gewiss hoffnungslos überlagertem Kompott, Kohlen und Kartoffeln nichts von Bedeutung. Die dreibeinige Katze war ihr gefolgt und schimmerte sie von der Kellertreppe aus mit Nachtaugen an. «Jaja», sagte Trude laut. «Ich kann mir denken, was du sagen willst: Ich bin hier völlig auf dem Holzweg. Aber ich weiß, dass dieser Kerl …»

Sie stockte. Von draußen her vernahm sie das Geräusch des Mopeds, das eben auf dem Hof hustend seinen Motor stille werden ließ. Für einen Moment setzte Trudes Herzschlag aus. Dann raffte sie die Katze und die Eierschachteln und huschte die Treppe hinauf. Sie ließ zunächst die Katze in den Flur und spähte dann vorsichtig durch den Spalt der Kellertür. Durch das trübe Glas des Flurfensters zum Hof hinaus sah sie Rupert sein Moped aufbocken. Er nahm ein Paket vom Gepäckträger. Diesen Moment nutzte Trude, um in den Flur zu treten und sich leise in Richtung Waschhaus und Hintertür zu schleichen. Sie betete, dass die nicht verschlossen war, sonst würde das noch eine peinliche Angelegenheit werden mit Rupert. Just in dem Augenblick, als Rupert in seinen Hausflur schlürfte, war Trude durch die alte Holztür im Waschhaus verschwunden. Wie sie erhofft hatte, war die Hintertür offen. Sie lief hinaus und fand sich auf dem Wäscheplatz wieder. Rupert Hantzsch hatte große Wäsche gehabt. Eine Wäschestütze sorgte dafür, dass Handtücher und die langbeinigen Unterhosen des Hausbesitzers nicht auf der Wiese schliffen. Ein frischer Frühlingswind blähte einen Bettbezug auf, hinter dem sich Trude zu verstecken gedachte, da sie Schritte durch das Waschhaus näher kommen hörte.

«Heh!», rief Rupert Hantzsch erstaunt aus.

Sie war entdeckt.

Trude hatte keine Lust auf lange Erklärungen. Sie tat einfach so, als hätte sie nichts gehört, sondern ginge einfach nur spazieren. Ohne zu antworten, lief sie über die Wiese den Hang hinunter und dann eine weite Schleife am Wassergraben entlang zurück zum Dorf. Die dreibeinige Katze begleitete sie ein Stück. Rupert Hantzsch rief Trude noch etwas hinterher, was sie jedoch ebenfalls zu überhören gedachte.

Trude glühten noch jetzt die Ohren vor Beschämung bei dieser Erinnerung. Was für eine Blamage war das gewesen! Das sollte sich kein zweites Mal wiederholen. Heute war sie besser gerüstet. Trude konnte sich zwar immer noch keinen Reim darauf machen, was Rupert Hantzsch mit dem Verschwinden der beiden Mädchen zu tun haben könnte. Doch dass er hinter den Knochenfunden im Hexenhaufen steckte, galt ihr als erwiesen. Vielleicht hatte er sich ja jetzt neben Schmuggeln, Wildern und Schwarzschlachten auch noch auf Mädchenhandel verlegt? Sie würde diesem Tunichtgut auf den Fersen bleiben. Irgendetwas sagte ihr, dass Rupert Hantzsch heute nach Schankschluss nicht nach Hause gehen würde. Sein Rad lehnte neben dem leeren Radständer an der Hauswand des Erbgerichtes gleich neben dem Eingang. Trude hatte den alten Rucksack auf dem Gepäckträger bereits entdeckt. Da jedoch so viel Begängnis war, wagte sie es nicht, den Inhalt zu untersuchen.

Trude nahm noch einen Schluck vom Schlehdornschnaps. Es war schon nach zehn. Drinnen in der Gaststube schwoll der Lärm zum Abschied noch einmal an. Dann kamen sie. Rupert vorneweg, die bierselige Meute und der alte Friese hinterdrein. Der schwankte schon etwas. Er wurde von seinem neuen Schwiegersohn eilfertig gestützt. «Passt bloß auf eure Weiber auf», grölte der alte Friese. «Zustände sind das heute! Aber, ihr habt's ja so gewollt!»

«Nu mach mal halblang», gab Hantzsch zurück, der gerade unweit von Trudes Versteck ins Gebüsch pinkelte, «du wirst dir doch ne wegen so 'ner Sache die alte Zeit wieder wünschen?»

Friese winkte träge ab.

«O je», beeilte sich sein neuer Schwiegersohn zu versichern, «das soll'n die doch lieber erst mal an den Kaninchen ausprobieren.»

«An mein' Kanuckern ne!» Hantzsch zog sich die Hose zu und ging drohend auf Friesens neuen Schwiegersohn zu. Der wich prompt einen Schritt zurück. Friedfertig nahmen ihn andere Männer in die Mitte. Seinen Namen hatte man sich bis heute nicht gemerkt im Dorf. Meist lohnte das auch nicht bei der hohen Frequenz der Lebensabschnittsbegleiter von Friesens Hanna. Es wurde gemunkelt, dass der alte Friese die Galane seiner Tochter höchstselbst vertrieb mit seinen Schrullen. Doch das schien nicht einmal die Hanna selbst zu kümmern.

Lautstark verabschiedeten sich die Männer und machten sich auf ihren Heimweg.

Auch Rupert Hantzsch ging mit langen, schlaksigen Schritten zu seinem Fahrrad. Als er da ankam, erschien Oliver

Miskowitz auf dem Treppenabsatz vor der Tür. Die Hauslampe beleuchtete ihn. Er sah zum Ausgehen schick aus. Trude fragte sich, wohin es ihn denn jetzt noch mitten in der Woche verschlagen mochte um diese Zeit. Er trug ein nachtschwarz schimmerndes Hemd und eine dunkle Jeans. Über seinem Arm lag ein langer Ledermantel.

Vielleicht wollte er ja noch nach Bautzen fahren und hatte dort eine Freundin, mutmaßte Trude.

Auch Rupert war Olivers feiner Aufzug nicht entgangen. «Mensch, Oliver! Du blitzt ja richtig. Hast wohl noch 'n Rong-de-vuuh?» Er hustete sein Lachen dazu.

Trude sah Oliver etwas gequält lächeln. «Mit meiner Bella, ja», sagte er, «so wie jeden Abend.»

Rupert hatte sein Fahrrad gegriffen. «Bist du mit deinem Pick-up hier?»

Oliver bestätigte dies. Zu Trudes Entsetzen bat Rupert nun darum, dass Oliver ihn samt Fahrrad mit bis zur Kaltbachmühle nehme. «Na klar», sagte Oliver leutselig. «Pack deinen Drahtesel ruhig mit drauf.» Er spielte mit seinem Autoschlüssel. «Ich habe meinen Flieger hinten stehen.»

Wütend sah Trude den beiden Männern hinterher. Sie musste schnellstmöglich zur Kaltbachmühle. Die Abkürzung durch den Bornbusch wagte sie nicht zu nehmen. War die Bevölkerung doch gebeten worden, nur auf offiziellen Wegen zu gehen, solange die Suche nach den Mädchen andauerte. Um Missverständnisse zu vermeiden, wie es hieß. Trude blieb nichts weiter übrig, als die Beine in die Hand zu nehmen, sobald die beiden Männer mit Olivers dunkelblauem Pick-up losgefahren waren.

Obwohl Trude im Laufschritt und jede sich bietende Abkürzung nutzend hinterherjagte, kam sie natürlich viel zu spät an der Kaltbachmühle an. Olivers Wagen stand schon vor der Scheune. In der oberen Etage des Haupthauses waren die Fenster hell erleuchtet. Mit einem Anflug von schlechtem

Gewissen dachte Trude daran, dass sie es bisher noch nicht übers Herz gebracht hatte, Annabella die Katze wiederzubringen. Feh hatte sich so schnell wieder daheim eingelebt. Die Miskowitzens hatten auch nicht ausdrücklich darum gebeten, als Ella sie von Fehs Rückkehr unterrichtet hatte. Trotzdem fühlte sich Trude wie ein Dieb. Sie nahm sich vor, das gleich am nächsten Tag zu klären.

Das Hoflicht ging an, als Trude den Weg an der Mühle vorbeiging. Sofort erschien ein Schattenumriss am Fenster. Trude drückte sich in den Schatten der großen Buche, um nicht entdeckt zu werden. Sie waren wachsam, die Miskowitzens. Kein Wunder, wenn man so weit draußen wohnte und bei all dem Unheimlichen, das jetzt so umging im Dorf.

Es schien eine kleine Ewigkeit zu dauern, bis das Licht verlosch und Trude in Dunkelheit gehüllt war. Während sich ihre Augen wieder an die Nachtschwärze gewöhnten, überlegte Trude, wohin Rupert Hantzsch zu dieser Stunde noch geradelt sein mochte. Zum Mosigbauer hinten? Wohl kaum! Das Mobiltelefon, das Trude dazu befragte, zeigte den Anbruch der letzten Tagesstunde an. Eher hatte sich Rupert wieder in die Wälder gemacht und seine Fallen aufgestellt. Oder anders: Er baute sie bestimmt gerade ab. Man hatte ihn schon einmal dabei erwischt. Jetzt wurde ihm vielleicht mulmig, wenn die Polizei mit ihren Suchstaffeln durch die Wälder ging. Oder er schlich jetzt gar zu dem geheimen Versteck, wo er die armen Mädchen gefangen hielt.

Oder …

Trude schüttelte sich. Es war nutzlos, darüber nachzugrübeln. Was sie brauchte, war Gewissheit. Sie hatte sich währenddessen die Buchenhecke entlang weiter in Richtung altem Mühlgraben geschlichen, durch den einst die Kaltbach geleitet wurde. Jetzt war dieser Graben still und über weite Teile zugewachsen, doch die nächtlichen Regengüsse hatten auch seinen Wasserspiegel ansteigen lassen. Eine granitne Bogenbrücke führte darüber. Zu beiden Seiten wuchs dichtes

Gesträuch. Trude ging ein Stück des Weges über die Brücke. Es war vollkommen still. Kein Knirschen, kein Pedalgeräusch. Vom schwankenden Lichtstrahl eines Fahrrades nichts zu sehen. Nichts. Nur kohlrabenschwarze Finsternis.

Rupert konnte nur diesen Weg gefahren sein, wenn er unbedingt mit zur Kaltbachmühle mitgenommen werden wollte.

Einen Moment erwog Trude, dem Weg zu folgen, bis sich etwas regte. Doch dann entschied sie sich, hier an der Brücke auf die Rückkehr von Rupert zu warten und ihn dann zur Rede zu stellen. Die Nähe der Kaltbachmühle und ihrer Bewohner gab ihr etwas Sicherheit dabei. In der Flachflasche war noch ein wenig vom Schlehdornschnaps und das Jagdfieber ließ alle Müdigkeit verfliegen. Trude lehnte sich an einen der alten Mühlsteine. Sie fühlte sich gut gerüstet für eine weitere Wacheinheit.

Ein Geräusch schreckte sie schließlich auf. Ein Rascheln? Es kam von der Wiese her. Trude lauschte eine Weile atemlos. Es blieb still. Nach einem vorsichtigen Blick in beide Richtungen des Weges lief Trude mit steifen Gliedern hinüber, um sich hinter dem Gesträuch zu verstecken. Von hier hatte sie den besten Überblick auf den Weg und die Brücke.

Vorsichtig stieg Trude ein Stück weit den Hang hinunter, damit sie aus dem Blickfeld geriet, falls der Lichtkegel der Fahrradlampe ihr Versteck erfasste. Es war so steil und rutschig, dass sie Halt in den Zweigen suchen musste. Sie erschrak über das Rascheln dabei ebenso, wie sie sich über das entsetzte, was ihre Hand ergriff. Metall! Um ein Haar wäre Trude darüber rücklings in den Mühlgraben gestürzt. Ächzend fand sie Halt. Dann erst untersuchte sie näher, was sie da ergriffen hatte. Es war die Lenkstange eines Fahrrades.

Das Fahrrad von Rupert Hantzsch.

«Hah!», rief Trude aus. «Wusste ich's doch.» Argwöhnisch befingerte sie die Lenkstange. «Ich frage mich, was das nun wieder zu bedeuten hat», murmelte sie dabei.

«Na, was wohl», blaffte sie eine Stimme aus der Dunkelheit an. «Dass du mir schon wieder mal hinterherschleichst. He, Trude?»

Trude fasste sich schnell. «Rupert! Raus mit der Sprache: Was hast du hier zu suchen?»

«Lass sofort mein Fahrrad los!», rief der zurück. Er zerrte mit grober Wucht am Lenker.

Der Griff entglitt Trudes Hand. Sie verlor den Halt und stürzte nun tatsächlich in den Mühlgraben. Ihr Schrei dabei war markerschütternd. Der Schlamm platschte und schmatzte. Und plötzlich wurde es sehr kalt um Trude.

Eine Weile herrschte erschrockene Stille.

Dann hörte sie Ruperts besorgte Stimme. «Ist alles in Ordnung, altes Mädchen?»

Trude prustete und wischte sich ein paar nasse Blätter aus den Augen.

Bei der Kaltbachmühle ging das Hoflicht an. Ein Taschenlampenschein näherte sich schwankend. «Hallo?» Das musste Oliver Miskowitz sein.

Hantzsch stieg ein paar Schritte die Böschung hinunter zu Trude. Sie sah im Lichtschimmer von Olivers Taschenlampe, wie sich ihr eine Hand entgegenreckte. «Na los, nu komm schon, du altes Schrapnell», brummte Hantzsch gutmütig.

Trude rührte sich nicht. Wie hypnotisiert starrte sie auf etwas anderes, was sich da im indirekten Lichtschimmer der Lampe vor ihr zeigte.

«Ist dir was passiert, Rupert?», fragte Oliver Miskowitz, der mittlerweile bei der Brücke angekommen war. Noch immer trug er sein feines Hemd.

«Nee, nee», versicherte Hantzsch rasch. «Nur 'n kleener Unfall.» Er hustete ein Lachen und rief dann ungeduldig zu Trude hinunter: «Na, was is'n nu?»

«Rupert», sagte Trude ganz nüchtern und klar. «Komm runter!»

«Was?»

«Kommt runter, alle beide! – Ihr müsst das sehen.»

«Aber …»

«Ich habe etwas gefunden», sagte Trude. «Ich glaube, es ist ein Fuß. Ein – Mädchenfuß.»

23. Kapitel

Wenn Julia geglaubt hatte, nichts könnte diesem Tag noch die Krone aufsetzen in puncto Aufregung, so sah sie sich getäuscht. Eben war sie in einen flatterigen Halbschlaf gesunken, als es an ihrer Schlafzimmertür klopfte.

«Julia?» Das war Ella-Mas Stimme. Sie klang dringlich. Mit einem Satz war Julia aus dem Bett und an der Tür. Ella-Ma war noch angezogen, da sie auf Trude hatte warten wollen. Ihr Gesicht war kalkweiß und sie wirkte so klein und zerbrechlich, dass es Julia erschreckte.

«Ist … ist etwas mit Trude?»

Ella-Ma nickte. «Trude hat die Leiche des Mädchens gefunden.»

«Von Pya?»

«Nein, von der kleinen Irina. Irina Müller.»

«Du meine Güte», entfuhr es Julia. «Aber … wo denn? Wie denn?»

«Im Graben vor der Kaltbachmühle, unter der Brücke», flüsterte Ella-Ma, so als könnte sie das alles selbst nicht fassen. «Die Kleine war völlig nackt. Nur in ein Laken gewickelt.» Sie machte eine Pause. «Die Polizei ist nun da.»

«Natürlich», murmelte Julia.

«Sie sind jetzt alle bei den Miskowitzens in der Küche. Trude sagt, sie sei ganz nass.» Jetzt brach Ella-Ma in Tränen aus. Julia umarmte sie. «Ich ziehe mich nur rasch an, dann fahren wir zu ihr. Suche du derweil Trude trockene Sachen raus.»

Nur wenige Minuten später wollte Julia auf den Weg zur Kaltbachmühle hinunter abbiegen, als eine Polizeisperre sie aufhielt. Keine Weiterfahrt möglich. Sie sahen schon den von Flutlicht beschienenen Wagentross unten in der Aue stehen. Blaulicht blitzte um die Mühle.

«Es ist unsere Verwandte, die das Mädchen gefunden hat», sagte Julia, nachdem sie sich mit Visitenkarte als Anwältin vorgestellt hatte. «Wir bringen ihr trockene Sachen.»

Der Polizist nahm erst Rücksprache, bevor er sie passieren ließ. Sie mussten zu Fuß und in Begleitung eines anderen Beamten die letzten Meter zur Kaltbachmühle zurücklegen. Die Spurensicherung arbeitete rund um die Brücke über den alten Mühlgraben. Ein Leichenwagen stand auf dem Hof. Hauptkommissar Kruz empfing sie mit bitterernster Miene am Hauseingang. Ella-Ma ließ er passieren, doch Julia hielt er zurück. «Sie kennen doch die verschwundenen Mädchen», fragte er.

«Ja», bestätigte Julia.

Kruz nickte. «Vielleicht können Sie uns bei einer ersten Identifizierung behilflich sein?»

«Gibt es denn Zweifel?»

«Wenige», sagte Kruz. «Vermutlich handelt es sich bei der Leiche um die vermisste Irina Müller. Die Mutter des Mädchens ist jedoch im Moment nicht in der Lage … – Naja, eine Kollegin kümmert sich um die Frau.»

«Ich verstehe», erklärte Julia. «Selbstverständlich.»

Irina tot. So pochte es in ihr. Gleißend grelle Panikblitze. Was würde sie erblicken müssen? Und was war mit Pya?

Der Plastiksack war noch geöffnet. Ein Mann im weißen Schutzanzug hieß sie mit einer Handbewegung näher herantreten.

Julia war auf Grauenvolles gefasst. Doch dann blickte sie in ein seltsam entrücktes, zutiefst friedliches, blasses Mädchengesicht. Das Gesicht einer Träumenden, so schien es, würde nicht der grobe, graue Plastesack den toten Mädchenleib aller zarten Schönheit berauben; ginge nicht eisige Kälte von dieser Blässe aus, die Julia bis ins Mark erschauern ließ.

Schützend legte Julia ihre Arme um ihren Brustkorb. «Ja», sagte sie mit belegter Stimme. «Das ist Irina. Irina Müller. – Ist … ist sie …?»

Der Mann im Schutzanzug schüttelte den Kopf. «Wir können noch nichts sagen. Nur eines: Das hier hat höchste Priorität. Das verspreche ich Ihnen.» Er war voller Mitgefühl. Wahrscheinlich hielt er sie für eine Verwandte. Er wartete, bis sich Julia abwandte. Erst dann hörte Julia, wie der Reißverschluss zugezogen wurde. Ein Geräusch, das ihr das Blut gefrieren ließ.

Als Kruz sie zum Haus geleiten wollte, entdeckte Julia ein paar feuchte, dunkle Stoffbahnen, die auf einer Folie ausgebreitet waren. Im Flutlicht blitzten tausend kleine Sterne darauf. «War Irina darin eingewickelt?», fragte Julia, in der eine Erinnerung an diesen Stoff aufflackerte. Kruz zögerte mit der Antwort. «Ja», sagte er dann. «Erkennen Sie ihn?»

«Ich glaube, ja.» Julia starrte auf den dunkel glitzernden Stoff. «Ich weiß im Moment nur nicht, wo ich ihn schon einmal gesehen habe und in welchem Zusammenhang.»

«Aber er hat etwas mit dem Mädchen zu tun?»

Julia nickte vage.

«Wenn Ihnen dazu noch etwas einfällt, informieren Sie uns sofort», sagte Kruz wieder in seiner bekannten mürrischen Gereiztheit. «Jeder noch so kleine Hinweis ist wichtig!»

An seiner Seite ging Julia in das Wohnhaus der Kaltbachmühle. Kruz wies ihr den Weg in die Küche, wo die anderen waren. Er selbst ging in das Wohnzimmer, das Oliver Miskowitz den Beamten offenbar als provisorisches Vernehmungszimmer zur Verfügung gestellt hatte. Durch die kurz geöffnete Tür hörte Julia die Stimme seines Kollegen Sigmar Wilde und eine andere, die ihr bekannt erschien. Letztere klang gerade ziemlich ärgerlich. Julia glaubte zunächst, sich verhört zu haben. Noch während sie die Klinke zur Küche der Miskowitzens herunterdrückte, wurde ihr klar, wer da von Wilde verhört wurde: Rupert Hantzsch. –

O Trude!

Die saß in einen Berg rotbunter Schals und mexikanischer Decken gewickelt auf der Eckbank gleich bei der Heizung. Sie hatte rote Flecken auf den Wangen. Ihre Augen glänzten. Vor ihr dampfte eine Tasse mit etwas Heißem. Der schwere aromatische Dunst, der durch die Küche waberte, ließ vermuten, dass es sich dabei nicht nur um Tee handelte. Doch da lag noch ein anderer Geruch in der Luft als der von Rum. Julias Blick fiel auf das Räuchergefäß auf dem großem Herd in der Mitte der gemütlichen Landhausküche.

«Salbei», raunte plötzlich eine Stimme dicht bei ihrem Ohr. Es war Annabella Miskowitz, die neben Julia getreten war und offenbar ihren Blick verfolgt hatte. «Reinigt das Haus», fuhr Annabella fort. Sie sah Julia dabei beschwörend an. «Das ganze Böse! Alles raus! Raus aus meinem Haus!»

«Ist schon gut, Bella!» Oliver Miskowitz eilte herbei. Er war bleich und zitterte. «Entschuldigen Sie, bitte.»

«Keine Ursache», sagte Julia, «es ist für uns alle ein entsetzlicher Schock.» Dann wandte sie sich an Annabella. «Ich kann gut verstehen, dass Sie das alles am liebsten ausräuchern möchten, Frau Miskowitz. Ein Mädchen ist tot. Ein liebes, kluges und hübsches Mädchen.»

Annabella nickte wissend. «Sie ist tot. – Tot.»

«Jetzt bangen wir um ihre Freundin, die auch verschwunden ist», fuhr Julia fort. «Danke deshalb, dass Sie uns hier helfen und der Polizei.»

«Sie ist tot!», zischte Annabella.

«Komm jetzt, Bella», rief Oliver und zog seine Mutter sanft in Richtung Tür. «Ich glaube, es ist besser, du gehst wieder nach oben.» Doch Annabella machte sich von ihrem Sohn los. Sie nahm das Räuchergefäß vom Herd und trug es feierlich hinüber zum Küchentisch, um es vor Trude aufzubauen.

Der Rauch reizte Trude zum Husten. Sie wedelte mit der Hand, um ihn zu vertreiben. «Danke Annabella», sagte sie dennoch ehrfurchtsvoll.

Die Hausherrin wirkte zufrieden. Sie setzte sich auf die andere Seite der Eckbank, legte die Hände in den Schoß und schien entschlossen, in dieser Position als Statue zu verharren. Ihr Sohn wandte sich resigniert ab. «Kann ich Ihnen vielleicht etwas anbieten?», fragte er unsicher. «Auch einen Grog?»

Julia lehnte ab. «Ich möchte nur gern mit meiner Familie nach Hause», gestand sie. Tatsächlich verspürte sie in diesem Moment eine so bleierne Müdigkeit, dass sie glaubte, zusammensinken zu müssen in dieser dichten Wärme und all den Gerüchen, die um sie waberten wie schwerer Nebel.

«Setzen Sie sich doch wenigstens», sagte Oliver rasch. Gerade noch rechtzeitig nötigte er sie auf einen der Küchenstühle. «Sie müssen völlig fertig sein von dem Anblick.»

«Wenn Sie ein Glas Wasser für mich hätten?»

Ihr Wunsch wurde schnell erfüllt. Julia fühlte sich etwas erfrischt von dem kühlen Trunk.

«Ach, mein Kind», flüsterte Trude heiser. «Es tut mir alles so schrecklich leid.»

«Es ist wichtig, dass das Mädchen nun gefunden ist, mein Trudchen. – Wenn auch …» Sie vollendete den Satz nicht.

Trude seufzte tief. «Das arme Mädchen! – Die arme Familie!» Sie hustete, fühlte sich auch ganz armselig und nahm einen tiefen Schluck aus ihrer Tasse.

«Sicher hast du dir eine Lungenentzündung geholt», schimpfte Ella-Ma, die immer noch ganz blass war vor Sorge.

«Mir geht es gut, Ella», erwiderte Trude tapfer. «Bei den Miskowitzens stellen sie gerade das ganze Haus auf den Kopf. Die haben jetzt den Ärger. Und dass nur, weil die Leiche ausgerechnet vor ihrer Haustür versteckt wurde. Als würde das ein vernünftiger Mörder tun.» Sie schniefte darauf wie zur Bestätigung solcherlei polizeilichen Unverstandes.

«Die müssen halt alles ausschließen», erklärte Julia lahm. «Es ist auch für die Miskowitzens besser, wenn sie gleich von jedem Verdacht befreit werden.» Sie erntete einen skeptischen Blick von Trude. «Und jetzt», fuhr Trude im Ton tiefster Missbilligung fort, «jetzt drehen sie den Rupert durch ihre Mangel.»

«Was ist passiert», fragte Julia, die spürte, wie ihre Lebensgeister langsam wieder erwachten.

«Wildern», sagte Trude. «Hat doch tatsächlich Fallen aufgestellt, der alte Schlawiner. – Aber das mit meinem anderen Verdacht», fügte sie errötend hinzu. «Das hat sich zerschlagen. Also mit den Katzenmorden und den Mädchen hat der Rupert nun wirklich nichts zu tun.»

Reichlich verlegen berichtete Trude von ihrer Verfolgung ihres einstigen Lieblingsverdächtigen Rupert Hantzsch und wie sie nach dem Sturz in den Mühlgraben Irinas Leiche entdeckt hatten.

«Der Rupert hat gleich gesagt, das müsse eins der Mädchen sein.»

«Es ist Irinas Leiche», bestätigte Julia. Tiefe Traurigkeit bemächtigte sich ihrer.

«Und wenn nun Pya auch …», Ella-Ma brach ab. «Weiß man schon, … wurde sie …?»

«Das wird erst die Untersuchung zeigen», sagte Julia und erhob sich. «Meinst du, Trude, dass wir schon gehen können?»

«Trude hat bereits ausgesagt», erwiderte Ella-Ma an Trudes statt. Sie stemmte sich hoch und wandte sich ebenfalls zum Gehen.

«Aber wollen wir denn den Rupert nicht mitnehmen?»

Verwundert drehte sich Julia wieder zu ihr um. «Sagtest du nicht, der ist mit dem Fahrrad hier?»

«Konfisziert», rief Trude. «Wie der ganze Kerl anscheinend.» Sie schwankte etwas, als sie sich erhob. Ihre Augen glänzten fiebrig und ihre Wangen glühten. Die Decken warf sie ab wie einen Pelz. Trude entfuhr ein gedämpfter Rülpser.

«'ntschuldigung.»

In diesem Augenblick öffnete sich die Küchentür und ein zornroter Rupert Hantzsch stiefelte herein. Die beiden Kommissare kamen hinterher.

«Ich denke, wir können die Versammlung hier auflösen», erklärte Wilde bestimmt. «Nur Sie hätte ich gern noch einmal gesprochen, Herr Miskowitz.» Er sah den Hausherrn durchdringend an. «Unsere Spurensicherung hat da etwas in Ihrer Scheune gefunden.»

Oliver wurde blass. «Was bedeutet?», fragte er unsicher.

«Vielleicht möchten Sie ja Ihren Anwalt hinzuziehen», zischelte Kruz, so dass es die anderen im Raum nicht hören konnten. Nur Julia, die gerade ihre Großmutter und Trude durch die Haustür schob, schnappte diese letzten Worte auf. Ihr erstaunter Blick traf den von Oliver. Es lag ein einziger Hilfeschrei darin.

«Wenn Sie wollen, bleibe ich», hörte sich Julia sagen. «Nur sollte jemand meine Leute nach Hause bringen.»

Julia hatte eher das Gefühl, in eine Ohnmacht zu sinken, denn in den Schlaf. Alles war überreizt. Jeder Gedanke war so grell und scharf, dass er schmerzte. Gefühle vermochte Julia nicht mehr zu verspüren, dazu war sie zu müde, viel zu erschöpft. So war die Angst um Pya eher eine dunkle Ahnung, die am Grunde ihrer Seele lag wie ein kalter Nebelschleier.

Bäuchlings ließ sich Julia in voller Bekleidung auf ihr Bett fallen und gab sich einem flachen Schlummer hin. Die Nachttischlampe leuchtete noch, nahm sie im Halbschlaf wahr. Ein Licht der Wacht. Denn irgendetwas lauerte da noch …

Es war gegen fünf Uhr morgens, als Ella-Ma erneut an Julias Tür klopfte. Sie trat auch gleich herein. Schlaftrunken fuhr Julia hoch. Diesmal hielt sich Ella-Ma nicht lange mit Entschuldigungen auf. «Trude», rief sie mit tränenerstickter Stimme. «Ich glaube, sie braucht einen Arzt.»

Die unverwüstliche Gertrude Hölzel wälzte sich fieberschwer in ihrem Bett. Der Geruch nassen Bettzeuges vermischte sich mit den schweißigen Ausdünstungen der Kranken. Sie murmelte fortlaufend unverständliche Worte. Auf Anrufe reagierte sie nicht.

Julia rief den diensthabenden Arzt. Nur wenig später erschien eine blutjunge Kinderärztin zu ihrem Bereitschaftsdienst bei ihnen, die mindestens genauso müde und erschöpft aussah wie Julia.

«Ihre Tante muss ins Krankenhaus», sagte die kleine Ärztin bestimmt, als sie hörte, was die Kranke durchgemacht hatte.

Diese Worte vermochten es, Trude aus ihrer fiebrigen Trance zu erwecken. «Ich gehe nirgendwohin», flüsterte sie heiser. «Und ins Krankenhaus schon gar nicht. Nur damit das klar ist.»

Sie versuchten alle drei, Trude umzustimmen, doch die Vernunft wurde von fieberkrankem Starrsinn besiegt. Trude bekam ihren Willen und blieb daheim. Ella verpasste ihr fast im Minutentakt Wadenwickel und kühlte ihr Stirn und Leib. Julia fuhr zur Apotheke nach Bautzen, um die verordneten Medikamente zu holen. Der neue Tag war bereits erwacht, als sie wieder daheim ankam. Sie trank ihren Kaffee im Krankenzimmer mit Ella-Ma. Keiner sprach ein Wort. Sie waren wie betäubt vor Erschöpfung. Nur mühsam gelang es Julia unter einer halbstündigen Dusche, wieder etwas Gedankenklarheit zu erringen. Heute war ein wichtiger Tag. Julia war heilfroh, dass sie die Ermittler davon hatte überzeugen können, Oliver Miskowitz bei seiner kranken Mutter zu lassen. Das verdächtige Kraut in seiner Scheune war schnell als die harmlose Kräuterdroge zum Eigenbedarf identifiziert gewesen. Die Spuren der Mädchen im Haus erklärten sich durch deren gemeinsame Hausbesuche bei Annabella Miskowitz. Oliver hatte versprochen, den Ort bis zum Ende der Ermittlungen nicht zu verlassen. Bis auf Weiteres sei er demnach aus dem engen Kreis der Verdächtigen auszuschließen, wie die beiden Chefermittler der Sonderkommission schließlich befanden. Diese Sorge war Julia noch in der Nacht losgeworden.

Heute jedoch stand die Anhörung zu Bodo Pohl an. Julia musste fit sein. Der Mann sollte bei seiner Familie sein und nicht im Untersuchungsgefängnis. Ihr Herz sagte ihr, dass Bodo Pohl nichts weiter war als ein aufbrausender Mensch, der gern zeigte, dass er etwas darstellte. Es gab so viele Bodo Pohls. Doch diesem schien nun aus einer Verkettung von unglücklichen Umständen eine Schlinge gedreht worden zu sein. Wie auch immer das geschehen sein mochte. Julia sah es als ihre Pflicht an, ihren Mandanten da rauszuholen.

Ein Mörder war der bestimmt nicht; schon gar nicht ein so raffinierter, der es fraglich erscheinen ließ, wer überhaupt ein Opfer war. Rita Gerlach, die vor Entsetzen oder Erschöpfung gestorben war, da im Wald. Heinz Leupold, der sich in panischer Angst vor einer Verfluchung erschossen hatte und seinen geliebten Jagdhund ebenso mit in diesen sinnlosen Tod gerissen hatte wie den Kater seiner Frau. Kein Hinweis auf ein Fremdverschulden.

Und nun Irina. Auch ihr toter Leib hatte so unberührt gewirkt; so seltsam entrückt jeglicher Gewalt. Immerhin musste hier jemand den Leichnam versteckt haben. Aber was hatte diese Menschen in den Tod gebracht? Nur ein Narr glaubte noch an eine zufällige Häufung dieser Todesfälle in Finkendörfel!

Julia trocknete sich die Haare ab.

Pya Schwarz blieb spurlos verschwunden. War auch sie bereits ein Todesopfer? Oder steckte sie gar auf irgendeine Weise hinter diesem tödlichen Spiel?

Der Föhn dröhnte Julia um den Kopf. Viel zu viel heiße Luft. Übelkeit stieg in ihr auf. Ganz tief hinten wisperte ihre ganz eigene Bauchangelegenheit. Energisch stieß Julia beides zurück. Ihre Aufmerksamkeit war hier gefordert und zwar ausschließlich.

Bei all dem, was hier nun schon seit Wochen in Finkendörfel aus dem Ruder lief: Wo war die Gemeinsamkeit?

In dem Moment, als Julia den Stecker des Föhns herauszog, wurde es ihr klar: Melanie!

Melanie Schöne war die Gemeinsamkeit.

Sie war die Freundin von Irina und Pya, die Nachbarin von Leupold, die Schülerin von Rita Gerlach und Besucherin bei den Miskowitzens. Melanie Schöne – gerade genesen von einer unrühmlichen Drogenkarriere, die sie von einem privaten Supergymnasium zurück an eine Dorfschule katapultiert hatte.

In diesem kurzen Moment der Klarheit war Julia überwältigt von der Eindeutigkeit dieses Ansatzes. Doch dann zogen schon wieder Wolken des Zweifels durch ihre Gedanken. War Melanie nicht auch eher ein Opfer? Sie wurde offensichtlich gemobbt im Netz und an der Schule. Sie hatte viel zu verlieren an ihren Freundinnen und auch daheim. Was also könnte sie gewinnen aus diesen seltsamen Todesfällen und aus dem Katzenmorden? Nichts.

Julia cremte sich das Gesicht ein und zog sich an. Sie schminkte sich mit aller Sorgfalt, um die müden Spuren der Nacht wenigstens aus der Fassade zu tilgen.

Derweil geisterte Melanie Schöne weiter durch ihre Gedanken. Wie hätte das Mädchen solche tödlichen Zufälle zustande bringen sollen? Und vor allem: Warum?

Heute zu ihrem Feierabend, so nahm sich Julia vor, würde sie Kontakt zu den Schönes aufnehmen. Vielleicht würde sie über die Eltern mehr erfahren, denn bei Melanie selbst machte sich Julia wenig Hoffnung auf große Offenbarungen.

Sie trug einen Hauch ihres sportlich herben Parfüms auf, das sie so gern zu Verhandlungen trug. Dann schaute sie noch einmal im Krankenzimmer bei Trude und Ella-Ma vorbei und fand beide schlummernd vor.

Leise schloss sie die Tür.

Das Haus verließ Julia mit einem hallenden Gefühl der Unwirklichkeit. Alles wirkte unecht und überzogen. Selbst das Zwitschern der Vögel schien Julia heute wie ein Hohn.

Gerade als Julia Finkendörfel verließ und die Landstraße gen Görlitz nahm, kam es in den Nachrichten:

«Bei der Leiche des Mädchens, die gestern Nacht in Finkendörfel gefunden wurde, handelt es sich tatsächlich um die der vermissten Irina M.; Tochter einer Familie von Russlanddeutschen aus dem Nachbarort Eckertswalde. Die Polizei berichtet, dass ein Gewaltverbrechen nicht auszuschließen sei. Ein rechtsradikaler Hintergrund werde untersucht, wie die Polizei versichert. Die Suche nach der seit gestern ebenfalls vermissten Freundin des mutmaßlichen Opfers, Pya S., ist intensiviert worden. Die Bevölkerung wird um Mithilfe gebeten. Zweckdienliche Hinweise werden unter der folgenden Telefonnummer entgegengenommen …»

24. Kapitel

«Es sieht nicht gut aus», sagte Barbara am Telefon.

«Was sagst du da?» Julia ging in eine stillere Ecke der Kantine des Gerichtes und drückte ihr Telefon enger ans Ohr.

«Die Pohls. Es steht schlimm um die beiden», wiederholte Barbara. «Wir alle sind völlig fassungslos darüber, welche Eigendynamik das entwickelt, sowohl bei der Mutter als auch bei dem Baby. Das Ganze ist ein Rätsel.»

«Du meinst, ihr wisst die Ursache nicht?»

«So in etwa. Eine mysteriöse Stoffwechselgeschichte. Stefan sagt, er empfinde es wie eine Blockade. So als sei da ein Stein, der den Lebensfluss der beiden behindert.»

«Das klingt in der Tat sehr mysteriös, wie sich dein Kollege dazu äußert», mäkelte Julia. Paul hätte sich nie zu so etwas gänzlich Unwissenschaftlichen in seiner Beurteilung hinreißen lassen. «Ist das etwa so ein esoterischer Schwärmer?»

«Ganz im Gegenteil», erwiderte Barbara gekränkt. «Das eine kannst du mir ruhig glauben: Was immer wir auch tun mit den Mitteln unserer Schulmedizin, es läuft bei den beiden gerade gegen eine Wand. Es ist zum Verzweifeln. Ich jedenfalls entdecke gerade wieder das Beten für mich.»

Julia schwieg einen Moment. Seit zehn war sie mit Bodo Pohl und den Ermittlungsbeamten bei der Untersuchungsrichterin, ohne dass sich bis zu dieser kleinen Pause eine Lösung abzeichnete. Bodo Pohl war völlig wesensverändert. Still brütete er vor sich hin. Kein Poltern mehr, kein Widerstand. Ergeben harrte er der Dinge, die da kommen sollten. Wie würde er eine solche schlechte Nachricht aufnehmen?

«Was wollt ihr nun tun?», fragte sie ihre Schwester.

«Sie ist wenigstens so weit stabil, dass sie transportfähig ist. Sie wird eben mit dem Helikopter an die Uniklinik nach Dresden verlegt. Dort wird man einen Kaiserschnitt machen und weitere Untersuchungen. Vielleicht hat sie sich durch die Fleischverarbeitung irgendeine seltene Infektion geholt.»

«Wird man heute noch operieren?»

«Ich habe keine Ahnung, Liebes.»

«Bara, ich versuche, meinen Klienten hier so schnell wie möglich rauszupauken, damit er zu seiner Familie kann. Wo soll ich dann nach seiner Frau fragen?»

«Gyn bestimmt und Kinderklinik – hoffentlich. Oder vielleicht die Stoffwechselklinik.» Barbara machte eine Pause. «Dein Klient soll die Hoffnung nicht aufgeben. Die haben da Erfahrung.»

Julia schwieg einen Moment darüber. «Danke, Bara.» Sie beendete das Gespräch mit ihrer Schwester und kehrte in den Verhandlungsraum zurück.

Es war bereits Nachmittag, als Bodo Pohl endlich aus der Untersuchungshaft entlassen wurde. Er würde sich wegen der Tätlichkeit gegen die Polizistin verantworten müssen. In den unklaren Todesfällen jedoch hielten ihn die Beamten und die

Richterin nicht mehr für dringend tatverdächtig. Vorerst zumindest, wie die Richterin betonte. Zweimal war die richterliche Anhörung unterbrochen worden wegen neuer Details, die die Ermittlungen ergeben hatten.

So zeigte die Obduktion von Irinas Leiche, dass das Mädchen nicht durch äußerliche Einwirkungen gestorben war. Auch auf ein Sexualdelikt deutete nichts hin. Irina war noch unberührt.

Dass ausgerechnet Hauptkommissar Kruz diese Worte wählte, hatte Julia betroffen gemacht. Sie sah das stille, entrückte Gesicht der Toten vor sich und spürte unfassbare Traurigkeit in sich aufsteigen.

Es könnten Spuren durch das Wasser getilgt worden sein, in dem die Leiche gefunden wurde, war Kruz indessen fortgefahren. Alle Anzeichen deuteten auf einen natürlichen Tod durch einen Asthmaanfall hin. Die Mutter der Toten bestätigte, dass Irina wegen Asthma vom Schulsport weitgehend befreit gewesen war.

War also auch Irina an einem Schrecken gestorben, so wie Rita Gerlach vermutlich? Warum aber wirkte ihr Gesicht dann so friedlich wie das eines Träumers? Und wieso war sie nackt?

Julia fuhr Bodo Pohl nach Dresden zur Universitätsklinik, da er ihr nicht fahrtauglich erschien in seinem Zustand. Sie hatte sich für den Rest des Tages aus der Kanzlei abgemeldet, als sich die Verhandlung hinzog.

Pohl war in Tränen ausgebrochen, als Julia ihm Barbaras Einschätzung für die Situation von Frau und Kind mitgeteilt hatte. Mittlerweile war die Operation gelungen und Petra Schwarz-Pohl von einem Jungen entbunden. Doch die Ärzte blieben bei ihrer kritischen Einschätzung und Sorge. Der weitere Verlauf war völlig offen. Julia versuchte, Bodo Pohl Hoffnung zu machen, doch sie kam sich schrecklich verlogen dabei vor.

Entsprechend still verlief ihre Fahrt die A4 entlang gen Dresden. Erst als sie die Abfahrt Altstadt nahm, um an der Elbe entlang zur Frauenklinik der Universität zu fahren, öffnete Bodo Pohl den Mund. «Kommen Sie mit rein?»

Der Mann war nur noch ein Schatten seiner selbst. Sogar seine Stimme war schwach und brüchig.

«Selbstverständlich», sagte Julia, «wenn Sie es wünschen.»

Er nickte.

Sie parkte das Auto vor dem weitläufigen Areal der Uniklinik. Es dauerte eine Weile, bis sie sich orientiert hatten. Die Frauenklinik befand sich elbwärts. Ein moderner, mehrstöckiger Zweckbau mit gespenstisch langen Gängen. Gegenüber, verbunden durch einen Brückengang, die Kinderklinik. Einen Moment schwankte Bodo Pohl, ob er erst Frau oder Kind sehen wollte. Dann entschied er sich für seine Frau. Die Station wurde informiert. Ein Pfleger kam ihnen entgegen und geleitete sie in das Intensivzimmer der Station. Sie durften zunächst nur an das Fenster treten. Ein Arzt kam auf sie zu und reichte Bodo Pohl die Hand. «Ihre Frau war bereits schon einmal ansprechbar», sagte er betont munter. «Sie hat sich nach Ihnen erkundigt. Und nach dem Kind.»

«Und … und wie geht es meinem Jungen?», fragte Pohl.

«Er ist stabil. Die Kollegen betreuen ihn intensiv. Wir tun alles, was möglich ist.» Julia hätte gern nachgefragt, wie die Prognose für den Jungen war. Doch sie hielt sich zurück. «Kann Herr Pohl zu seiner Frau?», fragte sie stattdessen.

Der Arzt musterte ihn zunächst kritisch.

«Sie müssen sich Hygienekleidung anziehen», sagte er dann. «Und Sie dürfen nicht in den Behandlungsprozess eingreifen.»

Pohl nickte eifrig. Seine Augen waren feucht.

Alles andere war schnell geklärt. Julia kümmerte sich um ein Angehörigenzimmer und versprach, am Abend noch einen Koffer mit Wechselsachen bringen zu lassen. Sie hatte von Pohl den Schlüssel zu seinem Haus bekommen. Als sie sich verabschiedeten, hielt Bodo Pohl plötzlich Julias Hand fest. «Pya!», rief er. «Was soll ich denn der Petra sagen, wenn sie fragt?»

Julia wusste es nicht. Waren fromme Lügen besser für die kranke Mutter? Oder ahnte sie schon lange, dass etwas nicht stimmte mit ihrem großen Kind?

«Vertrauen Sie dem Augenblick», riet sie Pohl. «Wenn sie fragt, dann antworten Sie, was Ihnen als Erstes einkommt. Es wird das Richtige sein.» Diese Antwort verwirrte Pohl sichtlich, doch er nickte brav. Mit beiden Händen umfasste er Julias Hand. «Sie melden sich gleich, wenn Sie etwas wissen von dem Mädel, ja?»

Julia versprach es.

Das Flehen in seinem Blick begleitete sie die ganze Fahrt von Dresden zurück nach Finkendörfel, wobei sie diesmal die Landstraße wählte. Einmal über das Blaue Wunder und die Grundstraße hinaus aus dem dickem Verkehrsstau gequält, öffnete sich die hügelige Weite gen Osten. Bald kam der Hohwald in Sicht und damit die ersten heimatlichen Höhen des Oberlausitzer Berglandes. Bei dieser Fahrt wurde Julia das Herz wieder weit. Das milde Licht der sinkenden Sonne legte sich wie Balsam auf ihre Seele. Sie erlaubte sich diese Minuten der Freiheit und des Ausruhens. Keine Gedanken, kein Grübeln, keine drängenden Entscheidungen, keine Sorgen. Nur einfach einmal sein und die Schönheit des Augenblicks genießen.

Bis Finkendörfel hielt diese Wirkung an und das, obwohl Julia, seit sie Steinigtwolmsdorf passiert hatte, schon wieder am Telefonieren war. Zu ihrer Erleichterung konnte sie alles fernmündlich klären und musste nicht noch einmal in die Kanzlei. Sie schaltete gerade die Freisprechanlage aus, als sie bei Fleischermeister Pohl auf den Hof einbog.

Wie aus dem Nichts erschien eine Polizistin neben ihrem Wagen, gerade als sie ausgestiegen war. «Ach, Sie sind es. Hallo!», rief die Polizistin.

Julia erklärte kurz den Grund ihrer Anwesenheit. Sie konnte ohne Umstände ins Haus.

Die Polizistin kam hinterher.

«Gibt es etwas Neues?», fragte Julia, obwohl sie es gewiss besser wusste als die Beamtin, dass dem nicht so war.

«Leider rein gar nichts», sagte die Polizistin geschwätzig. Wahrscheinlich war sie froh, einen Gesprächspartner in ihrem langen Wachdienst gefunden zu haben. «Das ist doch aber auch wie verhext. Keine Spur von dem Mädchen. Auf dem Computer auch nicht. Keiner will etwas wissen. Die Nachbarn scheinen tatsächlich ahnungslos zu sein. Aber die besten Freunde? Ist alles wirklich sehr seltsam. – Wie bei dem anderen Mädchen auch schon. Hoffentlich geht es wenigstens dieser Kleinen hier gut. – Wie geht es denn der Mutter?»

Julia gab sich alle Mühe, höflich und nur das Notwendigste zu antworten, während sie im Schlafzimmer der Familie Schwarz-Pohl nach Sachen für den Hausherrn suchte. Nach seinen Anweisungen holte sie den kleinen Reisekoffer aus dem Nebenraum. Dort sah sie auch die Nähmaschine von Petra Schwarz-Pohl. Ein Stück dunkel glitzernder Sternenstoff steckte noch als Schutz unter der Nadel. Blitzartig wurde Julia klar, wo sie das Laken schon einmal gesehen hatte, in das Irinas Leiche gehüllt gewesen war. Wusste es die Polizei auch? Nach Bodo Pohls Verhaftung hatten die Beamten eine Hausdurchsuchung durchgeführt. Doch hatte zu dem Zeitpunkt noch niemand vom Tod Irinas gewusst. Würde sich einer der Ermittler an dieses winzige Stück Stoff erinnern? Julia sah keine Veranlassung, die Polizei davon in Kenntnis zu setzen, obwohl sie es versprochen hatte. Vielmehr tat sich ihr die Frage auf, ob das nicht ihren Mandanten erneut belasten würde. Julia erinnerte sich, dass Petra Schwarz-Pohl die Stoffbahnen für das Schülerkonzert genäht hatte. Vielleicht lag die Lösung ja im Erbgericht? Sie würde Eddie noch einmal befragen, ihn und seine Vanessa. Möglicherweise wusste die ja, was mit den Stoffbahnen der Bühnendekoration nach dem Konzert geschehen war. Als sie sich einen Moment unbeobachtet fühlte, nahm Julia das Stoffteil an sich und steckte es in ihre Jackentasche. Anschließend ging sie zurück in das Schlafzimmer der Pohls.

Da erregte draußen etwas ihre Aufmerksamkeit. Ein dünner, hoch aufgeschossener Junge stand an der Hecke, die zu Nachbars Grundstück führte. Er trug an beiden Unterarmen blaue Binden. Julia erkannte das blasse, picklige Gesicht. Es war Eugen. Er sah zu ihr auf und schien sie mit finsteren Blicken hypnotisieren zu wollen.

«Ist was?» Die Polizistin war hinter Julia ans Fenster herangetreten. «Dieser Junge – ja. Der lungert schon den ganzen Tag hier herum. Lässt sich einfach nicht vertreiben.»

«Es ist der Bruder des toten Mädchens», erklärte Julia.

«Ah so», machte die Polizistin mit Bedauern in der Stimme, «wirklich tragisch, das Ganze.»

Julia schloss den gefüllten Koffer. «Ich rede mal mit dem Jungen.»

Sie hievte das Gepäckstück in den Kofferraum und knallte die Klappe zu. Dann ging sie über den Hof in Richtung der Wildsträucherhecke, an der sie Eugen gesehen hatte. Doch der Junge war verschwunden. Sie rief nach ihm. Keine Antwort. Julia war sich sicher, dass Eugen noch in der Nähe war, sie vielleicht sogar beobachtete.

«Soll ich ihm was sagen, wenn er wieder auftaucht?», bot sich die Polizistin an, die ihr gefolgt war. Julia drehte sich um. Die untergehende Sonne blendete. Sie beschirmte sich die Augen. «Geben Sie ihm meine Karte», sagte sie. «Er soll sich bei mir melden. Sagen Sie ihm bitte, ich bin die Tochter von Ludmilla Veit. Meine Mutter arbeitet im Förderverein für Russlanddeutsche. Frau Müller kennt sie bestimmt.» Sie schrieb den Namen ihrer Mutter auf die Rückseite ihrer Visitenkarte und reichte sie der Beamtin. «Danke!»

Zu Hause angekommen, erwarteten Julia schlechte Neuigkeiten. Trude fieberte weiter und weigerte sich dennoch, ins Krankenhaus zu gehen. Ella-Ma war außer sich vor Sorge.

Eddie maulte herum, weil er – der eigentlich nur einmal nach der kranken Trude hatte schauen wollen – nun Bodo Pohls Koffer nach Dresden schaffen sollte. «Nimm doch deine Vanessa mit», schlug Julia vor. «Wo ist sie eigentlich? Ihr seid doch so unzertrennlich geworden. Ich hätte nämlich eine Frage an euch beide.»

Eddies Miene verfinsterte sich zunehmend bei Julias Worten. Dann zuckte er mit den Schultern. «Keine Ahnung, wo Vanessa ist.»

«Oh!», machte Julia. Da gab es wohl den ersten Krach unter dem jungen Glück. «Was ist denn passiert?»

«Ich sag doch, ich hab keine Ahnung», stieß Eddie wütend hervor. «Das Mittelalterspektakulum ist abgesagt, vielleicht ist sie deswegen so komisch.»

«Komisch?»

Eddie machte eine wegwerfende Handbewegung. «Vergiss es!»

Mit einem mitleidigen Kopfschütteln holte Julia den Stofffetzen aus ihrer Jackentasche. «Erkennst du den wieder?»

«Nö», meinte Eddie, der den Stoff in der Hand drehte. «Woher soll der sein?»

«Die Frau meines Mandanten hatte diesen Stoff für die Bühnendekoration vernäht, die für das Konzert – du erinnerst dich?»

«Ja, da war so was glitzrig Schwarzes.»

«Ich möchte gern wissen, was aus der Bühnendekoration geworden ist», sagte Julia.

«Da musst du schon Vanessa selbst fragen.» Eddie gab seiner Schwester den Stoff zurück. «Die hängt jetzt lieber mit dem Koch ab.» Er schnaufte zornig.

«Mit Oliver Miskowitz?», wunderte sich Julia. «Was hat sie denn mit dem zu schaffen?»

«Das musst du sie schon selber fragen. Mit mir redet sie ja nicht mehr.»

«Armes Bruderherz. Es kocht die Eifersucht.» Julias Scherz kam gar nicht gut an.

Wütend nahm Eddie ihr Papiere und Autoschlüssel ab, trabte zu ihrem Wagen und fuhr mit quietschenden Reifen vom Hof.

Julia sah ihm nach. «Verliebte!», knurrte sie, so als wäre das eine Krankheit. Wahrscheinlich war es das auch manchmal, wie man gerade bei ihrem kleinen Bruder beobachten konnte.

Sie wandte sich ab, um zum Haus zurückzukehren.

Eben wollte sie durch die Glastür in ihr Büro gehen, als sie Eugen erblickte. Er stand am Gartentor, ihr Kärtchen in der Hand. Rasch ging Julia zu ihm. «Eugen! – Gut, dass du gekommen bist.» Sie öffnete ihm das Tor. «Willst du nicht hereinkommen?»

Eugen schüttelte heftig den Kopf. Seine blauen Augen waren dunkel vor unterdrückten Tränen. Um die Aknepusteln seiner blassen Gesichtshaut hatten sich rote Höfe gebildet. Er schluckte schwer, bevor er sprach. «Muttr Hilfe braucht», schnarrte er mit seinem Akzent. «Sie ist am Ende total.»

«Verstehe», sagte Julia. Ihr Blick fiel auf Eddies Oldtimer-Trabi, den er von Trude zum Abitur bekommen hatte im letzten Jahr. Der 600er stand knuffig und süß vor dem Schuppentor, während sein Herr mit Julias Wagen gen Dresden brauste. «Ich fahre dich heim, Eugen», beschloss Julia, «und dabei schaue ich nach deiner Mutter, ja?»

Der Junge brachte nur ein Nicken zustande. Eine Träne stahl sich dabei doch auf seine Wange. Verlegen wischte er sie mit dem Verband seiner Hand weg. «Warte hier», sagte Julia voller Mitgefühl, «ich bin gleich wieder da. – Es tut mir so leid um deine kleine Schwester.»

Wenig später saßen sie in der schlichten Küche der Müllers in Eckertswalde, wo diese in einem der Genossenschaftswohnblöcke wohnten. «Mein Mann hat auch hier gewohnt in seiner Jugend», sagte Julia mehr aus Verlegenheit, denn zur Information. Eine schlechte Wahl, wie sie sofort bei sich selbst spürte. Der Gedanke an Paul glich einem scharfen Gewissensbiss. Er erinnerte sie unbarmherzig an ihr noch ungelöstes Bauchproblem.

Frau Müller jedoch schien diese Nachricht als weitere Verbindung zwischen ihnen willkommen zu heißen, nachdem sie bei der Begrüßung und Vorstellung gleich unter Tränen der Aufregung und Überraschung Ludmilla Veit in allerhöchsten Tönen gepriesen hatte. «Die liebe Milla. Ach, Gottachgott. Die liebe Milla! – Die kennt helfen jetze!»

«Meine Eltern kommen am Sonnabend nach Hause», wusste Julia zu berichten.

«So? Wie schen», rief Frau Müller. «Alles Gute.»

Und dann weinte sie plötzlich. Sackte einfach auf den Stuhl am Küchentisch und schluchzte aus tiefstem Herzensgrund.

Wortlos nahm Julia die Frau in ihren Arm. Ich weiß, wie du dich fühlst, wollte sie ihr sagen. Es ist die Hölle!

Dahin wollte sie nie wieder gehen.

«Meine Iri, mein Kind. So eine Liebe und Kluge …»

Stumm wiegte Julia die Frau in ihrem Arm.

«Was soll nu jetze sein … Ich weiß ne … Ich weiß ne weiter.»

«Ich kümmere mich darum, dass Sie Hilfe bekommen», versprach Julia bedrückt. Sie strich der Frau über den Kopf und sprach von Irina. Wie sie geschätzt wurde von Lehrern und ihren Freundinnen.

«Ach!», stieß da die Frau hervor. «Diese Weibsen! Die sein gewiss Schuld an allem!»

Julia löste sich von der Frau und setzte sich auf den für sie bereitstehenden Stuhl. Eugen lehnte schweigend am Kühlschrank ihnen gegenüber. «Wie meinen Sie das?»

Frau Müller schnäuzte sich kräftig in ein großes Männertaschentuch, das sie aus ihrer Schürzentasche gezogen hatte. Dann sah sie Julia aus verweinten Augen an. «Die ham ihr welches Teufelszeug da eingeredet!», rief sie. «Vor allem die da oben vom Berge! Die immer so fein tut.»

«Melanie Schöne», stellte Julia fest, seltsam befriedigt darüber, dass ihre Ahnung vom Morgen sich nun auf diese Art bestätigte.

Die beiden Müllers nickten.

Julia rückte sich etwas auf ihrem Stuhl zurecht und legte ihre gefalteten Hände auf den Tisch vor sich. Dann sah sie Mutter und Sohn abwechselnd an. «Was», fragte sie, «was ist los mit Melanie?»

«Von der Schule geflogen ist die», giftete Eugen los, «wegen Kiffen oder so. Schlechter Mensch – ganz schlecht!»

«Und unse Iri, unser Schatz, hat der geholfen», schluchzte Frau Müller nun wieder in ihr Taschentuch. «Das ist nu der Dank.» Sie verbarg ihr Gesicht in den Händen. Julia unterdrückte ihren neuerlichen Impuls, die Frau zu umarmen. «Sie vermuten», fragte sie stattdessen, «Melanie könnte Irina in eine Drogengeschichte hineingezogen haben?»

«Nich 'ne normale», schnarrte Eugen. «Irgend so 'ne Psychokacke!»

Frau Müller tauchte kurz auf. «Iri hat niemals nie Drogen genommen, mein gutes, liebes … liebes Kind!» Sie vergrub sich wieder.

«Genau!» Trotzig verschränkte Eugen seine langen Arme vor der Brust, so als müsste er selbst jetzt noch seine kleine Schwester vor solchen Anschuldigungen beschützen.

Julia blieb misstrauisch.

«Wann haben Sie die Polizei unterrichtet, als Irina am Montagabend nicht nach Hause kam?»

«So gegen elf rum?», sagte Eugen unsicher, da seine Mutter keine Anstalten machte zu antworten. «Ich erst gesucht hab. Mamuschka herumtelefoniert hat …»

«Ist das vorher schon einmal passiert?»

«Was?»

«Dass Irina nicht zur gewohnten Zeit nach Hause gekommen ist», ergänzte Julia ihre Frage.

Wie in Zeitlupe hob Frau Müller ihren Kopf aus den Armen. Sie wechselte einen Blick mit ihrem Sohn. «Ja», sagte sie dann. «Schon einmal. – Der Junge hat gesucht nach ihr. Mit dem Moped. – Und als wir wieder heim warn – da …, da …» Sie brach ab.

«Da Iri schon hier war», sagte Eugen düster.

«Und?», fragte Julia. «Was hat sie gesagt, wo sie gewesen ist?»

«Spazieren! Spazieren mit den Weibsen!» Frau Müller riss die Arme vor Aufregung in die Höhe, als wollte sie den Himmel als Zeugen aufrufen.

«Sie ganz komisch war», ergänzte Eugen und zog die Augenbrauen zusammen bei dieser Erinnerung.

«Wie komisch?»

«Sie sagte, dass nu nichts mehr wird mit Dresche …»

«Du hast sie zu hart angepackt», jammerte seine Mutter. «Ich hab's dir gesagt. Ach, mein armes Kind! Meine Irina!» Weinend schüttelte sie den Kopf.

«Ich wollt nich, dass sie so rumzieht weiter!», verteidigte sich Eugen. «Nich mit dem Flittchen!»

«Flittchen?»

«Versautes Stück!», stieß Eugen hervor. «Macht rum mit Männern.» Ganz unerwartet brach auch er in Tränen aus. «Die schuld is! Die schuld is!» Und dann schluchzte er wie ein Kind, völlig haltlos und ohne sich zu verbergen.

Julia erhob sich. «Ich gehe der Sache nach», versprach sie. «Ich rede mit Melanie. Und mit ihren Eltern.»

«Danke», rief sie, als Eugen sich aufraffen wollte, sie zu begleiten, «ich finde allein hinaus.»

Sie verabschiedete sich mit dem Gefühl, das Stück vorzeitig verlassen zu haben, den Schluss noch nicht zu kennen.

Doch wollte sie die Schönes antreffen, war es jetzt höchste Zeit.

Ein runder Mond hing über dem dunklen Wald des Eckertsberges, als sie in den Trabi stieg. Und noch immer keine Nachricht von Pya.

25. Kapitel

«Ob ich dir helfen kann?» Julia lachte überrascht auf, als sie vom Ansinnen ihrer einstigen Sportkameradin Simone hörte. «Ehrlich gesagt, ich habe keine Ahnung.» Sie seufzte. «Viel eher kannst du mir vielleicht helfen.»

«Lass hören, wie», war die enthusiastische Antwort, die Julia durch das Telefon erhielt. «Ich bin dir sowieso noch etwas schuldig.»

«Aber woher denn», wehrte Julia ab. Sie wischte sich die Müdigkeit aus den Augen und richtete sich in ihrem Bett auf. Simone war beneidenswert munter zu dieser morgendlichen Stunde des Freitags. Das musste sie wohl auch, denn in wenigen Minuten begann der Unterricht. Julia dagegen hatte sich nach den Aufregungen und Misserfolgen der letzten Tage ein Ausschlafen verordnet, das durch Simones Anruf eben unsanft beendet worden war.

Julia war weit entfernt davon, deswegen zu grollen. Simones Anregung einer Zusammenarbeit kam ihr wie gerufen. Sie beide steckten fest in ihren Bemühungen, Licht in die mysteriösen Vorgänge in Finkendörfel und in der Schülerschaft der Eckertswalder Schule zu bringen.

«Micha Lebelt», eröffnete Simone die Liste der Unklarheiten.

«Und die Schöne Melanie», ergänzte Julia missmutig. «Du glaubst gar nicht, wie eiskalt mich die Schönes gestern Abend haben abblitzen lassen, als ich mit Melanie über Irina und Pya reden wollte. – Ich kam mir wie ein lästiges Insekt vor.» Der neu aufgeflammte Zorn darüber ließ Julia hellwach werden. «Die tun gerade so, als hätte das Ganze mit ihrem braven Töchterchen am allerwenigsten zu tun. Überhaupt wäre alles meine Schuld, weil ich mich bei den Schwarz-Pohls eingemischt habe. Ich solle lieber alles der Polizei überlassen, haben die mich wissen lassen.»

Simone stöhnte zustimmend am anderen Ende der Verbindung. «Ich weiß, was du meinst. Genauso ging es mir auch. Ganz schön arrogant diese Schönes, wenn du mich fragst. Aber sie sind auch die größten Unterstützer für unsere Schulprojekte. Immerhin durfte ich mit Melanie sprechen. Leider hat mich dieses Gespräch – im Beisein der Eltern natürlich – keinen Deut klüger gemacht. – Du weißt vielleicht, dass ich nun als Vertrauenslehrerin eingesetzt worden bin?» Eine Spur Unsicherheit hatte sich in Simones Stimme geschlichen.

«Gut so», sagte Julia herzlich. «Das ist genau dein Ding.»

«Na, hoffentlich», entgegnete Simone zweifelnd. «Im Moment habe ich jedoch eher das Gefühl, gegen Wände zu rennen.»

«Du sagst es.» Julia warf ihre Bettdecke zurück und erhob sich. «Genau so geht es mir auch zurzeit. Habe ich einmal etwas in Erfahrung gebracht, was weiterhelfen könnte, dann entpuppt es sich nur als ein weiteres Rätsel oder gar eine ärgere Verwicklung.»

«Michael mauert, die Schönes mauern, Pya ist verschwunden und Irina tot», zählte Simone mutig auf.

«Eine Lehrerin kommt unter unklaren Umständen ums Leben», ergänzte Julia, «ein Jäger erschießt sich aus Angst, verflucht zu sein, samt Hund und im Dorf sperren sie ihre Katzen ein, damit die nicht Opfer dieses kranken Opferkultes werden. – Was sagst du dazu?»

Simone schwieg.

«Du glaubst doch auch an einen Zusammenhang, oder?», bohrte Julia nach.

«Sagen wir mal, ich vermute ihn, genau wie du», sagte Simone. «Und ich ahne, dass er etwas mit den Kindern zu tun hat.»

«Mit Micha und den drei Mädchen?»

«Ja. Mit einigen anderen möglicherweise auch. Ich denke da nur an eine der Kontrahentinnen von Melanie.»

«Giselle?»

«Möglicherweise.» Simone nahm sich etwas zurück. «Ich denke aber auch, dass die Kaltbachmühle eine Rolle spielt.»

Julia horchte auf. Diese Hypothese brachte etwas in ihr zum Klingen. «Meinst du die Mühle an sich oder ihre Bewohner?», fragte sie.

«Alles irgendwie. – Was hältst du von ihnen?»

«Exzentrisch – alle beide», gab Julia zu. «Die Mutter eine verschrobene Malerin, die es wohl zu einiger Bekanntheit gebracht hat. Eine geistige Störung macht sie recht weltfremd. Möglicherweise sind das auch Folgen eines exzessiven Drogenkonsums. Die beiden haben mal in einer Künstlerkommune in Mexiko gelebt. Der Sohn kümmert sich um sie. Wegen ihr ist er mit hierhergezogen in das Haus ihres Vaters.»

«Typ Mamas Liebling, oder?», spottete Simone.

Julia fand diese Bezeichnung ungerecht. «Er ist wirklich rührend um seine Mutter bemüht», verteidigte sie den Koch. «Ich kann mir vorstellen, dass es nicht immer einfach ist mit Annabella. Letztendlich lebt er nur für seine Mutter. Ich fürchte, das hat er schon als kleiner Junge machen müssen.»

«Du hast recht. Das war nicht fair.» Simone klang beschämt. «Da bleibt nicht viel Leben übrig für Oliver Miskowitz, nicht wahr?»

«Er zeichnet gern und widmet sich der Kalligraphie», erzählte Julia. «Übrigens hat Miskowitz so eine Art Zauberbuch in der Mühle entdeckt.»

«Ein Zauberbuch?»

«Na ja, eher so alte Wetteraufzeichnungen. Als ich einmal dort war, hörte ich, wie die Mädchen danach fragten und es so nannten.» Julia erzählte von dem Besuch bei den Miskowitzens, als sie Annabella die Katze gebracht hatten. «Er hat mir einen dieser Sprüche gezeigt», schloss sie dann. «Völlig harmlos. Ein paar Gesundheitswünsche und Wettersegen, Schutz für Haus und Ernte – auf keinen Fall Schwarzmagisches oder so etwas.»

Simone bedachte das einen Moment. «Wir sollten dennoch mal mit dem Mann reden», meinte sie. «Auch wenn die Polizei das schon getan hat. Die Mädchen waren so oft dort bei den Miskowitzens. Vielleicht haben sie sich da selbst etwas zurechtgebogen, von wegen Schutzzauber. Melanie ist arg gemobbt worden, als sie an die Schule kam. Ich kann mir gut vorstellen, dass sie sich eine Art magischen Schutzschild gewünscht hat.»

«Wenn, dann hat der aber nicht besonders gut funktioniert», sagte Julia nachdenklich. «Und es erklärt immer noch nicht die Katzenmorde und auch nicht, was Michael Lebelt damit zu tun hat. – Im Moment hat es eher den Anschein, als seien die Mädchen Opfer solcher Verwünschungen, denen sie in ihrer Naivität Glauben schenken und vor denen sie sich nun derart fürchten.»

«Meinst du wirklich?»

«Die Angst in ihren Augen ist echt», erwiderte Julia, die eben von ihrem Schlafzimmer hinüber zum Bad tappte. Aus der Dachkammer daneben drang Trudes raues Husten. Unten in der Küche klapperte Ella-Ma mit Geschirr.

«Zugegeben», sagte Simone nach einem Moment nachdenklicher Stille. «Es ist die nackte Angst. – Ich habe es auch gesehen. Die ist es auch, die die Kinder so beharrlich schweigen lässt. Möchte wissen, wer oder was den Kindern solche Todesangst einjagt. – Wenn ich den erwische», fügte sie knirschend hinzu, «der kann sich frisch machen.»

Die Badtür klappte zu. «Was wollen wir also tun?», fragte Julia. «Zu den Miskowitzens? Das ließe sich arrangieren. Heute zum Hexenbrennen haben die am Erbgericht nur einen kleinen Bierstand am Rande, wenn die den Haufen abbrennen. Sonst sind alle Feierlichkeiten abgesagt. Oliver Miskowitz dürfte also nicht viel zu tun haben.»

«Gute Idee!», rief Simone. «Wir sollten uns auch gemeinsam noch einmal den Michael vornehmen. Ich bin mir sicher, dass der etwas weiß.»

Obwohl Julia bezweifelte, dass ihr gemeinsamer Auftritt irgendwelchen Eindruck auf den Jungen machen würde, stimmte sie auch dem zu. Viel lieber hätte sie mit Melanie unter vier Augen gesprochen. Neben Michael war ihr dieses Mädchen noch das größte Rätsel.

«Ich muss heute Vormittag noch einmal in die Kanzlei», sagte sie derweil zu Simone. «Aber bis heute Mittag kann ich mich da freischaufeln und vorzeitig in das Maiwochenende starten.»

Sie vernahm ein Klopfen und Poltern bei Simone. «Alles in Ordnung?»

Simone lachte halbherzig. «Jaja. Das ist die ‹liebevolle› Begrüßung meiner Schüler. Ich sitze noch im Auto vor der Schule.» Ihr Lachen verstummte. «Da ist Melanie», sagte sie dann. «Sie ist allein. – Mein Gott, sieht das Mädchen verloren aus! – Ich gehe mal zu ihr.»

Julia hörte, wie die Autotür geöffnet wurde und sich Simones Stimme veränderte beim Aussteigen. Sie sprach nun leise wie aus einem Versteck. «Wir sehen uns heute Nachmittag», verkündete sie. «Um drei am Bornbusch. Da werden wir beginnen. Mit Rita Gerlach.»

«Und mit den toten Katzen», ergänzte Julia. Dann legten beide auf.

«Hier müsste es sein, wo Rita Gerlach reingegangen ist. Die Suchtruppe hat ganz schön Spuren hinterlassen.» Simone schob ein paar Zweige der Fichten beiseite.

«Zu unserem Glück», murmelte Julia, «sonst hätten wir den Weg nie gefunden.»

Gemeinsam brachen sie sich ihre Bahn durch den Tann. Sie schwiegen. Als sich der Wald lichtete, atmeten sie beide auf. «Wirklich unheimlich», bemerkte Simone mit gedämpfter Stimme.

Sie traten auf die sumpfige Lichtung. Das helle Nachmittagslicht war eine Wohltat. Dennoch zeugten der zerwühlte Boden und die Reste der Absperrfolie an den Bäumen gegenüber, dass es sich um den Sterbeort von Rita Gerlach handeln musste. Lange Zeit sagten sie kein Wort, sondern inspizierten das Gelände und den Baum, an dem die Puppe gehangen haben musste. Julia hatte Simone nichts davon erzählt, doch auch Simone hatte ihre Quellen, denn sie zeigte sich bestens informiert über Ritas Schwester Milda und deren verzweifelte Selbsttötung. «Pya hat es mir gestanden», sagte sie dann. «Sie glaubt, dass es ihr Stiefvater war, um Rita Gerlach zum Schweigen zu bringen.»

Sie tauschten einen Blick.

«Du weißt schon, dass Bodo Pohl mein Klient ist», sagte Julia vorsichtig.

Simone nickte. «Pya will auf keinen Fall, dass es die Polizei erfährt.»

«Ich frage mich, warum Pya ihren Stiefvater diesmal schützt?», sagte Julia darauf.

«Ja, nicht wahr? – Du kommst auf dieselben Ungereimtheiten.» Mit ein paar Hüpfern über die Sumpflöcher war Simone bei der Baumgruppe an der anderen Seite der Lichtung angelangt. Julia folgte ihr. Schlamm quatschte ihr in die Schuhe. Sie hatte ihre Laufsachen angezogen, um sich so unauffällig wie möglich auf den Weg machen zu können. Das Waldgebiet um die Mittagssteine war wieder für die Bevölkerung freigegeben worden.

«Außerdem», rief Simone zu ihr herüber, «wie soll ein Mensch allein so viele Zufälle arrangieren? – Die Puppe, die abgelegene Lichtung und dann noch so eine clevere Person wie Rita Gerlach hierherlocken.»

«Von dem vorausgegangenen Katzenattentat im Lehrerzimmer ganz zu schweigen», ergänzte Julia, die nun drüben bei Simone angekommen war. «Das kann unmöglich einer allein gewesen sein.»

«Du hast recht. Ich denke auch, es handelt sich um ein Komplott. – Und ich fürchte, meine Schüler sind daran nicht ganz unbeteiligt», fügte Simone seufzend hinzu.

«Ein Motiv hätten die Kinder, wie wir wissen», überlegte Julia. «Doch waren sie auch in der Lage dazu?»

Simone riss die Augen auf. «Du meinst, die wollten den Tod von Rita Gerlach?»

«Wahrscheinlich wollten sie ihre Lehrerin nur mit Schrecken tyrannisieren», gab Julia zu. «Es ist ihnen wohl aus dem Ruder gelaufen. Deshalb haben sie solche Angst.»

Julia spürte Simones nachdenklichen Blick auf sich ruhen. «Mal ganz ehrlich und unter uns», sagte Simone dann vorsichtig: «Glaubst du, die Kinder haben das alles allein geplant? Könnte nicht Bodo Pohl dahinterstecken?»

Lange zögerte Julia mit ihrer Antwort, so lange, dass Simone selbst begann, eine Antwort zu formulieren. «Er hatte ein handfestes Motiv, er hatte die Gelegenheit und auch das Wissen, wo die Gruppe langwandert. Die Puppe zu klauen, war für ihn ein Klacks. Oder er hat auch das an die Kinder delegiert …»

«Warum sollte Pya ihm aber helfen?», unterbrach Julia ihre alte Freundin.

Simone zuckte mit den Achseln. «Keine Ahnung. Vielleicht hat er sie unter Druck gesetzt?»

«Eher umgekehrt», murmelte Julia. Dann richtete sie sich auf. «Nach allem, was ich von Bodo Pohl weiß, halte ich es für nahezu ausgeschlossen, dass er hinter den Katzenmorden steckt und den Todesfällen in Finkendörfel. – Es muss jemand anderes sein.» Sie sah sich um. «Angenommen, dass es so bei Rita Gerlach war: Jemand hat die Katze des Hausmeisters gefangen und betäubt und …»

«Da fällt uns natürlich als Erstes der Micha ein», warf Simone ein.

Julia nickte. «So ist es. – Dann steckt dieser Jemand oder sein Komplize die betäubte Katze in das Paket und liefert es in der Schule ab in Verkleidung, oder aber, es ist tatsächlich mit einem offiziellen Paketdienst gekommen.»

«Aus Mobbingen?», zweifelte Simone. «Schwer vorstellbar, dass das jemand angenommen hat.»

«Kann man doch alles über das Internet machen.»

«Du hast recht.» Simone seufzte. «Ich Idiot! Warum ist mir das nur nicht gleich aufgefallen?»

«Wir sehen eben nur, was wir erwarten zu sehen», sagte Julia. Ihre Worte hallten in ihr nach. Auch bei Simone verfehlten sie ihre Wirkung nicht. Sie starrten sich an, beide in gleichzeitiger Erkenntnis.

«So machen die das!», flüsterte Julia. «Taschenspielertricks der übelsten Sorte. Verbreite Angst und Schrecken mit mysteriösen Katzenmorden. Damit streue das Gerücht von Flüchen.» Julia schüttelte fassungslos den Kopf. «Und dann dirigiere den faulen Zauber nach deinen Wünschen. – Was für ein Wahnsinn ist hier losgetreten worden!»

«Wahnsinn mit Methode, der Menschen in den Tod treibt», vollendete Simone mit einem Schauder.

Julia holte tief Luft. «Psychogener Tod. – Paul hat mir mal davon erzählt. – Perfide! Das Opfer wird verwünscht und glaubt auch, verwünscht zu sein.»

«Dann ist das ganz ähnlich dem, was beim Mobben passiert», sagte Simone grimmig. «Du brauchst jemanden nur lange genug einzureden, dass er nichts taugt oder zu fett oder zu doof ist. Irgendwann glaubt derjenige, dass es wahr ist und lebt auch so.»

«Wohl wahr», erwiderte Julia. «Beim psychogenen Tod jedoch sind die betroffenen Menschen so besessen von der fixen Idee, verhext zu sein, dass sie tatsächlich Symptome entwickeln, die dann zum Tod führen.»

Simone packte Julias Arm. «Wenn die Kinder tatsächlich glauben, verflucht zu sein, sind sie in Gefahr, an ihrer Einbildung zu sterben, meinst du etwa das?»

«Genau das», bestätigte Julia düster. «Wir müssen unbedingt mit Michael und Melanie reden.»

«Und auch diesen Zauberbuch-Koch sollten wir uns vornehmen», rief Simone aufgeregt. «Oliver Miskowitz.»

«Den zuerst», sagte Julia. «Auf zum Erbgericht!»

Rasch machten sie sich auf den Weg zurück ins Dorf.

Auf der Wiese hinter dem Erbgericht hatte die Feuerwehr bereits begonnen, den Haufen zum Anzünden vorzubereiten, obwohl es erst Nachmittag war. Ohne Fest, ohne Musik, nur mit kleinem Bierausschank nebenher sollte er heute Abend kontrolliert abgebrannt werden. Denn weg musste das Zeug nun. Am ersten Mai endete die Frist dafür. Ein paar Schaulustige hatten sich bereits eingefunden, bot doch so ein Treffpunkt am Feuer die beste Möglichkeit, Neues zu erfahren und sich gemeinschaftlich den schwärzesten Spekulationen hinzugeben.

Julia und Simone trafen Oliver Miskowitz auf dem Parkplatz des Gasthofes an, als der gerade in seinen Pick-up steigen wollte. Julia rief ihn an. Höflich lächelnd wartete er auf die beiden Frauen. «Na? Sie haben wohl das schöne Wetter für einen Waldlauf genutzt?»

«So ähnlich», sagte Julia ausweichend und stellte Simone als die Vertrauenslehrerin der Mädchen vor. Miskowitz behielt seine reservierte Höflichkeit, als er auch ihr zur Begrüßung die Hand reichte. Obwohl Julia glaubte, einen Schatten vertiefter Achtsamkeit über sein Gesicht fliegen zu sehen. Seine Augen huschten wachsam von einer zur anderen. «Was kann ich für Sie tun?»

«Ich habe gehört, dass sich die Mädchen für eine Art Zauberbuch von Ihnen interessiert haben», sagte Simone sachlich. «Könnte ich das einmal sehen?»

«Wozu brauchen Sie das denn?»

«Wir denken, es könnte uns vielleicht einen Hinweis auf den Verbleib Pyas geben oder uns zumindest helfen nachzuvollziehen, was in den Kindern in der letzten Zeit vorgegangen ist.»

Sie sahen Miskowitz aufatmen. «Da haben Sie aber Glück. Die Kriminalpolizei hat es mir erst vorhin wieder ausgehändigt. Sie hatten wohl ganz ähnliche Gedanken. Leider ohne Ergebnis, wie es scheint.» Er öffnete die Fahrertür und holte eine Asservatentüte mit dem alten Buch heraus. «Hier ist es. Viel Erfolg damit.»

Erstaunt über die Willfährigkeit des Kochs nahm Simone das Buch an sich. «Was glauben Sie», begann Simone, «wovor könnten die Kinder solche Angst bekommen haben?»

Miskowitz bekam Kulleraugen. «Angst?»

«War das nicht offensichtlich?»

«Für mich nicht», erwiderte Miskowitz. «Ich hielt sie nur für neugierig. So eine alte Mühle und ihre Geheimnisse – hätte das nicht jeden von uns in diesem Alter fasziniert?»

Julia ließ sich nicht beirren. «Hatten die Mädchen dabei auch einmal erwähnt, etwas von dem Zauber auszuprobieren?», fragte sie. «Einen Schutzzauber zum Beispiel?»

«Schutzzauber? – Sie scherzen doch, oder?» Miskowitz lächelte unsicher.

«Keineswegs», versicherte Simone und besah sich das alte Buch sorgfältig durch die Folie. «Wenn sich jemand angegriffen oder bedroht fühlte, wäre das doch eine ganz normale Reaktion, falls einem so ein Zauberbuch in die Hände fiele.»

«Mir ist nicht bekannt, dass eines der Mädchen …», begann Oliver Miskowitz, doch er brach ab. Plötzlich war er sehr angespannt und auf der Hut. «Sie glauben doch nicht etwa, ich hätte die Mädchen zu irgendwelchem Hokuspokus angestiftet.»

Die beiden Frauen sagten nichts.

Zornige Röte stieg Miskowitz ins Gesicht. «Vergessen Sie es!», schnaubte er. «Die Polizei hat das ganze Haus untersucht und mich und Bella wirklich mehr als genug drangsaliert. Fragen Sie doch Ihre Freundin. Die war ja beim Verhör dabei.» Er wies auf Julia. «Gefunden haben sie nichts! Damit das klar ist. Sogar das Traumkraut haben sie uns gelassen. Ist nämlich ganz legal.» Er stieg in seinen Wagen und schlug die Tür zu.

«Danke für das Buch», rief ihm Simone noch hinterher, doch Oliver hörte sie schon nicht mehr. Mit einem ärgerlichen Aufheulen des Motors brauste der schwere Wagen vom Hof.

Julia und Simone blieben in einer Dieselwolke auf dem Hof des Erbgerichtes zurück.

Eine Weile sagte keine von ihnen ein Wort.

«Also, wenn du mich fragst, ist der nicht so dumm und verführt Mädchen zu satanischen Verwünschungen und versteckt dann die Leiche eines der Opfer vor seiner Haustür», sagte Simone dann bedächtig. «Dennoch werde ich den Verdacht nicht los, dass er irgendetwas damit zu tun hat. Dieses Traumkraut», sie machte eine Pause, «ich kenne das aus der Weiterbildung: Damit werden Drogen gestreckt. Allein genommen und in reiner Form ist es tatsächlich nicht gefährlicher als Baldrian. Es kommt eben nur auf die Dosis an.»

«Wie bei allem, nicht wahr?», warf Julia ein.

Simone warf den Kopf zurück. «Nicht bei diesem Crystal-Gelumpe», rief sie. «Das lässt dir vom ersten Mal an das Gehirn verdampfen! Übrig bleiben zerrüttete Persönlichkeiten. Die sind nicht mehr sie selbst. Grausam und absolut gruselig, sein Kind so sehen zu müssen, oder die Kinder, die dir anvertraut sind. Du kannst dir kaum vorstellen, wie sehr ich dieses Zeug verabscheue!» Sie ballte die Fäuste.

«Kann ich mir denken», sagte Julia, die Simones Ausbruch betroffen machte. «Glaubst du, dieses Gift hat auch bei Melanie solche tiefen Schädigungen hervorgerufen?»

«Darüber darf ich nun wieder nicht mit Außenstehenden reden», erwiderte Simone verlegen. Dann seufzte sie. «Wir sind ein ziemlich klägliches Ermittlerduo, findest du nicht?»

Julia lächelte schwach. «Wir tun halt, was wir können. Wir gehen einen Schritt nach dem anderen. Oliver Miskowitz haben wir gehört. Also, auf zum nächsten Duell.»

«Micha Lebelt?»

«Michael Lebelt», bestätigte Julia. «Soviel ich weiß, ist er mit bei den jungen Brandschutzhelfern. Wir müssten ihn also hier antreffen.»

Doch Michael war nicht bei den Kameraden der freiwilligen Feuerwehr am Erbgericht. «Drückt sich wahrscheinlich», mutmaßte einer der Feuerwehrleute grimmig.

«Micha hat zu tun!», verteidigte eine vertraute Stimme den Abwesenden. Vanessa stand hinter dem Tresen des Bierstandes und stapelte einhändig Humpen in das rückwärtige Regal. Ihre andere Hand war immer noch verbunden. Sie warf den Frauen einen funkelnden Blick aus ihren meergrünen Augen zu, bevor sie sich wieder ganz dieser Arbeit widmete. «Wo können wir denn den Micha finden?», erkundigte sich Simone freundlich. Vanessa blickte sie nicht an, als sie antwortete. «Zu Hause doch wohl, oder?»

Die Lüge war zu offensichtlich. In Julia verdichtete sich der dunkle Verdacht, Vanessa selbst könnte die Schöpferin all des Unheils sein, das sich in Finkendörfel und an der Schule in Eckertswalde ausbreitete wie eine Seuche. Vielleicht war Eddies Liebeskummer über die spürbare Entfremdung der beiden gar das kleinere Übel. Sie trat näher an den Tresen heran. Nach einem kurzen Zögern tat es ihr Simone gleich. Schweigend bauten sie sich neben Vanessa auf, bis die sie endlich wieder anblickte. Sie wirkte zornig und schuldbewusst zugleich. «Ist noch was?», fragte sie. «Was wollen Sie denn noch?»

«Der Sternenstoff», sagte Julia. «Der Stoff, mit dem die Bühne zu eurem Konzert geschmückt war. Was ist aus dem geworden?»

Simone warf ihrer Freundin zunächst einen fragenden Blick zu, doch dann erinnerte auch sie sich. «Ja, genau. Was ist aus dem geworden?»

«Woher soll ich das wissen?», erwiderte Vanessa ungewohnt patzig. «Da müssen Sie meinen Onkel fragen.»

«Na, dann machen wir das mal.» Julia erhob ihren Arm zum Gruß. «Hallo Jörg. Hallo Katja.»

Die Mosigs, die eben gemeinsam die Karre mit zwei Bierfässern an den Stand heranbugsierten, sahen überrascht auf.

«Die Bühnendeko?» Jörg kratzte sich am Kopf. «Keine Ahnung, wirklich.»

«Vielleicht ist er ja wieder in der Schule gelandet?», schlug Katja vor. Auch sie kannte Simone gut aus ihrer gemeinsamen Schulzeit. «Warum fragt ihr?»

«Er könnte von Bedeutung sein, um hinter das Verschwinden der Mädchen zu kommen.»

Vanessa fiel ein Bierhumpen aus der Hand. Mit einem hässlichen Klirren zerschellte er auf dem Boden des Standes. Kurze Zeit herrschte Konfusion darüber. Katja eilte ihrer Nichte zu Hilfe. «Du solltest noch gar nicht arbeiten mit deiner verbrannten Hand!», rief sie erschrocken. «Schone dich doch etwas. Wir schaffen das hier schon.» Vanessa murmelte etwas Unverständliches darüber und tauchte mit ab, die Scherben einzulesen.

«Schlimme Sache, das Ganze», sagte Jörg mit ratlosem Blick über den aufgeschichteten Holzhaufen. «Man weiß gar nicht, was man davon halten soll.»

«Ein Mädchen ist tot», half Julia mit lauter Stimme nach. «Ein anderes ist verschwunden. Jeder Hinweis darüber rettet vielleicht Leben. – Also bitte: Wo ist der Sternenstoff? Wer hat die Bühnendekoration abgebaut und mitgenommen?»

«Die Mutter von der kleinen Schwarz hat die uns genäht», ließ sich Vanessa plötzlich vernehmen. «Möglicherweise ist der Stoff ja wieder bei denen gelandet. Bei uns ist jedenfalls nichts mehr davon.» Das ‹uns› betonte sie trotzig. Auch Katja war wieder hinter dem Tresen aufgetaucht. Prustend wischte sie sich eine Haarsträhne aus dem Gesicht. «Ganz gewiss nicht», bestätigte sie. «Das ist alles wieder raus. Wir hätten auch gar keinen Platz dafür. – Tut mir leid, dass wir nicht helfen können», fügte sie bedauernd hinzu.

Simone warf ihren Rucksack von den Schultern und verstaute unter den neugierigen Blicken der Wirtsleute und Vanessas das Buch des Kochs in ihrem Rucksack. «Ich forsche in der Schule nach», erklärte sie dann knapp.

Katja sah erleichtert aus. «Prima», sagte sie. «Gewiss findet sich alles. – Wie wäre es jetzt mit einem Kaffee? Unsere neue Espressomaschine ist aktiviert. Und ihr zwei seht aus, als könntet ihr eine Koffeinspritze gebrauchen.» Ohne eine Antwort abzuwarten, ging sie ihnen voraus in Richtung Gaststube. Simone und Julia folgten ihr. Das Angebot war zu verheißungsvoll, um es abzulehnen.

«Wieso ist denn der Sternenstoff so wichtig?», flüsterte Simone Julia zu, als sie außer Hörweite der anderen waren.

«Irinas Leiche war darin eingewickelt», sagte Julia.

Mit einem Ruck blieb Simone stehen. Sie riss die Augen auf. «Aber die Polizei!», raunte sie dann und zog Julia am Arm mit sich weiter. «Haben die denn gar keine Spur des Sternenstoffes?»

«Wenn, dann halten sie sich bedeckt», antwortete Julia. «Ich nehme an, dass sie bei den Befragungen in der Schule nichts dergleichen erwähnt haben?»

«Kein Sterbenswort.» Simone starrte auf die Eingangstür des Erbgerichtes, durch die Katja eben verschwunden war. «Doch vielleicht finden wir ja in unserem Schultheaterfundus eine Spur. – Jetzt lass uns erst einmal sortieren, was wir haben und wie wir weiter vorgehen. Komm!»

Wenig später saßen sie in der Schankstube vor ihrem duftenden Kaffee und rührten schweigend in ihren Tassen. Sie waren die einzigen Gäste. Simone stöberte in dem Zauberbuch des Kochs. Schließlich warf sie sich enttäuscht in ihren Stuhl zurück.

Katja rief ihnen noch einen kurzen Gruß zu und eilte schon wieder zu Mann und Nichte hinaus, um dort zu helfen. Sie sollten sich melden, wenn sie noch etwas bräuchten. Oliver Miskowitz habe heute Abend frei, da seien sie eben etwas knapp mit Personal.

«Richtig glücklich sind die Mosigs aber nicht mit ihrem Starkoch», bemerkte Simone, als sich die Schanktür hinter Katja geschlossen hatte.

«Mhm», machte Julia. «Ist mir auch schon aufgefallen. Er ist einfach zu viel bei seiner Mutter. Zu Ostern …» Sie unterbrach sich mit einem herzhaften Gähnen. «Entschuldige! Das waren kurze und aufregende Nächte diese Woche.»

Simone nickte. «Du sagst es. Hoffen wir, dass unsere Lebensgeister jetzt wieder geweckt werden. Schließlich versuchen wir uns hier als Fluchbrecher vom Dienst.» Sie lächelte schief. «Da sollten wir hellwach sein. Kann ich deinen Zucker haben?»

Julia gab ihr das Tütchen. «Fluchbrecher! Wie das klingt. – Dennoch müssen wir diesem Verdacht auf den Grund gehen. Irgendwie ist das derzeit am nächstliegenden.» Sie wies auf das aufgeblätterte Buch des Kochs. «Wenn also das Zauberbuch nichts hergibt, dann müssen die Kinder ihr Wissen woanders herhaben.»

«Internet!» Simone schob das Buch in die Tüte zurück.

«Dann wäre die Polizei doch aber längst hellhörig geworden und würde auch in dieser Richtung ermitteln», erwiderte Julia. «Die Computer der Mädchen sind doch längst durchforstet, oder?»

«Wenn wir das wüssten.» Mit einer resignierten Geste schüttete Simone das zweite Tütchen Zucker in ihren Kaffee.

«HaHa», sagte Julia plötzlich. Sie erntete einen verständnislosen Blick ihrer alten Freundin. «Ein hilfreicher Helfer», erklärte Julia und griff nach ihrem Telefon. «Entschuldige mich einen Augenblick.» Mit raschen Bewegungen sandte sie Heinrich Herzog ihre Frage per Kurznachricht. Die Antwort kam bemerkenswert schnell, wenn sie auch nicht befriedigte. «Keinerlei Hinweise auf dem Computer von Pya. Irina hatte keinen. Das Handy lässt sich nicht orten. Es ist ausgeschaltet oder der Akku ist runter.»

Simone rutschte auf ihrem Stuhl herum. «Das ist alles äußerst beunruhigend», murmelte sie.

«Was, wenn die Kinder einen anderen Internetzugang genutzt haben?», fragte Julia. «Den von Schönes vielleicht oder den in der Schule?»

«In der Schule!» Mit einem Ruck war Simone auf den Beinen. «Internet und Computer – das ist Martins Reich. Ich rufe ihn an. – Und dann lass uns zu Michael gehen. Vielleicht werden wir ja bei ihm fündig.»

Der Besuch bei den Lebelts währte nur kurz. Michael war nicht da. Nach Aussage seiner Großmutter, die der Besuch der Lehrerin nebst Anwältin von Michael in helle Aufregung versetzte, war er dabei, beim Feuer zu helfen. Schließlich sei der Junge bei den Brandschutzhelfern, wie sie mit trotzigem Stolz hinzufügte. Den Hinweis Simones, dass sie ihn genau dort nicht angetroffen hätten, überhörte Hedwig Lebelt. Ihre Tochter Sonja, so fuhr sie stattdessen störrisch fort, sei im Großstall bei einer Zwillingskalbung und damit ebenfalls nicht erreichbar. Und was sie überhaupt schon wieder hier wollten.

«Wir sind immer noch auf der Suche nach dem verschwundenen Mädchen Pya Schwarz», erklärte Julia sanft. Sie hütete sich, vor den alten Lebelts etwas von Flüchen und Verwünschungen zu erwähnen. «Wir hoffen sehr, Michael kann uns doch einen Hinweis geben.»

«Was soll der mit dem Mädel zu schaffen haben?», blaffte der alte Lebelt sie an.

«Sie sind befreundet, wie wir wissen», sagte Julia. «Die Mädchen waren häufig hier bei Micha, wenn die Band geprobt hat.»

«Die paarmal», mischte sich Hedwig wieder ein. «Lasst den Jungen endlich in Ruhe! Ihr wollt doch alle nur einen Sündenbock haben für dieses ganze Teufelszeug hier im Dorf. – Unser Micha macht so was nicht! Da stecken ganz andere Leute dahinter.» Lebelts Hedwig redete sich in Rage. «Da müssen Se nur mal zu denen da oben auf'n Berg gehen. Die da, die immer so fein tun.»

Ihre Telefone läuteten fast gleichzeitig. Rasch verabschiedeten sie sich von den alten Lebelts und nahmen auf dem Weg zu Simones Auto ihre Gespräche entgegen. «Das war Martin», erklärte Simone. «Er ist jetzt in der Schule. Wir können kommen.»

Julia blieb eine Weile stumm im Entsetzen über ihren Anruf.

«Was ist?», fragte Simone und griff nach ihrem Arm. «Schlechte Nachrichten?»

«Das war die Kanzlei», sagte Julia leise. «Ich soll zu den Schönes kommen. Die Polizei ist da. Melanie ist heute nicht aus der Schule nach Hause gekommen. Sie suchen nach ihr. Es ist schon in den Nachrichten.»

26. Kapitel

So schnell ließ sich die energische Simone nicht abwimmeln. «Melanie Schöne ist meine Schülerin», beharrte sie, als der junge Polizist sie am Weitergehen hindern wollte. «Und ich bin Vertrauenslehrerin ihrer Schule. Ich werde sehr wohl ein Wörtchen mit den Eltern und den Ermittlern zu wechseln haben. Glauben Sie nicht?» Die Schulzeit des Wachbeamten vor der Haustür der Schönes lag gewiss noch nicht lange zurück, dass ihn Simones Auftreten derart beeindruckte. Dennoch zeigten sich Zweifel und Unbehagen auf seinem Gesicht, als er die beiden Frauen passieren ließ.

Das Duo der Ermittler jedoch war hocherfreut, gleich zwei Kontaktpersonen der verschwundenen Mädchen hier auftauchen zu sehen. Eilig stellten die Schönes ihr weiträumiges Doppelbüro an der Nordseite des Hauses zur Verfügung. Das blaue Licht des Spätnachmittages flutete in den Raum, der Platz für einen Beratungstisch für sechs Personen, Leinwände, Flipchart, Sesselsitzgruppe und zwei imposante ultramoderne Schreibtische bot, von denen der eine wohlgeordnet und blitzblank war, der andere jedoch vom kreativen Chaos seines Besitzers zeugte. Hauptkommissar Wilde ordnete ihre kleine Gruppe um den Beratungstisch herum. Kruz zog es vor, stehen zu bleiben.

«Melanie ist also nicht von der Schule nach Hause zurück?», kam Simone den Kriminalisten mit der Eröffnung des Gesprächs zuvor. «Ich habe sie heute Morgen noch auf dem Schulhof gesprochen. Sie kam mir so verloren vor. – Leider war das dann doch ein sehr einseitiges Gespräch.» Sie zappelte auf dem Sitz herum. «Ich hatte den Eindruck, dass Melanie sehr zornig war. Vielleicht versteckt sie sich? Oder sie sucht auf eigene Faust nach Pya. Oder …»

«Wir gehen allen Spuren nach», unterbrach der Hauptkommissar sie milde. Er lächelte sie entwaffnend an. «Woraus schließen Sie, dass Melanie zornig war?»

Simone zuckte die Achseln. «Alles an ihr zeigte das. Die Blicke, der verkniffene Mund, ihre angespannte Körperhaltung. Wie sie es gerade so schaffte, mir einigermaßen höflich zu antworten. Ich hatte den Eindruck, das Mädchen stand kurz vor dem Platzen. Ich hätte nur noch weiterpieken müssen und es wäre explodiert. Doch dann haben mich zwei Raufbolde aus der Fünften abgelenkt und Melanie war mir entwischt.» Simone seufzte. «Wenn ich geahnt hätte …»

«Niemand macht Ihnen einen Vorwurf», besänftigte Wilde.

«Entwischt?», fragte Kruz dagegen scharf nach. «Was wollten Sie denn von dem Mädchen?»

Empört blickte Simone den zweiten Hauptkommissar an. «Melanie hat zwei ihrer engsten Freundinnen verloren. Eine davon tot. Glauben Sie nicht, dass ein Mädchen da etwas mehr Aufmerksamkeit und Zuwendung brauchen kann als sonst vielleicht? Ich wollte überhaupt nichts von Melanie, ich wollte ihr etwas geben.» Sie richtete sich auf. Alle Zappeligkeit an ihr war verschwunden.

Kruz lächelte kühl. «Zuwendung, die augenscheinlich nicht willkommen war.»

«Mein lieber Herr Kommissar», begann Simone darauf betont oberlehrerhaft, «wir wären sehr schlechte Lehrer und Wegbegleiter unserer Schützlinge, wenn wir für jede Geste der Hilfe gleich ein dankbares Hurra-Geschrei erwarteten.»

«Auf jeden Fall war diese Begegnung auf dem Schulhof nicht der Grund für Melanies Verschwinden, oder?», sagte Julia mit aller Missbilligung, die sie für Kruz aufbringen konnte. Der wurde jedoch von einer uniformierten Polizistin nach draußen gerufen. Wenig später kam er wieder und flüsterte Hauptkommissar Wilde etwas ins Ohr, bevor er wieder seine Position an der Wand des Arbeitszimmers einnahm. Wilde spielte mit dem Kugelschreiber. «Wir haben Melanies Handy orten lassen», sagte er dann langsam. «Es ist in der Schule.»

«In der Schule!» Simone sprang auf. «Mein Kollege wartet dort auf Frau Eisler und mich. Wir wollten recherchieren, ob jemand die Schulcomputer für ganz eigene Zwecke genutzt hat.»

«Aha», machte Wilde. «Und welche Zwecke sollten das sein?»

Die beiden Frauen wechselten einen Blick.

«Verwünschungen», sagte Julia dann. «Fluch- und Schadenszauber.»

«Oder Schutzzauber», ergänzte Simone. «Eine ganz neue und perfide Form des Mobbings scheint hier im Gange zu sein!»

Die Beamten nickten. Es erwies sich, dass auch sie bereits in Richtung Voodoozauber ermittelten. Seit dem Fund der erhängten Strohpuppe, die Rita Gerlach zu Tode erschreckt hatte, war man in der Sonderkommission an dem Thema dran.

Sie beschlossen, gemeinsam mit Simone zur Schule zu fahren.

Julia jedoch blieb. «Die Schönes haben mich um Hilfe gebeten», erklärte sie.

Wilde maß sie mit einem abschätzenden Blick. «Sie erreichen uns über unsere Beamtin, die wir hier zurücklassen», sagte er dann. «Sie informieren uns doch, wenn Sie etwas erfahren?»

«Soweit es mir erlaubt ist, ja», erwiderte Julia. «Meine Mandanten haben das Recht …»

«Schon gut!», winkte Wilde ab. «Ist schon klar. Sie müssen wissen, was Sie tun. Immerhin steht das Leben der Mädchen auf dem Spiel.»

«Ich weiß», bestätigte Julia. «Und ich weiß auch, was ich tu.»

Alle stolze Zurückhaltung der Schönes war zerborsten. Julia fand das Ehepaar Schöne völlig aufgelöst vor. Der Architekt selbst führte sie vom Flur, wo sie sich von Simone und dem Ermittlerduo verabschiedeten, die Treppe hinauf in das riesige Wohnzimmer, das sich fast über die ganze Hausbreite zog und zum Dorf hin völlig verglast war. Frank Schöne schien um Jahre gealtert. Seine Augen waren stumpf vor Angst und Sorge.

Seine Frau saß auf einer Couchlehne in der Nähe des kalten und leeren Kamins. Sie hatte ein Glas in der Hand, in dem eine kristalline Flüssigkeit schwappte. Bei Julias Eintreffen erhob sich eine Beamtin in Polizeiuniform, die sich freundlich als psychologischer Beistand für die Familie vorstellte und als Kontakt zur Polizei, falls es ein Lebenszeichen von Melanie geben sollte. Kurz darauf verließ sie taktvoll den Raum in Richtung Küche, wohin ihr der Hausherr mechanisch den Weg wies.

«Möchten Sie etwas trinken», fragte er Julia, nachdem sie sich in einen der Sessel gesetzt hatte. Julia lehnte ab.

«Erzählen Sie mir», sagte sie stattdessen, «was alles anders war mit Melanie, bevor sie verschwand. – Ich vermute, Sie haben nicht erst seit Kurzem Veränderungen bei Ihrer Tochter bemerkt?»

Die Schönes sahen sich an. «Nein. Sie haben recht.» Frank Schöne räusperte sich. «Melanie zeigt sich schon einige Zeit seltsam.» Er hustete, um seine Kehle freizubekommen.

«Wir dachten immer, das wäre der Schulwechsel, der ihr noch so zu schaffen macht», half ihm seine Frau aus. «Melanie ist erst im August von einem Privatgymnasium auf die Mittelschule gewechselt.»

«Aber eigentlich fing alles schon früher an», warf Frank Schöne ein. «Wir waren in ihrer Kindheit viel im Ausland.» Es klang wie eine Rechtfertigung. «Am Anfang hat das dem Mädchen überhaupt nichts ausgemacht. Seit unserer Rückkehr nach Deutschland ...» Frank Schöne fuhr sich hilflos durch sein schütteres Haar. «Unsere Prinzessin war wie ausgewechselt.»

«Woran haben Sie das gemerkt?», fragte Julia.

«Sie verschloss sich. Brachte schlechte Leistungen. Hatte gar keine Hobbys mehr, keine Freunde.»

«Unsere Meli hatte immer Freunde», widersprach seine Frau erregt. «Das können Sie aber wissen. Wohin wir auch kamen: Melanie hatte immer gleich eine Schar Gleichgesinnter um sich.» Ihre Zunge zeigte Widerstand beim Sprechen.

«Wir haben ihr eindringlich klargemacht, dass das so nicht weitergeht.» Frank Schöne fuhr sich über die Augen. «Ich stellte ihr ein Ultimatum.»

«Du hast sie zu hart rangenommen», rief seine Frau weinerlich. «Du bist …»

«Luzia, bitte!»

«Wie hat Melanie auf Ihr Ultimatum reagiert», erkundigte sich Julia, vor deren innerem Auge sich Melanies ganzer Kummer entspann. Vatertochter enttäuscht ihr Idol und alles Prinzessinnengehabe funktioniert nicht mehr. Sie musste andere Strategien entwickeln, um die Liebe ihres Vaters zurückzugewinnen.

Frank Schöne lächelte bitter. «Es wurde besser», sagte er. «Zumindest dachten wir das.»

«Melanie nahm Crystal», vermutete Julia, «um dem Druck gewachsen zu sein.»

Die Schönes wechselten einen Blick.

«Du hast sie zu hart rangenommen», wiederholte Luzia zeternd. «Du hast sie dahin getrieben mit deinem Perfektionismus! Mit deinen völlig überzogenen Ansprüchen.»

«Luzia!»

Er wandte sich ab. Mit einer Hand stützte er sich am Kaminsims ab, mit der anderen massierte er seine Schläfen. «Nicht in meinen schlimmsten Träumen hätte ich das für möglich gehalten», murmelte er. «Nicht Melanie.»

Julia schwieg mitfühlend. Wie hartnäckig blind wir doch sind, wenn wir etwas nicht sehen wollen, dachte sie.

«Sie war so allein, da im Internat.» Seine Stimme war belegt von unterdrückten Tränen. «Bis zum Zusammenbruch hat sie sich angetrieben. Ich werde mir das nie verzeihen.»

«Hier aber gelang dann der Neuanfang?», fragte Julia vorsichtig.

Frank Schöne sah auf. «Ja», sagte er. «Wir waren voller Hoffnung mit diesem Schulprojekt gegen die Drogen. Die Drogentests waren bei Melanie immer einwandfrei. In der Schule ging es bergauf und auch ihre …» Er stockte.

Julia wartete. Luzia Schöne goss sich an der Hausbar etwas von ihrem Drink nach. «Nun sag es doch schon!», fuhr sie ihren Mann an. «Wenn du schon alles lang und breit öffentlich machen musst über unser Kind.»

Der beobachtete grimmig, wie sie sich den Inhalt ihres Glases hintergoss. Eine kaum merkliche Resignation umschattete ihn, als er sich an Julia wandte. «Wir wollten Sie ins Vertrauen ziehen, Frau Eisler, weil Sie die beiden Freundinnen von Melanie kennen», erklärte er müde. «Melanies alte Probleme sind zurückgekehrt, seit Irinas Tod haben sie sich noch verstärkt.»

«Alte Probleme?», fragte Julia. «Sie ist rückfällig?»

«Ach was!», rief Luzia Schöne empört. «Doch nicht unsere Meli.»

Ihr Mann warf ihr einen düsteren Blick zu. «Ich glaube nicht», murmelte er wesentlich weniger überzeugt. Er wanderte durch das Wohnzimmer. An der Fensterfront blieb er stehen. Er verschränkte die Hände hinter seinem Rücken und blickte auf das Dorf hinab. Erste Abenddämmerung setzte ein. Vom Erbgericht unten stieg Rauch auf. Sie hatten das Feuer entzündet. Julia hatte sich erhoben und trat ein paar Schritte näher an Frank Schöne heran, bis sie fast auf gleicher Höhe mit ihm stand. «Was für Probleme sind aufgetaucht», fragte sie behutsam nach.

«Sicherlich wissen Sie, welche Auswirkungen dieses Teufelszeug auf das Gehirn und das ganze Wesen der Kinder hat, nicht wahr?» Frank Schöne wandte sich ihr mit einer Drehung seines Oberkörpers halb zu. Der Schmerz in seinem Gesicht ließ Julia erschauern. Sie nickte.

«Unser Kind war damals derart zerrüttet, dass sie ein Vierteljahr in der Nervenklinik bleiben musste. Mehrere Wochen auf der geschlossenen Station», begann Frank mit leiser Stimme. Er blickte wieder auf das Dorf hinab. «Sie war wie besessen. Völlig verändert. Nur noch ein grausiges Zerrbild unserer Tochter.» Luzia Schöne hinter ihnen gab einen undefinierbaren Klagelaut von sich. «Es dauerte Wochen, bis sich wieder vertraute Züge an ihr zeigten», fuhr Frank stockend fort. «Sie wieder … normal reagierte, wenn wir sie ansprachen oder etwas fragten.»

«Wie reagierte sie zuvor?»

Frank Schöne überlegte seine Worte. «Unangemessen», sagte er dann hart. «Überzogen. Unangepasst. Wie eine Irre.»

«Sag doch nicht so was», heulte seine Frau. «Das wird schon wieder. Meli ist keine Irre. Das wird schon …»

Er unterbrach ihr Lamento mit einer herrischen Handbewegung. «Es ist ja wieder geworden. Und wir waren heilfroh deshalb. Doch dann – seit Weihnachten etwa – wurden die Leistungen wieder schwächer, die Ausreden giftiger und unsachlich wie damals bei unseren Disputen. Wir nahmen Melanie wieder ins Gebet, ein neues Ultimatum. Sie wusste, das war ihre letzte Chance.»

«Und dann?», fragte Julia. «Was wäre dann geschehen?»

Eine Träne rann aus seinem Augenwinkel. «Sie hätte den Verstand verloren», flüsterte er heiser.

«Was haben Sie Ihrer Tochter gesagt», forschte Julia so sanft wie möglich nach, denn sie sah sehr wohl seine Schuldgefühle.

Frank Schöne gab keine Antwort. Das übernahm seine Frau für ihn. «In die Klapse wolltest du sie stecken», schrie Luzia. «Dein eigenes Kind. Du hast sie dahin getrieben.»

«Ich hatte eine Sonderschule in der Schweiz entdeckt für solche … Fälle», erzählte Frank stockend, als sich seine Frau wieder beruhigt hatte. «Eine geschlossene Einrichtung. Man versucht dort zu retten, was zu retten ist.» Er seufzte tief. «Es war, als hätte ich ihre Hinrichtung angekündigt. – Doch erst einmal zeigte es Wirkung. Die Leistungen wurden etwas besser. Doch die Wesensveränderung blieb. Wir lebten seit Wochen hier wie auf dem Pulverfass, immer gewahr, dass Melanie ausbrechen könnte wie ein Vulkan.»

«Du hast ihr Angst gemacht!», rief Luzia.

Er wandte sich kurz zu ihr um. «Ach, hör doch auf! Warum sollte sich mein Kind vor mir fürchten?»

«Vor Ihnen sicherlich nicht», wandte Julia ein. «Ich glaube, Melanie liebt Sie sehr. Vielleicht ist ja das genau der Grund, warum eine Internatsunterbringung, noch dazu in der Schweiz und in einer geschlossenen Einrichtung, so einen Horror bei ihr auslöste. Außerdem hätte sie ihre Freundinnen hier zurücklassen müssen. Das allein ist schon ein Grund, sich verzweifelt zu wehren. »

«Melanie brauchte sich nicht zu wehren», unterbrach Frank Schöne sie harsch. «Und bedroht habe ich mein Kind schon gar nicht. Ich habe ihr lediglich vor Augen geführt, was geschieht, wenn, wenn …» Er suchte das richtige Wort.

«Wenn sie nicht funktioniert, wie du das willst!», ergänzte Luzia giftig. Auch sie war nun zu ihnen herangetreten. Er würdigte sie keines Blickes. Doch Julia spürte, dass Luzia Schöne der Wahrheit sehr nahegekommen war.

«Ihre Tochter ist eine tapfere Kämpferin», behauptete Julia. «Sie hat sich der Herausforderung gestellt, an ihre alte Schule zurückzugehen und dort das achte Schuljahr nachzuholen. – Sicherlich wissen Sie, dass Melanie deshalb gemobbt wird?»

Die Schönes wechselten einen Blick. «Spätestens seit dem Mord an ihrer Katze Pinky wissen wir, dass etwas nicht stimmt», murmelte Frank. «Die Lehrerin, die, die jetzt tot ist, hat uns mal besucht und uns ihre eigene Geschichte dazu aufgetischt.»

«Das klingt so, als hätten Sie ihr nicht geglaubt», staunte Julia.

«Die hat behauptet, unsere Meli stecke selbst hinter dem Ganzen.» Luzia rümpfte die Nase. «Eine ganz unangenehme Person, diese Frau. Ich bin froh, die nicht noch einmal wiedersehen zu müssen.»

«Immerhin hatte sie uns versprochen, ein besonderes Auge auf Melanie zu haben, was die Drogen anging», wandte Frank zur Verteidigung Rita Gerlachs ein.

Wieder ging Julia im Geiste die Motive und Gelegenheiten für den makabren Streich mit der Katze durch. Immer wieder stand Michael Lebelt am Ende ihrer Gedankenkette und nicht Melanie.

«Ist es nicht vorstellbar, dass dieses Mobbing und die Tötung Pinkys für Melanies Veränderung verantwortlich sind?», fragte Julia. In seltener Einmütigkeit stimmten die Schönes ihr zu. «Doch so etwas können wir doch nicht dem Selbstlauf überlassen», schränkte Frank sofort ein. «Ihr Psychotherapeut hat uns gewarnt, dass gerade in der Krise die festgelegten Regeln eingehalten werden müssen. Ganz wichtig!» Er hob wie beschwörend die Hand.

«Hat Melanie jemals einen Verdacht geäußert, wer ihre Katze und die der Kaltbachmühle ermordet haben könnte?», fragte Julia.

Wieder wechselten die Schönes einen Blick. «Sie selbst nicht», sagte Frank dann zögernd.

«Sie hat immer nur diesen Jungen da verteidigt», ergänzte Luzia. «Der von der Tierärztin, den sie alle Katzenmörder geschimpft haben. Der soll es aber nicht gewesen sein.»

Julia atmete durch. Das wäre eine Wahrheit, die auch ihr genehm wäre. Doch war es die Wahrheit? «Haben Sie denn eine Vermutung?», fragte sie weiter.

«Ich schon», knurrte Luzia.

Ihr Mann sah sie böse an. «Hör bloß auf, Luzia. Du machst dich lächerlich.»

«Wie du meinst», erwiderte Luzia schnippisch. «Du willst es ja nicht in Erwägung ziehen, obwohl es um dein einziges Kind geht!»

Julia wartete und lächelte Luzia Schöne ermunternd an. Doch es war Frank, der ihr den Verdacht mitteilte. «Meine Frau glaubt, die arme Annabella stecke hinter diesen Ritualmorden da im Bornbusch.» Er seufzte. «Als hätte es der Oli nicht schon schwer genug.»

«Sie sind befreundet mit den Miskowitzens?»

«Nicht direkt befreundet, doch näher bekannt. Wir hatten die Sanierung und den Umbau der Kaltbachmühle als Auftrag erhalten. Da kommt man schon ins Gespräch.» Frank Schöne zupfte einen unsichtbaren Fussel von seinem Hemdsärmel. «Oliver weiß von Melanies Verschwinden. Er informiert uns sofort, wenn er etwas von ihr erfährt.»

Julia betrachtete ihn nachdenklich. «Die drei Mädchen waren sehr oft in der Mühle, nicht wahr?»

«Durch das Schülerprojekt, ja.»

«Hat Melanie einmal das sogenannte Zauberbuch der Mühle erwähnt?»

Die Schönes prusteten verächtlich. «Sie werden doch wohl nicht so ein paar alte Wetteraufzeichnungen …»

«Keineswegs», unterbrach Julia. Sie erzählte von ihrem Verdacht, die Mädchen könnten eine Art Schutzzauber ausgesprochen haben, um sich gegen Flüche zu wehren, die im Internet kursierten.

«Flüche?»

«Verwünschungen, ja», bestätigte Julia ernsthaft. «Wir alle wissen, welche verhängnisvolle Wirkung böse Worte auf uns haben und seien sie nur aus Unachtsamkeit gesprochen. – Wenn es sich jedoch um bewusste Verwünschungen handelt, kann daraus eine tödliche Falle werden, wenn derjenige es tatsächlich für möglich hält und daran glaubt. Mein Mann hat mir während seines Medizinstudiums einige solcher Fallbeispiele erläutert. Man spricht vom psychogenen Tod.»

Ihre Worte hatten die Schönes blass und stumm werden lassen.

«Deshalb wollte sie unbedingt zu diesem blöden Feuer heute», murmelte Luzia mit entsetzt aufgerissenen Augen.

«Melanie wollte zum Hexenbrennen?», fragte Julia. «Aber die Feierlichkeiten sind abgesagt.»

Frank Schöne zog die Augenbrauen zusammen. «Genau das hat Melanie so aus der Fassung gebracht. Sie war ganz außer sich.» Er ballte die Fäuste. «Seit der Klinik habe ich sie nicht mehr in einem solchen Zustand gesehen.»

«War ihr das nicht klar?», wunderte sich Julia. «Immerhin ist eine ihrer Freundinnen tot, eine weitere verschwunden.»

«Sie glaubt …» Er stockte. «Melanie glaubt, dass dadurch etwas ganz Furchtbares ausgelöst würde. Wir würden alle noch draufgehen wegen solcher Blödheit. So etwas in der Art schrie sie immerzu. Es schien uns völlig sinnlos.» Mit einem Ruck löste er die Verkrampfung seiner Hände und fuhr sich über sein Gesicht. Dann blickte er Julia voller Verzweiflung an. «Doch wenn sie glaubt, verflucht zu sein …» Er vollendete den Satz nicht.

Luzia hatte sich mit einem Wimmern abgewandt. Sie stellte ihr leeres Glas hart auf dem Glastisch vor dem Kamin ab. «Das ist doch alles Wahnsinn», rief sie. «Wer macht denn so was? – Glaubt die Polizei denn auch an so etwas?»

«Meine Freundin hat sie bereits von unserem Verdacht informiert», erwiderte Julia ruhig. «Es scheint uns, als wären deren Gedanken auch schon in diese Richtung gegangen.»

Frank nickte. «Melanies Computer und das Notebook haben sie mitgenommen zur Untersuchung.»

Luzia packte ihren Mann am Arm. «Wir müssen sie finden, Frank!», schluchzte sie. «Wir müssen sie finden!»

Widerwillig nahm Frank seine Frau in den Arm. Er wirkte geistesabwesend. «Ja, wir müssen sie finden», murmelte er. «Aber wo beginnen?»

«Ich hatte vor, wieder zum Hexenbrennen zu gehen und dort Nachforschungen anzustellen», erklärte Julia. «Vor allem suche ich nach Michael Lebelt.»

Die Schönes blickten auf. «Ist der etwa auch verschwunden?»

«Ich hoffe nicht.» Julia seufzte. «Die Polizei und die Lehrer kümmern sich um die Schule und die Schülerschaft», fuhr sie dann rasch fort, um die Schönes zu ermuntern. «Es wird alles getan, um die Mädchen wiederzufinden. Hundestaffeln sind im Einsatz, wie ich weiß. Und wenn der Rauch der Feuer sich gelegt hat, hat man gar einen Bundeswehrtornado angefordert.»

«Und was machen wir?», fragte Luzia unglücklich. «Ich halte das nicht aus.»

«Ich gehe mit auf die Suche», entschloss sich Frank.

Julia fand das keine gute Idee. «Es ist gewiss besser, Sie bleiben hier, falls sich Melanie meldet.»

Es dauerte eine Weile, bis sich Frank Schöne dazu bereit erklärte. Vor allem der weinerliche Zustand seiner Frau bewog ihn schließlich, Julias Rat zu folgen. Er brachte sie die Treppe hinunter. «Was macht man, wenn man verflucht ist», fragte er sie.

Erschrocken sah sie ihn an. «Ich weiß nicht», sagte sie dann. «Beten?»

Unten im Flur kam die Polizistin auf sie zu. «Das hat Ihre Freundin vergessen vorhin», sagte sie und reichte Julia das Zauberbuch der Kaltbachmühle. «Vielleicht brauchen Sie es ja noch.»

27. Kapitel

Nein. Julia konnte wahrhaftig nichts in den Aufzeichnungen der Kaltbachmühle finden, was auf Verfluchungen und Zauberei hindeutete, nur kleine Verse und Heilsegen, die in altertümlicher, fein säuberlicher Tintenschrift geschrieben standen. Auch häusliche Ereignisse, wie Heirat, Geburt und Tod, Siechtum und Knochenbrüche, oder aber schwere Unwetter oder Trockenperioden waren dort in verschiedenen Handschriften genau beschrieben. Julia dankte im Stillen ihrer klugen Großmutter, die ihr die alte Schrift einst beigebracht hatte. Vieles ließ sich auch zusammenreimen. Nur für die drei Mädchen und ihre Not fand Julia keinen Hinweis. Sie ließ das aufgeschlagene Buch auf ihren Knien ruhen und blickte auf in die Flammen des brennenden

Holzhaufens hinter dem Erbgericht, wo sie sich im Feuerschein auf einer der aufgestellten Bänke niedergelassen hatte.

Obwohl die offizielle Maifeier abgesagt worden war, hatten sich eine Menge Leute aus dem Dorf eingefunden. Es herrschte eine gedämpfte Stimmung wie bei einem Leichenschmaus. In all den Ernst und die Trauer schwappte jedoch langsam geschwätzige Lebendigkeit, auch wenn die lautesten Lacher darunter noch in peinlicher Betroffenheit verstummten und sich umsahen, als habe man sie bei einer Ungehörigkeit ertappt.

Die Mosigs hatten alle Hände voll zu tun, um die Gäste an ihrem Stand zu bewirten. Sie hatten Vanessa heimgeschickt, da sie mit ihrer verletzten Hand doch nicht viel tun konnte. Michael war noch immer nicht aufgetaucht. Seine Kameraden bei der Feuerwehr waren sauer auf ihn. Keiner konnte ihn erreichen, denn auch sein Handy war abgeschaltet. Julia hatte erneut bei den alten Lebelts nachgefragt, die weiterhin darauf beharrten, Michael sei beim Feuer zu finden. Sie hatten ihn losgehen sehen in seiner blauen Einsatzuniform. Wo war ein junger Feuerwehrmann wie Michael in einem so auffälligen Aufzug? Doch nur bei einem Feuer, vermutete Julia in wachsendem Zweifel. Bei einem anderen Feuer vielleicht? Davon gab es unzählige heute Abend in der Oberlausitz. Was aber, wenn Michael bei einem Feuer war, bei dem auch Pya und Melanie waren. Wenn sie dort irgendeinen geheimen Ritus vollzogen, von dem sie glaubten, er würde sie vor Schaden und übler Rede bewahren? Einer Regung folgend rief Julia Simone an, ob sie Neuigkeiten aus dem Computerkabinett der Schule habe.

«Die Experten sind noch drüber her», erklärte Simone. «Hier ist der Teufel los. Meine Chefin raucht heute gar vor Zeugen, so außer sich ist sie vor Sorge. Fast alle Kollegen haben sich eingefunden und klappern nun die Schüler ab, um brauchbare Hinweise zu finden.» Sie seufzte. «Es ist buchstäblich die Nadel im Heuhaufen, die wir suchen. – Hast du etwas gefunden?»

«Nichts, was uns weiterhelfen könnte, wie du siehst», erklärte Julia, nachdem sie ihre neusten Vermutungen mitgeteilt hatte. «Es ist wie verhext. – Ich versuche, mit Michaels Mutter zu reden. Mittlerweile müsste sie aus dem Stall zurück sein. Doch vorher muss ich noch aus den Laufsachen. Gebe Gott, dass der Junge wieder auftaucht und nicht auch unter die Vermissten gerät. Bitte erzähle den Ermittlern von Michas Verschwinden. Ich glaube, das ist wichtig.»

Die Verbindung war schon lange getrennt, doch Julia hielt noch immer ihr Telefon in der Hand, den Blick sinnend auf das kostbare, doch nutzlose Hausbuch der Kaltbachmühle gerichtet. Um sie herum das Murmeln der Menge und das Knistern des Feuers. Was war der nächste Schritt? Das Buch musste zurück zu seinem Besitzer. Sie klappte es zu. Dabei fiel die letzte Umschlagseite auf. Mit Kohlestift stand dort ein krakeliger Schriftzug quer über die ganze Seite. Er unterschied sich stark von den akkuraten Aufzeichnungen der anderen Chronisten und war nachdrücklich, wie unter großer Erregung geschrieben:

«*Selbst ist gebannt der, der verflucht.*»

Flüsternd wiederholte Julia diese Worte. Also doch etwas von Bann und Fluch? War das die ersehnte Spur? Mit einem Ruck erhob sie sich. Sie musste unbedingt noch einmal mit Oliver Miskowitz sprechen. Gleich. Julia hätte schwören können, dass der Koch und seine verrückte Mutter mehr über das Buch wussten. Nur mit dem Schwören war Julia vorsichtig geworden. Es schien dem Fluchen so verwandt. Die allgemeine Stimmung der Befürchtungen im Dorf färbte auf sie ab, wie sie erschrocken bemerkte. Julia schüttelte den Kopf über sich. Sie verstaute das Buch und ihr Telefon in ihrer Sportumhängetasche und streifte sich Beine und Arme ab, als habe sich da etwas festgesetzt, was nicht zu ihr gehörte. Eben wollte sie sich zum Gehen wenden, als sie zwei Menschen in seltsamer

Eintracht auf sie zustiefeln sah, die sie hier so nie erwartet hätte: Vanessa an der Seite von Pfarrer Thieme, beide mit tief besorgten Mienen, bahnten sich ihren Weg durch die Menge zu Julia hin. Julia ging ihnen entgegen. «Was ist passiert?», rief sie alarmiert. Der Pfarrer wischte sich mit einem Taschentuch über die Stirn und nahm mit der anderen Hand seine Brille ab. «Meine liebe Julia», flüsterte er heiser vor Aufregung. «Es ist unbedingt notwendig, dass Sie uns begleiten.» Julia sah, dass seine Hände zitterten, als er die Brille wieder aufsetzte. Vanessas Augen waren verdunkelt vor Sorge. Sie nickte Julia beschwörend zu.

«Michael?», fragte Julia ahnungsvoll.

«Jaja», murmelte der Pfarrer. «Kommen Sie, meine Liebe. Kommen Sie!»

Sie nahmen Julia in ihre Mitte und drängelten sich durch die Menschen, die sich um das Feuer geschart hatten, dessen Funken nun hoch in den dunkelnden Abend flogen. Einige sahen verdutzt auf das seltsam eilige Trio; die meisten jedoch beachteten sie nicht.

«Wohin geht es denn?», erkundigte sich Julia mit leichtem Unwillen, als sie die Wiese hinter dem Erbgericht gen Hauptstraße verließen.

«Zur Kirche», sagte Vanessa.

Julia blieb wie angewurzelt stehen. «Sagt bloß, der Micha versteckt die Mädels dort!»

Pfarrer Thieme legte warnend seine Hand auf Julias Arm. «Vorsicht, meine Liebe. Wollen wir doch lieber vorsichtig sein.» So wie auch Vanessa blickte er sich um, bevor sie weitereilten. Noch immer waren Menschen unterwegs, die zum Feuer strömten. Die drei erklommen die Stufen des alten Kirchsteiges, um eine verborgene Abkürzung zu nehmen. Thieme schnaufte den beiden Frauen hinterher. Oben auf dem Kirchberg waren sie allein.

«Nur – das – eine – Mädchen.» Der Pfarrer japste nach jedem Wort nach Luft.

«Unsere Oma Hedwig hat doch den Kirchendienst hier», erklärte Vanessa mit belegter Stimme. «Als sie abends die Kirche verschlossen hat, hat Micha die kleine Schwarz aus ihrem Versteck auf dem Scheunenboden geholt. Hier hat sie dann Unterschlupf gefunden. Micha hat ihr versichert, dass sie hier unter Schutz steht und niemand ihr etwas anhaben kann.»

«Du meinst, Michael fordert so eine Art Kirchenasyl für Pya ein?» Julia wusste für einen Moment nicht, ob sie vor Erleichterung jubeln sollte, da zumindest Pya unversehrt gefunden war, oder ob sie vor Zorn über so viel Unverstand aus der Haut fahren sollte. «Wissen diese beiden Gören überhaupt, was sie hier anstellen?», schimpfte sie. «Wie viel Menschen vor Sorge fast den Verstand verlieren? Wie viele unter höchsten Anstrengungen nach ihnen suchen? – Wir müssen sofort die Polizei informieren.» Schon nestelte sie in ihrer Tasche nach dem Telefon. Doch ihre Begleiter hielten sie in einhelliger Aufregung auf.

«Warten Sie, meine Liebe», rief der Pfarrer. Auch Vanessa beteuerte aufgeregt: «Das ist noch nicht alles.»

Tatsächlich hielt Julia inne. Sie sah die beiden fragend an.

«Pya glaubt, dass sie durch eine Verwünschung an absolutes Stillschweigen gebunden ist», begann Vanessa mit brüchiger Stimme. «Sie glaubt, sterben zu müssen, so wie Irina.»

«Wir vermuteten schon so etwas», sagte Julia. «Sie haben sich wohl irgendwelchen Schutzzauber ausgedacht, um ihre vermeintlichen Feinde zu bannen. Und nun kehrt sich alles gegen sie selbst.»

«Schutzzauber?» Vanessa schüttelte betrübt den Kopf. «Wohl eher eine magische Wunscherfüllung. Melanie wollte, dass ihr Vater ihr wieder vertraut; Pya, dass das Kind verschwindet, das ihre Mutter bekommt. Schutz war nur bei der kleinen Irina der Wunsch. Sie wurde von ihrem Bruder öfters geschlagen und wünschte sich, dass das aufhört.»

Julia spürte, wie ihre Wangen taub wurden vor Entsetzen. «Dafür opferten sie die Katzen, ihre eigenen gar?»

«Etwas Liebstes mussten sie sich aus dem Herzen reißen und nach irgendeinem abscheulichen Ritus opfern», bestätigte Vanessa. «Da Pya keine eigene Katze mehr haben durfte, wegen der Katzenhaarallergie von Bodo, haben sie die von der Kaltbachmühle genommen. Irina vergiftete ihr Zwergkaninchen mit Eibe und schob den Kadaver unter das Bett ihres Bruders. Niemand glaubte dem Jungen seine Unschuld. Sie heftete ein Eibensträußchen an den Opferbaum als Symbol.»

«Und die Wünsche begannen sich zu erfüllen», flüsterte Julia.

«Allerdings», sagte Vanessa düster. «Eugen brach sich beide Unterarme, Pyas Mutter bekam große Schwierigkeiten mit dem Baby und Melanie durfte während der Osterferien allein daheim bleiben. – Das ist schon gruselig, nicht?»

Pfarrer Thieme nickte bei jedem Wort, das Vanessa sagte. «Denken Sie sich nur, meine Liebe», ergänzte er händeringend. «Ich weiß ja viel von Satans Werken in unserer Welt, doch dass ich mich in unserer Gemeinde tatsächlich einer solch schwarzmagischen Verschwörung stellen muss, hätte ich in meinen finstersten Träumen nicht gedacht.» Er holte sein Taschentuch hervor und fuhr sich damit über die perlende Stirn. «Doch es muss sein! Es muss ein Ende haben!», sagte er dann mit festerer Stimme. «Ein Kind ist schon Opfer dieses Wahnsinns geworden. Jetzt geht es darum, die anderen zu retten.»

«Sie haben völlig recht», murmelte Julia erschüttert und steckte ihr Telefon wieder ein. «Wahrscheinlich begannen Irina die Nerven durchzugehen. Ich habe öfter beobachtet, wie sie in Tränen ausbrach. Auch schienen die drei sich gestritten zu haben.»

«Irina wurde zur Gefahr. Michael erzählte mir, sie sei bei dem Versuch gestorben, sie wieder auf Kurs zu bringen.» Vanessa hielt kurz inne, bevor sie stockend weitererzählte. «Die drei Mädchen haben ein neues Beschwörungsritual durchgeführt in der Scheune der Kaltbachmühle, als Oli im Erbgericht zur Arbeit war. Melanie hatte es sich ausgedacht.»

«Melanie!» Julia holte tief Luft. «Ist das zu fassen?»

«Sie ist laut Micha die Urheberin dieser ganzen Idee, Wünsche mit Magie Wirklichkeit werden zu lassen», bestätigte Vanessa. Der Pfarrer faltete die Hände und hob die Augen gen Himmel. «Was für eine teuflische Verblendung», murmelte er. «Eine solche Gottlosigkeit konnte ja nicht gut gehen.»

«Melanie nannte es das Ritual der Sternenjungfrau», fuhr Vanessa indessen fort. «Sie vollzogen es nackt.»

«Deshalb der Sternenstoff?»

Vanessa nickte. «Es sollte ihnen die Kraft geben, bei ihrem Schwur zu bleiben, denn ihn zu brechen, bedeutete den Tod. Kraft der Erde, Kraft des Himmels, um stark zu bleiben, um am Leben zu bleiben.»

«Doch Irina starb», vollendete Julia fassungslos.

«Sie hatten eine ganze Menge Traumkraut verräuchert», sagte Vanessa mit belegter Stimme. Sie hatte Tränen in den Augen. «Irina fiel erst in eine Art Trance, dann begann sie nach Luft zu schnappen. Die Mädchen dachten erst, es sei die Wirkung des Rituals.»

«Vielleicht wäre Irina noch zu retten gewesen, wenn sie wenigstens rechtzeitig Hilfe geholt hätten!», rief Julia.

«Ja, vielleicht. Doch sie hatten zu viel Angst. Und bevor sie sich eines Besseren besannen, war Irina tot.»

Julia war voller Zorn und Bitternis. «Und dann haben sie die Leiche ihrer Freundin unter Wasser versteckt?»

«Damit die Hunde nichts erschnüffeln können», bestätigte Vanessa. «Bis sich eine andere Lösung gefunden hätte.»

«Andere Lösung! Und wie sollte die aussehen?»

«Keine Ahnung. Die Sachen von Irina hat Melanie jedenfalls mit dem Hexenhaufen verbrannt.»

«Auch das war also Melanie», grollte Julia. «Wo ist sie? Wo ist Melanie?»

«Ich weiß es nicht.» Vanessa sah zum Pfarrer. «Hat Michael Ihnen etwas erzählt?» Thieme schüttelte den Kopf.

«Woher hat Michael überhaupt dieses Wissen, was hat er damit zu tun?», fragte Julia.

Vanessa senkte ihren Blick. «Pya hat sich ihm anvertraut. Noch in der Nacht von Irinas Tod. Sie ist halb verrückt vor Reue, Scham und Angst.»

«Ja, dem Wirken unseres Frevels entkommen wir nicht», sagte der Pfarrer streng. «Und was Michael betrifft, so wird da noch eine Menge zu sagen sein. Vor Gott hat er sich schon offenbart. Ich habe ihm geraten, das nun auch vor den Menschen zu tun. – Bei ihm jedoch», fuhr er wesentlich milder fort, «ist wohl Liebe im Spiel.» Er seufzte kopfschüttelnd. «Wenigstens ein tugendhaftes Motiv in dieser ganzen Teufelei. – Lasst uns hineingehen.»

Er zog den Schlüsselbund aus der Tasche und schloss umständlich und gewichtig das Kirchportal auf. Ebenso sorgsam verriegelte er hinter ihnen wieder die Tür, als sie den kleinen Vorraum der Kirche betreten hatten.

Das Kirchenschiff war leer und lag in dämmriger Stille. Am Altar brannten alle Kerzen, die im Luftzug, den ihr Eintreten verursachte, aufgeregt flackerten. Vanessa spielte an ihrem Telefon, während der Pfarrer in der Mitte des Ganges mit gesenktem Kopf und gefalteten Händen kurz verharrte, bevor er sich dem Altarraum näherte. «Michael?» Seine Stimme war kaum mehr als ein Raunen. «Wir sind da. Alles in Ordnung. Kommt heraus.»

Julia folgte ihm. Vanessa ging hinter ihr. Da sich nichts rührte, liefen sie dem Pfarrer hinterher um die Altarsäule in die Sakristei.

«Warum antwortet ihr nicht?», hörten sie den Pfarrer sagen, als sie ihm nachgingen. Der Anblick, der sich ihnen in dem winzigen Raum bot, rührte Julia ans Herz. Unter der Wendeltreppe, die zur Kanzel hinaufführte, kauerte einem verscheuchten Tier gleich Pya. Ihre Augen lagen in tiefen, dunklen Höhlen und waren weit aufgerissen, so dass das Weiß darin zu fluoreszieren schien. Michael hatte seine Arme wie

Engelsflügel um sie gebreitet und sah ihnen mit finster entschlossener Miene entgegen.

«Schon gut, Micha», sagte Vanessa. «Wir sind es nur. Hab dich nicht so – und nun kommt raus da. Wir müssen reden.»

Widerwillig krabbelten die beiden heraus. Pya klammerte sich an Michael, als fürchtete sie, sich in Luft aufzulösen, wenn sie ihn losließe.

«Hallo Pya», sagte Julia. «Hallo Michael. – Ihr könnt euch gar nicht vorstellen, wie froh ich bin, euch hier anzutreffen.» Die beiden warfen angstvoll fragende Blicke auf Vanessa und den Pfarrer. «Keine Sorge», beruhigte Vanessa. «Wir halten allesamt still, bis die Gefahr vorüber ist.»

«Vorüber?» Pya stieß einen Jammerlaut aus und kauerte sich wieder hin. «Es ist nie vorüber. Nie mehr.» Michael warf seiner Cousine einen tadelnden Blick zu. Dann widmete er sich wieder ganz dem weinenden Mädchen zu seinen Füßen. Hilflos beruhigende Worte flossen Pya ins Ohr. Sie schien sie kaum wahrzunehmen. «Wir werden alle sterben», schluchzte Pya. «Und ich bin schuld. – Meine arme Mama!»

Auch Julia kauerte sich neben das unglückliche Pärchen. Sie legte ihre Hand vorsichtig auf Pyas magere Schulter. Das Mädchen ließ sie gewähren. «Du hast ein Brüderchen, Pya», sagte Julia sanft. «Die Ärzte kämpfen um sein Leben und auch um das deiner Mama. – Ich glaube, es wäre gut, wenn du jetzt bei deiner Familie wärst, Pya.» Ein Wimmern war zunächst die einzige Antwort, die aus dem Knäuel Verzweiflung drang.

Pfarrer Thieme trat unruhig von einem Fuß auf den anderen. «Sie haben völlig recht, meine Liebe», bestätigte er. «Wir sollten nach vorn gehen, um alles Weitere dazu zu besprechen.»

«Pya kann nirgendwohin gehen», behauptete Michael schroff. «Sie hat Angst! Seht ihr das denn nicht?»

«Hier raus aus dem Loch kann sie sehr wohl», fuhr ihm Vanessa dazwischen. «Los jetzt! Wir gehen vor in die Bänke.» Sie zerrte an Michaels Arm. Tatsächlich kam Bewegung in die zwei und sie erhoben sich, tatkräftig unterstützt von Julia, die gemeinsam mit Michael die wankende und zittrige Pya aus der Sakristei in den Altarraum führte und von da in die erste Bankreihe. Vanessa trug eine Decke hinterher, die sie dem Mädchen um die Schultern legte.

«Wenn du willst, fahre ich dich sofort nach Dresden zu deiner Familie», begann Julia einen erneuten Anlauf. «Wir müssten allerdings die Polizei …»

«Nein! Keine Polizei!», schrie Pya auf. «Wir müssen alle sterben!» Sie verlor sich in erneutem Weinen, so klagend wie ein Hund bei Vollmond.

Michael setzte sich wieder neben seine Freundin. «Sie können hier nicht so einfach rausspazieren mit Pya», sagte er finster. «Hier ist sie sicher, doch da draußen …» Er schauderte und vollendete den Satz nicht. «Als Pya mitbekommen hat, dass ihre Mutter und das Baby so krank sind, hat sie sich bald nicht mehr eingekriegt», fuhr er dann endlich fort. «Sie müssen sterben wegen ihr. Und sie muss sterben, wenn sie was sagt. – Hier geht es aber. Hier sind wir sicher.»

«Amen dazu», sagte der Pfarrer missbilligend. «Du hättest gleich zu mir kommen sollen, Michael!»

Der Junge warf dem Pfarrer einen Blick zu, der Bände von seiner Meinung dazu sprach.

Thieme ließ sich davon nicht beeindrucken. «Jeder kann sich irren und falsche Wege gehen. Doch du müsstest doch wirklich wissen, wo du deine Hilfe finden kannst.»

«Immerhin hat er sich noch darauf besonnen», verteidigte Vanessa ihren Cousin.

«Nun ja, in der Tat», seufzte der Pfarrer resigniert. «Wollen wir hoffen …, zu guter Letzt …»

«Noch sind wir von dieser guten Letzt weit entfernt», warf Julia ein. Sie wandte sich Michael zu. «Wie bist du in die Sache reingeraten?»

Michael errötete und senkte den Blick. «Wegen Melanie», schob er schließlich zwischen seinen Lippen vor.

«Melanie?»

«Na ja – sie hat sich so an Pya rangemacht und die Irina, kaum dass sie hier aufgekreuzt war.»

«Sie hat sie dir weggenommen?», mutmaßte Julia.

Pya regte sich und sah Michael so ausdruckslos an wie eine Schlafwandlerin. Die Rötung auf Michaels Gesicht vertiefte sich. Er zog den Kopf ein. «Pya wurde immer komischer. Das war, als ihre Mutter schwanger wurde. Da ist sie ganz schön ausgetickt. Hat den Pohl nur noch ‹Motherfucker› genannt, sich die Haare abgeschnitten und so.» Er biss sich auf die Lippen und sah auf Pya hinunter. Die blickte ihn unverwandt an und sagte immer noch kein Wort. Nur ab und an durchschauerte sie ein Schluchzen. «Ich hab das auch auf Melanie geschoben», fuhr Michael derweil fort. «Die war auf Drogen gewesen und so.»

«Da hattest du so deine Befürchtungen», half Julia nach.

«Klar doch. Wissen Sie überhaupt, was das Zeug für 'n Scheiß ist?»

Julia nickte. «Allerdings.»

«Naja. Ich hab dann mitbekommen, dass die was vorhaben», druckste Michael weiter herum. «Und da bin ich denen eben heimlich gefolgt auf den Bornbusch rauf.» Er verstummte.

«Und da hast du das Fluchritual verfolgt», folgerte Julia.

«Ja. – Ich …» Wieder brach er ab. Hilfesuchend sah er zu Vanessa.

«Los schon», rief die ungeduldig, «sag's ihnen.»

«Pya hatte mich nach den Winterferien gefragt, ob ich ihnen nicht etwas Narkosemittel besorgen könnte.» Michael schnaufte tief, wie unter einer großen Last. «Damit ging das Ganze los.»

«Und um dich bei den Mädchen großzutun, hast du das auch ausgeführt?», fragte Julia mit scharfer Stimme. «Weißt du eigentlich, was du da angerichtet hast? Und was deine Mutter …»

«Ja, ich weiß es», versicherte Michael hastig. «Deswegen will ich ja alles wieder gutmachen.»

«Das bringt das arme Mädchen auch nicht wieder unter die Lebendigen», warf Vanessa ein, die ihren Cousin mit resignierter Bitterkeit ansah. Er erwiderte errötend ihren Blick und wandte sich dann wieder Julia zu. «Ich hab's gemacht, ja», fuhr er dann fast trotzig fort. «Sie haben gesagt, dass sie damit ein bisschen experimentieren wollen. Eine kleine Party feiern, weil doch gerade die freiwillige Drogenkontrolle vorbei war.»

«Hatte keiner von euch die Idee, dass selbst eine kleine Menge davon bei eurer Freundin immensen Schaden anrichten kann?», fragte Julia.

Pya und Michael wechselten einen Blick. Antwort gaben sie keine.

«Erzähle weiter», drängte der Pfarrer. «Sag alles, was du weißt, Michael. Erleichtere dein Herz.»

Der Junge ballte die Fäuste. Dann gab er sich einen Ruck. «Ich habe denen das Zeug gebracht. Dann habe ich sie beobachtet. Bin ihnen nachgeschlichen.»

«Den drei Mädchen?» Julia sah ihn durchdringend an. «Und wem noch?»

«Sag nichts, Micha!», schrie Pya dazwischen. «Sag nichts! Denke an den Bann.»

«Mein liebes Kind!» rief der Pfarrer beschwichtigend. «Nichts von diesen finsteren Werken hat hier Bestand vor dem Altar des Herrn.» Doch Pya schien ihn nicht zu hören. Sie zerrte an Michael und schrie weiter, bis er sie sanft abschüttelte.

Julia ließ sich nicht beirren. «Wem bist du gefolgt, Micha?», fragte sie erneut, als Pyas Schreien endlich in ein Wimmern übergegangen war. «Pya, Irina, Melanie und? – Oliver Miskowitz vielleicht? Oder seiner Mutter?»

Michael verschränkte die Arme vor der Brust. «Hab ich nicht erkennen können», behauptete er. «Sie haben ihre

Wünsche gesprochen, etwas Offenes und etwas Verborgenes und …»

«Lass das», zischte der Pfarrer. «Das Teufelszeug brauchst du hier nicht zu wiederholen.»

Michael gehorchte. «Dann haben sie die Katzen an die Bäume genagelt. Aber die Katzen waren schon tot.» Er senkte die Augen und errötete. «Oder eben betäubt.»

Julia erlaubte sich einen tiefen Seufzer. «Und da bist du nicht dazwischengegangen, Michael?» Die Röte auf seinem Gesicht vertiefte sich. Er löste seine Arme und ließ sie hängen. «Bin ich nicht», gab er zu. Die Reue schien echt.

Was für ein Wahn, durchfuhr es Julia. Sie wechselte einen hilflosen Blick mit dem Pfarrer.

«Das ist alles der Fluch vom Bornbusch», flüsterte Michael heiser.

«Reiß dich zusammen, Micha!» fuhr Vanessa ihn an. «Ist es nicht schon schlimm genug?»

Michael schluckte. «Da ist aber was dran, Nessa», verteidigte er seine Worte. «Die haben sich auf Schwarze Magie eingelassen.»

«Ach, die anderen?» Julias Stimme gewann erneut an Schärfe. «Du bist also nur ein armes Opfer?»

«Ich hab Ihre Katze nicht getötet», entgegnete Michael schwach.

«Aber?»

«Ich musste ein Opfer bringen. Die haben das verlangt. Um mein Schweigen zu binden. Um mich zu binden.» Tränen traten ihm in die Augen. «Die haben gesagt, sonst bin ich verflucht und meine ganze Familie auch.»

Der Pfarrer seufzte kopfschüttelnd. «Der Herr bewahre uns!» Er hob die Hände. «Nun nichts auslassen, Michael. Alles kommt jetzt ans Licht.»

«Warum unsere Katze?», fragte Julia fassungslos. «Die Kätzchen waren dir anvertraut, Micha!» Der Junge senkte den Kopf und schwieg beschämt. «Melanie …», begann er schließlich. Doch er kam nicht weit. «Hör auf», schrie Pya, die von ihrem Platz aufgesprungen war. «Sag nur, was dich selbst angeht. Hörst du? Du hast es versprochen.»

Michael schob die Unterlippe vor. «Sie hatten mich in der Hand», sagte er. Er sah Julia fest an. Ein Schauer durchfuhr ihn, als er stockend fortfuhr. «Um zur Schwurgemeinschaft dazuzugehören, musste ich dieses Opfer bringen. Ein liebstes Opfer. Um meinen Kater zu schützen, sagte ich, ich hätte ein anderes geliebtes Wesen.»

«Und das war unser kleiner Kater?», fragte Julia. «Der war doch erst kurze Zeit bei uns, wie kannst du da …?»

«Eben weil er noch nicht lange da war», rief Michael aufgeregt. «Ich dachte, ich könnte den Fluch abwenden, weil er doch zu niemandem so richtig gehörte, nicht?» Er brach ab und blickte zu Pya. «Es war ein Ersatzopfer», schloss er dann fest. «Er hat sicher nichts gespürt. Ich habe ihm eine große Portion verpasst, bevor ich ihn abgeliefert habe.»

«Ja», sagte Julia grimmig. «Du hast ihn umgebracht damit.»

Michael starrte sie mit glasigen Augen an. «Die hätten sonst meine Familie verflucht», wiederholte er tonlos. Pya stieß einen Jammerlaut aus und verbarg ihr Gesicht in den Händen. Julia ging einen Schritt auf Michael zu und packte ihn an den Schultern, bis er zu ihr aufsah. «Wenn du, um deine Familie zu schützen, unseren Kater getötet hast, was hast du dann mit deiner Lehrerin getan da im Wald? – Warum musste Rita Gerlach sterben?»

«Das war ich nicht!» Michael war aschfahl geworden. «Ich habe nur die Puppe geklaut und sie da aufgehängt.»

«Michael!» Vanessa war aus der Kirchenbank herausgetreten und näherte sich ihrem Cousin. «Wer hat dich nur zu so etwas angestiftet?»

«Ich», sagte Pya kleinlaut. Sie zitterte am ganzen Leibe. Diese Offenbarung schien nicht von irgendeinem ominösen Fluch belastet, denn sie erzählte tapfer weiter. «Bodo hat von dieser verrückten Schwester erzählt, die sich damals aufgehängt hat. Die Gerlach hatte uns allen so zugesetzt und am schlimmsten der Meli. Und da dachten wir … – Den Micha haben wir nur gefragt, ob er mitmacht. Und Iri sollte die Verschreckte spielen.»

«Was ihr ja auch wirklich gut gelungen ist», bemerkte Julia bitter. «Und ich dachte, das Mädchen hätte wirklich Angst, als ich es das letzte Mal sah.»

Michael und Pya wechselten einen betroffenen Blick. «Hatte sie auch», flüsterte Michael.

«Doch das mit der Gerlach», fuhr Pya indessen aufgeregt fort, «das sollte ein Scherz werden. Wir wollten die Gerlach nur erschrecken. Deswegen hatten wir ihr erst die Katze geschickt und sie dann an die Stelle gelockt, wo die Puppe aufgehängt war.» Tränen liefen ihr über das Gesicht. «Wir wollten nicht, dass sie stirbt. Wirklich nicht.»

Für einen Augenblick verschlug es Julia die Sprache. «Woher dieser Hass auf eine nervige, doch harmlose Lehrerin?», fragte sie dann.

«Harmlos?» Diese empörte Gegenfrage kam den Kindern wie aus einem Munde. «Die konnte einen vernichten, wenn die wollte!», ergänzte Pya heftig und wischte sich die Tränen aus dem Gesicht. Julia sah sie lange an. «Was du für deine eigene kleine Rache an Bodo Pohl ausgenutzt hast», sagte sie streng.

«Hab ich nicht», entgegnete Pya trotzig errötend. «Ich habe ihren Anschuldigungen bloß nicht widersprochen. Ich dachte, Motherfucker Bodo kann ruhig mal schmoren.»

«Kind!» Pfarrer Thieme betupfte sich schockiert seine Stirn. «Wie nennst du denn den Mann, der dir ein Vater sein will?»

«Ist er aber nicht!», schrie Pya und schmiss sich wieder in die Kirchenbank.

Julia ging den Gang nach vorn, bis sie direkt vor Pya stand. «Ich weiß, dass du Bodo Pohl schon einmal als Stiefvater akzeptierst hast», sagte sie ruhig. «Was hat sich verändert?»

Pya senkte ihren Kopf. «Alles!» stieß sie schluchzend hervor. Ihr abgemagerter Körper bebte in dem Riesenpulli, in dem sie steckte. «Eifersucht auf das Baby?», riet Julia. «Hattest du Angst, die Liebe deiner Mama teilen zu müssen?»

«Neeeeein!», schrie Pya in ihren Schoß. «Hören Sie auf! Sie dürfen nicht darüber sprechen. Sie werden sterben. – Ich … ich bin schuld.» Sie versank in hoffnungsloses Wimmern. Vanessa stand neben ihr und tätschelte die Schultern des Mädchens. «Sie ist halb verrückt vor Angst», murmelte sie. «Wir müssen etwas tun.»

«Vielleicht ist es gut, wenn die Kleine nun endlich zu ihrer Familie kommt?», nahm der Pfarrer Julias Vorschlag wieder auf.

«Ich glaube auch.» Julia wurde angesichts des schluchzenden Mädchens von plötzlicher Reue ob ihrer Heftigkeit gepackt. «Ich will mich hier nicht als Ankläger aufspielen», sagte sie deshalb an Michael gewandt, der mit geballten Fäusten und gesenktem Kopf neben ihr stand, als erwartete er nun seine Hinrichtung. «Bei aller Empörung, die das in mir auslöst, bin ich immer noch eure Anwältin. Ich bin euren Interessen verpflichtet und ich werde über alles schweigen, was ihr mir anvertraut habt, so lange ihr das von mir verlangt.»

Es pochte laut und schwer an die Kirchentür.

Sie alle erstarrten. Nur Vanessa erhob sich. «Das ist ein Freund», sagte sie leichthin. «Ich habe ihn gerufen.» Mit schnellem Schritt lief sie aus dem Kirchenschiff zum Portal und kam wenige Sekunden später mit Eddie an ihrer Seite zurück. Eddies Miene war von Misstrauen verdüstert, das sich noch vertiefte, als er seine Schwester erblickte. «Was machst du denn hier?», fragte er nach der Begrüßung.

«Die Katzenmörder sind überführt», sagte Julia. «Doch die Schatten sind geblieben.»

Mit einigen Sätzen wurde Eddie von ihnen ins Bild gesetzt. «Hast du dich deswegen nicht mehr gemeldet?», sagte er zu Vanessa.

Die Schöne errötete charmant. «Ich hatte es Micha versprochen.»

«Ah so. Natürlich.» Alle Verdrießlichkeit fiel von Eddie ab. Er klatschte in die Hände. «Und was kann ich jetzt für euch Hübschen tun?»

«Das Mädchen hier.» Julia zog Pya sanft aus der Bank hoch. «Es muss unbedingt nach Dresden zu seiner Mutter. Du kennst den Weg ja.»

«Nein. Nein. Bitte nicht.» Pya wimmerte. Auch Michael wollte protestieren, doch der Pfarrer beschwichtigte sie. «Du bist immer und überall geschützt, meine Kleine», sagte er milde. Er malte mit seinen Fingern ein Kreuz auf ihre Stirn. «Du hast unter Seinen Fittichen Schutz gesucht und bekommst ihn, immer und jederzeit.» Nach einem Gebet, dem Pya mit offenem Mund und brav gefalteten Händen folgte, sprach er den Segen über sie alle.

Auch Julias aufgewühlte Seele hatte bei diesem kleinen Ritual etwas von ihrer Ruhe wiedergefunden. Sie beschlossen die nächsten Schritte. Der Pfarrer würde die Polizei davon in Kenntnis setzen, dass Pya gesund war und in Sicherheit und gleichzeitig ihm nicht erlaubt war, mehr über ihren Aufenthaltsort zu erklären. Julia bezweifelte, dass sich die Ermittler davon abhalten lassen würden, Pya nun erst recht ausfindig zu machen.

«Wir geben euch eine Stunde Vorsprung», sagte Julia. «Bis dahin müsstet ihr es bis nach Dresden geschafft haben.»

«Wenn du deine Mama umarmst und ihr zeigst, wie lieb du sie hast, wird alles wieder gut», behauptete Vanessa mit warmer Stimme.

Als Julia sie an der Seite ihres glückselig strahlenden Bruders ansah, überkam sie die Gewissheit, dass daran durchaus etwas war. Liebe überwindet alles, sagte sie sich etwas pathetisch. Man brauchte sich nur Eddie anzusehen, der spürte weder Schmerz noch Angst. Er sah es einfach nicht. Der perfekte Schutzschild.

Julia und der Pfarrer blickten dem Quartett der Liebenden mit gemischten Gefühlen hinterher, als dieses mit Eddies altem Trabi vom Kirchhof knatterte.

«Eine große Verantwortung, meine Liebe», seufzte der Pfarrer. «Was dort geschieht, legen wir in Gottes Hand. Doch was machen wir in dieser nächsten Stunde außer beten?»

Julia dachte an das Buch in ihrer Tasche. «Ich werde der Kaltbachmühle und ihren Bewohnern noch einen späten Besuch abstatten», erklärte sie.

«Sie vermuten, dass die etwas wissen?»

«Ja», sagte Julia. «Zumindest hoffe ich das. – Annabella …» Das Läuten ihres Telefons unterbrach sie. Sie schaute auf das Display und nahm sofort das Gespräch an. Es war Ella-Ma, die sie anrief. Die Stimme tränenerstickt und so angstvoll, dass Julia weiche Knie bekam vor ahnungsvollem Schrecken. «Kannst du gleich kommen, Liebes? Trude geht es sehr schlecht.»

28. Kapitel

Wie von Furien gehetzt, rannte Julia den Kirchberg hinunter nach Hause. Das Entsetzen schnürte ihr die Kehle zu. Sie bekam kaum Luft. Ein kindlicher Schrecken hatte sie erfasst, Trude könnte Opfer eines Fluches geworden sein, den man über ihr Zuhause und seine Bewohner ausgesprochen hatte. Julia wurde schlecht bei dem Gedanken. Ihr Bauch verkrampfte sich in einem wilden Abwehrschmerz vom Herzen bis tief in den Unterleib. Jeder Schritt näher schien nun schwerer, zäh. Die Beine wie von Bleigewichten gehalten. Laufen durch einen Albtraum. Erst an der Gartenpforte fiel diese lastende Dunkelheit von ihr ab.

Dr. Köhlers Auto stand am Straßenrand. Die Haustür war nur angelehnt. Schon im Flur hörte Julia Trudes rasselnden Atem. Julia jagte die Treppe hinauf, indem sie mehrere Stufen auf einmal nahm. Auf dem oberen Flur vor Trudes Schlafkammer stand Dr. Köhler und telefonierte. Er nickte ihr mit ernstem Gesicht zu. Offensichtlich orderte er einen Krankenwagen mit Notarztbegleitung. Mit bangem Herzen betrat Julia Trudes Kammer. Der ganze Raum war erfüllt von Brodeln und dem sauren Geruch eines fiebernassen Körpers. Ella-Ma saß neben Trude am Bett und hielt deren Hand. Sie sah auf, als Julia eintrat. Der Anblick jagte Julia Tränen in die Augen. «Oma …», stammelte sie. Sie kniete sich neben das Bett vor die Füße ihrer Großmutter. Trude hatte die Augen geschlossen. Sie atmete schwer mit offenem Mund. Ihre Gesichtszüge hatten sich gespenstisch verändert. Julia glaubte, den Totenschädel bereits durchschimmern zu sehen.

«Es ging ganz plötzlich», sagte Ella-Ma. «Wir waren schon fast zurück an der Kammertür, als sie mir zusammensackte.»

«Ich …, wir …, wir hätten Trude nicht ihren Willen lassen dürfen.»

Zitternd strich Ella-Ma ihrer Enkelin über den Kopf. «Darüber lohnt nicht mehr zu reden, Liebes. Jetzt können wir nur beten und vertrauen.»

«Sie sind auf dem Weg», verkündete Dr. Köhler, der wieder in die Kammer getreten war. «Vielleicht packen Sie noch ein paar Sachen ein?»

«Ist schon passiert», sagte Ella-Ma und wies auf die braune Ledertasche am Schrank. «Ich möchte gern mitkommen und bei ihr bleiben.»

Dr. Köhler ließ seinen Blick einen Moment auf der Kranken ruhen, bevor er sich Ella-Ma zuwandte. «Selbstverständlich, Frau Veit. Vielleicht kann Ihre Enkelin Sie fahren?»

Julias Hände zitterten, als sie den Zündschlüssel einsteckte. Begütigend legte Ella-Ma ihr die Hand auf den Arm. «Hoffnung besteht immer, Liebes. Nun nimm es dir nicht so zu Herzen. Vertraue ganz einfach!»

«Ach Oma!», seufzte Julia. «Ich versuche es.»

In der Tat brachte Julia während der Fahrt nach Bautzen ihre aufschäumenden Gefühle wieder etwas unter Kontrolle.

Wenn die Theorie des psychogenen Todes richtig war und die Angst vor dem Tod den Tod auslöste, wie sollte er da bei der furchtlosen Trude wirken? So fest und stark in ihrem Glauben, wie sie war, konnte kein noch so böser Wunsch ihr etwas anhaben. Angst mit all ihren selbsterfüllenden Prophezeiungen war nichts, was Trude je bewegt hatte. Oder hatte etwa ein ausgesprochener Fluch Trudes geheimste Befürchtungen geweckt und sie war deshalb erkrankt?

«Glaubst du an die Macht von Verwünschungen?», fragte Julia plötzlich.

Ella-Ma sah sie erstaunt an. Sie zögerte mit ihrer Antwort. «Du weißt, woran ich glaube», sagte sie dann bestimmt. «Nichts geht über die Macht Gottes.»

Julia wollte ungeduldig unterbrechen, überzeugt davon, dass Großmutters Katechismus ihnen jetzt wenig weiterhelfen würde. Doch ehe sie ihren Einwand aussprechen konnte, fuhr Ella-Ma nachdenklich fort. «Die Erfahrung lehrt uns jedoch, wie mächtig das Wort ist. Das gesprochene Wort vor allem. Und ist es ein böses Wort, hat es eine böse Wirkung. Vor allem auf Kinder.»

«Du meinst die abfälligen Bemerkungen und Schikanen, die uns lehren wollen, wir seien nichts wert?»

«Unter anderem», erwiderte Ella-Ma.

Julia bedachte das eine Weile. «Was ist aber, wenn so eine Verwünschung heimlich erfolgt mithilfe eines bösen Rituals; und der Betroffene hört die Worte gar nicht. Und dennoch spürt er, dass etwas nicht in Ordnung ist. – Was ist damit?»

«Du glaubst doch nicht etwa, dass Trude verflucht ist?»

Plötzlich war Julia sehr kalt. Sie spürte Ella-Mas Blick auf sich ruhen. «Ich weiß noch nicht so recht, wie das alles zu bewerten ist», sagte sie dann vorsichtig. «Heute habe ich etwas erfahren, aus dem ich schließen muss, dass jemand mit einem solchen Ritual einen bösen Wunsch über uns ausgesprochen hat, über unser Haus. Indirekt zwar, doch es war unsere Katze und unser Hof.»

Ella-Ma griff sich an ihr Herz. «Der Katzenmord? – Aber … warum?»

«Um Michael zum Schweigen zu bringen. – Er hat versucht, einen Fluch von seiner Familie abzuwenden.» Sie erzählte von Michaels Schweigeopfer.

«Julia!» Ella-Mas Stimme zitterte. «Weißt du, was du da sagst? – Weiß der Pfarrer davon?»

«Ja», sagte Julia. «Doch wie ich selbst ist auch er zu Stillschweigen verpflichtet, bis …»

«Bis was?»

«Ich darf nicht darüber reden, Oma. Wirklich nicht. Noch in dieser Nacht wird es eine Klärung geben. Ich weiß es!» Mit jedem Wort fand Julia zu altem Mut zurück. Sobald Eddie die erlösende Nachricht der Familienzusammenführung durchgegeben hätte, würde sie sich auf zur Kaltbachmühle machen. Immer mehr wuchs in ihr die Überzeugung, dass dort die Wahrheit lag. «Das Mädchen Pya ist zumindest gefunden und bei leidlich guter Gesundheit, was allein ein Segen ist. Michael hilft uns bei der Aufklärung.»

«Gott sei Dank», sagte Ella-Ma, die ihre Hände nun so fest gefaltet hatte, dass die Haut weiß über den Knöcheln spannte. «Jetzt beten wir für unsere Trude.»

Julia spürte, wie ihr wieder die Tränen der Angst in die Augen schossen. Das Ziehen in ihrem Unterleib meldete sich wieder. Und plötzlich war da der Gedanke an das Leben, das sich in ihr eingenistet hatte. Würde sie das Kind etwa verlieren durch all diese bösen Geschichten und Aufregungen, die sie gerade durchlebte. Julia wusste das Gefühl nicht zu deuten, das diese Ahnung in ihr auslöste. Es war auf keinen Fall Erleichterung, was sie da verspürte. Es fühlte sich eher an wie Angst. Sie war also selbst im Bann, wenn sie nicht auf der Hut blieb. «Es wird höchste Zeit, diesem Spuk ein Ende zu bereiten», stieß Julia hervor.

«Was meinst du damit?»

«Sobald ich Trude in guten Händen weiß, mache ich mich auf den Weg. – Entschuldige, aber mehr will ich dazu im Moment noch nicht sagen.» Julia biss sich auf die Lippen.

«Ist jemand bei dir?», fragte Ella-Ma mit Sorge in der Stimme. «Du wirst doch nicht etwa allein in dieser Sache …»

«Nein, nein», log Julia. «Die Polizei ist informiert. – Passt doch auf!» Ihr unwilliger Ausruf galt einer Gruppe angetrunkener junger Leute, die die Straße querten, ohne zu schauen. Julia bremste so scharf, dass der Wagen zum Stehen kam. Keine von ihnen kommentierte diese Szene.

Langsam fuhr Julia weiter.

Es war mittlerweile nach zehn und völlig dunkel. Von den Berghängen des Oberlandes leuchteten die Feuer. Rauch und rhythmisches Dröhnen erfüllten die Luft. Julia fühlte sich ausgeschlossen davon, wie aus der Zeit gefallen. Statt mit lustig gestalteten Hexenpuppen zu kämpfen, die den alten Geist des Winters symbolisierten und verbrannt wurden, damit neues Wachstum Einzug halten konnte, hatte sie es mit dem leibhaftig Bösen zu tun.

«Du ziehst tatsächlich in Erwägung, dass jemand Flüche verhängt im Dorf?», fragte Ella-Ma plötzlich.

«Ich kann es zumindest nicht ausschließen.»

«All diese grässlichen Katzenmorde dienten also dazu, Menschen zu schaden. – Leupoldens Heinz, dem Mädchen», begann Ella-Ma aufzuzählen. «Vielleicht auch dieser Lehrerin? Und du meinst, Trude auch?»

Julia seufzte. «Ich weiß es nicht, Oma. Aber es wäre denkbar.» Sie schwiegen eine Weile, bevor Julia wieder das Wort ergriff. «Ich habe heute bei meinen Nachforschungen den Spruch entdeckt: ‹*Selbst ist gebannt der, der verflucht.*› – Kennst du ihn?»

«Klingt mir stark nach den christlichen Mystikern», sagte Ella-Ma nach einigem Nachdenken. «Juliana von Norwich, deine Namensvetterin, oder Meister Eckhart vielleicht. Ich kann es dir im Moment nicht sagen. Letztendlich geht es darum, dass alles mit allem in Verbindung steht. Wenn ich etwas tu oder sage oder denke oder fühle, dann bleibt das nie ohne Folgen. Und diese Folgen haben immer etwas von dem Charakter der Ursache. – Da steckt viel Weisheit drin, nicht wahr?»

«Du sagst es», murmelte Julia. «Nur weiß ich nicht, wie uns das jetzt weiterhelfen könnte.»

Ein entgegenkommendes Fahrzeug blendete Julia. Dann umfing sie wieder die Nacht. Julia spürte den Blick ihrer Großmutter forschend auf sich ruhen.

«Mach dir keine Sorgen um uns», sagte Ella-Ma dann. «Ich habe keine Furcht. Und Trude schon gar nicht. – Das weißt du doch, oder?»

Es gelang Julia tatsächlich zu lächeln bei diesem Gedanken. «Ja, ich weiß.»

«Nichts Böses kann uns erreichen, Julia, wenn wir im Vertrauen bleiben. Daran solltest auch du denken heute Nacht.»

Julia wartete mit Ella-Ma, bis Trude auf der Intensivstation versorgt war. Eine Weile saßen sie noch gemeinsam am Bett der Kranken. Eine schwere Lungenentzündung mit Lungenödem wurde diagnostiziert, jedoch mit guter Prognose, wie ihnen die diensthabende Ärztin mitteilte, denn die knapp achtzigjährige Trude war von bemerkenswert guter körperlicher Grundverfassung und hatte ein starkes Herz. Dann ließ man sie allein.

Trude war an allerlei Schläuche und Überwachungsgeräte angeschlossen. Das rasselnde Atemgeräusch war deutlich gemildert, die Totenmaske aus Trudes Gesichtszügen verschwunden. Sie schnarchte vielmehr, was Julia seltsam beruhigend fand.

Überhaupt hatte eine friedvolle Ergebenheit und müde Erschlaffung von Julia Besitz ergriffen, der sie sich gern hingegeben hätte. Ihre Verantwortung riss sie immer wieder aus dieser Dösigkeit. Es galt, Melanie zu finden. Es galt, Oliver zu befragen. Und dann die Polizei so bald und so umfassend wie möglich zu informieren. Erst dann würde Julia mit ihrer Familie wieder zur Normalität zurückfinden können. Normalität! Was für ein Sehnsuchtsort das plötzlich geworden war.

Gegen Mitternacht endlich riss sie der Klingelton ihres Telefons aus einem Halbschlummer. Ella-Ma war eingenickt und auch Trude schlief mit tiefen Atemzügen unter der Sauerstoffdusche. Der Pfleger, der gerade Trudes Tropf überprüfte, runzelte die Stirn über das Handy in diesem sensiblen Bereich. Julia entschuldigte sich rasch und verließ die Station, um vor dem Gebäude Eddies lang ersehnte Nachricht zu hören.

«Gottseidank, Eddie. Das hat ja eine Ewigkeit gedauert. Was ist passiert?»

Hellwach lauschte sie dem atemlosen Bericht ihres Bruders. Die Polizei hatte sie bereits am Eingang der Station abgefangen. Doch Pya konnte vor ihrer Aussage erst einmal zu ihrer Mutter. Der ging es bereits besser. Nur bei dem Kleinen kämpften die Ärzte noch wegen einer Gelbsucht. Unter der Zeugenschaft von Eddie, Vanessa und zwei Ermittlern der Sonderkommission beichtete Pya ihrer Mutter die ganze Verschwörung. Es gab viele Tränen und viel Schrecken dabei. Letztendlich doch lagen sich dann alle in den Armen. Selbst Bodo hatte vor Erleichterung seine Hand versöhnlich auf die Schulter von Pya gelegt und immer wieder gemurmelt, was dem Mädchen nur eingefallen sei. «Wie ein Brummbär, den man dreht – immer wieder.» Eddies Stimme klang aufgekratzt. Er war tatsächlich in der Lage, der Situation etwas komisch Anrührendes abzugewinnen.

«Was ist mit Melanie», holte Julia ihn wieder auf den harten Boden zurück. «Hat Pya gesagt, wo wir sie finden können?»

«Nein. Das hat sie nicht», berichtete Eddie ernüchtert. «Die Bullen haben sie deshalb noch mächtig in der Mache.

Die haben da schon ihre Methoden. Doch bei diesem Thema ist alles noch so wie vorher. Kein Wort des Verrates, sonst droht der Tod.» Er wurde pathetisch.

«Eddie!», ermahnte ihn Julia.

«Die haben jetzt einen Psychologen bei der Kleinen. Vanessa und ich sind quasi entlassen. Wo bist du gerade?»

Julia erzählte ihrem Bruder hastig von Trudes Zusammenbruch. Das reichte, um Eddie zu alarmieren. «Wir kommen», rief er. «Wir fahren gleich los.»

«Gut so», sagte Julia. «Und ich mache mich zurück nach Finkendörfel und statte der Kaltbachmühle einen mitternächtlichen Besuch ab.»

«Du glaubst doch nicht etwa, Annabella versteckt die Kleine unter ihrem Bett?»

«Darüber möchte ich lieber nicht scherzen», erwiderte Julia grimmig. «Alles führt immer wieder zur Mühle und zu den Miskowitzens.»

«Du spinnst doch!»

«Wir werden sehen. Weihnachten sind die Miskowitzens eingezogen und wenige Wochen später begann der ganze faule Zauber.»

Eddie behauptete noch ein weiteres Mal, dass Julia spinnen würde, doch diesmal klang es nicht so überzeugt. Sie versprachen, in Kontakt zu bleiben.

Julia meldete sich bei dem Pfleger ab und bat ihn, auszurichten, dass ihr Bruder hierher unterwegs sei. Dann machte sie sich auf den Weg gen Finkendörfel.

29. Kapitel

Das Erste, was Julia wahrnahm, als sie wieder zu sich kam, war ein rhythmisches Pauken. Langsamer als ihr Herzschlag, sanft und dröhnend zugleich. Jeder Schlag vibrierte im Inneren nach.

Sie musste gefallen sein nach diesem mörderischen Schlag, der noch jetzt in ihrem Schädel nachhallte. Ihre Gesichtsmitte schien zu einem Rüssel geschwollen. Sie schmeckte Blut und Erde.

Jetzt lag sie auf einer Art Folie. Julia spürte kalten Boden hindurch. Sie konnte ihn riechen. Und da war noch ein anderer intensiver Geruch, der alles übertünchte. Selbst das süßliche Zeug, das ihr vorhin so die Sinne benebelt hatte, verdrängte er. Julia kannte diesen Geruch. Er hatte auch vorhin in der Luft gelegen, vor dem Schlag. Es wollte ihr im Moment nur nicht einfallen, was es war. Noch vermochte Julia nicht, die Bruchstücke ihrer Erinnerung vollständig zusammenzusetzen. Bröckchenweise und hämmernd vor Schmerz kehrte ihr Bewusstsein zurück. Sie hatte keine Ahnung, wo sie sich befand und in welchem Zustand. Alles war zäh und klebrig schwer in ihr. Zunge, Glieder, Gedanken. Sie vermochte sich weder zu bewegen noch ihre Lider zu heben. Erst allmählich wurde sie gewahr, dass ihre Hände auf dem Rücken gefesselt waren. Ein weicher, doch unnachgiebiger Stoff hielt sie gefangen. Ebenso waren ihre Füße zusammengebunden, nicht zu fest, aber spürbar einschränkend.

Ein erster Versuch, sich zu bewegen, scheiterte kläglich. Fast hätte sie aufgestöhnt dabei.

Was war geschehen?

Sie war kurz nach Mitternacht in die Kaltbachaue hinabgegangen, erinnerte sich Julia. Im Haupthaus der Mühle war es still und dunkel zu dieser nächtlichen Stunde. Auch aus der Scheune drang weder ein Laut noch ein Schimmer. Alles schien tot und leer. Doch dann hatte Julia einen Lichtschein in Annabellas Atelier entdeckt und war lautlos eingetreten. Überall standen Kerzen und Rauchgefäße. Die verhüllenden Tücher über den Leinwänden muteten gespenstisch an im flackernden Kerzenschein. Die kleine Annabella Miskowitz saß wieder mit gekreuzten Beinen auf ihrem großen Maltisch. Sie rauchte und brabbelte vor sich hin. Die süßlichen Rauchschwaden waberten durch den Raum und vernebelten Julia die Sicht und ihre Sinne. Sie hustete.

Damit war sie entdeckt.

Annabella starrte Julia an wie einen Geist. Dann sprang sie mit ungeahnter Behändigkeit von ihrem Sitzplatz auf und ging zeternd auf Julia los. Julia war völlig überrascht, als diese kleine Frau so energisch auf sie eintrommelte.

«Geh weg!», kreischte sie immer wieder dabei. «Geh weg!»

Tatsächlich wich Julia Schritt für Schritt zurück.

Oliver Miskowitz war plötzlich hinter seiner Mutter aufgetaucht. Er trug nichts weiter als einen lächerlich anmutenden Magiermantel und eine bestickte Kappe auf dem Kopf. Als er Julia erblickte, erbleichte er.

Doch der Schlag hatte Julia von hinten auf den Kopf getroffen.

Sie sah den Boden auf sich zukommen, bevor sie bewusstlos wurde.

Das Trommeln in den Ohren wurde stärker, schneller, schwoll an, während Julia weiter darum rang, wieder ganz zu sich zu kommen.

War das Trommeln echt oder war es ihr eigener Herzschlag, dem sie hier lauschte? Was war überhaupt echt? Was war Traum?

Julia spürte kalten Stein unter ihrem Körper durch die Folie hindurch, auf der sie lag. Annabellas weit aufgerissene Augen tanzten durch ihr Inneres. Die Schattenbilder wandelten sich rasch. Sah sie hier in einen Spiegel? Da waren ihre Augen, nicht länger die Annabellas.

Ihre eigenen Augen.

Seltsam vergrößert, wie bei einem riesenhaft vergrößerten Kinderbild.

Sie sah sich selbst als kleines Kind.

Ihr Kind-Selbst schaute zurück.

Vielleicht ging es gerade zu Ende mit ihr und sie lebte ihr Leben nun in Windeseile rückwärts. Nur dass sie die späteren Jahre schon verpasst hatte, wie es schien. Eine Vorstellung, der sie eine Weile lakonisch nachhing, während sie seltsam ruhig sich selbst in die Kinderaugen starrte.

Dann dämmerte ihr die Erkenntnis.

Ihr Herz schlug schneller.

Es war ihr Kind, das sie hier ansah. Ihr ungeborenes Kind. Ein Mädchen?

Traumgespinste!

Julia wand sich in ihren Fesseln. Sie stöhnte.

Das Trommeln brach ab.

«Sie wird wach», hörte sie eine bekannte Stimme.

«Mach weiter!» Das war Melanie.

Melanie war hier. Dann war der Schlag von ihr.

Leise setzte das Trommeln wieder ein. Ein murmelnder Gesang schwang sich darüber wie die billige Kopie einer Liturgie.

Mit unsäglicher Mühe vermochte es Julia, ihre Augen etwas zu öffnen. Einen Spalt nur. Sie lag in einem großen, weiten Raum, in dessen von Kerzen beschienener Mitte eine Art Altar aufgebaut war.

Melanie saß da in einem offenen weißen Gewand, unter dem ihr bloßer Leib hervorschimmerte, an einer kleinen Pauke und trommelte mit geschlossenen Augen. Eine Priesterin bei ihrer rituellen Arbeit. Oliver hinter ihr, schwenkte ein Rauchgefäß. Der süßlich betäubende Rauch kroch durch den Raum, jedoch hoch genug, dass Julia auf dem Boden liegend von ihm verschont blieb.

Oliver hatte seine Unterlippe vorgeschoben und wirkte wie ein bockiges Kind, das widerwillig eine ungeliebte Aufgabe erfüllt. Ab und an sah er zu Melanie hinunter. Dann füllte er Kräuter nach.

Die Szenerie wirkte auf Julia seltsam gestelzt und unwirklich, ja geradezu lächerlich, wäre da nicht der Anblick eines regungslosen Katzenkörpers gewesen, der vor der linken der beiden Holzstelen lag.

Es war Feh.

Hatte es Ella-Ma also doch übers Herz gebracht, ihre schöne Katze wieder hierherzubringen. Julia spürte doppelt den finsteren Betrug.

«Du kannst das nicht einfach durchziehen», sagte Oliver matt. «So funktioniert das nicht bei ihr.»

Das Trommeln brach erneut ab. «Und ob das funktioniert», sagte Melanie bestimmt. «Schwanger ist sie, sagt Annabella. Deine verrückte Mutter ist besser drauf als du, großer Meister.» Ihre Stimme klang überdreht. «Sie kriegt ein Kind, das ist die Chance. Wenn sie nicht von ihrem Balg vergiftet werden will, hält sie besser die Klappe.»

«Aber später …»

«Nichts später!», unterbrach Melanie ihn. «Kein Mensch wird ihr je glauben. Die ist erledigt, wenn man sie findet. Als Rechtsverdreher braucht die nicht mehr anzutreten. Also fang an!»

‹Vergiftet von der eigenen Leibesfrucht.› – Julia horchte eine Weile in sich hinein, welche Wirkung dieser geplante Fluch auf sie hatte. Wäre da nicht ein Schreck zu vermuten gewesen? Angst gar? Doch sie war ganz seltsam still und kühl, als würde sie sich von außen betrachten. Erst ganz langsam wuchs eine Regung in ihr. Kroch herauf wie kalter, dunkler Nebel.

Oliver kam auf sie zu und zerrte sie hoch. Dann schleppte er sie zu der rechten Stele, an die er sie aufrecht festband. Julia gab keinen Mucks von sich, trotz des brüllenden Kopfschmerzes, der nun über sie hereinbrach wie eine Lawine. Sie hätte sich lieber die Zunge abgebissen, als diesem Hilfsmagier und seiner kleinen Hexe die Genugtuung eines Schmerzenslautes zu geben. Mittlerweile hatte Julia das Gefühl erkannt, das da stärker in ihr wurde. Es war Wut. Es war Zorn. Es war Kampfeswille. Sie würde sich und ihr Kind zu verteidigen wissen.

Melanie und Oliver hatten sich zwischen den Stelen aufgebaut. Oliver nahm den reglosen Katzenkörper auf. Er hielt ihn erhoben in der einen Hand, in der anderen hielt er einen Dolch. Seine Augen hielt er geschlossen, ebenso wie Melanie, die beide Arme beschwörend erhob und einen eintönigen Brummelsang anstimmte. Dazwischen schmiss das Rauchgefäß neue Schwaden Kräuterdunst in den Raum. Ihre Wahrnehmung verzerrte sich.

Julia mühte sich, bei Sinnen zu bleiben.

Der richtige Moment, redete sie sich fieberhaft ein. Der richtige Moment! Den musste sie abwarten. Und er würde kommen, da war sie sich sicher. Dann ließ sie diesen ganzen faulen Zauber hier auffliegen. Sie war gesegnet worden heute. Nichts konnte ihr und ihrem Kind etwas anhaben. Es kam nur darauf an, abzuwarten. Den rechten Augenblick abzuwarten …

Sie versuchte, die Lippen zu bewegen. Heraus kam nur ein heiseres Flüstern.

«Letzte Worte?», höhnte Melanie. Sie glich einer grausigen Kopie ihres Selbst.

«Elender Stümper!», schrie sie dann unvermittelt. Sie riss Oliver den Dolch aus der Hand. «Ich mach das diesmal selbst.»

Tu etwas! Sprich sie an. Mach dem Spuk ein Ende! Eine nüchterne, klare Stimme in ihrem Herzen ließ Julia ruhig werden. Zu einem bösen Wunsch gehören immer zwei. Sender und Empfänger. Nur wer es glaubt, ist gebannt. Ist selbst gebannt.

Paul stand ihr vor ihrem inneren Auge. Paul, wie er dozierte und von Fallbeispielen psychogenen Todes erzählte. Und wie ein afrikanischer Farmer seinen Arbeiter vor dieser tödlichen selbsterfüllenden Prophezeiung rettete, indem er ihm glaubhaft versicherte, das Kreuz seines Hausaltars hätte viel größere magische Kräfte als der Fluch des Medizinmannes. Der Mann glaubte ihm und genas.

Tu etwas! Wehre dich! Sprich sie an!

Julia würgte an den Worten, die sich nur mühsam den Weg durch ihre raue Kehle bahnten.

«Melanie!» Endlich hatte sie es herausgebracht. Sie rief wieder. «Melanie!»

Tatsächlich hielt das Mädchen in seinem wahnhaften Tun inne, als es seinen Namen hörte.

«Melanie», wiederholte Julia beschwörend. *«Selbst ist gebannt der, der verflucht.»*

Das Mädchen erstarrte. «Was? Was faselt die da?» Seine Augen waren geweitet. All seine Aufmerksamkeit war nun bei Julia.

«Selbst ist gebannt der, der verflucht», rief Julia von der Wirkung ihrer Worte erstarkt. «Du weißt es. Melanie. *Selbst ist gebannt …*»

«Hör auf!», kreischte Melanie. «Mach, dass sie aufhört!»

Ihr Gesicht zuckte. «Tu doch was!»

«Feuer», krächzte Oliver. In geradezu jämmerlicher Pose stand er neben der noch leeren Stele, Feh immer noch in seiner Hand.

«Oliver!», rief Julia nun auch ihn an. «Binden Sie mich los!»

«Es ist zu spät», murmelte der Koch. Schweiß perlte auf seiner Stirn. «Es ist alles aus. Wir brennen schon.»

Er ließ seine Augen ruhelos durch den Raum hetzen, als suchte er nach einer Möglichkeit zu fliehen. Dann legte er Feh vor der Stele ab.

«Bella! Was hast du getan?», sagte er schließlich. In seinem Blick las Julia Kapitulation.

Erst jetzt vernahm Julia das bedrohliche Knistern und Knacken über ihnen. Die Scheune stand in Flammen. Rauchschwaden krochen am Boden entlang.

«Feuer!», rief Julia entsetzt. «Macht mich los!» Bei dieser tödlichen Gefahr halfen keine Worte mehr. Dennoch war Julias Zorn stärker als ihre Angst. Sie wand sich und kämpfte gegen die Fesselung, die jedoch nur noch enger wurde, je stärker sie daran zerrte.

Plötzlich spürte Julia, wie jemand mit etwas Scharfem die weichen Tücher durchtrennte, mit denen ihre Hände gefesselt waren. Sie hörte das vertraute Brabbeln. «Ausräuchern, die ganze Brut!» Der Terpentingeruch verstärkte sich. Das war der alles überlagernde Duft gewesen. Annabella ächzte etwas, als sie sich bückte, um auch die Fußfesseln zu lösen. «Alles ausräuchern! Alles Böse raus!»

Teilweise von ihren Fesseln befreit, beeilte sich Julia, der Frau zu helfen. Doch ihr gepeinigter Kopf verweigerte sich solchen abrupten Bewegungen. Sie war noch gar nicht richtig in der Hocke, als sie merkte, wie sich Wasser in ihrem Mund sammelte. Das Erbrechen war heftig. Dann schwanden ihr die Sinne.

Alles Weitere nahm Julia nur durch einen milden Schleier eines Dämmerzustandes wahr. In der Ferne heulten Sirenen. Sie wurde getragen. Kühle Nachtluft und viele Menschen. Das ohrenbetäubende Brausen des Feuers. Melanies wahnsinniges Kreischen. Und Eddie war plötzlich da. Er schimpfte sie aus, doch Julia verstand kein Wort. Feuerwehrleute gaben Kommandos. Blaulicht blitzte um sie herum. Polizisten waren da und viele Sanitäter.

Eddie redete pausenlos auf sie ein. «Feh lebt», rief er immerzu. «Es ist vorbei.»

Das waren gute Nachrichten, doch Julia im Moment sehr fern und nahezu gleichgültig. Seine Stimme schläferte sie ein. Sie hatte einen eklig bitteren Geschmack auf ihrer Zunge und fühlte sich zum Sterben schwach. Da war ein Taschenlampenstrahl, der ihr in die Augen leuchtete.

«Schädelbruch nicht auszuschließen», sagte eine Männerstimme. «Hören Sie mich? – Sagen Sie mir mal Ihren Namen!»

«Julia Eisler.»

«Haben Sie Schmerzen?»

«Der Kopf.»

«Kann ich mir vorstellen», brummte die Männerstimme. «Das haben wir gleich.»

«Bitte Vorsicht», flüsterte Julia heiser.

«Aber immer.»

«Ich meine, … ich bin schwanger.»

«Ach so. Geht klar.»

«Was bist du?» Das war Eddie.

Ein Stich in den Arm. Dann wurde sie sanft davongetragen.

30. Kapitel

«O mein Kind. Was für eine Freude! – Aber ich kann nicht fassen, welcher Gefahr du dich ausgesetzt hast in deinem Zustand!» Mutter Milla mochte gar nicht aufhören, ihre Zweitgeborene gleichzeitig mit Vorwürfen und Glücksbezeugungen zu überhäufen. Sie saß am Bettrand von Julia und streichelte unaufhörlich ihre Hand. «Mein armes, liebes Kind!»

Vater Georg stand währenddessen am Fußende und strahlte, obwohl die Neuigkeiten, die er überbrachte, alles andere als günstig waren. «Die kleine Schöne ist nun wieder in der Jugendpsychiatrie. Wir vertreten ihre Familie gegen Oliver Miskowitz.»

«Der ist eigentlich schon genug gestraft», seufzte Julia. «Die schöne Mühle! Die Brandschäden müssen enorm sein. – Und seine Mutter? Was soll aus ihr werden? Sie ist doch auf ihn angewiesen.»

«Du bist zu emotional bei diesem Fall, Liebes», maßregelte sie ihr Vater liebevoll.

Milla hob den Kopf. «Ist das etwa ein Wunder? Unser Kind wäre beinahe gestorben bei dem Versuch, Licht in diese grässlichen Verwünschungen zu bringen.»

Georg zog es vor, auf diesen Ausbruch seiner leidenschaftlichen Frau nicht zu reagieren.

«Vielleicht könnte sich günstig auswirken, dass Annabella mir geholfen hat?», sagte Julia nachdenklich. «War nicht Melanie die treibende Kraft bei diesem üblen Spiel? Die anderen haben nur mitgemacht, sich verführen lassen.»

Georg Veit nickte. «Letztendlich war es wirklich so. Auch wenn Melanie minderjährig ist und schwer gestört durch die Drogen, ihre Idee war es allemal.» Er zog einen prallen Briefumschlag aus der Innentasche seines Jacketts. «Oliver Miskowitz hat in einem offenen Brief an alle Beteiligten gestanden. Ich habe ihn mit, wenn du ihn lesen möchtest. Er ist natürlich auch an dich gerichtet.»

«Julia ist noch viel zu schwach», beschied ihm Mutter Milla energisch. Nachsichtig lächelnd legte Georg den Umschlag auf Julias Nachtisch. «Er hatte sich in Melanie verliebt», erzählte er dann weiter, wobei er die Entrüstung seiner Frau wie die seiner Mutter unerschrocken ignorierte. «Es war die erste Liebe seines Lebens, wie er schreibt. Melanie hatte es doch tatsächlich geschafft, ihm Hoffnungen zu machen und seine Sehnsüchte und seine Leidenschaft so am Köcheln zu halten, bis er ihr ganz zu Diensten war.»

«Deshalb hat er sich auf diese kranken Wunschrituale eingelassen?», entfuhr es Eddie.

Julia bedachte ihren Bruder mit einem blitzenden Blick. «Du wirst schon noch erleben, wozu man in der Liebe fähig ist.»

«Trotzdem ist es irre», erwiderte Eddie errötend.

«Oliver war sein ganzes Leben immer an seine kranke Mutter gekettet», sagte Julia. «Er ist solche wirren Gedankengänge gewohnt. Er glaubte wohl, in den Mädchen genau die Spielgefährten gefunden zu haben, die er als Kind …»

«Oliver Miskowitz ist ein erwachsener Mann», unterbrach Ella-Ma energisch, die auf einem der Stühle am Esstisch des Krankenzimmers saß. «In meinen Augen hat er die Sehnsüchte der Kinder benutzt, um sich mit seinen Teufelsspielen wichtig zu machen.»

«Oliver Miskowitz ist geständig», sagte Georg Veit und zeigte auf den Brief. «Er gibt zu, die ersten Katzen für die Opferhandlung betäubt zu haben. Und er hat auch das Wunschritual im Bornbusch inszeniert, das Michael beobachtet hat. Einmal losgetreten, ließ sich der Lauf der Dinge nicht mehr aufhalten. Wie Oliver beschreibt, lief bereits mit der Zeugenschaft Michaels und der Notwendigkeit, ihn mit Fluchdrohung und Kirchenattentat zu binden, alles aus dem Ruder.»

«Was sollte eigentlich dieser Anschlag zu Ostern?», warf Ella-Ma empört ein.

«Das war vermutlich Michaels ‹Offenbare› bei diesem ganzen faulen Zauber», vermutete Julia mit einem Seufzen.

«Dann begann Leupold, Melanie hinterherzuspionieren», fuhr ihr Vater derweil fort. «Leupold hatte sie bei einem heimlichen Stelldichein mit Oliver überrascht. Ehe Oliver es verhindern konnte, drohte Melanie dem Mann mit Verfluchung, sollte er je ein Wort darüber verlieren. Wir alle wissen, was das mit Heinz Leupold angerichtet hat.»

«Was für ein Wahnsinn», flüsterte Ella-Ma.

Julia richtete sich in ihrem Krankenbett auf, sofort umsorgt von Mutter Milla, die entschlossen schien, ihr Kind notfalls in Ketten zu legen, sollte Julia es wagen, sich vorzeitig von ihrem Lager zu erheben. «Was ist mit Rita Gerlach», fragte Julia. «Ein weiteres trauriges Kapitel in Olivers Beichte», bestätigte Georg. «Obwohl er beteuert, die Mädchen immer wieder gewarnt zu haben, es nicht zu weit zu treiben, hat er sich doch überreden lassen, die Katze als Paketzusteller getarnt in der Schule abzugeben.»

«Und bei Irina?», mischte sich Milla nun doch ein. «Will er für den Tod des Mädchens tatsächlich keine Verantwortung übernehmen?» Ihre Stimme klang zornig. «Ahnt er überhaupt, was er den Müllers angetan hat? Dafür gibt es keine Entschuldigung, keine Ausrede!»

«Gewiss nicht, meine Liebe», erwiderte Georg sanft. «Oliver empfindet das genauso», fuhr er nach einem Räuspern fort. «Er wirft sich vor, mit den Mädchen das Ganze überhaupt erst begonnen zu haben.»

«Und wie recht er damit hat», rief Milla. Ella-Ma bestätigte in seltener Eintracht den zornigen Einwurf ihrer Schwiegertochter. «War er denn so blind? Er musste doch geahnt haben, dass etwas passiert ist, als Irina verschwand. Warum hat er die anderen beiden nicht zur Rede gestellt?»

«Hat er», sagte Georg ernst. «An dem Abend, bevor man Irina fand, traf er sich mit Melanie. Ihre Eltern waren aus. Und sie hatte Oliver dieses heimliche Treffen in der Scheune versprochen, um ihm alles zu erklären.» Er machte eine Pause. «Sie gab sich ihm hin in dieser Nacht. Damit hatte sie ihn nun endgültig in der Hand.»

Julia ließ sich wieder in ihr Kissen zurücksinken. «Doch bevor er für die Beseitigung der Leiche beim Hexenbrennen eingespannt werden konnte, fand Trude das tote Kind.»

«Ja.»

«Für mich ist und bleibt er verantwortlich dafür, was diese bösen Wünsche alles in unserem Dorf angerichtet haben», rief Ella-Ma.

«Wir wollen das hier und jetzt mal nicht zum Streitthema werden lassen», erwiderte Georg diplomatisch.

«Völlig richtig», besann sich auch Milla. «Das ist überhaupt kein geeignetes Thema für Julia. Sie braucht Ruhe jetzt und ein paar Streicheleinheiten für die Seele, damit auch das Kleine diesen Schrecken überwindet. – Hat sich Paul schon gemeldet?»

Julia errötete. «Er weiß es noch nicht», gestand sie flüsternd.

Bevor ihre Mutter jedoch mit Fragen und Vorwürfen über sie herfallen konnte wegen dieses unsäglichen Versäumnisses, beeilte sich Julia, das Gespräch wieder in andere Bahnen zu lenken.

«Wie geht es Pya und ihrer Familie?»

«Das lässt mir Schauer über den Rücken laufen», bekannte Barbara, die bisher schweigend an der Wand gelehnt hatte. «Nach der großartigen Versöhnung ging es rasant bergauf. Ein Rätsel! Und auch ein wenig gruselig, weil es keiner so richtig erklären kann: weder die Ursache dieser Stoffwechselentgleisung noch deren Heilung. Jeder ist natürlich froh, dass Mutter und Kind nun wieder genesen», verbesserte sie sich jedoch rasch.

Ella-Ma sah sich nach ihrer ältesten Enkelin um. «Was soll denn an Liebe gruselig sein?», fragte sie lächelnd.

Eddie, der neben seiner Großmutter am Tisch saß, riss die Augen auf. «Du meinst, die Macht der Liebe hat sie gerettet?»

«Ich dachte, darin wärst du jetzt Experte», neckte sie ihn.

Sie lachten über Eddies Verlegenheit.

«Bei Micha war es auf jeden Fall Liebe, die ihn dazu getrieben hat, für Pya das ganze Zeug zu klauen», rief er zu seiner Rettung aus.

«Wohl wahr», meinte Julia nachdenklich. «Und selbst bei Melanie war es – anfangs zumindest – die Liebe ihres Vaters, die sie mit Schwarzer Magie wiedererringen wollte.»

Ella-Ma erhob sich. «Entschuldigt mich bitte. Ich will noch zu Trude.»

«Wir doch auch!»

Trude machte große Fortschritte bei ihrer Genesung und war bereits auf der Normalstation untergebracht.

«Nehmt einen Gruß mit», rief Julia, die noch strenge Bettruhe hatte. «Pfingsten sind wir alle wieder daheim.»

«Das ist abgemacht!»

Sie verabschiedeten sich wortreich und mit Küssen.

Julia blieb in einem seltsamen Zustand zurück. Zum einen erleichtert, so als wäre eine Zentnerlast von ihrem Herzen genommen und würde nun überhaupt alles leichter und klarer sein in ihrem Leben. Zum anderen peinigte sie eine Unruhe wie bei einer unerledigten Hausaufgabe. Paul.

Sie nestelte nach ihrem Mobiltelefon und sandte ihm eine Kurznachricht. Dann lehnte sie sich in ihr Kissen zurück und fiel augenblicklich in einen tiefen Schlaf.

Der Pfingstsonntag wartete mit prachtvollem Wetter und einer äußerst versöhnlichen Festtagspredigt von Pfarrer Thieme auf. Der strahlte mit Lebelts Hedwig um die Wette, nachdem ein verlegen dreinblickender Michael nachträglich konfirmiert worden war. Überhaupt schien an diesem Tag alles eitel Sonnenschein.

Selbst Rupert Hantzsch war vor der Kirche erschienen im blütenweißen, gestärkten Hemd und Weste, rasiert und mit Zähnen im Mund, die seltsam groß und neu wirkten und ausgesprochen ungewohnt waren für ihren Träger, denn er zischelte und nuschelte bei jedem Wort, das er sprach. Noch während die Glocken läuteten und die Gemeinde aus der Kirche ins Freie drängte, kam er wie zufällig zu Julia und ihrer Familie geschlendert. Er erkundigte sich nach Trude.

«Die ist noch in Karlsbad zur Kur», beschied Julia ihm freundlich.

«Ach was!»

Die kindliche Enttäuschung auf seinem Gesicht belustigte Julia. «Hat ihr Ella-Ma verordnet, damit sie sich wieder richtig erholt.»

«Soso», sagte Hantzsch. «Gut geht's ihr aber?»

«Sehr gut sogar!», beteuerte Georg Veit, der mit Milla am Arm zu ihnen getreten war. «Unsere Trude ist doch unverwüstlich.»

«Nächste Woche kommen die beiden wieder», sagte Mutter Milla, die Rupert neugierig beäugte. «Trude freut sich bestimmt über Ihren Besuch.»

Hantzsch nuschelte etwas Unverständliches und verabschiedete sich rasch. Die Veits sahen ihm hinterher. «Der ist doch tatsächlich rot geworden», sagte Julia mit einem Augenzwinkern.

Auch ihre Eltern schmunzelten. «Da hat unsere Trude wohl einen Verehrer gefunden bei ihrem Abenteuer. So traurig das auch war.»

«Traurig, tragisch und so unnötig», sagte Julia nachdenklich. «Irinas Tod möchte ich wirklich nicht ungesühnt wissen.» Sie hakte sich auf der freien Seite ihres Vaters unter. «Du warst bei den Müllers, Mama?»

«Ja», antwortete Milla. «Sie sind noch ganz verstört und voller Schmerz. Aber die Anzeige wegen unterlassener Hilfeleistung und Verabreichung von Drogen an Minderjährige wollen sie dennoch stellen.»

Julia nickte zustimmend.

Eddie und Vanessa kamen angeturtelt. «Habt ihr den Micha gesehen? Der steht da mit Pya und ist so was von verliebt!» Die beiden kicherten.

«Hört, wer spricht», brummte Georg grinsend.

Vanessa lehnte sich an Eddies Schulter. «So wird wenigstens einiges wieder heilen», sagte sie.

Sie sahen zu Michael und Pya, die am Tor des Kirchhofes beieinanderstanden und sich an den Händen hielten. Dann gingen sie die Steintreppe hinab in Richtung Erbgericht. Sie fanden sich dort mit einer stattlichen Anzahl weiterer Bewohner von Finkendörfel zu einem Essen ein. Der halbe Ort war festen Willens, den Wirtsleuten seine Solidarität zu bekunden, die nun wieder ohne Koch und exotische Küche, dafür aber mit einem handfesten Skandal um Oliver Miskowitz dastanden. Trotz all dieser Umstände war Jörg geradezu strahlender Laune, als er sie empfing. Er hatte Vanessa in aller Großzügigkeit über Pfingsten freigegeben, weil seine Nichte mitgeholfen hatte, das Böse aus dem Ort zu vertreiben. Es waren viele neugierige Blicke auf sie gerichtet, während sie Jörg zu ihren Plätzen folgten.

Im Anbau war für die Konfirmationsfeier der Familie Lebelt festlich eingedeckt. Ein wenig abseits saß die Familie Schwarz-Pohl mit einem Kinderwagen an ihrer Seite. Pya kam dazu und setzte sich still zu ihrer Familie. Julia beobachtete, wie sie sich gar einmal über den Wagen beugte, als ihr Brüderchen sich meldete. Ja, auch hier konnte viel heilen, fand Julia.

«Ein guter Mensch in seinem dunklen Drange ist sich des rechten Weges wohl bewusst», dozierte Eddie weise.

Julia verdrehte die Augen. «Also wirklich, Eddie! Predigten hatten wir heute schon genug.»

«Immerhin hat der olle Goethe das in einem Satz sagen können, wozu unser Pfarrer fast eine halbe Stunde gebraucht hat», wehrte sich Eddie.

In Julias Tasche begann das Telefon zu brummen. Sie nahm es heraus. Eine unbekannte Nummer.

«Entschuldigt», sagte sie zu ihrer Familie. Sie nahm das Gespräch an. Es war Paul. Eine Weile lauschte Julia fassungslos. Dann sagte sie «ja» und «ist gut» und «bis dann» und legte auf.

«Was ist los?», fragte Vater. «Du siehst ganz blass aus.»

«Paul ist da. Er ist schon in München.»

Und dann strahlte sie einfach nur.

ISBN 978-3-936758-89-4

Lektorat: Karin Damaschke, Jenny Hauswald
Gestaltung: Eberhard Kahle
Satz: Satzstudio Mittasch
Druck und Binden: Westermann Druck
Zwickau GmbH
Printed in Germany